To Taste Temptation
by Elizabeth Hoyt

ひめごとは貴婦人の香り

エリザベス・ホイト
岡本千晶［訳］

ライムブックス

TO TASTE TEMPTATION
by Elizabeth Hoyt

ひめごとは貴婦人の香り

主要登場人物

レディ・エメリーン（エミー）・ゴードン……今は亡き伯爵の娘、未亡人
サミュエル（サム）・ハートリー……ボストンの貿易商、元軍人
レベッカ・ハートリー……サミュエルの妹
ヴェール子爵ジャスパー・レンショー……エメリーンの婚約者、サミュエルの元上官
ダニエル・ゴードン……エメリーンの息子
クリステル・モリヌー（タント・クリステル）……エメリーンの叔母
メリサンド・フレミング……エメリーンの親友
リチャード（ディック）・ソーントン……サミュエルと同じ連隊にいた元軍人、靴屋
レノー・セント・オーバン……エメリーンの亡き兄、サミュエルの元上官
ギル・オヘア……ハートリー兄妹に仕える従僕

プロローグ

昔々、長きにわたる戦争が終わり、故郷へ帰還する四人の兵士がやってきた。ダッ、ダッ、ダッ、ダッ！　ブーツの音も高らかに、横一列に並んで進んでくる。毅然と顔を上げ、右を見ることも左を見ることもない。そのように行進すべしと教え込まれてきたからだ。何年も儀式のように続けてきたやり方はそう簡単に変えられるものではない。戦争は終わったけれど、はたしてこの兵士たちは勝ったのか負けたのか？　まあ、そんなことはどうでもいいのだろう。衣服はぼろぼろで、ブーツは革でできていたとはとても思えないほど穴だらけ。四人とも、故郷を離れたときとは別人のような格好で帰途に就いている。

やがて四人は十字路にさしかかり、足を止めてどの道を行くべきか思案した。ひとつは西へ向かう道。きちんと舗装されたまっすぐな道だ。ひとつは東へ向かう道。そこをたどっていけば、暗い秘密の森へと入っていくことになる。そして、もうひとつは北へ向かう道。前途には荒涼とした山々が影のように横たわっている。

「では、同志諸君」いちばん背の高い兵士が帽子を脱ぎ、頭をかきながらようやく口を開いた。「コインを投げて決めようか？」

「いや」右側にいる兵士が言った。「わたしが進むべき道はそこにある」仲間に別れを告げ、東へと旅立った。そして一度も振り返ることなく歩き続け、暗い森へと姿を消した。

「わたしはあっちがいい」左側にいる兵士が遠くにそびえる山々を身振りで示した。

「で、わたしはどうするかと言えば」背の高い兵士は笑いながら大声で言った。「こっちの歩きやすい道を行くとしよう。楽な道を選ぶのがいつものやり方だからな。ところで、きみはどうするのだ?」四人目の兵士に尋ねた。「どの道を行く?」

「ああ、わたしか」兵士はため息をついた。「ブーツの中に石が入っているようだ。座って取り出すことにするよ。ずっと痛くてたまらなかったんだ」兵士はさっそく大きな丸石を見つけ、そこに腰を下ろした。

　背の高い兵士が再びぽんと帽子をかぶった。「では、これで決まったな」

　十字路に残っていた三人は固い握手を交わし、それぞれの道を歩んでいった。しかしその後、彼らがどんな出来事に遭遇したのか、無事故郷に戻ることができたのかどうかはわからない。というのも、これは彼らの物語ではないからだ。これは最初に出発した兵士、暗い森へと消えていった兵士の物語。

　彼の名は鉄の心臓《アイアン・ハート》を持つ男……。

『アイアン・ハート』より

1

さて、アイアン・ハートはとても妙な理由からそう呼ばれていた。手足や顔、体のほかの部分は神の創造物たる人間とちっとも変わりはなかったのだが、心臓だけは違っていたからだ。それは鉄でできており、胸を力強く叩いていた。意志が固く、勇敢で、決してぐらつくことのない心臓《ハート》……。

『アイアン・ハート』より

イングランド、ロンドン
一七六四年九月

「あの人、逃げたんですって」このちょっとしたゴシップを伝えるため、ミセス・コンラッドが身を乗り出してきた。

レディ・エメリーン・ゴードンはひと口紅茶を飲み、カップの縁越しにくだんの紳士へちらりと目を向けた。場違いな人だ。トラ猫だらけの部屋に一頭だけジャガーが紛れ込んでしまったかのよう。粗野で、生命力にあふれていて、あまり上品とは言えない。この人を見て、臆病という言葉は絶対に連想しないだろう。名前は何というのかしらと考えながら、エメリーンはこの紳士が現れたことに感謝していた。というのも、彼がぶらりと入ってくるまで、ミセス・コンラッドの客間で開かれた午後のお茶会は、頭が麻痺するほど退屈だったから。

「植民地で、第二八連隊が虐殺に遭ったときに逃げ出したんですって」ミセス・コンラッドは息をはずませながら続けた。「一七五九年のことです。恥ずべき行為でしょう?」

エメリーンは向き直り、片眉を吊り上げた。その瞬間、思慮に欠ける夫人も何かを思い出したらしい。すでに赤みを帯びていた顔がいっそう赤くなっている。赤面するなんて、まったく夫人らしくないけれど。

「つまり……そ、その……」女主人が口ごもった。

社会の最上層に憧れを持ちつつ、堂々と入っていけずにいるようなご婦人の招待に応じるから、こういう目に遭うのだ。本当に自業自得。エメリーンはため息をつき、女主人に同情を示すことにした。「では、軍隊にいらっしゃる方なのね?」

ミセス・コンラッドは喜んで餌に食いついてきた。

「まさか。もう、いらっしゃらないでしょう。少なくとも、わたしはそう思っています」

「あらそう」エメリーンは別の話題を考えようとした。

客間はぜいたくな装飾が施されており、天井にはギリシア神話に登場する女神ペルセポネと、それを追い回すハデス（ハデスはペルセポネを無理やり冥府へ連れ去った）が描かれていた。女神は眼下の集いをにこやかに見下ろしながら、とりわけうつろな表情を浮かべている。たとえその頬が鮮やかなピンク色で描かれていようとも、ハデスは冥府の神、ペルセポネにはまるで勝ち目がなかったのだ。

　エメリーンが目下、世話を任されている女性、ジェーン・グリーングローヴが近くの長椅子に座って、若きシモンズ卿と話をしている。とてもいい選択だ。エメリーンは、わたしも賛成よ、とばかりにうなずいてみせた。シモンズ卿は年間八〇〇〇ポンドを超える収入があり、オックスフォードの近くにすばらしい家を持っている。これはジェーンにうってつけの縁談となるだろうし、ジェーンの姉エリザベスはすでにミスター・ハンプトンの求婚を受け入れているのだから、事はかなり順調に運んでいる。エメリーンが若いレディを指導して社交界にデビューさせれば、もちろん、いつだってうまくいく。それでも毎回、人様の期待に応えるのはやはり喜ばしいことだった。

　そう、喜ばしいと思うべきなのだろう。エメリーンは腰に巻いたレースのリボンをねじっていたが、ふとわれに返り、再びそれをまっすぐになでつけた。実は、少し気持ちが落ち込んでいる。

　あの見知らぬ男性に何気なく目を走らせると、暗い色の瞳がエメリーンをじっと見据えていた。目尻にわずかながらしわが寄っている。まるで何かを面白がっているかのように。その何かはわたしかもしれない。いやな男。明らかに、この部屋にいるレディがひとり残らず自分に注目していることに気づいている。エメリーンは慌てて視線を戻した。

ミセス・コンラッドが隣でぺらぺらしゃべり始めた。どうやら先ほどの失言の埋め合わせをしようとしているらしい。

「植民地で輸入業を営んでおられるそうですよ。きっとロンドンには商用でいらしているのでしょう。とにかく夫はそう言っています。大金持ちなんですって。あの服装からは想像もつかないでしょうけど」

そんなことを言われたら、彼に視線を向けずにいるのは不可能だった。黒い上着に、茶色と黒の模様が入ったベスト。全体的に地味な服だと思ったが、それは脚に目を向けるまでの話。男は植民地の先住民が愛用するような脚絆《レギング》を身につけていた。まったくつやのない風変りななめし革でできた代物が、膝のすぐ下で赤と白と黒の縞模様が描かれた帯状のひもで留められている。靴にかかる部分は切れ目が入って左右に分かれており、鮮やかな刺繡が施されている。何よりも奇妙なのは彼の靴だ。というのも、ヒールがない。レギングと同様、つやのない柔らかそうな革でできたスリッパ風の靴らしく、足首からつま先にかけてビーズや刺繡の模様が入っている。だが、ヒールがなくとも、この見知らぬ男はかなり背丈がある。髪は茶色、部屋の中ほどから見る限り、目は暗い色をしている。青や緑でないことはたしかだ。うつむき加減の知的な目。エメリーンは身震いしそうになったが、なんとか我慢した。知的な男性は、扱いがとても難しい。

彼は一方の肩を壁にもたせかけて腕を組み、興味深げな眼差しを向けている。風変わりなのはここにいる人たちであって、自分ではないと言わんばかりに。高い鼻は真ん中が出っ張っているし、色黒で、どこか異国の海岸からやってきたのかと思わせる。顔は武骨で、骨格が目立っている。頬、鼻、顎の骨の張り出し方がこれでもかというほど力強くて、それが逆に魅力的に見える。対照的に口は大きくて、柔らかそうで、下唇に官能的なへこみができている。美味しいものを味わうのが好きそうな唇。じっくりと堪能するのが好きなのだろう。危険な唇だ。

エメリーンは再び目をそらした。「それで、あの方はどなた？」

ミセス・コンラッドが目を丸くした。「ご存じないの？」

「ええ」

女主人は気をよくしている。

「まあ、あなた、ミスター・サミュエル・ハートリーじゃありませんか！　ロンドンにやってきて一週間かそこらだというのに、あの人の噂で持ち切りなんですよ。あまり歓迎できる人とは言えませんけどね。だって……」エメリーンと目が合い、ミセス・コンラッドは言おうとしたことを慌てて中断した。「とにかく、いくら財産があったって、みんながみんな、あの方とお近づきになれてうれしいと思っているわけじゃありませんせん」

エメリーンは背筋がぞくっとし、身を固くした。

ミセス・コンラッドは気づかず、しゃべり続けている。

「本当は招くべきではなかったのですが、仕方ありません。あの体つきですものねえ。本当にそそられるわ！　もしお誘いしなかったら、絶対に――」立て続けに繰り出される言葉は、きゃっという悲鳴とともに止まった。というのも、ふたりの真後ろで男性の咳払いが聞こえたからだ。

用心していたわけでもないし、彼が移動するところは見ていなかったが、すぐ後ろに立っている人物の正体を直感したエメリーンはゆっくり振り向いた。

そこで目にしたのはあざけるようなコーヒーブラウンの瞳。

「ミセス・コンラッド、ご紹介していただけるとありがたいのですが」彼の声には平坦なアメリカなまりがある。

こんなぶしつけなことを言われ、女主人は息をのんだが、好奇心が怒りに勝ったらしい。「レディ・エメリーン、ミスター・サミュエル・ハートリーをご紹介させていただくわ。ミスター・ハートリー、こちらはレディ・エメリーン・ゴードン」

エメリーンは膝を曲げてお辞儀をしたが、顔を上げてみると、日に焼けた大きな手が差し出されていた。当惑し、彼女は一瞬、目を見開いた。まさか、そこまで野暮な人ではないでしょうね？　この手をどうするべきか、結論を下したのはミセス・コンラッドの忍び笑いだった。エメリーンはおそるおそる、指先だけで相手の指先に触れた。

そのかいもなく、彼はエメリーンの手を両手で握った。はっきりとした温もりが指を包み込んでいく。握手をするしかなくなりエメリーンがやむなく歩み寄ると、彼の鼻腔がほんの少しだけふくらんだ。この人、わたしのにおいをかいでいるの？

「はじめまして」

「こちらこそ」エメリーンは鋭い口調で返した。手を放そうとしたができない。ミスター・ハートリーはそれほど強く握っているようには見えないのに。「そろそろ、わたしの手を返していただいても構いませんかしら？」

あの口元がぴくりと引きつった。彼は皆をあざけっているの？ それともわたしだけ？

「もちろん、構いませんとも、奥様《マイ・レディ》」

エメリーンは何か口実を作ろうと口を開いた。このひどい男のもとを離れる口実なら何でもいい。しかし、相手の反応が早すぎて間に合わなかった。

「庭までお供いたしましょうか？」

本当は尋ねているのではない。なぜなら、ミスター・ハートリーはすでに腕を差し出していたから。明らかに相手が応じてくれるものと思っている。さらに悪いことに、エメリーンはそれに応じてしまい、彼の上着の袖に黙って指先を置いた。彼はミセス・コンラッドに会釈をすると、わずか数分でエメリーンを外に連れ出した。こんな武骨な男性にしては、ずいぶん手際がいいこと。エメリーンは疑わしそうに横目で男を見上げた。

ミスター・ハートリーが横を向き、エメリーンの視線をとらえた。目尻にしわを寄せ、彼女を見下ろして笑っているが、唇はまっすぐ引き結んだままだ。「わたしたちは隣同士なんですよ。ご存じでしょうが」

「どういうことですか？」

「お宅の隣の家を借りました」

エメリーンは彼を見上げて目をしばたたいていた。またしても不意をつかれ、いやな感覚に襲われる。めったに味わうことのない、厄介な感覚。タウンハウスの右隣の住人のことは知っているけれど、左隣は最近、貸しに出されていた。一週間前、開け放した扉を男たちが丸一日、大きな足音を立てて出たり入ったりしていたっけ。汗だくで、何かを叫んだり、悪態をついたりしていた。あの人たちが運んでいたのは……。

エメリーンは眉根を寄せた。「黄緑色の長椅子」

ミスター・ハートリーの口の片側が曲線を描いた。「何ですか？」

「あなた、あのぞっとする黄緑色の長椅子の持ち主なのですね？」

彼はお辞儀をした。「ええ、白状いたしますと」

「しかも、恥ずかしげもなくおっしゃるのね」エメリーンはとがめるように口をすぼめた。

「たしか椅子の脚に金色のフクロウが彫ってありましたでしょう？」

「それは気がつかなかった」

「わたしは気づきました」

「では、その点については反論しないことにいたします」

「ふん」エメリーンは再び視線をそらした。

「お願いしたいことがありまして」頭の上で彼の声が響く。

ミスター・ハートリーはエメリーンを導いて、コンラッド家のタウンハウスの、砂利をぎっしり敷き詰めた小道を進んでいく。バラと短く刈り込まれた生け垣が、ごく平凡な配置で植えられた庭。残念ながらバラはほとんど咲き終わっていたので、かなり地味でわびしく見える。

「あなたを雇いたい」

「雇う？」エメリーンははっと息をのんで立ち止まり、ミスター・ハートリーも足を止めて彼女の顔を見ざるを得なくなった。この妙な男性は、わたしを高級娼婦か何かだと思っているの？　人を侮辱するにもほどがある。頭が混乱しつつも、ふと気づくとエメリーンの視線は彼の体の上をさまよっていた。広い肩から見事に平らな腹を通って、視線がたどり着いた先は、ミスター・ハートリーの解剖学的構造の中でも見てはいけない部分。でも、もう見てしまった。レギングの下にはいている毛織物の黒い膝丈の半ズボン《ブリーチ》によって、その部分の形が強調されている。エメリーンは再び息をのみ、喉が詰まりそうになって慌てて目を上げた。しかし彼は、彼女の不謹慎な行為には気づいていなかった。あるいは、服装や態度がもたらす印象よりも、はるかに礼儀をわきまえていたかのどちらかだ。

彼は話を続けた。「妹のレベッカを指導してくれる方を探しております。つまり、パーティや舞踏会に付き添ってくださる方ということですが」

若い女性が社交界へ出るときの付き添いを探していただけだとわかり、エメリーンは首をかしげた。ばかな人ね。だったら、最初からそう言えばいいじゃないの。そうすれば、こんなばつの悪い思いをしなくてすんだのに。「あいにく、それはできかねますわ」

「どうして？」言葉は柔らかだったが、その裏には命じているような力強さが感じられる。

エメリーンは身をこわばらせた。

「わたしがお引き受けするのは、上流階級出身のお嬢さんだけなのです。あなたの妹さんは、わたしの基準を満たしているとは思えませんので。申し訳ございません」

ミスター・ハートリーはしばらくエメリーンをじっと見つめていたが、やがて目を背けた。視線は小道のはずれにあるベンチに向けられていたが、彼がそれを見ているのかどうかは、はなはだ疑わしい。

「では引き受けていただけるよう、別の理由を申し上げましょうか」

エメリーンは立ちすくんだ。「何ですか、それは？」

ミスター・ハートリーは彼女に視線を戻した。今度は面白がっている様子はまったくうかがえない。「わたしはレノーを知っています」

心臓の鼓動が耳の奥で大きく鳴り響いている。言うまでもないが、それはレノーがエメリーンの兄だったからにほかならない。あの第二八連隊大虐殺の際、犠牲になった兄のことだ。

彼女はレモンバームの香りがする。サムはレディ・エメリーンの答えを待ちながら、なじみのあるにおいを吸い込んだ。気が散っているのはこの香水のせいだとわかっている。如才ない相手と交渉をする場合、ほかのことに気を取られるのは危険だ。それにしても、これほど洗練されたレディがこんな家庭的な香りをまとっているとは意外だった。かつて母はペンシルヴェニアの奥地にあった家の庭でレモンバームを育てており、サムは香水のにおいをかいだ途端、あのころの記憶にぽんと放り込まれた。木を削っただけのテーブルに着いて、母が緑の葉に熱湯を注ぐ様子をじっと見ていたっけ。厚みのある陶器のカップから湯気とともにさわやかな香りが立ち上っていた。レモンバーム。心を癒す甘い香り。母はそう呼んでいた。

「レノーは亡くなりました」レディ・エメリーンが唐突に言った。「兄を知っているという理由だけで、わたしが望みを聞いてさしあげるとでも？」

サムは、しゃべっている彼女をまじまじと見つめた。美しい人だ。それは疑いの余地がない。瞳と髪の色は目をみはるほど黒く、唇はふっくらとしていて赤い。だが美しいと言っても、彼女の場合、複雑な美しさだ。多くの男性は、この黒い瞳に宿る知性と、疑うようにすぼめた赤い唇で、そんなことをしてはいけませんと説得されてしまうのだろう。

「あなたは兄上を愛していた」

サムはその言葉を口にしながらレディ・エメリーンの目を観察し、そこにかすかな光がよぎるのを見て取った。ということは、やはり思ったとおり、彼女は兄のレノーと仲がよかったのだ。自分が心やさしい人間であれば、悲しみにつけ込むようなまねはしないだろう。しかし、仕事でも私生活でも、やさしい振る舞いなどできたためしがない。「兄上の思い出があるから、わたしの願いを聞いてくださるでしょう」

「ふん」相手は少なくとも納得しているようには見えない。

だが本当はそうではないとサムにはわかっていた。輸入の仕事に携わって身についたことがいくつかあるが、これもそのひとつ。相手の心が揺れ、交渉の局面がこちらに有利に展開し始める瞬間が、サムにはわかるのだ。次に取るべき手段は、こちらの立場を強めること。サムは再び腕を差し出した。レディ・エメリーンは一瞬、それをじっと見つめたが、やがて彼の腕に指先を置いた。おとなしく従ってくれたのかと思うとわくわくしたものの、顔には出さぬよう用心した。

そして、彼女を導いてさらに庭の小道を進んだ。「妹とわたしがロンドンに滞在するのはわずか三カ月です。あなたに奇跡を起こしてもらおうとは思っておりません」

「でしたら、なぜわざわざわたしの協力を取りつけようとなさるのですか？」

サムは、遅い午後の陽射しに顔を向けた。客間に集う人たちから離れ、外にいられるのがうれしかった。

「レベッカはまだ一九歳です。わたしはずっと仕事にかかりきりなものですから、妹を楽しませてやりたいと思いまして。同年代のレディをご紹介いただければいいのですが」全部が嘘ではない。ありのままではないにしても……。

「その役目を果たしてくださる女性のご親戚はいらっしゃらないの？」

ずばり訊いてくるとは面白い。サムは彼女をちらりと見下ろした。レディ・エメリーンは小柄な女性だ。背丈は黒髪の頭が彼の肩にやっと届く程度。にもかかわらず、磁器のようにもろい女性ではない。あの狭苦しい客間で彼女とミセス・コンラッドに近づいていく前に、サムは二〇分ほど観察していたのだ。その間、彼女の視線はじっとしていることがなかった。お茶会の主催者と話をしているときでさえ、ほかの客の動きはもちろん、自分が世話を託されている女性たちから目を離してはいなかった。大金を賭けてもいい。彼女はあの部屋でどんな会話が交わされたか、すべて把握しているし、だれがだれに話しかけ、議論がどのように進んだか、話に参加していた人たちがいつ別れたかまでわかっているに違いない。レディ・エメリーンはこの洗練された世界で成功を収めている。だからこそ、ロンドンの社交界に入り込むうえで、彼女の力を借りることがよけい重要に思えた。

「ええ。生き残っている女性の親戚はひとりもおりません」サムはようやく質問に答えた。「母はレベッカを産んだときに亡くなり、父もそのわずか数カ月後に亡くなりました。幸い、父の兄がボストンで商売をしていたので、伯父夫婦がレベッカを引き取り、育ててくれたのです。その後、伯父夫婦も亡くなりました」

「あなたは?」

サムは振り向き、レディ・エメリーンを見た。「わたしはというと?」

彼女はじれったそうに眉をひそめてサムを見上げた。

「ご両親が亡くなったとき、あなたはどうなったのですか?」

「男子校に入れられました」サムは事務的に答えた。口にした言葉は、森にあった小屋を出て、本と厳格な規律の世界へ入っていったときの動揺をまるで伝えていなかった。

ふたりは、小道の終わりを告げる庭のれんが塀のところまで来ていた。レディ・エメリーンは足を止め、サムと向き合った。

「結論を出す前に、妹さんに会わせていただかないといけませんわ」

「もちろんです」サムは小声で言った。勝ったのは自分だと悟りながら。

レディ・エメリーンはスカートを勢いよく振ってほこりを払い、何か思案しながら黒い目を細め、赤い唇をすぼめている。彼女の死んだ兄の姿が、突然サムの頭の中によみがえってきた。兵士をしかりつけるとき、レノーもまったく同じように黒い目を細めていた。一瞬、あの男らしい顔が、妹のひと回り小さい、女性らしい顔に重なった。レノーの太くて黒い眉根が寄せられ、真っ黒な目が非難するようにじっとこちらを見つめている。サムは身震いをして幻影を押しのけ、目の前の女性が言っていることに意識を集中させた。

「明日、妹さんと一緒にいらしてください。そのあと、わたしの結論をお伝えしましょう。お茶はどうかしら？　お茶は召し上がるでしょう？」

「ええ」

「よかった。二時でよろしいかしら？」

彼女の提案に、笑みを浮かべたい誘惑に駆られた。「どうもご親切に」

レディ・エメリーンはけげんそうにサムを見たが、すぐに向きを変え、小道をつかつかと戻っていった。ついてきたければどうぞご勝手に、とばかりに。サムは優美な後ろ姿と、ぐいぐい引っ張られていくスカートを見守りながら、ゆっくりとついていった。そしてポケットを軽く叩き、紙がかさかさ鳴る聞き慣れた音を耳にしつつ考えた。さて、レディ・エメリーンを利用する最善の方法ははたして何だろう?

「理解できないわ」その晩、食事の席で叔母《タント》のクリステルが言った。「その紳士が本当にあなたの支援が欲しいと思っているなら、普通のやり方で、人を介して連絡を取ればよかったじゃないの。無理にでもお友達に頼んで紹介してもらうべきですよ」

タント・クリステルはエメリーンの母親の妹にあたる。長身で、背筋をぴんと伸ばした白髪のレディだ。空色の目はやさしそうに見えてもいいはずだったが、実際にはそうではなかった。老婦人は一度も結婚をしたことがない。それはきっと、同世代の男性たちが叔母を恐れていたせいに違いない。エメリーンはときどき、心ひそかにそう思うのだった。タント・クリステルは、エメリーンと彼女の息子ダニエルと同居している。ダニエルの父親が亡くなってから五年、三人で一緒に暮らしてきたのだ。

「おそらく、しかるべき手順がわからなかったのでしょう」エメリーンは、どれにしようかと皿に載っている肉をじっくり眺めた。「あるいは、お決まりの手順を踏む時間が惜しかったのかもしれません。どっちみち、ロンドンには少しのあいだしかいないとおっしゃっていたし」エメリーンは牛肉を一切れ、指で示し、従僕がフォークでそれを彼女の皿に載せると、感謝のしるしにほほ笑んだ。

「おやまあ《モン・デュー》、そんな無作法な田舎者に複雑な社交界《ル・トン》に挑む資格はありません」叔母は赤ワインをすすり、酸っぱいものを飲んだかのように口をすぼめた。

エメリーンははっきりしない返事をした。ミスター・ハートリーに関するタント・クリステルの分析は、表面的には間違っていない。たしかに田舎者に見えたから。問題は、あの目がそうではないと物語っていたことだ。わたしを笑っているようにも思えたけれど。まるで、きみはうぶだと言わんばかりに。

「それで、どうするつもり？　もしその子に、今、話してくれた兄上と似たようなところがあったらどうするの？」タント・クリステルは眉を吊り上げ、仰々しく不快感を示した。「背中にお下げを垂らしていたら？　大きな声でげらげら笑ったら？　靴を履いていなくて、足がとても汚かったらどうするの？」

どうやら、こんないやなことを考えるのは耐え切れないらしく、老婦人は大急ぎで従僕を手招きしてワインをお代わりし、エメリーンは唇を噛んで笑いをこらえた。

「とても裕福な方だそうよ。慎重を期して、お茶会でほかのご婦人たちにその方の地位についてうかがってみたの。皆さん、ミスター・ハートリーはたしかに、ボストンでも有数のお金持ちだとおっしゃっていたわ。おそらく、あちらでは上流社会の方々とおつきあいがあるのではないかしら」

「ふん」叔母は鼻を鳴らして、ボストンの社交界を丸ごと退けた。

エメリーンは落ち着いた様子で牛肉にナイフを入れた。

「それに叔母様、たとえ田舎者だとしても、しかるべき訓練を受けていないことを妹さんのせいにすべきではないでしょう？」

「いけません《ノン》！」タント・クリステルが叫んだ。おかげで、すぐそばに立っていた従僕がぎくりとし、危うくワインのデカンターを落とすところだった。「だめと言ったらだめです！　たとえ先入観であれ、それが社会のよりどころになっているのよ。人を態度で判断しないとしたら、家柄のいい人間と普通の庶民をどう見分ければいいの？」

「叔母様が正しいのかもしれないわね」

「ええ、正しいに決まってます」叔母が同じ言葉を返した。

「ふう」エメリーンは皿の上の牛肉をつついた。どういうわけか、もう食べる気がしない。

「叔母様、お兄様とわたしが子どものころ、乳母《ナニー》がよく読んでくれた小さな本のこと、覚えてらっしゃる？」

「本？　どの本かしら？　いったい何の話をしているの？」

エメリーンは袖についている、ひだを少し寄せたリボンを引っ張った。

「おとぎ話の本よ。わたしもお兄様も大のお気に入りだったわ。今日、なぜかその本のことがふと頭に浮かんだの」

物思いにふけりながら皿をじっと見つめ、思い出してみる。ナニーは午後のピクニックのあと、よく外でその本を読んでくれた。読んでもらっているあいだ、レノーとわたしはピクニック用の毛布に座っていたけれど、話が進むにつれ、レノーは物語に誘われて知らず知らずのうちに前へはい出し、しまいにはナニーの膝に乗っていた。何ひとつ聞き逃すまいと耳を傾け、黒い目をきらきらさせながら。

レノーはとても生き生きとしていて、幼いころからとても活力に満ちていた。エメリーンは喉をごくりとさせ、ほどけた腰のリボンを慎重になでつける。

「あの本はどこにあるのかと思って。屋根裏部屋にしまい込んであるのかしら？」

「そんなこと、だれがわかるもんですか」叔母は説得力のある、とてもフランス人らしいやり方で肩をすくめ、古いおとぎ話の本と、レノーにまつわるエメリーンの思い出を退けた。そして、身を乗り出し、声を大にして言った。「でも、これだけはもう一度、訊かせてもらうわ。靴も履いていない男性とその妹を受け入れてもいいと思っているのはなぜなの？」

ミス・ハートリーの靴に関し、というか、靴を履いていないかどうかということに関しては、今のところまだ何もわかっていない。でもそれを指摘するのはやめておこう。靴どころか、ミス・ハートリーについてわかっているのは、兄のことだけだ。一瞬、あの男性の日焼けした顔、コーヒーブラウンの瞳が思い出された。エメリーンは首をゆっくり横に振った。

「よくわかりません。あの人が明らかにわたしの力を必要としていたという理由以外には」

「でも、あなたの力を必要とする人を全員受け入れていたら、わたしたちは請願者の下に埋まってしまうでしょう」

「あの人……」エメリーンはためらい、ワイングラスに反射する光をじっと見つめた。「レノーを知っていると言いました」

タント・クリステルは慎重にワイングラスを置いた。

「でも、どうしてそんなことが信じられるの？」

「わかりません。ただそう思えるだけです」エメリーンはなすすべもなく叔母を見た。「わたしのこと、ばかだと思ってらっしゃるわね」

タント・クリステルがため息をついた。口がへの字に曲がり、しわがよけいに目立っている。

「いいえ。あなたのことは、兄を心から愛していた妹、そうとしか思っていないわ」

エメリーンは、ワイングラスを回転させている自分の指をじっと見つめながらうなずいた。叔母とは目を合わせていない。レノーを愛していた。それは今も同じ。相手が死んだからといって、愛が果てるわけではない。でも、ハートリー兄妹の妹を受け入れようと思っている理由はほかにある。わたしの力を必要とする理由について、何となくサミュエル・ハートリーが真実を話していないような気がするのだ。彼は何かを求めている。レノーにかかわる何かを。

つまり、あの人から目を離してはいけないということだ。

2

アイアン・ハートは暗い森の中を何日も歩き続け、その間、人にも動物にも出会わなかった。そして七日目、樹木の壁が開き、彼は森から抜け出た。前方に現れたのは光り輝く都。アイアン・ハートは目をみはった。ずっと旅をしてきたが、こんな素晴らしい都は見たことがない。しかし畏敬の念に打たれたのもつかの間、腹が鳴り、はっとわれに返った。食べる物を買わなくてはいけないし、食べる物を買うには仕事を見つけなくてはならない。そこで、重い足取りで都へ入っていった。

ところが、あちこち訊いて回っても、帰還兵にふさわしいまともな仕事は見つからなかった。それはよくあること。なぜなら、いざ戦争となれば人は皆、兵士の姿を見るだけで喜ぶが、危険が去ってしまえば同じ兵士を疑いと軽蔑の目で見るからだ。

そんなわけで、アイアン・ハートは街路掃除の仕事を引き受けざるを得なくなった。そして、心から喜んで仕事に取り組んだ……。

『アイアン・ハート』より

「ゆうべは遅くに帰ってきたみたいね」翌朝、自分の皿にコドルド・エッグ（ポーチドエッグに似た半熟卵。蓋つきの器に卵を割り入れ、器ごと湯に入れて作る）を置きながら、レベッカが言った。「一二時を回っていたかしら？」

「そうだったかな？」背後で朝食のテーブルに着いているサミュエルがうわのそらで答えた。「起こしてすまなかった」

「あら、違うのよ！　そんなつもりで言ったんじゃないの」レベッカは小さくため息をつき、兄の正面に座った。ゆうべ――それに、おとといの晩も――兄がどこへ行っていたのかぜひとも訊きたかったのだが、恥ずかしいし、気後れして黙っていた。自分のカップに紅茶を注ぎ、会話のきっかけになる話題を見つけようと努力はしたものの、朝は少し苦労するのが常だった。「今日は何をする予定なの？　ミスター・キッチャーとお仕事？　もしそうじゃなければ、馬車でロンドン巡りをしてもいいかな……と思ったんだけど。聞くところでは、セント・ポール大聖堂が――」

「しまった！」サミュエルがかたんとナイフを置いた。「伝えるのを忘れていたよ」

みぞおちをぐっと押されたかのような気分だ。一か八か言ってみたのに。兄はたいてい忙しい。それでも、その日の午後は一緒に過ごす時間があるだろうと思ったのだ。

「何なの？」

「お隣のレディ・エメリーン・ゴードンがお茶に招いてくれたんだ」

「えっ？」レベッカは右隣の立派なタウンハウスに思わず目を走らせた。その貴婦人なら一、二度見かけたことがあり、隣人たちの洗練された様子に畏敬の気持ちを抱いていた。「でも……そんなこと、いつ決まったの？　今日は招待状なんて一通も届かなかったわ」

「昨日出席したお茶会で彼女に会ったんだ」

「まあすごい！　その程度の面識しかないのに、招いてくださるなんて、きっと、とても感じのいい方なんでしょうね」貴族のご婦人と会うのに、いったい何を着ていけばいいのだろう？

　サミュエルがナイフを指でもてあそんでいた。何か言いにくそうにしているが、それを指摘するほどレベッカは愚かではない。

「実は、きみがパーティに出られるよう、付き添いをしてほしいと頼んだんだ」

「本当に？　舞踏会やパーティは好きじゃないのかと思っていたわ」もちろん、兄が自分のことを考えてくれたのはうれしい。でも急に妹の予定に関心を持つなんて、ちょっと変な気がする。

「たしかにそうだが、せっかくロンドンにいることだし……」サミュエルは言いかけたまま、コーヒーを飲んだ。「きみは出かけたいんじゃないかと思ったんだ。街を見て、人と知り合いになればいい。きみはまだ一九だ。こんな広い家で、話し相手がわたししかいないのだから、死ぬほど退屈しているんだろう」

　それは、少し違うんじゃないかしら……。レベッカは兄にどう答えようかと思いながら、よく考えてみた。実は、彼女の周りにはたくさんの人がいる。召使だ。サミュエルが借りた、このロンドンのタウンハウスにはたくさんの人がいるらしい。これで全員と顔を合わせたと思った途端、見たことのない臨時雇いのメイドや靴磨きの少年が突然現れたりする。今だって、給仕をすべく、従僕がふたり、壁際に立っている。ひとりはトラヴァーズという名前だと思ったけど、もうひとりは……ああ、ばかばかしい！　もうひとりの名前はすっかり忘れている。前に会っていることはたしかなのに。彼は漆黒の髪と、びっくりするような緑の瞳の持ち主だ。もちろん、従僕の目の色がわからなければいけないわけではないけれど。

レベッカは冷たくなった卵をつついた。サミュエルと暮らすボストンの家では、彼女が慣れている召使はクックとエルシーだけだった。子どものころは、クックや年配のメイド、エルシーと夕食をとることがほとんどだったが、レディとみなされる年齢になると、食堂で伯父のトマスと一緒に座らされるようになった。伯父はやさしくて、大好きな人だったけれど、一緒に食事をするのは少々苦痛だった。それまで毎晩、クックやエルシーとにぎやかに交わしていた噂話と比べると、伯父との会話はとても退屈だったのだ。伯父が亡くなって、サミュエルと一緒に暮らすようになると、食卓の会話も多少は楽しくなったものの、ものすごく盛り上がるというわけでもなかった。サミュエルはその気になれば、とても気の利いたことが言えるのだが、しょっちゅう仕事に気を取られているらしかった。

「構わなかったかな？」レベッカの取りとめのない考え事は、サミュエルの質問にさえぎられた。

「何ですって？」

兄は眉をひそめてこちらを見ており、レベッカはなぜか兄をがっかりさせてしまったのだと思い、気持ちが沈んだ。

「レディ・エメリーンに協力をお願いしたこと、気にしてないかい？」

「ええ、ちっとも」レベッカはにこやかにほほ笑んだ。兄と一緒に過ごせる時間があるなら、もちろんそのほうがよかった。でも、何といっても、兄は仕事でロンドンに来ているのだ。

「わたしのことを考えてくれたなんて、うれしいわ」

しかし、今の返事で兄はコーヒーカップを置いた。

「わたしがきみをお荷物だと思っているような言い方じゃないか」

レベッカは視線を落とした。実はそれこそまさに、彼女が考えていることだった。兄はわたしをお荷物だと思っている。そうに決まっている。わたしはずっと年下だし、都会育ちだ。片や兄は一四歳までフロンティア（アメリカ開拓時代の辺境）の荒野で育てられた。ときどき、ふたりを隔てる溝は海よりも広いと思ってしまう。

「わかってるのよ。わたしについてきてほしくなかったんでしょう」

「その話はもう決着がついたはずだろう。きみが一緒に旅をしたがっていたから、わたしは喜んで連れてくることにしたんだ」

「ええ。それに、わたしはとても感謝しているわ」心の中で異議を唱えつつも、レベッカは目の前の銀食器を慎重な手つきでまっすぐに並べ、上目遣いで兄をちらりと見た。

兄はまた眉をひそめている。「レベッカ、わたしは――」

執事が入ってきて、兄の言葉はさえぎられた。

「ミスター・キッチャーがお見えになりました」

ミスター・キッチャーはサミュエルの代理人だ。

「ありがとう」兄は小声で答えると、立ち上がって身をかがめ、レベッカの額にキスをした。

「ウェッジウッドの事務所を訪ねる手配をしてもらうために、キッチャーとある人物に会いにいくんだ。昼食をすませてから戻ってくるよ。二時にお隣にお邪魔することになっているからね」

「わかったわ」レベッカは返事をしたが、サミュエルはもう戸口にいた。兄はそれ以上何も言わずに出ていき、取り残されたレベッカは独りぼっちでじっと卵を見つめた。もちろん、例の従僕を除けば独り、ということだが。


小さな居間に立っていると、植民地からやってきた紳士はよけい堂々として見える。その日の午後、客を迎えようと振り返ったエメリーンがまず思ったことはそれだった。彼女の美しい居間と――上品で、都会的で、とても洗練されている――その真ん中に身じろぎもせず立っている男性との対比は歴然としている。金箔やサテンの装飾に圧倒されてもいいはずなのに。地味な毛織物の服を着て、愚直でがさつな人に見えてもいいはずなのに。

それどころか、彼はこの部屋を支配している。

「ごきげんよう、ミスター・ハートリー」

　エメリーンは片手を差し出し、遅ればせながら、前日の握手を思い出した。あの型破りな仕草がまた繰り返されるのかと、息を止める。ところが、ミスター・ハートリーは彼女の手を取り、関節の二センチほど上で品よく唇を浮かせただけだった。一瞬、小鼻をふくらませ、ためらっているかに見えたが、やがて体を起こした。彼の目が楽しげにきらりと光るのがわかり、エメリーンは自分の目を細めた。悪党！　こういうときは手にキスをするものだと、昨日だって最初からわかっていたんだわ。

「妹のレベッカ・ハートリーをご紹介させていただきます」今度は彼が言い、エメリーンは意識を集中せざるを得なかった。

　前に進み出た少女は感じがよく、魅力的だった。髪は兄と同じ濃い茶色だが、目は、兄が温かみのある茶色であるのに対し、妹は緑の輝きを放っており、黄色にさえ見えた。実に珍しい色だ。にもかかわらず、とても美しい。襟ぐりの四角い浮き縞《ディミティ》のある綿織物のドレスを着ており、袖と身ごろに少しばかりレースがついている。衣装に改善の余地があることは間違いない、とエメリーンは気づいた。

　少女が膝を折り、まずまずのお辞儀をしたので、エメリーンは「はじめまして」と挨拶した。

「ああ、奥様《マーム》……つまり、奥様《マイ・レディ》、お会いできてとてもうれしいです」ミス・ハートリーが息を切らしながら言った。洗練されてはいないにしろ、態度はなかなかいい。

　エメリーンはうなずいた。「こちらはわたしの叔母、マドモアゼル・モリヌー」

タント・クリステルはエメリーンの左に座っていた。椅子のへりに腰かけているので、ぴんと伸びた背中と椅子の背のあいだに数センチ透き間ができている。首をかしげ、唇を結んでいるが、目はミス・ハートリーのドレスの裾をじっと見据えている。

ミスター・ハートリーが口元を無遠慮にゆがめてほほ笑み、叔母の手の上でお辞儀をした。

「はじめまして。ご機嫌麗しく……」

「ええ、ムッシュー、おかげさまで」叔母は歯切れよく答えた。

ミスター・ハートリーと妹が腰を下ろした。妹は黄色と白のダマスク織りの長椅子に。兄はオレンジ色の袖つき安楽椅子《ウィングチェア》に。エメリーンが肘かけ椅子に腰を下ろし、執事のクラブスにうなずいて合図をすると、執事はお茶の用意をさせるべく、すぐさま部屋を出ていった。

「ミスター・ハートリー、昨日、お仕事でロンドンにいらしたとおっしゃっていたわね。どんなお仕事をなさっているのですか？」エメリーンは客人に尋ねた。

ミスター・ハートリーは、茶色の上着の裾をわきに払い、片方の足首をもう片方の脚の膝に乗せた。「ボストンで貿易商をしております」

「本当に？」エメリーンは遠慮がちにつぶやいた。ミスター・ハートリーは、まったく気後れすることなく商売をしていると認めているかに見える。でも、革のレギングを身につけているような植民地人ならそれも当然だろう。エメリーンは、彼の交差した脚に目を落とした。ふくらはぎにぴったり合った柔らかそうな革が、うっとりするほど男らしい脚の形を際立たせている。エメリーンは目をそらした。

「ミスター・ジョサイア・ウェッジウッドにお会いしたいと思いまして」ミスター・ハートリーが言った。「彼の名前はおそらく耳にされたことがおありでしょう？　実に見事な、新しい陶器工場を持っている方ですよ」

「陶器」タント・クリステルが柄つき眼鏡《ローネット》を取り出した。人をおどしてやりたいと思ったときに、もっぱらこういう気取った態度を装うのだ。叔母はまずミスター・ハートリーをじっと見つめ、それからミス・ハートリーのスカートへ再び関心を寄せた。

ミスター・ハートリーは相変わらず平然としている。叔母に笑いかけ、続いてエメリーンに笑みを向けた。「陶器です。植民地でいかに多くの陶器が使われていることか。驚くほどです。陶器のたぐいはすでに輸入をしているのですが、より品質の優れた製品に対する需要があると、わたしは確信しております。つまり、上流階級のレディに食卓で愛用していただけるような製品です。ミスター・ウェッジウッドは、だれも目にしたことがないほど繊細で優美なクリームウェア（乳白色の釉薬を施した陶器）を作る工程を完成させました。わがハートリー商会こそ、ウェッジウッドの商品を植民地に紹介する最適の会社であると、彼を説得できればと思っております」

エメリーンは興味をそそられ、思わず眉を吊り上げた。「ミスター・ウェッジウッドに代わって、植民地で陶器を売ってさしあげるおつもりなの？」

「いいえ。これは通常の取引になるでしょう。商品を買いつけ、大西洋の向こうで売る。まあ、どこが違うかといえば、ウェッジウッドの商品を植民地で売買する独占権を得たいと希望しているのです」

「野心的な方なのね、ミスター・ハートリー」タント・クリステルが言った。が、肯定的な響きはない。

ミスター・ハートリーが叔母のほうに頭を傾けた。老女の非難にもうろたえてはいないらしい。エメリーンは不本意ながら、彼の沈着ぶりに感心していた。彼はある意味異質なのだが、それはアメリカ人であることとは無関係だ。知り合いの紳士に貿易に従事している人はいないし、ましてやレディにそんなことをざっくばらんに話す人はいない。自分を知的に対等な人間とみなしてくれる男性を迎えるのはなかなか興味深いものの、自分が属する世界に彼が仲間入りをすることは決してないだろうということもわかっている。

ミス・ハートリーが咳払いをした。

「ご親切に、わたしの付き添いをしてくださるとおっしゃっていただけたと兄から聞きました」

エメリーンはぴしゃりと言い返そうと思ったが、メイドが三人、お茶を載せたトレーを持って入ってきたのでそうもいかなくなった。妹にではなく、兄のほうに言ってやりたかったのに。彼はわたしが当然、同意すると思っていたわけだ。メイドがせわしなく動き回っているあいだ、ミスター・ハートリーが人目もはばからず、こちらをじっと見つめていることに気づいた。エメリーンは挑むように片眉を吊り上げてみせたが、相手も彼女に向かって眉を吊り上げただけだった。わたしをもてあそんでいるの？　わたしは彼の手が届かない、はるか遠くにいる存在だとわかっていないのかしら？

お茶の用意ができると、エメリーンはカップに注ぎ始めた。叔母も顔負けなくらい背筋をぴんと伸ばして。「あなたの付き添いをすべきかどうか検討しているところなのよ、ミス・ハートリー」とげのある言い方を和らげるために、にっこりほほ笑む。「できれば、教えていただきたいのだけど、どうして——」

つむじ風がエメリーンの言葉をさえぎった。居間の扉が壁にばたんと当たってはね返り、壁の木の部分の塗装にまた傷がついたかと思うと、二本の腕と長い脚がもつれるように突進してきた。

長年の経験のたまもので、エメリーンは熱いティーポットを素早く引き上げ、わきに持っていった。

「お母様！　お母様！」いたずらっ子が息を切らしながら言った。やんちゃぶりとは裏腹に、ブロンドの巻き毛が天使かと思うほど美しい。「料理人が干しぶどうパンを焼いたって言ってたよ。ひとつ、もらってもいい？」

エメリーンはポットを置き、息子を叱ろうと息を吸い込んだが、気がつくと叔母がしゃべっていた。「もちろん《メ・ウィ》、いいですとも《モン・シュー》！　はい、お皿を持って。タント・クリステルがいちばんふっくらしたのを選んであげましょうね」

エメリーンが咳払いをすると、少年と初老の叔母がふたりそろって後ろめたそうに彼女を見た。エメリーンは息子に向かって意味ありげににっこり笑った。「ダニエル、悪いけど、手につかんでいるそのパンを置いて、お客様にご挨拶をしてもらえるかしら？」

ダニエルは、ややつぶれてしまった戦利品を手放し、残念そうに手のひらをブリーチでぬぐった。エメリーンは再び息を吸い込んだが、あれこれ言うのはやめておいた。いざこざは一度にひとつでたくさんだ。彼女はハートリー兄妹のほうに向き直った。

「わたくしの息子、ダニエル・ゴードン、エディングス男爵をご紹介させていただきます」

やんちゃな少年は非常に礼儀正しくお辞儀をした。それは実に美しいお辞儀で、エメリーンは母親として誇らしい気持ちになり、胸をふくらませた。もちろん、その満足感を顔に出したわけではない。息子にうぬぼれた気持ちを持たせる必要はないのだから。ミスター・ハートリーは、ゆうべ彼女にしたのとまったく同じように片手を差し出した。すると、息子の顔がぱっと輝いた。大人の男性は普通、八歳の子どもに握手を求めたりはしない。たとえ相手がどんな階級の子どもであっても。ダニエルは大まじめな顔で、自分よりずっと大きな手を握り、上下に振った。

「お会いできて光栄です、閣下」ミスター・ハートリーが言った。

ダニエルがハートリーの妹のほうにもお辞儀をすると、エメリーンは布に包んだパンを息子に渡した。「さあ、もう行きなさい。わたしは――」

「もちろん息子さんも一緒にいてくださって構いませんよ」ミスター・ハートリーが言葉を挟んだ。

エメリーンは居ずまいを正した。わたしと息子の話に口出しをするなんて、どういうつもり？　やり込めてやろうとしたそのとき、ミスター・ハートリーと目が合った。目元にしわが寄っている。しかし、そこには楽しげな表情ではなく、悲しみが表れているように思える。彼は息子の身の上を知りもしない。だったらなぜ、この子を哀れんだりするのだろう？

「いいでしょう、お母様？」ダニエルが尋ねた。

母が一度決めたからには、お願いをしてもむだだとちゃんとわかっているはずじゃないの……。息子の態度にもっと驚いてもおかしくないのに、エメリーンの心の中で何か和らいでいくものがあった。

「まあ、いいことにしましょう」気難しい老婆のような言い方になっているのはわかっていたが、当のダニエルはにっこり笑い、ミスター・ハートリーのそばにある自分には大きすぎる椅子に座ると、体をくねらせながら深く腰かけた。そして、ミスター・ハートリーがコーヒーブラウンの瞳でエメリーンに向かってほほ笑んだ。どうやら、それを見たら呼吸が浅くなってしまったらしい。世慣れた大人の女性としては、おかしな反応だ。

「それは何より」タント・クリステルが言った。ダニエルにウィンクをすると、彼は椅子に座ってうれしそうに身をよじっていたが、母親の視線に気づいてやめた。「でも今は、マドモアゼル・ハートリーの衣服についてもっと話し合うべきだと思いますよ」

ミス・ハートリーは紅茶をひと口飲んだところだったらしく、むせてしまった。

「奥様？」

タント・クリステルは一度、うなずいた。「とてもひどい服装だわ」

ミスター・ハートリーが慎重にカップを置いた。

「マドモアゼル・モリヌー、わたしが思うに――」

老女は彼を責め立てた。「あなたは妹さんを笑いものにしたいのですか？　ほかの若いレディたちにこそ陰口を叩いてほしいのですか？　若い殿方たちに妹さんとのダンスを拒んでほしいのですか？　それがあなたの望んでおられることなのかしら？」

「もちろん違います」ミスター・ハートリーが言った。「レベッカのドレスのどこがおかしいのでしょう？」

「どこもおかしくありませんよ」エメリーンは自分のカップを置いた。「ロンドンの公園や名所を訪ねたいだけなのであれば、まったく問題ありません。妹さんがお召しになっているものはきっと、植民地のボストン社交界でなら、十分事足りるでしょう。でも、ロンドンの上流社会では――」

「とても優美なドレスを用意しなくてはなりません！」タント・クリステルが大きな声を出した。「それに手袋、ショール、帽子、靴」叔母は身を乗り出し、杖をどんと鳴らした。「そう、靴ですよ。靴がいちばん肝心」

ミス・ハートリーはびっくりして、自分の上靴《スリッパ》をちらりと見下ろしたが、ミスター・ハートリーは少し面白がっているだけのように見える。「なるほど」

タント・クリステルは探るような目で彼をじっと見つめた。

「こういった物をすべてそろえるには、とてもお金がかかるでしょうね。違います《ノン》か？」

エメリーンの衣装も用意してもらうという点を、叔母はわざわざつけ足さなかった。ロンドンの社交界では、付き添いに費やす時間への謝礼として、依頼者が付き添いの衣装を用意するという暗黙の了解ができているのだ。

エメリーンはミスター・ハートリーが何らかの抗議をしてくるのを待った。彼が若い娘の社交界デビューに要する費用を理解していなかったことは明らかだ。たいがいの家は、その日のために何年もかけて貯金をするし、借金までして娘の衣装をそろえる家もある。ミスター・ハートリーは、ボストンでは大金持ちかもしれないけれど、だからといってロンドンでも大金持ちだとは限らないでしょう？　こんな予期せぬ出費に耐えることができるのかしら？　これまで努力してきたのに、彼が何もかも断念しなければならないのかと思うと、妙にがっかりした気持ちになる。

しかし、ミスター・ハートリーはパンをひと口かじっただけ。異議を唱えたのは妹のほうだ。「あら、サミュエル、それはぜいたくよ！　わたし、新しい衣装なんかいらないわ。本当に必要ないの」

とてもうまい言い方だ。妹は兄が恥をかかずにすむ口実を与えたのだ。エメリーンはミスター・ハートリーのほうを向き、眉を吊り上げた。大人たちが気を取られているすきにパンをもうひとつ食べようとしているダニエルの姿を視界の片隅でとらえながら。

ミスター・ハートリーは紅茶をごくりと飲んでから言った。

「レベッカ、きみには新しい衣装が必要らしい。レディ・エメリーンがそうおっしゃるのだから、わたしはその助言に従うべきだと思う」

「でも、お金がかかるわ！」妹は本当に困った顔をしている。

だが、兄は違う。「そんなことは心配するな。どうにかなるよ」そう言ってから、エメリーンのほうを見た。「では奥様《マイ・レディ》、いつ買い物にまいりましょうか？」

「同行していただく必要はありませんわ」エメリーンが言った。「信用状を持たせてくだされば、それだけで――」

「しかし、皆さんのエスコートをするのが楽しみなんですよ」植民地から来た男はためらいもせず、彼女の言葉をさえぎった。「あなたならきっと、そう簡単にわたしから楽しみを奪ったりはなさらないでしょう？」

エメリーンは唇をぎゅっと結んだ。彼が一緒に来たら、気が散ってしまうのはわかっているけれど、失礼にならないように思いとどまらせるすべが見つからない。

「もちろん、ご一緒願えればうれしいですわ」

彼がにやりと笑った気がしたが、実際には表情を変えてはいなかった。口元のしわが深くなっただけだ。とんでもない人ね！

「では、もう一度お訊きします。われわれの遠征はいつになりますか？」

「明日です」エメリーンは歯切れよく答えた。

彼の官能的な唇がかすかに曲線を描く。「承知しました」

それから、エメリーンは目を細めた。ミスター・ハートリーは愚か者か、手に触れる物をすべて黄金に変えられるというギリシア神話のミダス王にも負けない大金持ちかの、どちらかだ。

サムは夜中に目が覚めた。悪夢を見たせいで、全身汗びっしょりだ。じっとしたまま暗闇の中で目をこらし、激しい動悸が静まるのを待つ。暖炉の火は消えていた。ちくしょう。部屋が冷えきっている。メイドたちにまきをちゃんと補充しておくようにと言っておいたのに。どうやら、メイドがこの仕事をきちんとやり遂げることは絶対になさそうだ。火は朝にはたいていただの燃えさしになっているのだが、今夜はすでに消えている。

勢いよくベッドから出ると、素足が絨毯《じゅうたん》に触れた。サムは黒い闇を縫って、おぼつかない足取りで窓辺にたどり着き、厚手のカーテンを開けた。ロンドンの家々の屋根が連なり、上空に月がかかっている。その光は冷たく青白い。彼はその薄明かりを頼りに着替えをした。びしょ濡れになったナイトシャツを脱ぎ捨て、ブリーチ、シャツとベスト、レギングを身につけ、モカシンを履く。

サムはこっそり寝室を出た。柔らかなモカシンのおかげで足音はほとんど立てずにすむ。立派な大理石の階段をそっと下りて階下の廊下へ出ると、こちらへ近づいてくる足音が聞こえてきたので物陰に身を隠した。揺らめくろうそくの光が徐々に近づき、ナイトシャツ姿の執事が目に入った。片手に何かのビン、もう片方の手にろうそくを持っている。サムが隠れている場所からわずか数センチのところを執事が通り過ぎたとき、ふっとウイスキーのにおいがした。暗闇の中、サムは笑みを浮かべた。主人が暗がりに潜んでいると知ったら、執事はさぞかしぎょっとするだろう。主人は頭がどうかしていると思うかもしれない。

ろうそくの明かりが視界から消え、足音が遠ざかっていくのを待つ。さらに一分、耳を澄ませて時が過ぎるのを待ったが、あたりはしんとしている。サムは身を隠していた場所から出て、奥にある人けのないキッチンをこっそり通り抜け、召使用の勝手口までやってきた。鍵は大きな暖炉のマントルピースに置いてあるのだが、サムは合い鍵を持っている。そこから外に出ると、背後でかちっという音とともに掛け金がしまった。ひんやりした空気が心地いい。彼は震えをこらえた。しばらく勝手口のそばの物陰にとどまって耳を澄まし、目をこらし、においをかぎわけていたが、とらえたのは低木の茂みを素早く走り回るネズミの姿と、突然、鳴き出した猫の鳴き声だけだった。近くに人間はいない。ミントやパセリのほか、名前のわからないハーブをかすめながら、塀で囲まれた狭い庭を滑るように通り抜ける。それから馬小屋が立ち並ぶ路地に入り、そこでもしばらく様子をうかがった。

そして、走りだした。猫のように静かな足音で、馬小屋に沿って暗い影の中を進む。夜こっそり外へ出るとき、人に見られるのはいやだった。だから近侍などわざわざ置かないのだ。

ある戸口を通り過ぎる際、小便の悪臭が鼻の奥まで漂ってきて、思わず道をそれた。サムは一〇歳のときに初めて街というものを見た。それまでは小さな街でさえ見たことがなかった。あれから二三年、街のにおいをかいだときの衝撃は今でも思い出せる。狭い場所に何百人という人間が暮らしているのに、糞尿を処理する場所がないものだから、ひどい悪臭がした。立派な石畳の真ん中をちょろちょろ流れる茶色の水が、覆いのない下水だと気づいたとき、少年だった彼は吐きそうになった。父親から最初に教わった教訓のひとつは「排泄物を隠せ」だった。動物は用心深い。人のにおいを感じ取れば、あえて近づこうとはしないだろう。動物がいなくなれば、食べるものがなくなる。ペンシルヴェニアの広大な森林では、わかりきったことだった。

しかしここでは違う。都会では人びとがひしめき合って暮らし、自分たちの排泄物を街の隅々に垂れ流している。人間の激しい悪臭が霧のごとく立ちこめているように思えるし、その中を苦労して進んでいかなければならない。都会では、事はもっと複雑なのだ。ここにもやはり、食う者と食われる者がいるけれど、両者の姿形はゆがみ、ふたつを区別するのはもはや不可能だ。この街は、野生動物や奇襲をかけてくる先住民がいるフロンティアよりもはるかに危険なところだ。

サムは路地の端までやってきて、十字路にさしかかった。頭を下げて急いでそこを渡り、通りを走り続ける。若者がひとり、タウンハウスの門を入っていった。逢い引きから戻ってきた召使だろうか？　サムは若者から三〇センチも離れていないところを通り過ぎた。若者は振り向きもしなかったが、エールとパイプの煙のにおいがふと鼻をかすめた。

レディ・エメリーンはレモンバームのにおいがした。今日の午後、彼女の白い手の上に身をかがめたとき、再びあの香りを感じ取った。どうもしっくりこない。ああいう洗練された女性はパチュリーやムスクをつけているはずなのに。これまで、あのにおいに——上流階級のレディが放ついやなにおいに――閉口することが何度もあった。香水は濃い霧のようにレディたちの周囲に漂っており、鼻をふさいで窒息したほうがまだましだと思ったほどだ。しかし、レディ・エメリーンはレモンバームの香りをまとっている。あれは母の庭の香り。サムは子どものころ、レモンバームの枝が次々と二またに分かれていく様子に興味をそそられたものだ。

サムが路地の入り口を大またで横切り、汚い水たまりを跳び越えると、そこにだれかが身を潜めていた。風をしのぐためか、待ち伏せをしているかのどちらかだが、その人影が反応する間もなく走り去る。ちらりと振り返ると、潜んでいた男がこちらをじっと目で追っているのがわかった。サムは独りにやりと笑い、歩を速めた。モカシンが音もなく石畳をかすめていく。都会が好きだと言ってしまいそうになる唯一の時間は今だ。通りに人けがなくなり、またたれかにぶつかるんじゃないかと心配することなく移動できる唯一の時間。空間ができる唯一の時間。サムは、酷使した脚の筋肉が熱を帯びてくるのを感じた。

妹とロンドンにやってきたとき、わざわざレディ・エメリーンの隣の家を借りたのだ。レノーの妹がどんなふうに暮らしているか、たしかめる必要があった。将校の期待に添えなかった自分としては、それが彼のために今できるせめてものことだった。レディ・エメリーンが若い女性を社交界にデビューさせる役目を楽しんでいるとわかり、レベッカの力になってほしいと頼むのが自然であろうと思えたのだ。もちろん、自分がロンドンの社交界に興味を持っている本当の理由は伝えなかったが、そんなことはどうでもよかった。少なくとも、実際にあのレディに会うまでは。

というのも、レディ・エメリーンは予想していた女性とは違っていたからだ。自分でも気づかないまま、どういうわけか、彼女は兄と同じように背が高くて、貴族的な雰囲気を持つ人に違いないと思っていた。貴族的な雰囲気はたしかにあったが、彼女に軽蔑の眼差しを向けられたとき、サムは笑みを隠すのに四苦八苦した。身長は一六〇センチもないだろう。体の線にはほどよく丸みがあり、ヒップに手を触れて女性のぬくもりをひたすら味わいたいと男に思わせるたぐいの体形だ。髪は黒く、瞳の色も闇のように黒い。バラ色の頬とつっけんどんな声のせいで、男といちゃつく気満々な、小生意気なメイドに見えてもおかしくない。

ただし、実際の彼女は違う。

サムは静かに毒づき、あえぎながら足を止め、膝に手を置いて息を整えようとした。優美な衣服に身を包み、氷も切れそうなほど鋭い口調のレディ・エメリーンの様子を目にすれば、まともな頭の持ち主なら、だれもメイドだなどと勘違いはしないだろう。たとえ新世界のフロンティアからやってきた、あか抜けない田舎者であっても。金に飽かせて買えるものはいくらでもあるが、イギリス特権階級にいる女性は例外だ。

月が沈み始めている。家に帰る時間だ。サムはあたりを見回した。狭い通りに小さな商店が並び、張り出した建物の上の階がぼうっと浮かび上がっている。ロンドンのこの界隈に来たのは初めてだったが、帰り道がわからないことはないだろう。サムはゆっくりと走りだした。

きついのはいつも帰り道だ。最初にあった活力、気力は吹き飛んでしまった。今は胸が苦しくて息を吸うのも大変だし、激しい運動を続けたせいで筋肉が痛み始めている。それに、走っていると古傷がずきずきし、どこにけがを負ったのかを思い知らされる。〝忘れるな〟。傷跡がうめきを上げた。〝トマホーク（北米先住民が用いるまさかり）がおまえの肉のどこを切りつけたのか、銃弾が骨のわきのどこに穴を開けたのかを忘れるな。おまえが永久に目をつけられていること、目撃者として証言できる生き残りであることを忘れるな〟。

　痛みと記憶がよみがえってきたが、サムは走り続けた。走り続ける人間と、途中で挫折する人間の分かれ目はここだ。コツは、痛みを認めること。痛みを受け入れること。痛みのおかげで眠らずにいられるのだ。痛みは自分がまだ生きていることを意味する。

　あれからどれだけ走ったのかわからなかったが、借家の裏手にある馬小屋の立ち並ぶ路地に再び逃げ込んだとき、月はすでに沈んでいた。疲れ果てていたので、サムは自分を見張っている人間がほとんど目に入っていなかった。馬小屋の角のすぐわきに男が潜んでいる。大柄な、がっしりした男だ。疲労のせいで、危うくそばを走り過ぎるところだった。が、立ち止まって隣家の馬小屋の物陰にこっそり身を隠し、相手の様子をうかがった。男は樽のような体形をしており、緋色の上着を着て、へりがすり切れたぼろぼろの三角帽子をかぶっている。サムは前にもその男を見ていた。今日は一度、レベッカと一緒にレディ・エメリーンの家を出たときに、昨日は貸し馬車に乗り込んだときに見た。体形も立ち方も、そのときの男と一緒だ。あいつは、わたしをつけている。

息を整えるのに数秒かかり、サムはやがてベストのポケットから鉛の球をふたつ取り出した。親指ほどの大きさだが、暗闇の中、ロンドンの街を走り回るのが好きな男には役に立つ代物だ。右手できつく握りしめる。

サムは音もなく〈緋色の男〉に襲いかかった。背後から自分より大柄な男の髪を左手でつかみ、顔のわきに素早くパンチを食らわす。

「だれに言われて来た？」

大男は体格の割りに動きが敏捷だった。体をひねり、肘でサムの腹を突こうとしている。サムは男を再び殴った。一発、二発。こぶしはいずれも、相手の顔をとらえている。

「くそっ！」〈緋色の男〉があえぎながら言った。ロンドンなまりが強烈で、何を言っているのかほとんど理解できない。

男が顔めがけて、こぶしを振り出してきた。サムがわきに身を傾けたところで、こぶしが顎をかすめる。無防備になった男のわきの下に、今度はサムが素早く強烈なパンチを食らわせた。〈緋色の男〉がうめき、傷ついたほうをかばうように前かがみになった。だが男が体をまっすぐに起こしたとき、厄介なことにその手にはナイフが握られていた。サムはこぶしを構え、攻撃の機会をうかがいながら男の周りを回る。〈緋色の男〉がナイフを突き出したが、サムが男の腕を払った。ナイフが回転しながら地面に落ち、動物の骨で作ったと思われる持ち手が月明かりできらりと光る。サムは攻撃すると見せかけて左によけ、男が突進してくると、その右手をつかんで自分のほうに引き寄せた。

「だれに雇われた？」男の腕をひねりながら息を吐き出すように言う。

男が激しく身をよじって二発目をくり出し、今度は顎に命中してサムがよろめく。〈緋色の男〉にとっては、それだけで十分だった。馬小屋の路地を走りだし、途中でひょいと身をかがめてナイフを拾ったかと思うと、路地の角を曲がって姿を消した。

サムは反射的に男を追いかけようとした。逃げる獲物を追うのは捕食者の常。しかし、路地が十字路にさしかかる前に足を止めた。もう何時間も走ってきたじゃないか。これ以上走ったら、まともに息ができそうにない。〈緋色の男〉をつかまえたとしても体がまいってしまい、相手の口を割らせることはできないだろう。サムはため息をついて鉛の球をポケットにしまい、自分の家に戻っていった。

もう夜が明けようとしている。

3

ある日のこと、アイアン・ハートが道を掃除していると、行列が通りかかった。まず現れたのは、金の飾りがついた仕着せを着て走っている従僕たち。続いて真っ白な軍馬にまたがった護衛兵がひと組。そしていよいよ、金の馬車がやってきた。車体の後ろには従僕がふたり、しがみついている。馬車が近づいてくると、アイアン・ハートはただぽかんと見とれることしかできなかった。馬車が真横に来たとき、カーテンが引かれて、中にいるレディの顔が目に入った。それがなんと素晴らしかったことか！　形は完璧、肌はとても白くて、なめらかで、この人は象牙でできているのではないかと思ったほどだ。アイアン・ハートはそのレディをじっと目で追った。

そのとき、わきで甲高い声がした。「ソーラス王女を美しいと思うのかね？」

アイアン・ハートが振り向くと、それまでだれもいなかった場所に、しわくちゃの老人が立っていた。アイアン・ハートは顔をしかめたが、王女は最高に美しいと認めざるを得なかった。

「では」老人が言った。だいぶ身を乗り出しているので、アイアン・ハートに老人の臭い息がかかった。「王女と結婚したいかね?」

『アイアン・ハート』より

エメリーンは午後の陽差しの中に踏み出し、喜びのため息をついた。

「今のお店はとても充実していたわね」

「でも」ミス・ハートリーが隣で息を切らしながら言った。「本当に、このようなドレスがすべて必要なのでしょうか?　舞踏会用のドレスが一、二着あれば間に合いませんか?」

「ねえ、ミス・ハートリー」

「あら、どうかレベッカと呼んでください」

エメリーンは厳しい口調を和らげた。この子はとても感じがいい。

「ええ、もちろんですとも。ではレベッカ、何よりも大切なのは、きちんとした装いをすること――」

「できるものなら、金箔で」男らしい声がエメリーンの説教に割り込んできた。

「まあ、サミュエル!」レベッカが大きな声で言った。「顎のあざが今朝よりひどくなってるわ」

エメリーンは振り向き、眉間に寄せたしわを慎重に元に戻した。話の邪魔をされていら立っていることも、下腹部にそわそわするような妙な興奮を感じていることも、ミスター・ハートリーには悟られたくない。こんな動揺は、わたしのような年齢の女性にはふさわしくないはずだ。

先ほど見たときよりも、ミスター・ハートリーの顎のあざはたしかに青黒さを増している。どうやら、夜のうちに戸口にでも衝突したらしい。こんな優雅な男性にしては、妙に格好の悪い災難に遭遇したものだ。彼は今、街灯の柱に寄りかかっている。ブーツのようなものに覆われた足首を交差させ、もうだいぶ前からそこにいるかに見える。女性陣が三時間前に仕立屋に入ってからずっとこんなふうに待っていたのだとしたら、見えるのではなく、実際にそうだったのだろう。とんでもない人ね。外で三時間ずっと立っていられたというの？

エメリーンは罪の意識を感じた。「ミスター・ハートリー、買い物をすませるあいだ、わたしたちのことはどうぞお構いなく。そのほうがよろしいでしょう？」

ミスター・ハートリーが眉を吊り上げた。茶化すような目の表情は、レディが買い物をする日の細々した点についてはちゃんとわかってます、と語っている。

「皆さんを見捨てようなどとは夢にも思っておりませんよ、マイ・レディ。わたしの存在にうんざりなさっているのでしたら、おわびいたします」

エメリーンの傍らで、タント・クリステルが鼻を鳴らした。「ご機嫌取りみたいなことをおっしゃるのね、ムッシュー。あなたには似合わないと思いますけど」

ミスター・ハートリーはにやりと笑い、叔母にお辞儀をした。気を悪くしている様子はまったくない。「叱られて当然です」

「では……」エメリーンが不意に言葉を挟んだ。「次は手袋を見に行きましょうか。いちばんすてきなお店がここから少し行ったところにありますから」

「何か少し召し上がってはいかがですか？」ミスター・ハートリーが尋ねた。「買い物に精を出したせいであなた方が気絶でもなさったら、わたしは絶対に自分を許しません」

エメリーンは残念そうなふりをして、せっかくですがと言おうとしたが、タント・クリステルに先を越された。「お茶でもいただければ、とてもありがたいわ」

これでミスター・ハートリーの申し出を断ったら、不作法な人間に思われてしまうだろうし、しゃくにさわるけれど、彼もそれがわかっている。ミスター・ハートリーの口元が曲線を描き、温かみのある茶色の瞳がエメリーンをじっと見つめた。

エメリーンは口をぎゅっと結んだ。

「恐れ入ります、ミスター・ハートリー。本当にご親切に」

ミスター・ハートリーは頭を下げ、姿勢を正して街灯の柱から離れると、片方の腕を差し出した。「まいりましょうか？」

この人はどうして、都合のいいときだけ礼儀作法を思い出すのだろう？　エメリーンはぎこちない笑みを浮かべて指先を彼の腕に置き、生地の下にある筋肉を意識した。彼はエメリーンの手に、それから顔へと目を走らせると、片眉をぴくっと動かした。エメリーンは顎を上げて歩きだした。タント・クリステルとレベッカが後ろからついてくる。叔母はレベッカに、靴がいかに大事かと講義をしているらしい。

四人の周囲を行き交うメイフェアのおしゃれな群衆。若者たちが家々の戸口をうろつきながら噂話をしたり、華麗に装ったレディたちに色目を使ったりしている。ピンクの髪粉を振りかけたかつらをかぶった伊達男がひとり、これみよがしに長いステッキを使いながらぶらぶら通り過ぎた。すると、エメリーンの耳に、タント・クリステルがふんと鼻を鳴らす音が聞こえてきた。スティーヴンズ家の姉妹が通りかかったので、エメリーンは会釈をした。姉のほうはきちんと会釈をしたが、妹のほうは――ドレスはパニエでふくらませすぎだし、赤毛の頭は空っぽだとしても、かわいい子だ――手袋をした手を口に当てて、くすくす笑った。

エメリーンは彼女に向かって、とがめるように眉根を寄せた。

「ミスター・ハートリー、英国の都はいかがですか?」

「人が多いですね」エメリーンのほうに頭をちょっと下げて言う。彼の息は芳しい香りがするけれど、何の香りかわからない。

「もっと小さな街に慣れていらっしゃるということ?」何か不快な水たまりに近づきつつあったので、エメリーンはスカートを持ち上げた。水たまりをよける際、ミスター・ハートリーに引き寄せられて、一瞬ウールとリンネルの生地越しに彼の体のぬくもりが感じられた。

「ボストンはロンドンより小さな街です」ふたりの体が離れ、エメリーンは彼のぬくもりがなくなって寂しく思っている自分に気づき、悔しくなった。「でも、人が大勢いるのは変わりません。わたしは都会にはまったく不慣れで」

「田舎でお育ちになったの?」

「田舎というより荒野と言ったほうがいい」

エメリーンはその答えに驚いて顔を向けたが、同時にミスター・ハートリーも彼女のほうに再び体を傾けたようだ。突然、彼の顔がわずか数センチのところに現れた。エメリーンに笑いかけ、コーヒーブラウンの目の周りの細いしわが深くなっている。ふと見ると、左目の下に色の薄くなった細い傷跡がある。

次の瞬間、エメリーンは顔を背けた。

「では、あなたはオオカミに育てられたのですか、ミスター・ハートリー？」

「そこまでじゃありません」とげのある言葉を浴びせられたにもかかわらず、声には面白がっているような響きがあった。「父はペンシルヴェニアのフロンティアで毛皮用の動物を狩る猟師をしていて、わたしたちは父が建てた丸太小屋で暮らしていました。木の皮がついたままの丸太ですよ」

それはとても原始的なことに思われた。実は、エメリーンは彼の家庭をなかなか想像できなかった。自分が知っている世界とはあまりにもかけ離れていたからだ。

「男子校へ入るまでは、どういう教育を受けてらしたの？」

「読み書きは母に教わりました。足跡のたどり方、狩りの仕方、森については父に。父は森のことなら何でも知っていた」

ふたりは鮮やかな赤い看板を掲げた書店にさしかかった。看板はとても低い位置にぶら下がっており、もう少しでミスター・ハートリーの三角帽子をかすめるところだった。エメリーンは咳払いをした。「なるほど」

「本当にそう思っていますか？」彼が穏やかに尋ねた。「当時、わたしが暮らしていた世界はここととは大違いだ」そう言って、ロンドンの騒々しい通りを顎で示した。「木の葉の落ちる音が聞こえるほど静まりかえった森を想像できますか？　大の男が両腕で抱えられないほど幹の太い木を想像できますか？」

エメリーンは首を横に振った。「なかなか想像できませんわ。あなたが暮らしていた森は、わたしには未知の世界に思えます。でも、その森を出ていかれたのね？」

並んで歩きながら、ミスター・ハートリーは周囲を行き交う、途切れることのない人の流れをじっと見つめていたが、今度はエメリーンをちらりと見下ろした。

エメリーンは息をのみ、彼の暗い色の目に見入った。「学校へ行くために森での自由を手放したのですから、あなたにとっては、きっと大きな変化だったでしょうね」

ミスター・ハートリーは口の片側だけでほほ笑み、顔を背けた。

「ええ。でも少年には適応能力があります。わたしは規則に従うすべを学び、近づかないほうがいいやつはだれか、わかるようになりました。それに、当時からわたしは体が大きかった。おかげで助かりましたよ」

エメリーンは身震いした。「寄宿学校って、とても野蛮なところのようですね」

「だいたい、少年というものは小さな猛獣なんです」

「先生たちはどうですの？」

ミスター・ハートリーは肩をすくめた。

「大半は有能な教師ですよ。中には少年嫌いの不幸な教師もいます。しかし、自分の職業を心から愛し、子どもたちを大事にしてくれる教師もいます」

エメリーンは眉根を寄せた。「あなたと妹さんは、さぞかし違った子ども時代を過ごされたのでしょうね。妹さんはボストンの都会で育ったとおっしゃったでしょう?」

「ええ」そのとき初めて、彼の声が乱れたように思えた。「ときどき、わたしたちの子ども時代はあまりにも違いすぎたと思うことがあります」

「そうなのですか?」エメリーンはミスター・ハートリーの顔をじっと見つめた。彼の表情は実に微妙で、一瞬にして消えてしまうため、それをとらえたときは占い師になったような気分だった。

彼がうなずき、目を伏せた。

「彼女が必要としているものを、すべては与えてやれていないのではないかと心配なんです」

エメリーンはじっと前を見据え、どう返事をすべきか考えようとした。わたしが知っている男性の中で、こんなふうに周りの女性のことを心配していた人がいたかしら? 兄は自分の妹が何を必要としているか気にかけていたかしら? そうは思えない。

ミスター・ハートリーがひと息つき、再びしゃべりだした。

「息子さんは元気がいいですね」

エメリーンは顔をしかめた。「元気がよすぎると言う人もおりますけど」

「おいくつなんですか？」

「この夏で八つになりました」

「家庭教師を雇ってらっしゃる？」

「ミスター・スマイス＝ジョーンズという方で、毎日、来てもらっています」エメリーンは一瞬ためらったが、衝動的に言ってしまった。「でもタント・クリステルは、あなたが行かれたような学校へ息子を入学させるべきだと思っておりますの」

ミスター・ハートリーがちらりと彼女を見た。「家を出るには幼すぎるような気がしますが」

「ええ、でも上流階級の多くの家庭では男の子を寄宿学校へ入れていますし、ダニエルよりずっと幼い子がそうすることもあります」ふと、エメリーンは空いているほうの手で喉元のリボンをひねっていることに気づき、その手を止めてシルクの生地を慎重になでつけた。「叔母は、わたしのもとにいると息子が乳離れできない、つまり女ばかりの家にいると、大人の男になるすべを学べないと心配しているのです」どうして、赤の他人も同然の人にこんな個人的なことを詳しく話しているのだろう？　彼はわたしを愚かだと思うに違いない。

しかし、ミスター・ハートリーは考え込むようにうなずいただけだった。

「ご主人は亡くなられたのですね」

「ええ。ダニエルは――息子の名前は父親から取ったのですが――六年前に亡くなりました」

「にもかかわらず、あなたは再婚してらっしゃらない」

彼がかがみ込み、息に交じる香りの正体がわかった。パセリだ。こんな家庭的な香りが彼から香ってくると、とても魅惑的に思えるなんて不思議。

ミスター・ハートリーが穏やかに続けた。「あなたのように魅力的なレディが、こんな長いあいだ、独り身のまま寂しく暮らしているなんて理解できませんね」

エメリーンは眉間にしわを寄せた。「実は――」

「喫茶店がありますよ」タント・クリステルが後ろからふたりに声をかけた。「こんなに歩いたから、足が痛くてたまらないわ。ここでひと休みしてはどうかしら？」

ミスター・ハートリーが振り返った。

「これは失礼しました。ええ、もちろんです。休憩しましょう」

「よかった《ボン》」叔母が言った。「では、ちょっとのんびりしましょう」

ミスター・ハートリーは、ガラスのはまった美しい木の扉を開けて押さえ、一行はこぢんまりした店の中に入った。店内には小さな丸テーブルがそこここに置かれている。女性陣は席に着き、ミスター・ハートリーは紅茶を注文しにいった。

タント・クリステルが身を乗り出し、レベッカの膝を軽く叩いた。

「お兄様は、あなたのことをとても気にかけてらっしゃるわ。感謝なさい。男性が皆そうとは限らないのですよ。それに、女性のことを気にかけてくれる男性は、この世にあまり長居くれます」

「ええ、でもわたしはとても感謝しております。兄は、会えばいつもわたしにやさしくしてくれませんからね」

叔母の最後の言葉に、レベッカは眉をひそめたが、最初の言葉に答えを返すことにした。

エメリーンはスカートについているレースのひだ飾りを手でなでつけた。

「ミスター・ハートリーが、あなたは伯父様に育てられたとおっしゃっていたけど」

レベッカが目を伏せた。「ええ。兄には年に一度か二度会うだけでした。兄が訪ねてきたときに……。兄はいつもとても大きく見えました。今のわたしより若かったはずなんですけどね。もちろん、その後入隊して、会うときは立派な軍服を着ていましたし、わたしは兄を畏れ敬う気持ちで見ていました。兄の歩き方は、わたしが知っているほかのどの男性とも違います。大またで、すたすた歩くんです。まるで同じ速さで何日も歩き続けられるかのように」レベッカは顔を上げ、照れくさそうにほほ笑んだ。「表現の仕方がよくありませんね」

しかしエメリーンにはレベッカの言わんとしていることが妙に理解できた。ミスター・ハートリーの動きには優雅な自信が感じられ、その様子を見ていると、彼はほかの男性と違って、自分の肉体とその働きがよくわかっているのだと思えてくるのだった。エメリーンはミスター・ハートリーのほうを向き、注文の順番を待っている彼を観察した。すぐ前では年配の紳士が顔をしかめ、いらいらしながらつま先で床を叩いていた。待っている客はほかにもいる。足で床を叩く者。落ち着きなく足を踏み換え、重心を移動させている者。ミスター・

ハートリーだけが完全にじっとしている。いらいらしている様子もなければ、退屈した様子もない。片方の膝を曲げて脚を交差させ、胸の前で腕を組み、何時間でもそうやって立っていられそうだ。エメリーンと目が合うと、彼はゆっくりと眉を吊り上げた。問いかけるようでもあり、挑むようでもある。どちらなのかはわからない。エメリーンは顔が熱くなり、目を背けた。

「あなたとお兄様はとても仲がよさそうに見えるわ」エメリーンはレベッカに言った。「子ども時代を別々に過ごしたにもかかわらず」

レベッカはほほ笑んだが、自信なさそうな目をしている。「そうだといいのですが。ええ、仲がいいのでしょうね。わたしは兄をとても敬愛しています」

エメリーンは興味深く少女を見つめた。なるほど、レベッカの気持ちに偽りはないのだろう。でも、言い方はほとんど自問に近い。

「マイ・レディ」突然、そばでミスター・ハートリーの声がした。

エメリーンはびくっとし、ひどく腹立たしい気分で相手をちらりと見た。わざとこっそり近づいてきたの？　彼は例の、ひどく不可解な笑みを浮かべ、ピンク色の砂糖衣がかかった菓子を盛った皿を差し出した。その後ろには、茶器を一式載せたトレーを持った女性の店員がいる。ミスター・ハートリーのコーヒーブラウンの目が、あなたはつまらないことを気にする人だとたしなめているように感じられた。

エメリーンは息をついた。「ありがとうございます、ミスター・ハートリー」

彼が頭を下げる。「どういたしまして、レディ・エメリーン」

ふん。菓子の味見をすると、一度に酸味と甘みが広がった。しかもちょうどいい具合に。

エメリーンは叔母をちらりと見た。叔母はレベッカに顔を近づけ、熱心に話をしている。

「叔母が妹さんにお説教をしていないといいのですが」エメリーンは紅茶を注ぎながら言った。

ミスター・ハートリーがレベッカに目を走らせる。「妹は見た目よりも動じないところがありましてね。叔母様がどんな苦痛を与えようと、うまく乗り切りますよ」

彼はエメリーンから一メートルと離れていないところで、さりげなく壁に寄りかかった。席はすでに全部、埋まっている。エメリーンは紅茶をひと口、ふた口、飲みながら、ふと彼の奇妙な履物に目を落とした。

そして何も考えず、思ったことを声に出していた。

「いったいどこで、その靴を手に入れたのですか?」

ミスター・ハートリーは胸の前で腕を組んだまま、片方の脚を伸ばした。

「これはモカシン。シカの革でできています。アメリカ先住民のモヒカン族の女性が作ったものですよ」

隣のテーブルのレディたちが席を立って出ていったが、彼は座るそぶりを見せない。店の扉のベルが鳴り、さらに客が入ってきた。

エメリーンはミスター・ハートリーのモカシンと、その上のレギングを見て眉をひそめた。

柔らかそうな革のレギングは、刺繡を施した細い帯を使って膝の真下で留めてあり、帯の端が垂れ下がったままになっている。

「植民地の白人男性は皆、このような装いをしているのですか？」

「いいえ、まったく」ミスター・ハートリーは再び脚を交差させた。「ほとんどの男性はこちらの紳士と同じように靴やブーツを履いています」

「では、どうしてあなたは、こんな奇妙な履物をこれ見よがしに身につけているのかしら？」自分の声にとげがあると気づいたものの、型破りな服装に固執する彼が、エメリーンには我慢できないほど腹立たしく思えたのだ。なぜこんなことをするの？　ロンドンのほかの紳士と同じように留め金のついた靴と長靴下を履けば、人から目をつけられることもないだろう。財産があるのだから英国紳士になれるかもしれないし、社交界に受け入れられるかもしれない。彼なら立派な人物と見なされるだろう。

ミスター・ハートリーが肩をすくめた。エメリーンの動揺にはまるで気づいていない。

「アメリカの森で、狩人たちはこれを身につけています。とても履き心地がいいし、英国の靴よりずっと実用的なんですよ。レギングはとげや枝から脚を守ってくれます。わたしはこれに慣れているものですから」

彼がこちらを見た。その目に宿る表情から、エメリーンはなぜか悟った。彼が平凡な普通の英国紳士だったらいいのにとわたしが思っていることに、この人は気づいている――それを理解し、悲しい気持ちになっている。エメリーンはどうすればいいのかわからず、温かみのあるコーヒーブラウンの瞳をじっと見つめた。そこには何かがあった。ふたりのあいだで交わされた何かが。でも、それが何なのか、微妙なところまではよくわからない。

　そのとき、背後で男性の声がした。

「ハートリー伍長！　ロンドンで何をしておられるんですか？」


　サムは緊張した。声をかけてきた男はほっそりとしていて、背丈は人並みだった。もしかすると、少し低めかもしれない。深緑の上着に茶色のベスト。文句なしに立派な格好だし、まったく普通だ。それどころか、どこにでもいるロンドンの紳士らしく見えていたかもしれない――もしも髪がこんなふうではなかったら。男はオレンジ色がかった鮮やかな赤毛で、それを束ねて後ろに垂らしている。サムはこの見知らぬ男が何者か思い出そうとしたが、だめだった。あの連隊には赤毛が何人かいた。

　男がにやりと笑い、手を差し出した。

「ソーントン。ディック・ソーントンです。しばらくですね。もう何年になりますか？　五年にはなるかな。ロンドンで何をなさってるんです？」

　サムは差し出された手を握って振った。ああ、そうか。ようやく思い出した。ソーントンは第二八連隊に所属していた男だ。「仕事で来ているんだ、ミスター・ソーントン」

「そうなのですか？　植民地の森林トラッカー（足跡などから野生動物や人間を追跡する人）がやってくるにしては、ロンドンはずいぶん遠いところですよ」自分が口にした言葉から侮辱的な要素を取り除こうとするかのように、ソーントンが笑みを浮かべる。

サムは軽く肩をすくめた。「伯父が六〇で亡くなってね。わたしは除隊し、ボストンで伯父の輸入業を引き継いだんだ」

「ああ、そうでしたか」ソーントンは驚いたようにのけぞり、それから、いぶかしげな目でレディ・エメリーンをちらりと見た。

紹介をするのは何だか気が進まなかったが、サムはその気持ちを振り払った。

「マイ・レディ、わたしのかつての戦友、ミスター・リチャード・ソーントンを紹介させていただきます。ソーントン、こちらはレディ・エメリーン・ゴードン。セント・オーバン大尉の妹さんだ。それから、こちらはわたしの妹のレベッカ。そして、レディ・エメリーンの叔母上、マドモアゼル・モリヌー」

ソーントンが大げさにお辞儀をした。「皆様、はじめまして」

レディ・エメリーンが片手を差し出した。「ごきげんよう、ミスター・ソーントン」

ソーントンはまじめな顔をして、レディ・エメリーンの手の上に身をかがめた。

「お目にかかれて光栄です、マイ・レディ。ひと言、申し上げてもよろしいでしょうか？　兄上が亡くなられたとうかがったときは、われわれ全員、大変心を痛めました」

レディ・エメリーンは悲しみの表情をいっさい見せなかった。しかし、少し離れたところにいても、サムには彼女が体をこわばらせたのがわかった。どうしてそんなことがあり得るのか、自分でも説明できなかったが、あたかも、ふたりのあいだにある空気が変化したかのように感じ取れたのだ。

「ありがとうございます」エメリーンが言った。「レノーをご存じでしたの?」

「ええ、もちろん。われわれは皆、セント・オーバン大尉を存じ上げておりましたし、大尉が好きでした」ソーントンは確認するようにサムのほうを向いた。「勇敢な紳士であり、偉大な指導者でした。そうでしたよね、ハートリー伍長? 常にやさしい言葉をかけてくださいましたし、あの地獄のような森を行軍するときも、いつもわれわれを励ましてくださいました。そして、いよいよ敵が襲いかかってきたとき、一歩も引かなかった大尉の姿を目にしていたら、妹のあなたも誇らしい気持ちになったでしょうね。おびえていた者もいたし、列を乱して逃げ出そうとした者もいたというのに」ソーントンは突然、口をつぐんで咳払いをし、気まずそうにサムを見た。

サムは無表情で相手をじっと見返した。これまで多くの人間から、スピナーズ・フォールズで逃げ出した男、と思われてきた。当時は釈明はしなかったし、今もそうするつもりはない。レディ・エメリーンが自分を見ていることはわかっているが、目は合わすまい。彼女がそうしたいのなら、ほかのやつらと同じように、わたしを非難すればいい。

「甥のことを覚えていてくださって、とてもありがたいわ、ミスター・ソーントン」マドモアゼル・モリヌーが気詰まりな沈黙を破ってくれた。

「そうですね」ソーントンはベストの乱れを直した。「もう、昔の話ですよ。セント・オーバン大尉は英雄らしく立派な最期を遂げられました。それだけは忘れないでいただきたい」

「ロンドンにいる第二八連隊の帰還兵で、ほかにもだれか知っているのか？」サムはソーントンに穏やかに尋ねた。

相手は考えながら、ふーっと息を吐き出した。

「あまり多くはおりません。言うまでもないでしょうが、そもそも生存者はほとんどいなかった。まず、ホーン中尉とレンショー大尉――今はヴェール卿――ですが、わたしは、あのふたりが属する上流社会にはとても近寄れません」ソーントンはエメリーンに向かってほほ笑んだ。あなたが高貴な人であることは認めますよ、と言わんばかりに。「あと、ウィンブリーにフォード。それにアレン軍曹。気の毒に。あんなひどいことになってしまって。脚を片方失って、まったく回復しませんでした」

サムはすでにウィンブリーとフォードには会って話を聞いていた。アレン軍曹の居場所を突き止めるのはもっと大変だ。サムは頭の中で、話をするべき人物リストのいちばん上にアレンの名を移動させた。「あの連隊にいた、きみの仲間はどうなんだ？」と訊いてみる。「たしか夜になると、よく一緒に火を囲んでいた仲間が五、六人いただろう。リーダーがいたみたいだな。もうひとりの赤毛で、兵卒の……」

「マクドナルドです。アンディ・マクドナルド。そう、みんな、わたしたちの区別がなかなかつかなかった。髪の毛のせいでね。おかしなもんです。人がわたしについて覚えていることといったら、それだけなんですから」ソーントンは首を横に振った。「かわいそうに、マクドナルドはスピナーズ・フォールズで頭に銃弾を受けました。わたしの真横に倒れていたんです。本当ですよ」

サムは目をそらさないようにしていたが、汗がひと筋、背骨を流れ落ちていくのがわかった。あの日のことを考えるのはいやだったたし、ロンドンの雑踏はすでに彼を落ち着かない気持ちにさせていた。「ほかの仲間は？」

「死にました。みんな死んだと思います。仲間の大半はスピナーズ・フォールズでやられましたが、リドリーはその後、何カ月か生き延びました。ですが、壊疽《えそ》になって、ついに逝ってしまった」ソーントンは悲しげな笑みを浮かべ、片目を引きつらせてウインクをした。

サムは顔をしかめた。「きみは――」

「ミスター・ハートリー、まだこれから靴屋に行かなければいけないのですよ」マドモアゼル・モリヌーが口を挟んだ。サムはソーントンと合わせていた視線をそらし、レディたちを見た。レベッカは目に困惑の色を浮かべて兄を見守っている。レディ・エメリーンはうつろな表情をしている。じれったそうな顔をしているのは叔母だけだ。「これは申し訳ない。昔話でみなさんを退屈させるつもりはなかったのですが」

「わたくしもおわび申し上げます」ソーントンがまた美しいお辞儀をした。「お会いできて、とても楽しゅうございました」

「住所を教えてもらっても構わないか？」サムは急いで尋ねた。「また話したいんだ。あの日の出来事について覚えている人間はほとんどいないからな」

ソーントンは満面の笑みを浮かべた。「もちろん構いません。わたしも思い出話は楽しい。

仕事場に来ていただければ結構です。ここからそう遠くないところですよ。ピカデリーからドーヴァー・ストリートに出て、そこをずっと歩いていけば見つかります。ジョージ・ソーントンと息子、と看板が出ていますから。靴屋なんです。父が始めた商売ですがね。まあ、あなたはご存じないでしょうけど」

「ありがとう」サムは再び握手をし、ソーントンがレディたちに別れを告げて店を出ていく姿を見守った。赤毛は人込みの中でもしばらく見分けがついたが、やがて姿を消した。

サムはレディ・エメリーンのほうを向き、腕を差し出した。

「まいりましょうか?」それから、思わず彼女の目を見つめてしまった。彼女に理解できなかったはずがない。頭のいい女性だし、ソーントンとの話をすべて聞いていたのだから。しかし、そう思ってみても、サムは気が滅入った。

彼女は気づいている。

ミスター・ハートリーがロンドンにいる理由は、スピナーズ・フォールズの大虐殺。ミスター・ソーントンにかなり突っ込んだ質問をしていたし、相手の答えに向けていた注意は真剣そのものだった。第二八連隊の大虐殺にまつわる何かが彼を悩ませている。

エメリーンは彼の前腕に指先を置いたものの、自分を抑えることができず、筋肉質な腕をぐっとつかんだ。「どうして何も言ってくださらなかったの?」

ふたりはすでに歩きだしていた。ミスター・ハートリーは横顔を向けており、片側の頬の筋肉が引きつっている。

「何のことですか？」

「よして！」エメリーンは吐き捨てるように言った。叔母とレベッカがすぐ後ろにいるし、話を聞かれたくない。「わかっていないふりなどしないでください。わたしは愚かではありません」

ミスター・ハートリーが彼女に目を走らせた。「そんなふうに思うわけないでしょう」

「では、そのような扱いはしないでください。あなたはレノーと同じ連隊で職務に就いていた。兄のことを知っていたのです。いったい何を調べているのですか？」

「わたしは……」ミスター・ハートリーが口ごもった。彼は何を考えているの？　わたしに何を隠しているの？「あなたにいやな記憶を思い出していただきたくなくて――」

「思い出す？　まったく《モン・デュー》！　わたしがたったひとりの兄の死を忘れていただなんて、あなたはそう思うのですか？　あなたに何か言ってもらわないと兄のことが思い出せないとおっしゃるの？　わたしは毎日、兄を思っています。いいですか、毎日ですよ」エメリーンは言葉を切った。呼吸が荒くなり、声が震えてきたからだ。男って、なんて間抜けなんだろう！

「申し訳ありません」ミスター・ハートリーが静かに言った。「兄上を失われた悲しみをないがしろにするつもりはありませんでした」

エメリーンはそれを聞いて鼻であしらった。

ミスター・ハートリーは、それにもめげず続けた。

「しかし、わたしにも少しは思いやりがあると信じてください。どう話せばいいかわからなかったのです。兄上について。あの日のことについて。うっかり失礼な言い方をしてしまいました。わざと意地悪なことを言ったわけではありません。どうか、お許しください」

そんな調子のいいことを言ったって……。エメリーンは唇を嚙み、ぶらりと通りかかったふたりの若い貴族を見つめた。ふたりとも流行の最先端を行く服装をしている。レースが手首からあふれるように袖口を飾り、上着はビロード製、これでもかというほどカールさせたかつらをかぶっている。おそらく、まだ二〇《はたち》歳にもなっていないのだろう。富と特権を持つ者の傲慢さを前面に押し出して歩いている。社会的地位に自信を持ち、下の階級の人間が遭遇する災いは、自分たちには無縁なものだと固く信じている。レノーもああいう歩き方をしていた。

兄の笑っていた黒い瞳を思い出し、エメリーンは顔を背けた。

「彼はあなたのことを書いていました」

ミスター・ハートリーが彼女に目を走らせ、眉を吊り上げた。

「レノーがです」エメリーンは主語をはっきりさせた。といっても、ほかの人のことを話しているはずもなかったのだが。「わたし宛の手紙に、あなたのことを書いていました」

ミスター・ハートリーは通りの前を見据えている。つばをのみ込んだとき、喉ぼとけが波打つのがわかった。「兄上は何と書かれていましたか?」

エメリーンは通りかかったレース店の陳列窓に興味があるふりをしながら肩をすくめた。

最後にレノーの手紙を読んでからもう何年も経っているけれど、内容は一字一句、そらで覚えている。

「あるアメリカ人の伍長が連隊に配属されたとありました。兄はその追跡能力に感心し、ほかのどの斥候をおいてもあなたを信頼していたそうです。それと、あなたに現地の部族の見分け方を教わったと。モヒカン族は頭のてっぺんで髪を逆立てていて、ワイ・ワイ――」

「ワイアンドット」ミスター・ハートリーが静かに言った。

「ワイアンドット族は赤と黒が好きで、腰の前と後ろだけに掛かる長い布を好んで身につけていて――」

「下帯《ブリーチ・クラウト》だ」

「ええ、そのとおりです」エメリーンはうつむいた。「あなたのことが好きだと言っていました」

ミスター・ハートリーが大きく息を吸い込んだ。

「ありがとうございます」

エメリーンはうなずいた。何に感謝したのか尋ねる必要はなかった。

「兄と知り合って、どれくらいだったのですか？」

「長くはありませんでした。ケベックの戦い（フレンチ・インディアン戦争における最大の激戦。英国軍が勝利）のあと、わたしは非公式に第二八連隊に配属されました。エドワード砦に到着するまで、連隊と行軍をともにし、進路の偵察をすることになっていただけです。兄上とはひと月ほどのつきあいでした。

もう少し長かったかもしれません。言うまでもないでしょうが、その後、われわれはスピナーズ・フォールズへ向かいました」

それ以上、言う必要はなかった。スピナーズ・フォールズは、ワイアンドット族のふたつの集団から集中攻撃を受け、連隊の兵士が大勢命を落とした場所だ。エメリーンはあの惨劇について新聞に書かれた記事を読んでいた。生存者の中でその話をしたがる者はまれだったし、ましてや女性とその話をしようと思う者などほとんどいなかった。

エメリーンは息を吸い込んだ。「兄が死ぬところを見たのですか？」

ミスター・ハートリーが振り向き、こちらを見つめているのがわかる。

「マイ・レディ――」

エメリーンがあまりに腰のひだ飾りをねじるので、ついにシルクの生地が裂けてしまった。

「兄が死ぬところを見ましたか？」

ミスター・ハートリーが息を吐き出した。そして口を開いたとき、出てきた声はこわばっていた。「いいえ」

エメリーンは生地の端を放した。わたしはほっとしているの？

「なぜ、そんなことを尋ねるのです？　きっと聞いたってうれしい話では――」

「知りたいから――いいえ、知る必要があるからです。兄がどんな最期を遂げたのかを」ミスター・ハートリーの顔をちらりと見ると、眉間にかすかにくぼみができており、エメリーンは彼が当惑しているのだと悟った。何も目に入っていないのに、じっと前を見つめ、自分の思いを語るための言葉を探す。「もし、兄が経験したことをほんの少しでも理解できれば、あるいは感じることができれば、兄に近づけるかもしれません」

今や、ミスター・ハートリーの眉間のしわはますます深くなっている。

「兄上は亡くなった。自分が死んだことを、あなたにそんなふうにくよくよ考えてほしくないと思いますが」

エメリーンはくすくす笑ったが、素っ気なく息が吐き出されただけだった。

「でも、あなたがおっしゃるとおり、兄は亡くなったのです。兄が望むと望まざるとにかかわらずもう関係ありません」

ああ、今度こそ彼にショックを与えた。世の男性は、レディは人生の過酷な現実から守られるべきだと固く信じている。哀れむべき男たち。なんて単純なのだろう。それでは出産の苦しみを昼食前の散歩か何かだと思っているのかしら？

しかし彼は――この奇妙な植民地主義者は立ち直りが早かった。「というと？」

「わたしがこんなことをお尋ねするのは自分のためです。レノーのためではありません」エメリーンはふっと息を吐き出した。なぜ、わたしはわざわざこんな話をしているの？　彼はわかってくれないだろうに。「亡くなったとき、兄はとても若かったのです。二八ですよ。それに、やり残したことがたくさんありました。兄については、限られた数の思い出しかありません。もうこれ以上、思い出は増えないのです」

エメリーンは言葉を切った。通りの前方に目を向けているが、何も見えていない。ミスター・ハートリーは何も言わなかった。これは個人的な問題だ。赤の他人と言ってもいい人に、こんな話をするべきではなかった。でも彼はかの地で、レノーが死んだあの場所にいた。たとえわずかとはいえ、彼はレノーの一部なのだ。

エメリーンはため息をついた。「子どものころ、ふたりでよく一緒に見た、おとぎ話の本がありました。レノーはそこに載っている話が大好きでした。詳しい内容は覚えていませんが、わたしはずっと、あれをまた読めたらいいのにと思っていて……」突然、自分が取りとめのない話をしていると気づき、ミスター・ハートリーをちらっと見上げた。

彼はエメリーンをじっと見返した。興味深げに頭を彼女のほうに傾けている。

エメリーンはいら立ったように手をひらひらさせた。

「でも、その本がどこにもないのです。もし、兄の最期がどうだったのかがわかれば、わたしの記憶の中で兄はもう少し長く生き延びてくれます。それが恐ろしい瞬間であっても構いません。わかりますか？　それはレノーが生きた瞬間です。だからかけがえのない瞬間なのです。わたしを兄に近づけてくれるものなのです」

ミスター・ハートリーは眉根を寄せ、頭を垂れた。「わかる気がします」

「わかる？　本当に？」もしそうなら、彼はわたしを理解してくれた最初の人物ということになる。レノーの最期の日に起きたことをすべて知りたいというわたしの欲求は、タント・クリステルでさえ完全には理解できないというのに。エメリーンはびっくりして彼を見つめていたが、やがて少しずつわかってきた。もしかすると、ほかの男性とは本当に違うのかもしれない。なんておかしなことだろう。

彼が顔を上げ、エメリーンの視線をとらえた。あの官能的な唇が曲線を描く。

「あなたは恐るべき女性だ」

エメリーンはサミュエル・ハートリーを好きになりそうだと気づき、自分でもぞっとした。彼をものすごく好きになってしまいそうだ。慌ててまっすぐ前を向き、深呼吸をする。

「教えてください」

ミスター・ハートリーはもう、何を訊かれているのかわからないふりはしなかった。

「わたしはスピナーズ・フォールズでなぜあんなことが起きたのか、理由を突き止めようとしているのです。ワイアンドット族は、われわれの連隊を偶然見つけたのではありません」

彼がエメリーンのほうに顔を向けた。その目は、鉄のように揺るぎない、確固たる表情を浮かべている。力強く、決意に満ちた、毅然とした表情。

「われわれは裏切られたのだと思います」

4

老人は汚いぼろを着ていた。こんな男が王女と結婚するための鍵を握っているようにはとても見えない、アイアン・ハートはそう思った。

しかし、アイアン・ハートがわきへよけようとしたとき、老人に腕をつかまれた。

「聞くがいい！　おまえはソーラス王女を花嫁とし、大理石の城で一緒に暮らせるのだぞ。絹の服が着られるし、かいがいしく仕えてくれる召使だって手にはいる。おまえはただ、わたしの指示に従いさえすればいいのだ」

「それで、あんたの指示とは？」アイアン・ハートが尋ねた。

年老いた魔法使いが――いろいろなことを知っているということは当然、魔法使いだ――にやりと笑った。「六年間、口をきいてはならない」

アイアン・ハートは目を丸くした。「もし、できなかったら？」

「ひとつでも言葉を発したら、おまえはぼろをまとった男に戻り、ソーラス王女は死ぬ」

普通なら、こんな取引はさほど素晴らしいとは思えないだろう。でも、忘れてはならない。アイアン・ハートは今、掃除人として雇われている。彼は、ぼろぼろになった革の靴を履いている足を見下ろし、それからその晩の寝床になるであろう、道ばたの溝に目を走らせた。そしてついに、自分にできる唯一のことをした。

アイアン・ハートは魔法使いの出した条件を受け入れた……。

『アイアン・ハート』より

今夜の月は雲に隠れている。サムは暗い戸口のわきで立ち止まり、空をちらりと見上げた。いずれにせよ、欠けた月だ。雲間から姿を現しても光は弱い。深い闇は大歓迎だ。おかげで、狩りにはうってつけの晩になった。

サムは今夜の標的となる屋敷の裏口のほうへ進んだ。音を立ててはいけないと思い、砂利道は避けていく。建物に近づくと、召使用の出入り口が半地下にあり、扉へと続く階段があった。その上方にバルコニーかテラスらしきものがあって、装飾を施した低い壁とフランス戸が見える。フランス戸の向こうで光が揺らめいた。サムは曲線を描くみかげ石の階段を忍び足で上り、ガラス戸に近づいた。カーテンも閉めておらず、中にいる男は舞台に立つ俳優のごとく照らし出されている。

ヴェール子爵、すなわちジャスパー・レンショーは、大きな赤いビロードのウィングチェアに半ば横になったような格好で腰かけていた。肘かけに長い脚の片方を引っかけてぶらつかせながら、膝に載せた大きな本のページをめくっている。

椅子のそばにはバックル付きの大きな靴が片方だけひっくり返っており、ぶらつかせているほうの脚は長靴下しかはいていない。

サムは軽く鼻を鳴らして窓のそばにうずくまり、相手がまるで気づいていないのをいいことに、外から思う存分、その男を観察した。ヴェールは第二八連隊の軽歩兵中隊を指揮していた。サムが五年ぶりに会って話をしたほかの元兵士たちは年を取り、見た目も変わっていたが、レンショーは――今やヴェール子爵だ――あのころと変わらない。面長の痩せた顔、大きな口の両わきには深いしわが刻まれており、鼻もずいぶん大きい。美男子ではないが、憎めない顔をしている。目尻が下がっているところが猟犬に似ていて、機嫌のいいときでさえ、いつもちょっと悲しげに見えるのだ。顔以外の部分は、痩せてひょろっとした青年期の体形から脱していないといった印象だ。腕と脚は長くて骨張っていて、その割に手と足が大きすぎる。まるで四肢に肉がつくのをまだ待っているかのようだ。それでも、ヴェールはサムと同じ歳だった。サムが注意深く見ていると、ヴェールが親指をなめて、また本のページをめくった。それからクリスタルのグラスを持ち上げ、ルビー色の液体をすすった。

サムの記憶ではヴェールは優秀な指揮官だったが、レノーほど威厳のある人物ではなかった。あまりにも皆と打ち解けていて、部下たちにわざわざ尊敬の念を教え込むようなことはしなかったのだ。その代わりに様々な問題やささいな衝突の解決をしてくれる人物として頼りにされていた。ヴェールは将校たちと食事をするのと同じように、下級兵士ともさいころ賭博をするような男だ。いつも機嫌がよかったし、いつも待ってましたとばかりに冗談を言ったり、仲間の将校をからかったりしていた。そのおかげで軍隊の人気者だった。あいつなら連隊全体を裏切りかねない、と人から思われるような男ではない。

それでも入手した情報が本当なら、裏切り者がいるはずだ。サムはポケットを叩き、中に入っている紙の存在をたしかめた。だれかがフランス軍および彼らと同盟を結んでいたワイアンドット族に警告をし、第二八連隊の正確な居場所を教えたのだ。陰謀を企て、スピナーズ・フォールズで連隊の仲間の兵士を皆殺しにしようとした。その可能性に突き動かされ、サムは英国までやってきた。真実を探らなくてはいけない。五年前のあの秋の日、あれだけ大勢の人間が死なねばならなかった理由があるのかどうか突き止めなくてはいけない。そして、責任を負うべき男を見つけたあかつきには、ひょっとするとスピナーズ・フォールズで失った自分の魂を再生させ、失った人生を取り戻せるかもしれない。

ヴェールは追うべき男なのか？　子爵はクレモンスに借金があり、クレモンスはあの大虐殺で死んだ。しかし、ヴェールはスピナーズ・フォールズで勇敢に雄々しく戦った。あのような将校が、ひとりの男を亡き者にしたいがために連隊を皆殺しにできるだろうか？　ヴェールの顔に悪行の傷跡は残っていないのか？　それとも五年の月日が経ち、やつは満足げな顔をして書斎で本を読んでいるというのか？

サムは首を横に振った。五年前のあの将校が、あんなことをしたはずがない。しかし、第二八連隊にいたのはわずかひと月余り。ひょっとすると彼のことを本当はわかっていなかったのかもしれない。本能が、今この場でヴェールと対決すべきだと告げている。しかし、そんなやり方では何の答えも得られないだろう。社交的な集まりで間接的に近づくほうがいい。だからレディ・エメリーンの助けを求めたのではないか。あのレディのことを考え、サムはその場を去り、暗い庭を引き返していった。協力を求める本当の理由がわかったら、レディ・エメリーンはどう思うだろう？　彼女はいまも兄のために深く悲しんでいるが、社会的地位を台無しにしてまで自分と同じ貴族を告発したいと思うだろうか？　サムは顔をしかめた。

どういうわけか、レディ・エメリーンは彼が取った方法に満足してくれないだろうという気がした。

「だめ、だめ、だめ！」

翌朝のこと。エメリーンは大きな声を出した。

レベッカが片脚を半分上げたままぞっとした顔をしている。ふたりがいるのはエメリーンのタウンハウスにある舞踏室。エメリーンは最新のダンスのステップをいくつかレベッカに教えようとしているところだった。タント・クリステルはハープシコードで練習の手助けをしている。楽器は体格のいいふたりの従僕にわざわざ運び込ませたのだ。舞踏室の床は寄木張りでぴかぴかに磨かれており、一方の壁にはずらりと鏡が並んでいる。そこに片脚を上げ、ぞっとした表情のレベッカが無数に映っていた。エメリーンは深呼吸をし、表情を和らげようと貼りついた笑顔をつくってみせた。

それでもレベッカがほっとしているようには見えない。

エメリーンはため息をついた。「なめらかに動かないとだめよ。優雅にね。今の動き方だとまるで……」象という言葉を使わない表現を探してみる。

「酔っぱらった水兵みたいだ」エメリーンの舞踏室にサミュエル・ハートリーの声が響いた。彼は面白がっているらしい。

レベッカがどんと脚を下ろし、兄をにらんだ。「それはどうもありがとう！」

ミスター・ハートリーは肩をすくめ、舞踏室にぶらりと入ってきた。茶色と黒の服できちんと装っていたが、例の顎のあざは黄色を帯びた緑に変色しているし、目の下にはくまができている。

エメリーンは目を細めた。彼は夜も眠らず、いったい何をしていたのだろう？

「ミスター・ハートリー、何かご用ですか？」

「いかにも」彼が答えた。「ただちに、わが妹のダンスの稽古を監督しにいく必要があると思いまして」

兄の言葉にレベッカはわざとらしく咳払いをしたものの、口元にははにかんだ笑みを浮かべた。兄に関心を持ってもらい、喜んでいるのは明らかだ。

だが、エメリーンは違った。この男性が自分の家の舞踏室にいるだけで集中力が途切れてしまう。

「わたしたちはとても忙しいのです、ミスター・ハートリー。レベッカの初めての舞踏会までに、たった二日しかないのですよ」

「ああ」ミスター・ハートリーは皮肉っぽく、正確な角度でお辞儀をした。「事の重大性は理解しております」

「そうでしょうか？」

「コホン！」タント・クリステルがひどく耳障りな音で咳払いをした。エメリーンとミスター・ハートリーはそろって振り返り、叔母をじっと見つめた。「体を酷使したので、わたしもこの子も、ちょっと休憩が必要だわ。庭でもぐるっと歩いてこようかしら。さあ、いらっしゃい、お嬢ちゃん《マ・プティット》。とても退屈な庭を散歩する場合の洗練された会話について、教えてあげましょう」そう言って、レベッカに手を差し出した。

「まあ、ありがとうございます」レベッカは弱々しく答え、老女についていった。

　エメリーンは足で床をこつこつ叩きながら待った。叔母とレベッカが扉に向かって歩いていき、部屋を出るとすぐ、ミスター・ハートリーのほうに向き直った。

「あなたは今朝のお稽古を中断させたのですよ。いったいここで何をしてらっしゃるの？」

　ミスター・ハートリーが眉を吊り上げ、すぐそばまでやってきた。彼の息が頬をかすめる。

「なぜ気になるのですか？」

「気になる？」エメリーンは一度ためらってから、再び口を開いた。「気になるわけじゃありません。わたしはただ――」

「機嫌が悪い」ミスター・ハートリーは唇をすぼめ、初めて食べる果物を吟味するかのように首をかしげた。「あなたは、しょっちゅう機嫌が悪い」

「そんなことはありません」

「昨日も機嫌が悪かった」

「でも——」

「ミセス・コンラッドの客間で初めてお会いしたときも不機嫌だった」

「いいえ、わたしは——」

「われわれがお茶にうかがったときの様子は、正確には不機嫌とは言えませんが、きっと機嫌がよかったわけではないのでしょうね」ミスター・ハートリーはエメリーンにやさしくほほ笑みかけた。「でも、わたしが誤解しているのかもしれない。あなたはいつもは陽気な性格のレディなのだが、おそらくわたしが突然現れ、あなたの生活に入り込んできたものだから不愉快になっているのでしょう」

エメリーンはぽかんとした顔で彼を見た。社交界にデビューするうぶな女性のように、本当にぽかんと口を開けてしまった。よくもそんなことを！　わたしにこんな言い方をする人はひとりもいないのに！　ミスター・ハートリーはもう顔を背けており、いまいましい仕草で、所在なげにハープシコードをぽろんぽろんと鳴らしている。口の片側を引きつらせ、いたずらっぽく彼女をちらりと見るのがわかったが、次の瞬間にはもう、でたらめにハープシコードを鳴らす自分の指に目を戻していた。

エメリーンは深呼吸をし、スカートを引っ張って乱れを直した。こっちはだてに数々の舞踏会で華を務めてきたわけではないのよ。

「ミスター・ハートリー、わたしの言い方がそれほどきつかったとは気づきませんでした」エメリーンはそう言って、彼が立っている場所へと近づいていった。目を伏せたまま――あまり慣れている表情ではないけれど――悲しげに見えるように努力しながら。「わたしの淑女らしからぬ無愛想のせいでご心痛をおかけするくらいなら、死んだほうがずっとましでしたわ。深くおわび申し上げます」

エメリーンは待った。今度は向こうが何か言う番だ。レディに平謝りさせたのだから、恥ずかしくてたまらないはず。もしかすると、しどろもどろになったりするかもしれない。エメリーンはにやにやしないようにした。

しかし沈黙が続くばかり。彼の長い指は音楽を奏でるつもりもなくハープシコードの鍵盤を叩いている。もしこれ以上沈黙が続いたら、頭がおかしくなってしまうだろう。

エメリーンはとうとう顔を上げた。

ミスター・ハートリーは自分の手に注意を払ってもいなかった。それどころか、かすかに面白がっているような表情を浮かべて、エメリーンをじっと観察している。

「あなたが最後に男性に謝罪をしたのはいつですか?」

まあ! こんな腹立たしい無骨者、見たことがない!

「わかりません」エメリーンは悲しげに言った。「何年も前かもしれませんわ」ハープシコードに近づき、彼の手がある鍵盤のわきに自分の手を置く。それから相手を見上げて口角をゆっくりと上げ、かすかに笑みを浮かべた。「でも、その方がわたしの謝罪にとても満足してくださったことはちゃんとわかっております」

ミスター・ハートリーの手が止まり、部屋が突然静まりかえった。彼の瞳が怖くなるほど一心にこちらを見つめている。エメリーンはどうしても目をそらすことができず、じっと観察した。彼の視線が彼女の顔を漂い、ついには口元に向けられた。よく考えもせず、エメリーンは唇を開いてしまった。彼が目を細め、一歩近づく。ふたりの距離を縮め、両腕を上げながら。

そのとき、舞踏室の扉が開いた。

「さあ、もう準備はいいかしら?」タント・クリステルが言った。「あと一時間やって、終わりにしましょう。この楽器をそれ以上弾いたら、手が使いものにならなくなってしまうわ」

「ええ、そうしましょう」エメリーンは息を切らしながら言った。おそらく顔はゆでたビートにも負けないくらい赤くなっていただろう。横目で見ると、ミスター・ハートリーはなぜかもうハープシコードの反対側に移動していた。ふたりの距離がこれだけ離れていれば十分だ。いったいいつの間に? 彼が動いたことに気づきもしなかった。

「レディ・エメリーン、大丈夫ですか?」レベッカが無邪気に尋ねた。「お顔が熱そうですね」

まあ、この植民地人たちのぶしつけな振る舞いと言ったら! 憎たらしい男がにやにや笑うのがわかったけれど、わたし以外に彼の表情を読み取れた者がいたとは思えない。

「大丈夫よ」エメリーンは左の袖を前に引っ張った。「先ほどのステップのおさらいから始めましょうか？　ミスター・ハートリー、ここにいらしてもきっとひどく退屈なさるわ。お仕事がおありなら、なさって構いませんのよ」

「そうさせてもらいますよ、レディ・エメリーン。するべきことがもしあれば」ミスター・ハートリーは椅子に腰を下ろし、脚を投げ出して交差させた。まるで、夜までここにいるつもりだと言わんばかりに。「つまり、仕事があれば。残念ながら午後は完全に暇なのです」

まさかわたしがこれを聞いて笑みを浮かべるとはだれも思わないだろう。

「あら、それでしたら一緒にいていただければ、もちろん楽しいでしょうね」エメリーンはぎこちなく答えた。

叔母がちらっと鋭い視線を向け、眉を吊り上げた。どういうことと尋ねたのか、とんでもないととがめたのか見分けがつかない。叱られたのだろうと判断したエメリーンが平静を装うと、叔母はハープシコードを弾き始めた。エメリーンはステップを練習するレベッカを見守ったが、一秒と経たないうちに頭の中で先ほどの気まずいやりとりを再現していた。

いったい、どうしてあんなことを言ってしまったのだろう？　殿方は、レディにはやさしく穏やかな話し方をしてもらいたいと思うもの。これは世の常識、女の子が幼いころから頭に叩き込まれてきた教訓ではなかったかしら？　まあ、結婚まで純潔を守ることもそうだけど、どちらも今のわたしには完全に当てはまらない。顔が熱くなっているのは、お昼にワインを飲んで酔ったせいだと言い訳するわけにもいかないだろう。残念ながらあのワインは——叔母も自信を持って指摘していたとおり——水でだいぶ薄められていたからだ。

それに知らぬ間にミスター・ハートリーに言ってしまった、思わせぶりな最後のせりふ！あの言葉を思い出すとまた顔が赤くなった。でもおそらく彼は、その言葉に込められた二重の意味は理解していなかったわよね？　エメリーンはミスター・ハートリーにちらりと目を走らせた。彼はこちらをじっと見つめている。半ばまぶたを閉じ、口元に笑みを浮かべ、彼女の視線をとらえると片方の眉をぴくりと吊り上げた。エメリーンは慌てて顔を背けた。彼が理解していたことは間違いない。

「ああ、できないわ！」レベッカがターンの途中で突然、立ち止まった。「このステップ、ものすごくゆっくりなんですね。バランスを崩して倒れてしまいそうです」

「パートナーが必要かもしれない」ミスター・ハートリーが立ち上がり、妹に完璧なお辞儀をした。「踊っていただけますか？」

少女はかわいらしく顔を赤らめた。「いいの？」

「つま先を踏まれない限りはね」兄が妹を見下ろし、にこやかに笑う。

エメリーンは目をしばたたいた。ミスター・ハートリーは笑うと抜群にハンサムだ。どうして今まで気づかなかったのだろう？

「唯一の問題は……わたしもきみと同じくらい指導を受ける必要があるということだ」期待を込めてエメリーンを見た。

回りくどいわね。エメリーンは素っ気なくうなずき、前に進み出た。片手を差し出すと、彼がその指先をたいそう礼儀正しくつかんだが、触れ合った手がとても熱くなっているのがわかった。

エメリーンは咳払いをし、つないだ手を肩の高さまで上げ、顔を前に向けた。

「それでいいですよ」まず右のつま先を伸ばす。「三つ数えて始めますからね。ワン、ツー、スリー」

それから一五分間、三人は様々なステップを一緒に練習した。ミスター・ハートリーは妹の相手をしたり、エメリーンの相手をしたり。エメリーンは――たとえ拷問にかけられても絶対に認めなかっただろうが――彼とのダンスをかなり楽しんでいた。こんな大きな男性が、これほど軽やかに、かつ優雅に踊れるなんて驚きだ。

そのときレベッカがステップを間違え、兄と体がもつれ合ってしまった。彼は妹の腰のあたりをつかみ、エメリーンはこの混乱から一歩離れた。

「ほら、レベッカ、気をつけないとだめだ。さもないとパートナーを床に倒してしまうぞ」

「ああ、わたしって下手くそね!」妹が大きな声を出した。「サミュエルはずるい! 子どものころはちっともこんな踊り方はしてなかったのに、今はステップをちゃんとまねできてるんですもの」

エメリーンは兄と妹を交互に見た。

「ミスター・ハートリーは子どものころ、どんなふうに踊ってらしたの?」

「下手くそでした」彼が言った。

同時に妹が言う。「兄はジグを踊っていました」

「ジグ？」エメリーンは、長身のミスター・ハートリーが田舎のジグ（英国、アイルランドを起源とするテンポの速い民族的な踊り）を踊りながら上下に弾んでいる様子を想像しようとした。

「わたしが育ったシャトーのあたりでは、農民がよくそういう踊りをしていましたよ」叔母が言った。

「あなたがジグを踊るところを拝見したいわ」エメリーンは思いを巡らしながら言った。

ミスター・ハートリーが皮肉っぽい目を向け、エメリーンは笑みを返した。一瞬ふたりの視線が絡み合ったが、エメリーンは茶色の瞳に宿る表情がよく理解できなかった。

「兄はびっくりするほど速く踊れたんですよ」レベッカの話が熱を帯びていく。「でも年を取って体が硬くなったし、もうジグは踊らないみたいですけど」

ミスター・ハートリーはエメリーンから視線をはずし、妹に向かってわざと顔をしかめてみせた。「挑戦しろと言うんだな」

上着を脱いでシャツとベストだけになると、彼は両手を腰に当てて顔をしっかり上げ、ポーズを取った。

「本当にやるの？」レベッカはもう人目もはばからず笑っている。

ミスター・ハートリーは大げさにため息をついた。「きみが拍子を取ってくれればね」

レベッカが手を叩きだし、ミスター・ハートリーの体が弾む。エメリーンは男性がジグを踊るところを見たことがあった。祭で踊っている農民や休暇で船を下りた水平たちだ。そういう人たちの踊りはたいてい動きがぎこちない。脚やかかとがあちこちに蹴り出され、糸につながれた操り人形のように髪がなびき、服が翻っていたものだ。ところがミスター・ハートリーが踊るジグは違う。落ち着いているし、動きが正確で意図が感じられる。それに気品もある。これは驚くべきこと。モカシンを履いた足で寄せ木張りの床を踏みならしているけれど、それでいて、どういうわけか動きは優美できびきびしている。彼がエメリーンを見てにっこり笑った。ひたすらうれしそうな顔。丈夫そうな白い歯が小麦色の肌に映えて輝いている。エメリーンは――叔母も含め――みんなと一緒に手拍子を取った。

ミスター・ハートリーは勢いよく前へ出て、レベッカを激しいダンスに引き入れた。円を描きながら妹をくるくる回し、笑いながら息を切らした妹はよろよろと兄から離れた。すると彼は次にエメリーンをつかまえた。気がつくと、彼女は力強い手でしっかりつかまれ、渦を巻くようにくるくる回転していた。鏡張りの壁と、レベッカや叔母の顔が飛び去っていく。鼓動が速まるのがわかり、心臓が胸から飛び出るのではないかと思った。ミスター・ハートリーはエメリーンの腰のあたりをつかみ、彼の笑い顔が見下ろせるほど高く持ち上げた。エメリーンもいつの間にか笑っていた。

うれしそうに笑っていた。

その晩、サムは黒い服に身を包んでいた。建物のあいだの暗がりにもぐり込むにはそのほうがよかったのだ。真夜中をとうに過ぎていたし、月は頭上高く掛かっていて地上に青白い輝きを放っている。彼は家に戻る途中だった。ネッド・アレン、すなわち生き残りの兵士のひとりに会ってきたものの、元軍曹は酒のせいで話に一貫性がなく、何も情報を得ることができなかった。また後日、話を聞いてみないといけない。おそらくもっと早い時間につかまえるべきだろう。アレンに質問を試みたのは時間の無駄だった。それでも暗がりを歩き回っていると爽快な気分になる。

サムは慎重に通りを観察した。一台の馬車ががたがた音を立てて近づいてきたが、ほかに人の気配はない。ネッドの家を訪ねたことで、サムは例の〈緋色の男〉を思い出した。あいつはわたしを追うのをあきらめたのか？　あれ以来あの大男を見ていない。妙だ。あいつはいったい何を——。

「ミスター・ハートリー！」

サムは一瞬、目を閉じた。よく知っている声だ。

「まあ、ミスター・ハートリー！　何をしてらっしゃるの？」

戦争中、彼は植民地でいちばん優秀なトラッカーだった。うぬぼれているのではない。指揮官たちがそう評価してくれたのだ。眠っているワイアンドット族の戦士でいっぱいだった野営地をこっそり通り抜け、だれにも気づかれなかったこともある。それなのにひとりの小柄な女性に見つかってしまった。彼女は暗闇でも目が見えるのか？

「ミスター・ハートリー——」

「ええ、聞こえてますよ」サムは吐き捨てるように言いながら身を潜めていた暗い戸口から姿を現し、立派な馬車のほうに近づいていった。馬車は道の真ん中で止まっており、馬たちがじれったそうに鼻を鳴らしていた。暗いカーテンで覆われた窓から突き出ているレディ・エメリーンの頭は、体から切り離されたかのように見える。

サムはお辞儀をした。

「こんばんは、レディ・エメリーン。こんなところでお会いするとは、奇遇ですね」

「中に入って」彼女はいらいらしながら言った。「こんな遅くに、独りで何をなさっているのかさっぱりわからないわ。男性でもロンドンの街を独りで出歩くことがどれほど危険か、ご存じないの？　といっても、あなたはボストンのもっと安全な通りに慣れっこになっているのかもしれないわね」

「ええ、たぶんそうなんでしょう」サムは皮肉っぽく言い、豪華な馬車に乗り込んだ。「それで、あなたがこんな遅くに何をなさっているのか教えていただけませんか？」天井を叩いて御者に合図を送ってから、彼女の向かい側の席に腰を下ろす。

「夜会の帰りに決まっているでしょう」レディ・エメリーンはそう言って、膝に掛けたショールをなでつけた。馬車ががくんと前に動き、再び走り出す。

馬車の内部は薄暗く、唯一の明かりはレディ・エメリーンの顔のわきにひとつ下がっているランタンだけだったが、彼女がとても華麗な装いをしていることはわかった。何か黄色い模様の入った、燃えるような深紅のドレスを着ており、両わきに引っ張られたスカートからは黄色と緑のペチコートがのぞいている。その上には襟ぐりの四角い胴着《ボディス》。胸元がとても深く開いており、乳房が押し上げられて柔らかそうなふたつの白い小山ができている。それがランプの光を浴び、輝いていると言ってもいいほどだった。彼女から放射される熱で、サムは骨が温められるような気がした。

「ちょっと退屈だったので、早めに抜けてきたのです」レディ・エメリーンが言った。「信じられないでしょうけど、一〇時にはもうパンチがなくなっていて、夜食もろくに出なかったのです。ミートパイと果物が少し出ただけ。かなりみっともないことですよ。ミセス・ターナーはどうしてしまったんでしょう？　大事な人たちに、あんなお粗末な軽食を出すなんて。でも、あの方が愚かなのは今に始まったことではありません。わたしが彼女のパーティに出席する唯一の理由は、行けばお兄様のダウニング卿に会えるだろうと思うからです。男性なのにとんでもなく噂好きな方なんですよ」

レディ・エメリーンがいったん言葉を切った。おそらく息が切れたのだろう。サムは彼女をじっと見つめ、なぜこんな早口でしゃべっているのか考えようとした。パーティで強い酒でも飲んだのか？　それとも……？　笑みが浮かびそうになるのがわかり、サムは顔に出さないようにこらえた。いや、そんなはずはない。レディ・エメリーンは緊張しているのか？　まさかこの洗練された未亡人が緊張しているところを目にするとは思わなかった。

「それにしても、あなたはなぜ、こんな遅くに出歩いてらしたの？」レディ・エメリーンが尋ねた。先ほどからせわしなくレースをもてあそんでいた手が止まった。「というより、わたしには関係のないことかもしれませんわね」薄暗い中でも、彼女の頰が赤く染まったのがわかった。

「ええ、関係ありませんね」サムは答えた。「でも、あなたが考えておられるような理由ではありませんよ」

もし彼女が小さな黒いめんどりだったら、羽を逆立てていただろう。「何をおっしゃりたいのかわかりませんわ、ミスター・ハートリー。きっと――」

「あなたはわたしが娼婦に会いに行ったと思っている」サムは笑みを浮かべ、浅く座り直してから脚を斜めに出して組んだ。この瞬間を楽しみながら、ベストのポケットに手を滑り込ませる。「白状してください」

「そんなこと、するもんですか！」

「でも赤くなった頰が白状しますと言ってますよ」

「わ、わたしは――」

サムは舌打ちをした。「あなたは、とてもみだらなことを考えておられる。ショックですよ、マイ・レディ。かなりショックだ」

一瞬、レディ・エメリーンは口ごもってしまったが、落ち着きを取り戻すと目を細めた。そしてサムは気を引き締めた。ああ、わたしはこの女性とやり合うのが好きだ。

「暗くなってからあなたがどう振る舞おうが、わたしの知ったことではありません」レディ・エメリーンは取り澄まして言った。「あなたの情事なんて、わたしにはまったく重要ではありませんから」

　彼女はしごくまともなことを言ったが、この話題で落ち着かない気分になっているのは一目瞭然だった。サムが紳士であれば、それ以上突っ込むのはやめて彼女を解放するだろう。話題を変え、退屈で儀礼的な話をするだろう。ただ、獲物が手の届くところに来たからには、そう簡単に逃がしてやるわけにはいかない。

　それに、言うまでもないが、儀礼的な会話にはずっとうんざりさせられてきたのだ。

「わたしの情事は、あなたにとってまったく重要ではないはずだ。しかし実際にはそうじゃない。違いますか？」

　レディ・エメリーンが眉をひそめ、口を開いた。

「ああ、いけません」否定しようとする彼女に先手を打つべく、サムは人差し指を立てた。「真夜中を過ぎているし、暗い馬車の中でふたりきりなんですよ。ここで語られたことは絶対に表には出ません。がっかりさせないでください。ざっくばらんにいきましょう」

　レディ・エメリーンが深く息を吸い込み、座席に深く座り直した。今は顔が完全に陰になっている。「ミスター・ハートリー、わたしがあなたの情事に関心を持ったとしたって、あなたにとってはどうでもいいことでしょう？」

　サムは顔をしかめて笑った。「一本、取られました《トゥシェ》ね、マイ・レディ。上流社会の洗練された紳士ならきっと、あなたに興味を持ってもらえたことに感動しても、死ぬまで否定するんでしょうね。でも、わたしはもっと単純な人間なのです」

「そうなの？」暗闇でささやく声がした。

サムはゆっくりとうなずいた。「だから、申し上げましょう。わたしはあなたに興味を持っていただいて感動しております。あなたに心を動かされております」

「率直な方ね」

「あなたも同じだと認めますか？」

レディ・エメリーンがはっと息をのみ、サムは一瞬やりすぎたと思った。彼女はこの危険なゲームから退却してしまった。しょせんは身分の高いレディだ。彼女の世界には、規則や許される範囲というものがある。

ところが、レディ・エメリーンがゆっくりと身を乗り出してきた。窓越しに差し込む小さな光の輪の中に顔が現れ、サムをまともに見て、黒い眉の片方がすっと上がった。

「もし認めたら？」

彼女があえてこちらの挑戦に応じたのかと思うと、胸の中で何かが躍り上がった。喜びにも似た何かが。サムは彼女を見てにやりと笑った。

「その場合、わたしたちには共通の関心事があり、もっと議論ができることになります」

「おそらくね」レディ・エメリーンは赤いフラシ天のクッションに寄りかかった。「あなたは夜のこんな遅い時間に街で何をしていたの？」

サムはかすかに笑みを浮かべながら首を横に振った。

「言うつもりはないのね」馬車はもう速度を落とし始めている。

「ええ」サムは窓に目を走らせた。馬車はレディ・エメリーンのタウンハウスの前まで来ていた。ランタンに火が灯り、夜の闇の中、屋敷が輝いて見える。サムは彼女を振り返った。

「しかし女性といたのではありませんよ。誓います」

「わたしにはどうでもいいことです」

「でも、どうでもよくないんじゃないですか？」

「ミスター・ハートリー、あなたは勝手に想像しすぎだと思います」

「そうは思いません」

従僕が馬車の扉を開けた。サムは踏み段を下り、それから振り向いてレディ・エメリーンに手を差し出した。手を取るべきかどうか考えているらしく、彼女は一瞬ためらった。馬車の暗い内装に囲まれ、青白い顔と胸が内側から火で照らされたかのように輝いている。彼女は手袋をはめた小さな手をサムの手に重ねた。彼はその手をぎゅっとつかみ、歩道のわきの光の中へと導いた。

「ありがとうございます」レディ・エメリーンはそう言って、手を引っ込めようとした。

サムは黒い瞳をじっと見下ろし、彼女を手放したくないと思っている自分に気づいた。しかし結局は握っていた手を開き、そのまま行かせた。ほかに選択肢はない。

サムはお辞儀をした。「おやすみなさい、マイ・レディ」

そして暗闇の中へと去っていった。

5

魔法使いが一度、ウインクをした。すると、アイアン・ハートはいつの間にか城壁の中にいた。身につけているのは王の近衛兵の制服。そしてなんと、二歩と離れていないところに王自身が黄金の玉座に座っていた！　アイアン・ハートの驚きようは想像できるだろう。声を上げようと口を開きかけたそのとき、魔法使いの言葉を思い出した。しゃべってはだめだ。さもないと、ぼろをまとった男に戻り、王女は死んでしまう。だからアイアン・ハートは口を閉じ、ひと言も漏らすものかと心に誓った。その誓いは間もなく試されることになった。次に何が起きたのかといえば、体の大きな七人の悪漢が謁見の間に飛び込んできて、王を殺そうとしたのだ。アイアン・ハートは前に飛び出し、右へ左へと剣を振り回して戦った。ほかの近衛兵たちは叫び声を上げたが、彼らが剣を抜くころにはもう、七人の刺客は全員、床に横たわって死んでいた……。

『アイアン・ハート』より

「サミュエル・ハートリーは、いらいらさせる男性の最たるものよ」

翌日の昼近く、エメリーンは小さな居間でメリサンド・フレミングと一緒に過ごしていた。ここはエメリーンのお気に入りの部屋のひとつ。壁紙は黄色と白の縞模様で、ところどころに深紅の線が細く入っている。調度品は、正式な居間にある物ほど新しくはないが、赤やオレンジ色がふんだんに使われた美しいダマスク織りやビロードの生地が張られていた。この部屋にいると猫になったような気分になる。ぜいたくな布地の上で手足を伸ばし、ごろごろ喉を鳴らしたい気がしてくるのだ。もちろん、そんな遠慮のない行為に走ろうというのではない。でもやはり、この部屋にはそれができそうな雰囲気がある。実際には、エメリーンとメリサンドは窓辺でとても上品に座っていた。いや、厳密に言えば、メリサンドは座って静かにお茶を飲んでいたが、エメリーンは落ち着かない様子でそこを行ったり来たりしていた。

「いらいらするわ」エメリーンはつぶやき、長椅子に載っている房飾つきのクッションをまっすぐに置き直した。

「さっきもそう言った」メリサンドが答えた。「わたしが来てから、これで四度目よ」

「そうだったかしら？」エメリーンはぼんやりと尋ねた。「でも本当なのよ。あの人には社会的なマナーというものがさっぱりわかっていないみたい。昨日はまさにこの家で、ジグを踊ったのよ。いつもちょっと笑みを浮かべていて、かかとのないブーツを履いているの」

「まあ」メリサンドがつぶやいた。

エメリーンは子どものころからの親友に怒りの目を向けた。メリサンドはいつものように座っている。まるで可能な限り場所を取らないようにしているかのような座り方だ。背筋をぴんと伸ばし、腕を体のわきにぴたりとつけ、お茶を飲んでいないときは手を膝の上で重ね、両脚を絨毯の上できちんとそろえている。この明るいオレンジ色の長椅子に積み重ねられたクッションにゆったり寄りかかりたい衝動にかられることはおそらくないのだろう。それに――これは友人とのあいだで、ちょっとした論点になっているのだが――メリサンドはいつも茶色の服を着ている。ときには茶色から脱け出して灰色の服を着ている場合もたしかにあるけれど、その程度ではとても進歩とは呼べないのでは？　今日の服装にしても、仕立てについては一分のすきもないサックドレスだが、色はひどくさえない茶色だ。

「そのドレス、どうしてそんな生地で作らせたの？」エメリーンが訊いた。

普通のレディなら、ここで自分のドレスを見下ろすところだろう。だがメリサンドはティーポットを持ち上げ、自分のカップに紅茶をつぎ足した。「汚れが目立たないからよ」

「つまり、ほこりと同じ色だからでしょう」

「ほら、また始まった」

エメリーンは友人をじろじろ見つめた。「すてきなブロンドの髪があるんだから――」

「それもほこり色よ」メリサンドがむくれてつぶやいた。

「いいえ、そんなことないわ。とても微妙な色合いをしているだけよ」

「ほこり色の髪、ほこり色の目、ほこり色の顔」

「顔はほこり色じゃないでしょ」エメリーンは厳しい口調で言ったが、すぐに失敗したと気づき、顔をしかめた。顔を除けば全部ほこり色だと言いたかったわけではないのだが……。

メリサンドが皮肉っぽい目を向けた。

「もっと明るい、鮮やかな色の服を着ればいいのよ」エメリーンは慌てて言った。「たとえば濃いめのきれいな赤紫色とか。あるいは深紅。あなたが深紅の服を着ているところをぜひ見てみたいわ」

「じゃあ、待ちくたびれてやせ細ることになるわね」友人が言った。「あなたの新しいお隣さんの話をしていたんでしょう」

「とてもいらいらする人なの」

「さっきもそう言ったんじゃないかしら」

エメリーンは聞こえなかったふりをした。「それに、夜は何をしているかわからないのよ」

メリサンドが彼女の顔を見て、ほとんどわからないぐらい、片方の眉を上げた。

「そういう意味じゃないわ！」エメリーンは思いきりクッションを叩いてふくらませた。

「ほっとした」とメリサンド。「でも、その植民地人のこと、ヴェール卿はどう思うかしら」

エメリーンは目をみはった。「ジャスパーはミスター・ハートリーと何の関係もないわ」

「本当に？　あなたがその男性とご近所づきあいすることを賛成してくれるっていうの？」

エメリーンは小鼻をふくらませた。「ジャスパーとその話はしないわ」

「言っておくけど、わたしはヴェール卿の代わりに怒ってあげてるのよ」メリサンドは熱のない言い方をし、スプーンで紅茶に砂糖をぽんと入れた。

「ジャスパーが聞いたら、きっと喜ぶでしょうね」美しい金色のビロードを張った椅子に浅く腰かけた途端、エメリーンの思考はもとの話題へ戻っていった。「ゆうべ、かなり遅い時間にミスター・ハートリーとばったり会ったの。わたしはエミリー・ターナーの夜会から戻ってきたところだったのだけど……あなたが正しかった。行くんじゃなかったわ」

「言ったとおりでしょ？」

「ええ、だからそう言ったじゃないの」エメリーンは椅子に座ったまま少し体を弾ませた。メリサンドはときどき説教くさくなることがある。「とにかく、彼がいたの。すごく怪しげな様子で、暗い路地にこそこそ隠れていたわ」

「追いはぎで生計を立てているのかも」メリサンドは、メイドが置いていった皿に並んだ菓子を眺めて、どれにしようかと吟味している。

エメリーンは顔をしかめた。親友が冗談を言っているときと、そうではないときの区別をつけるのは、とても難しい場合があるのだ。「わたしはそうは思わない」

「まあ、心強いこと」

メリサンドは急にうんざりしたような目でエメリーンを見た。こういうところが友人の弱点なのだ。メリサンドはもうじき二八歳になる。かなりの持参金があるにもかかわらず一度も結婚をしていない。一〇年近く前、ある若い貴族と婚約をしたのだが、エメリーンは相手の男性がどうにも好きになれなかった。やがて、その嫌悪感には根拠があったことが証明された。礼儀知らずな男はメリサンドを捨てて、身分の高い派手な未亡人に鞍替えをしたのだ。

そのせいでメリサンドは男性全般を不自然なほどひねくれた目で見るようになってしまった。

「ねえ、あなたが言ってるミスター・ハートリーって、背が高くて、髪は美しい茶色で、髪粉をかけてなくて、後ろで束ねている人？」

「そうよ」エメリーンは立ち上がり、窓辺へ移動した。「どうしてそんなことを訊くの？」

「その人が裏庭で何やら紳士らしいことをしているなと思ったからよ」メリサンドは窓の外を顎で示した。

庭を隔てる塀のすぐ向こうにミスター・ハートリーの姿が見えると、エメリーンは少しそわそわするような、妙な衝撃を覚えた。彼は長い銃をいじっているところだった。

そのとき、こちらの庭の小道を突っ走っていく小さな姿が目に入った。そのあとに続いて、痩せた小柄な男性がゆっくりと歩いていく。ダニエルが散歩に出てきたのだ。

「あんな大きな銃で何をしようとしているんだと思う？」メリサンドがぼんやりと尋ねた。

ミスター・ハートリーは銃を下ろしていた。今は銃身をのぞき込んでいるらしく、その姿勢そのものが、危険であるように思われた。

「見当もつかないわ」エメリーンは小声で言った。大親友を見捨てて、庭にいく口実を見つけたい。彼女はそんな願望を抱いた。ばかね！「たぶん、何か勇ましいことなんでしょう」

「ふーん。ほら、ダニエルが彼のほうに接近中よ」メリサンドはカップ越しにエメリーンを見た。目が面白がっている。「心配性の母親なら、お隣さんが何をしているのかたしかめにいっても、ちっともおかしくないんじゃないかしら」

サムは実際に視界に入ってくる前から、少年の存在にちゃんと気づいていた。庭を隔てるれんが塀は高さが二メートル近くあったが、少年がやってくるのは音でわかった。まず枯れ葉の中をスキップしながら走ってくる足音、続いて息を切らしながら「見においでよ！」と叫ぶ声、最後は木を登る少年のブーツが木の皮をこする音がした。その後、比較的静かになり、こちらをじっと見守る少年の荒い息遣いだけが聞こえてきた。

サムは塀の下に置かれた大理石のベンチに座っており、膝の上にケンタッキー・ライフルを載せていた。ポケットから細長い針金を取り出して火口に通し、前後に動かしながら、中の腐食した部分を残らずかき出していく。それから小さな穴に息を吹き込み、銃身をじっと見下ろした。

少年が出し抜けに口を開いた。「何してるの？」

「銃を掃除しているんだよ」サムは顔を上げなかった。猟師がこちらに関心を持っていないと判断すると、動物はいつもより大胆になることがある。

「ぼく、銃を持ってるんだ」少年が体をずらし、木の葉がかさかさ鳴った。

「そうなのかい？」

「レノー伯父さんのやつ」

「なるほど」サムは立ち上がり、台尻を下にして銃を立て、銃身の下からさく杖《じょう》（火薬を詰めたり、銃口を掃除するための押し込み棒）を引っ張り出した。

「お母様は触っちゃいけませんって言うけど」

「だろうね」

「銃の掃除、手伝ってあげようか？」

その言葉にサムは手を止め、目を細めて少年を見上げた。頭上六〇センチほどのところにある木の枝にダニエルがうつぶせに横たわり、手脚をぶらぶらさせている。頬にはひっかき傷が、白いシャツには泥汚れがひと筋ついている。ブロンドの髪が額にかかり、青い瞳が興奮できらきら輝いていた。

サムはため息をついた。「きみに手伝わせたら、母上は気を悪くしないだろうか？」

「しないってば」少年は即座に答えた。そして枝の上をじりじり移動し始め、サムの家の庭のほうに近づいてくる。

「動くな。そこにいなさい」サムは銃をわきに置き、万が一落ちるといけないので少年の下に立った。

「きみの先生はどうしてる？」

ダニエルは振り返って首を伸ばし、自分の家の庭を眺めた。「バラのあずまやに座ってる。一緒に散歩すると、いつもあそこで寝ちゃうんだ」少年がまた少し前へ出てきた。

「動くな」サムが言った。

少年はぴたりと止まり、目を丸くした。

「それ以上前に出たら、枝はきみの体重に耐えられなくなる。脚を下ろしてごらん。手を貸してあげるから」

ダニエルは安心してにっこり笑い、腕で枝を抱えるようにしてぶら下がった。サムは少年の腰をつかみ、地面に下ろしてやった。

その途端、ダニエルが銃に駆け寄った。サムは注意深く見守っていたが、少年は銃には触らなかった。念入りに見つめているだけだ。

ダニエルがひゅうと口笛を吹く。「こんな長い銃、見たことないや」

サムはほほ笑み、少年の横にしゃがんだ。「ケンタッキー・ライフルっていうんだ。植民地のペンシルヴェニアでは、入植者たちがフロンティアでこれを使っているんだよ」

ダニエルは横目でサムを見た。

「どうしてこんなに長いの？　運ぶのが大変じゃないの？」

「そうでもないよ。それほど重くないからね」サムは銃を拾い上げ、もう一度銃身を見下ろした。「狙いを定めやすいし、よく命中する。ほら、見てごらん」

サムが銃を掲げると、ダニエルは待ちきれない様子で横に立った。

「うわあ！」少年が小声で言った。片目をつぶり、口で息をしながら、もう片方の目を細めて銃身を見下ろしている。「撃ってもいい？」

「ここではだめだ」サムは銃を下ろした。「ベンチに乗ってごらん。きみに手伝ってもらおう」

少年は急いでベンチによじ登り、立ち上がった。

「これを持って」サムは少年に厚手の布きれを渡した。「さあ、銃をしっかり持つんだ。落とさないようにね。熱いお湯を流すよ。準備はいいかい？」

少年はやけどをしないようにライフルに布を当ててから、銃身を両手でつかんだ。眉根を寄せ、集中している。「いいよ」

サムは湯気が出ているやかんを地面から拾い上げ、慎重な手つきで銃身に熱湯を細く注いだ。汚れた真っ黒な水が火口からぼこぼこ音を立ててあふれてくる。

「すごい」ダニエルがささやいた。

サムは少年をちらりと見て、ほほ笑んだ。「ちょっと待ってて」それから、やかんを置き、さく杖を拾って、先端に布を少し巻きつけると、それを銃身の途中まで押し込んだ。「やってみたいかい？」

「ええっ！　いいの？」少年はサムを見てにっこり笑った。髪や目の色は父親譲りに違いないが、笑い方は母親そっくりだ。

「じゃあ、やってごらん」

サムが銃身を支え、少年がさく杖を操作する。

「よし。それを上下に動かして。火薬は全部きれいに洗い流さないといけないんだ」

「どうして？」少年は眉間にしわを寄せ、一生懸命さく杖を押し込んでいる。

「汚れた銃は危ないからだよ」サムは注意をして見守った。だが、ダニエルはよくやっている。「弾が発射しないかもしれないだろう。不発に終わり、撃った人の鼻を吹き飛ばしてしまうかもしれない。男は自分の銃を常にきれいにしておかないとだめなんだ」

「ふーん」少年がうなるように言った。「これで何の狩りをするの？　ワシ？」

「いや、鳥を撃つには、この銃は大きすぎる。ワシのような大きな鳥でもね。森の猟師は食料になる動物を狩る。主にシカだが、クマやピューマに出くわした場合、この銃は使いやすくて役に立つんだ」

「ピューマに出くわしたことがあるの？」

「一度だけ。踏み分け道《トレイル》のカーブを曲がったら、そこにいたんだ。ものすごく大きなやつが一頭、道の真ん中に」

　さく杖を押し込んでいたダニエルの手が止まる。

「それでどうしたの？　ピューマを撃った？」

　サムは首を横に振った。「チャンスがなかった。あの大きな山猫は、わたしをひと目見て、逆方向に逃げてしまったんだ」

「ふーん」ダニエルは少しがっかりしているようだった。

「それでいい」サムはライフルを指さして言った。「さあ、もっとお湯を注ごう」

　ダニエルはうなずき、真剣な目で銃をじっと見つめた。

　サムはさく杖を引き抜き——先端に巻かれた布はもう真っ黒になっている——やかんを再び手に取った。

「いいかい？」

今度は灰色の水があふれてきた。

「お湯は何回注げばいいの？」ダニエルが尋ねた。

「濁らなくなるまで」サムは新しい布を巻きつけたさく杖を少年に渡した。「常に熱湯を使うことも忘れてはいけないよ。そうすれば銃身がよく乾くし、さびないんだ」

ダニエルはうなずき、さく杖を銃身に押し込んだ。

サムは笑みを浮かべそうになった。自分にとっては簡単な雑用でも、この少年には相当な努力を要する。だがダニエルはまったく泣きごとを言わなかった。ただひたすら、さく杖を上下に動かしている。

サムは塀の向こうでかさかさ鳴る音に気づいた。レモンバームの香りが漂ってくる。顔は上げなかったが、全身が突然、警戒態勢を取った。あの女性は自分がそこにいることをいつ知らせてくるだろうかと思いながら。

「あとどれくらい？」ダニエルが尋ねた。

「それでいいだろう」少年がさく杖を引き抜くのを手伝ってやる。

ダニエルはサムが金属の棒を扱う様子をじっと観察した。「戦争で戦ったの？」

一瞬、サムはためらったが、さく杖から汚れた布を取り除く作業を続けた。「ああ。植民地でフランス軍と戦った。準備はいい？」

少年がうなずく。「レノー伯父さんはその戦争で戦ったんだ」

「知ってるよ」銃身に湯気の立つ湯を注ぐあいだ、サムは黙っていた。

「戦争で、だれか殺した？」

サムはダニエルを見た。少年は火口から流れ出る水をじっと見つめている。おそらく、今の質問に、とくにこれといった意味はないのだろう。「ああ」

「水がきれいになったよ」

「よし」サムは乾いた布をさく杖に巻き、ダニエルに渡した。

ダニエルがさく杖を動かし始めた。「この銃で敵を撃ったの？」

塀の向こうでかさかさ鳴っていた音はしばらく止まっていた。またふらっとどこかへ行ってしまった可能性もあったが、サムはそうは思わなかった。レディ・エメリーンが待っているのがわかる。見えないところで、固唾をのんで答えを待っている。

サムはため息をついた。「そうだよ。ケベックの戦いで。街を掌握したときにね。ひとりのフランス軍兵士がわたしに向かって走ってきた。そいつのライフルの先には銃剣が取りつけてあって、すでに血で汚れていたんだ」

ダニエルの小さな体が凍りついたように動かなくなった。少年がサムを見る。

サムはその視線を受け止めた。「だから撃ち殺した」

「そうなんだ……」少年がささやいた。

「さく杖を抜いて。銃身に油を塗ろう」

レディ・エメリーンの声が塀の向こうから聞こえてきた。「ダニエル」

サムはきれいな布に注いでいる油が外にこぼれないように気をつけた。彼女はわたしの話をどう思っただろう？　戦争について語られるとき、多くの人が期待する名誉に満ちた話ではなかったが。それに、彼女はわたしにまつわる噂をいろいろ耳にしていたはずだ。スピナーズ・フォールズでのことで、わたしを臆病者だと思っているだろうか？

ダニエルが体をよじった。「お母様、見て！　ミスター・ハートリーは世界でいちばん長い銃を持ってるんだよ。ぼく、銃をきれいにするお手伝いをしてるんだ」

「そうみたいね」塀の上からレディ・エメリーンの顔が現れた。向こう側のベンチに立っているに違いない。彼女はサムと目を合わせなかった。

サムはきれいな布で慎重に指をふいた。「どうも」彼女をうんざりさせたかもしれない。

レディ・エメリーンが咳払いをした。「素晴らしい銃を拝見しようにも、どうすればいいのかわからないわ。塀に門がないんですもの」

「よじ登って乗り越えるんだよ」ダニエルが言った。「ぼくが手伝ってあげる」

「うーん……」レディ・エメリーンはまず息子を、次に塀を見た。「やっぱりそれは――」

「わたしにお任せいただけますか？」サムは重々しい口調でダニエルに許可を求めた。

少年がうなずく。

サムはレディ・エメリーンのほうに向き直った。今や彼女は不可解な表情でサムをじろじろ見ている。「もっと上まで登れますか？」

「もちろん」レディ・エメリーンが塀をちらりと見下ろした。それから、何かの上に乗ったらしく、腰から上が見えるようになった。

サムは眉をすっと上げ、塀際に置かれたベンチに乗って向こう側を見た。レディ・エメリーンがずいぶん取り澄ました様子で木の枝の上に立っている。サムは口元がほころびそうになるのをぐっとこらえ、手を伸ばした。腰のあたりをつかむと彼女が目を丸くし、サムは息をのんでいる自分に気づいた。「もし差し支えなければ?」

レディ・エメリーンがこくんとうなずいた。

サムは彼女を持ち上げて塀を越えさせた。その重みで筋肉に力が入ったとき、わき腹の古傷が痛んだが、顔には出さなかった。自分の胸に少し滑らせるようにして、彼女をゆっくりと下ろす。今の状況に便乗して、とにかく彼女のぬくもりとレモンバームの香りを堪能しよう。互いの顔が同じ高さになったとき、ほんの一瞬、目が合った。黒い目はまぶたが半分閉じていて、肌は赤みが増している。サムは、唇にかかる彼女の息が速まっていることに気づいた。

下ろしてもらったレディ・エメリーンは頭をかがめ、スカートをやたらと気にしている。

「ありがとう、ミスター・ハートリー」その声はかすれていた。

「どういたしまして」

真顔でいたのは正解だった。というのも、彼女が鋭い視線を向けたからだ。頬をさらに赤く染め、唇を噛んでいる。サムは彼女をじっと見つめた。その小さな鋭い歯が素肌に触れたら、どんな感じがするのだろう? 彼女は怒りっぽい人だ。賭けてもいい。きっと噛みつきたいと思うだろう。

「ほら見て、お母様」ダニエルがじれったそうに同じことを言った。

レディ・エメリーンは近寄って銃をじっと見た。「たしかに、とても素晴らしいわ」

「油を塗るのを手伝ってみませんか？」サムは何食わぬ顔で尋ねた。

彼女がいましめるような目を向けた。「わたしは見ているだけにしようと思います」

「そうですね」サムは油を吸わせた布を手に取り、さく杖に巻きつけた。「ダニー、これを銃身にしっかり押し込むんだ。隅々まで油を塗る必要がある」

「かしこまりました《イエス・サー》」ダニエルはさく杖を受け取り、指示どおりにした。真剣な顔で眉根を寄せている。

サムはもう一枚、布を油で湿らせ、それで銃身の外側を磨いた。

「妹から聞いたのですが、明日の晩、舞踏会に同行していただけるそうですね、マイ・レディ」

視界の片隅で、彼女がうなずくのがわかった。

「ウェスタートン家の夜会です。いつも、とても盛大に行われるんですよ。おふたりを招待していただくには、少々苦労いたしました。幸い、あなたはちょっと珍しい方ですからね、ミスター・ハートリー。夜会を催すご婦人の中には、そういうことに関心を示す方々がかなりいらっしゃるのです」

サムは聞こえないふりをした。

「レベッカはその舞踏会に出席する準備が間に合いそうですか？」

「もちろん」レディ・エメリーンが身を乗り出してきた。どうやら銃身をのぞき込んでいるらしい。ダニエルは相変わらず、さく杖を動かしている。「でも、初めてロンドンの社交界に足を踏み入れるのなら、もっと小規模な催しのほうが、レベッカにとって入っていきやすいのはたしかです」

サムは黙っていた。ライフルの台尻側面についている金属板に意識を集中させ、胸でうごめく罪悪感を無視しようとした。

「レベッカの話では、あなたがどうしてもその舞踏会にしたいとおっしゃったそうですけど」レディ・エメリーンの濃いピンク色のスカートがサムの膝をかすめた。「どうしてかしら？」

エメリーンは、ミスター・ハートリーの背中がこわばる様子を見つめた。彼はエメリーンの足下にひざまずいて下を向き、自分の素晴らしい銃を布でやさしくなでるようにふいている。長さのある銃は妙に軽そうで、銃身がとても細い。木の部分には淡い色の美しい節が見え、銃床全体に木目が渦を巻いている。エメリーンは口をとがらせた。武器をこれほど美しい物にしてしまうのは男性だけだ。ミスター・ハートリーの手は白い布を持っていると色黒の肌が目立ち、その男性らしい大きな手がやさしく、愛撫するようなリズムで動いていた。

エメリーンは目を背けた。先ほど彼の声を耳にした瞬間から、いらいらする感じ――肌がむずむずする感覚と言ってもいい――を覚えていた。塀越しに見つめていると、いらいらは強まる一方だった。彼は上着とベストを脱いでいたが、それはとても不作法なこと。たとえ人目につかない自分の家の庭にいるとしてもだ。極限の状況でない限り、紳士は絶対に着ている物を脱いだりはしないのに。アメリカの荒野ではルールが違うだなんて信じるものですか。

　というわけで、彼は今、シャツだけで作業をしている。糊のきいたぱりっとしたリンネルのシャツは真っ白で、日焼けした肌によく映えていた。袖をまくり上げ、前腕を覆う黒い毛が見えている。自分が妙に敏感になっているとわかっていても、エメリーンは彼のむき出しの腕をひどく意識していた。その腕に触れ、引き締まった筋肉に指をはわせ、あの黒い毛の感触を味わってみたくてたまらない。

　ああ、いまいましい人！

「ウェスタートン家の夜会を選ぶ特別な理由があったのですか？」自分の耳にも意地悪に聞こえる声で尋ねてしまった。

「いいえ」彼はまだ顔を上げない。銃の別の個所を磨くために体をずらしたとき、後ろで束ねている髪が肩にかかった。これも腹立たしい。太陽の光が、濃い茶色の髪に筋のように流れる明るい部分を照らし出している。

　エメリーンは目を細めて彼を見た。表だって何のそぶりも見せていないけれど、嘘をついているのはわかる。

「もういい」ミスター・ハートリーが言い、エメリーンは一瞬、自分に向けられた言葉かと思った。

だが、ダニエルが体を起こし、にっこり笑った。「きれいになった?」

「すっかりきれいになったよ」植民地からやってきた男が立ち上がった。すぐそばに立っているので、体が触れてしまいそうだ。

エメリーンは後ずさりしたい衝動を抑えた。彼はとても背が高い。こんなふうにわたしの前に立ちはだかっているなんて、本当に失礼な人。

「じゃあ、試してもいい?」ダニエルが尋ねた。

だめよ! そう大きな声で言おうと口を開いたが、ミスター・ハートリーに先を越された。「ここは銃を撃つべき場所じゃない。誤って撃ってしまうかもしれないあらゆる物、それに人間のことを考えてごらん」

息子が下唇を突き出し、ふくれっ面をする。「でも――」

「ダニエル」エメリーンは戒めるように言った。「ミスター・ハートリーはご親切に、あなたに銃のお掃除を手伝わせてくださったのでしょう。だから困らせてはいけません」

ミスター・ハートリーは、それは違うとばかりに顔をしかめた。「わたしはダニーに手伝ってもらって、とてもうれしかったですよ」

「この子の名前はダニエルです」抑える間もなく、言葉が出てしまった。言い方がきつすぎた。

ミスター・ハートリーが唇を引き結び、彼女を見つめる。

エメリーンはつんと顎を突き出し、にらみ返した。

彼はゆっくりと言った。

「ダニエルは今日、よく頑張ってくれました。わたしを困らせたりはしていませんよ」

息子は、べたぼめされたかのように満面の笑みを浮かべた。ミスター・ハートリーがとても親切で、小さな男の子にかけるべき言葉をちゃんと理解していることに感謝すべきなのだろう。それなのに、エメリーンは漠然といら立ちを覚えた。

ミスター・ハートリーはダニエルに笑みを返し、身をかがめて布と油の容器を手に取った。

「明日の午前中は舞踏会へ出かける準備でお忙しいでしょうね」

唐突に話題が変わり、エメリーンは目をしばたたいた。

「いえ、そんなことは……。自分が舞踏会を催すなら、準備がたくさんありますけど、わたしたちは出席するだけですから――」

「よかった」ミスター・ハートリーがちらりと視線を上げた。茶色の目が笑っている。エメリーンは突然、まんまと罠にはまってしまったことに気づいた。「では、一緒にミスター・ウェッジウッドの事務所を見に行っていただけますね。注文すべき商品について、女性ならではの視点を取り入れたいと思いまして」

エメリーンは口を開き、あとで間違いなく後悔しそうな言葉を言おうとしたが、そのときミスター・スマイス＝ジョーンズの声がしたため、それを言わずにすんだ。

「坊ちゃま？　エディングス様？」

ダニエルが背中を丸め、小声で言った。「ここにいるのは内緒にして」

エメリーンは顔をしかめた。

「ばかなこと言わないで。ダニエル、今すぐ先生のところへ行きなさい」

「でも――」

「母上の言うとおりにしたほうがいい」ミスター・ハートリーが静かに言った。

すると驚いたことに、息子が口をつぐんだ。

「イエス、サー」ダニエルは塀に近寄り、声をかけた。「ここにいるよ」

家庭教師のか細い声が聞こえてきた。「そんなところで、いったい何をなさってるんです？　エディングス様、すぐこっちへいらっしゃい！」

「ぼくねえ――」

ミスター・ハートリーが塀際に置かれた大理石のベンチに飛び乗った。大柄な男性にしては、動きが軽やかだ。「ダニーはわたしを訪ねてきたんですよ、ミスター・スマイス＝ジョーンズ。気になさらないでいただけるといいのですが」

塀の向こうで、びっくりしたように何やらつぶやく声がした。

「おいで、ダニー」ミスター・ハートリーは踏み台代わりに両手を組み合わせた。「手を貸してあげよう」

「ありがとう！」ミスター・ハートリーは大きな手の上にダニエルの足を乗せ、そっと持ち上げた。少年は素早く塀によじ登ると、頭のすぐ上にある、リンゴの木の大きな枝に飛び移り、あっという間に塀の向こう側に行ってしまった。

エメリーンは靴のつま先を見下ろしながら、息子を諭している家庭教師の声に耳を澄ました。ふたりが屋敷のほうに戻っていくにつれ、教師の声がだんだん小さくなっていく。エメリーンはオーバースカートのリボンを少しひねっていたが、やがて顔を上げた。

ミスター・ハートリーがベンチの上から彼女をじっと見ている。彼は軽やかに飛び下り、エメリーンのそばに着地した。近すぎるくらいそばだ。コーヒーブラウンの目が一心にこちらを見つめている。「なぜ、息子さんをダニーと呼ばせたくないんですか？」

エメリーンは口をとがらせた。「で、ダニーはダニエルの愛称だ」

「あの子は男爵です。いつか貴族院の椅子に座る身です」ひねっていたリボンが柔らかな指の腹に食い込んでいく。「愛称は必要ありません」

「いや、必要ですよ」ミスター・ハートリーがさらに近づいたので、エメリーンは彼と引き続き目を合わせるため、顔を上げざるを得なくなった。「小さな子に愛称があって、何の害になるというんです？」

エメリーンは息を吸い込んだ。彼のにおいをかごうとしているのは自分でもわかっている。火薬と糊と銃用の油が混じったにおい。いやなにおいのはずなのに、そうではなく、妙に親しみのある香りだと思った。この親密な感覚は興奮をかき立てる。なんて恐ろしいこと。

「ダニーは、あの子の父親の愛称でした」思わず言ってしまった。リボンが取れている。ミスター・ハートリーが静かになった。まるで飛びかかろうとするかのように、大きな体がバランスを取っている。「あなたのご主人？」

「ええ」

「その名前はご主人を思い出させる？」

「ええ。でも、やっぱり違うわ」エメリーンは彼の意見を拒むように手をひらつかせた。

「わかりません」

ミスター・ハートリーは彼女の周りをゆっくりと歩き始めた。

「彼が、つまりご主人が恋しいのですね」

体をよじって彼と向き合いたい衝動をこらえつつ、エメリーンは肩をすくめた。

「六年間、夫だった人ですよ。恋しくないはずないでしょう」

「たとえそうでも、必ずしもご主人が恋しくなるとは限りませんよ」先ほどまで背後をぶらぶら歩いていたミスター・ハートリーが、今度は肩越しに話しかけてきた。耳の後ろに彼の息がかかるのがわかる。

「どういう意味です？」

「ご主人を愛していたのですか？」

「上流階級の結婚では、愛など考慮すべきことではありません」エメリーンは唇を噛んだ。

「そうなんですか？　つまり、ご主人が恋しくはないわけだ」

　エメリーンは目を閉じ思い出した。からかうように笑っていた青い瞳。たまらないほどやさしかった、青白い柔らかな手。犬や馬や四輪馬車《フエートン》について延々としゃべり続けたテナーの声。それから、不自然なくらいやつれて、笑いがすっかり消え去った青白い顔を思い出した。あの人はあのような顔で、棺《ひつぎ》の黒いサテン地の上に横たわっていた。こんな思い出、要らないわ。痛ましすぎるもの。

「ええ」エメリーンはわけもなく自分の家のほうを向き、このくっつきすぎている隣家の庭から抜け出す道のほうを向き、それから自分に忍び寄ってきた男に振り返った。「ええ、夫を恋しいとは思いません」

6

なんと！　たった独りで自分の命を救ってくれた近衛兵に王はとても感謝した。全員がアイアン・ハートを英雄として迎え入れ、彼はさっそく近衛隊の隊長に任命された。しかし、皆が勇敢な隊長に名前を尋ねても、ひと言も口をきこうとしない。頑として話すことを拒むその態度は、自分の思いどおりにすることに慣れている王をいら立たせた。しかしながら、そんな些細な懸念を忘れさせる出来事があった。ある日、王が馬で出かけたときのこと。恐ろしいトロールが昼飯にしてくれようと、王に襲いかかったのだ。カチン！　ドサッ！　アイアン・ハートは突進し、すぐにトロールの頭を切り落とした……。

『アイアン・ハート』より

寝台を囲うカーテンが引かれ、エメリーンは目が覚めた。眠たそうに目をぱちぱちさせて上を見ると、侍女ハリスの顔が視界に入ってきた。ハリスは若く見積もっても五〇歳にはなっている。顔は無表情で、大きなだんごっ鼻が幅をきかせ、目や口など、それより小さな部分を圧倒している。侍女が噂話ばかりしている、男の召使といちゃついてばかりいるとこぼすレディをエメリーンはたくさん知っているが、ハリスは当てはまらない。

「奥様、ミスター・ハートリーという方が下の玄関でお待ちです」ハリスが無表情で言った。

エメリーンはぼんやりと寝室の窓に目を走らせた。陽差しはかなり弱いようだ。

「何ですって？」

「奥様とお約束をしている、お会いできるまで帰らないとおっしゃっています」

エメリーンは体を起こした。「今、何時？」

ハリスが口をとがらせた。「八時一五分前でございます」

「まあ、あきれた。いったい何のつもり？」エメリーンは上掛けをはねのけ、靴を探した。

「頭がどうかしているに違いないわ。八時によその家を訪ねてくる人がありますか」

「そうですね、奥様」ハリスが身をかがめ、靴を履かせてくれた。

「九時だって、いるわけない」エメリーンはつぶやき、ハリスが広げてくれた部屋着に腕を通した。「とにかく一一時前に行動するなんて、本当にあり得ないし、わたしなら午後二時前にわざわざ何かしようとは思わないわ、絶対に。こんな時間に、完全にどうかしてるわよ」

「そうですね、奥様」

今度は調子っぱずれの口笛に気づいた。「あれは何の音？」

「ミスター・ハートリーが下の玄関で口笛を吹いておられるのです」

エメリーンはあ然として、しばらくメイドを見つめた。音痴な口笛はとりわけぞっとする調べを、盛大に奏でていた。エメリーンは寝室を飛び出し、二階の廊下をつかつかと進んで階下の玄関を見下ろせる手すりまでやってきた。ミスター・ハートリーが立っている。手を後ろに回し、三角帽子を持って。エメリーンがじっと見つめる中、彼は所在なげに体をのけぞらせ、口笛を吹いている。

「静かにして！」エメリーンは手すりから身を乗り出した。

ミスター・ハートリーがくるりと向きを変え、彼女を見上げる。

「おはようございます、マイ・レディ！」小さくお辞儀をした男性は、こんな早い時間だというのに元気そうだし、驚くほど機敏に見える。

「頭がすっかりどうかしてしまったの？」エメリーンは強い調子で尋ねた。「こんな早くに、うちの玄関で何をしているのです？」

「お迎えに上がったんですよ。ウェッジウッドの事務所で陶器の注文を手伝っていただくために」

エメリーンは顔をしかめた。「わたしは一度も――」

「着替える必要があるでしょう」ミスター・ハートリーの視線が彼女の胸元をさまよった。

「今、お召しの物がいやだというわけではありませんが」

エメリーンは自分の胸にぴしゃりと手を当てた。「よくも、そんな――」

「ここでお待ちしましょうか？」それからまたあのひどい口笛を吹き始めた。今度は前よりもいっそう大きな音で。

エメリーンは口を開きかけたが、あんなにやかましくやられたら何を言っても聞こえまいと、再び口を閉じた。それからスカートの裾を引き上げ、足を踏み鳴らして部屋に戻った。ハリスはすでに波紋のある明るいオレンジ色のシルクのドレスを用意しており、エメリーンはあきれるほどわずかな時間で着替えをさせられ、髪をきれいになでつけられた。それでも彼女が階段を下りていくと、ミスター・ハートリーは玄関広間の時計をじっと見つめていた。

彼はどちらかというと気のない様子で、エメリーンをちらりと見た。

「ずいぶんかかりましたね。さあ、行きましょう。遅刻したくないですからね。ミスター・ベントレーと会うんです。ミスター・ウェッジウッドの仕事上のパートナーですよ」

彼にせき立てられて玄関を出ると、エメリーンは眉をひそめた。

「お約束の時間は何時なの？」

「九時です」ミスター・ハートリーはエメリーンに手を貸し、待たせていた馬車に乗せた。

エメリーンは彼の正面に腰を下ろし、目を細めて相手を見た。

「でも、迎えに来たのは八時前でしたね」

「支度をなさるのに時間がかかるんじゃないかと思いまして」ミスター・ハートリーが彼女に笑いかけた。コーヒーブラウンの目の端にしわが寄っている。「わたしの予想は正しかった、でしょう？」そう言って、馬車の天井を叩いた。

「あなたは虫がよすぎます」エメリーンは冷ややかに言った。

「こんなこと、あなたにしか頼みませんよ。あなただけです」彼の声は穏やかで低く、どぎまぎするほど親しげだった。

視線を合わさずにすむよう、エメリーンは窓の外に目を走らせた。「どうして？」しばらく沈黙が漂い、彼は質問をはぐらかすのではないかと思った。

「あなたにこんなふうに気持ちを動かされる理由は自分でもわかりません」彼はようやく答えた。「どうしてかと訊くのは、ピューマになぜ逃げるシカを追いかけるのかと訊くようなものなんでしょうね」

エメリーンは向き直り、彼の目を見た。純然たる雄《おす》の目がこちらをじっと観察している。あからさまに、獲物の価値を見極めるように。こんなふうに注目されたら、怖くなってもおかしくないはずなのに。怖いどころか、わくわくしてしまう。

「では、認めるのですね」

ミスター・ハートリーが肩をすくめた。

「もちろん。これはきっと、完全に本能的なものです」

エメリーンはドレスの前についているリボンをねじった。

「本能のせいで、女性と近づくたびにこんな面倒なことになるんじゃ、とても困ってしまうでしょうね」

「すでに申し上げたでしょう。お忘れですか？」ミスター・ハートリーが身を乗り出し、エメリーンの指をつかんだ。しつこくリボンをいじり回している彼女の動揺をなだめるように。

「こんなふうになるのは、あなたと一緒にいるときだけです」

エメリーンはふたりの手を見下ろした。彼に嚙みついてやるべきだ。きちんと座らせ、なれなれしくしすぎだとわからせてやるべきだ。でも、日に焼けた指が、自分の小さな白い手を包んでいる様を見ていると、なぜか心を奪われる。馬車ががたがた揺れながら角を曲がると、彼は手を引っ込めた。

エメリーンはリボンをなでつけた。「お仕事の代理人はいらっしゃらないの?」

「いますよ。ミスター・キッチャーが代理人です。でも、彼はどちらかというと退屈な老人でして。あなたを連れていくほうがいいと思いました」

エメリーンはそれを聞いて、静かにふんと鼻を鳴らした。

「事務所はどちらにあるのですか?」

「そう遠くはありません」ミスター・ハートリーが言った。「彼らは、ある倉庫の一部を借りているんです」

手が震えている。エメリーンは膝の上で両手を握りしめた。

「ミスター・ウェッジウッドとミスター・ベントレーは展示室をお持ちではないということ?」

「ええ。比較的新しい業者ですから。それもあって、いい条件で商品を購入できればと思っているんです」

「ふーん」エメリーンは物珍しそうに彼を見た。ミスター・ハートリーが戦闘態勢を整えるかのように目を細める。「こういうのがお好きなのね」

彼の眉がすっと上がった。「こういうのと言いますと?」

「取引です。商売をすること。掘り出し物を探し求めること」

彼の官能的な唇が曲線を描く。「もちろん。でも、あなたを信じてますよ。わたしの戦略をベントレーにばらしたりはしませんよね」

それから、馬車はある倉庫のわきに止まった。踏み段が置かれるとすぐ、ミスター・ハートリーが馬車から飛び下り、向きを変えて手を貸してくれた。

エメリーンはれんがと木でできた、飾り気のない建物を疑わしげに眺めた。

「わたしは何をすればいいのかしら?」

「ご意見を言ってくだされば結構です」ミスター・ハートリーがエメリーンの手を肘のあいだに押し込んだそのとき、倉庫の扉のひとつから、巻き毛のかつらをつけ、赤茶色の上着を着た紳士が出てきた。

「ミスター・ハートリー?」その男性が北部なまりで叫んだ。「光栄です。お目にかかれて、光栄ですよ。トーマス・ベントレーと申します」

ミスター・ハートリーがミスター・ベントレーと握手をした。これだけ近くで見ると、ミスター・ベントレーはエメリーンが思っていたよりも若いことがわかった。おそらく三〇歳そこそこだろう。血色がよく、胴回りはちょっと太め。ミスター・ハートリーがエメリーンを紹介すると、この陶器商は、彼女の称号を耳にして目を丸くした。

「レ、レディ・エメリーン。いやはや、これは光栄です。ええ、本当に。お茶でもいかがですか？　インドからなかなかいい茶葉を買いつけたところなんですよ」

エメリーンがにっこりほほ笑み、小声で賛成の意を表すると、ミスター・ベントレーはふたりを倉庫へ案内した。建物は頭上高くそびえており、暗くて、ひんやりしている。このにおいはおがくずと湿ったれんがだろう。空間の半分は樽や梱包用の木箱で埋め尽くされていたが、ミスター・ベントレーは中心となる部屋のわきにある、もっと小さな仕事場へ案内してくれた。幅のある机がひとつと何脚かの椅子、壁際に積み上げられた箱がちょうど収まるぐらいの部屋だ。片隅には小さな暖炉があり、やかんがすでに湯気を立てていた。

「さあ、こちらへどうぞ」ミスター・ベントレーは陽気に言い、エメリーンに椅子を勧めた。

「お茶をお持ちしましょうかね」

「ミスター・ウェッジウッドもご一緒していただけますか？」ミスター・ハートリーが尋ねた。彼は立ったままでいることにしたようだ。

「ああ、いいえ……」ミスター・ベントレーはポット越しに目を細めて言った。「わたしは商人ですが、ミスター・ウェッジウッドは熟練の陶工です。彼は今、故郷のバーズレムにある工場で陶器製作の監督をしているところでして。さあ、どうぞ」そう言いながら机にポットを置こうとしたが、その前に会計用の台帳を床に積んで、机の上に場所を作らなければならなかった。彼は神経質そうに目をぱちぱちさせながらミスター・ハートリーを見た。

しかし、このアメリカ人はただうなずき、エメリーンに向かって片眉をすっと上げただけだった。エメリーンは前かがみに座り、紅茶を注いだ。この商談の裏にどんな意味が隠されているのかよくわからないが、ミスター・ハートリーの立場を悪くするようなことはしたくない。と同時に、彼がこの状況で、すなわち自分の世界でどんな行動を取るのか興味をそそられる。今、彼はとても落ち着いて見えるし、表情は穏やかながら、何の感情も表には出していない。それに引き換えミスター・ベントレーはだんだん不安そうな顔つきになっていく。エメリーンは笑みを隠し、紅茶に口をつけた。ミスター・ハートリーはわざと、相手が自分の立場に自信が持てなくなるように仕向けているのだろう、という気がする。

それから数分のあいだ、ふたりの紳士とエメリーンはお茶を飲みながら雑談をした。ミスター・ハートリーは購入したいと思っている陶器が見たくてたまらないはず。でも、そのいら立ちを顔には出していない。机の隅に寄りかかり、独身のおばを訪ねてきたかのように、楽しげにお茶を飲んでいる。

ミスター・ベントレーは心配そうにミスター・ハートリーをちらちら見ていたが、とうとうカップを置いた。「当社の陶器をご覧になりますか?」

ミスター・ハートリーはうなずき、カップをわきにどけた。陶器商が壁際に積まれた木箱のほうに歩いていき、そのひとつのふたを開けると、大量のわらが現れた。

エメリーンは身を乗り出さずにはいられなかった。今まで自分が使う食器について——最新のデザインであればいいという点を除けば——あまり考えたことがなかったが、今は陶器が何よりも重要な事柄に思える。ミスター・ベントレーの背後で、ミスター・ハートリーがエメリーンにちらりと目を走らせ、ほとんど気づかないほどかすかに、一度だけ首を横に振った。エメリーンは幼い子どもがたしなめられたような気分になり、彼に向かってしかめっ面をしてみせたものの、椅子に深く座り、退屈そうな表情をしてみせた。そんな彼女の意気込みを面白がっているのか、ミスター・ハートリーは口元を引きつらせ、ウインクをした。エメリーンはぷいとそっぽを向いた。この人をやっつけてやらなくちゃ。あとで必ず。

一方、ミスター・ベントレーはわらの層を慎重に取り除いていた。下から出てきたのはパイナップルの形をした蓋つきの壺で、深緑の釉薬で彩色が施されていた。ミスター・ベントレーが壺を渡し、ミスター・ハートリーはそれを受け取って、無言で吟味した。それから、机のところまで持ってくると、エメリーンの目の前に置き、壺を吟味する彼女を見守った。

ミスター・ベントレーは木箱からさらに陶器を取り出した。ティーポット、皿、カップ、深皿、蓋つきの深皿《チュリーン》などなど。本当にありとあらゆる種類の陶器がたちまち机の上を埋め尽くした。その大半は深緑の釉薬がかかっており、多くはカリフラワーやパイナップルの形をしていた。

ミスター・ベントレーが背中を向けているあいだ、ミスター・ハートリーがエメリーンに向かって一方の眉をぴくりと動かし、エメリーンは返事の代わりに眉を吊り上げてみせた。実のところ、陶器はどれもとてもすてきで、よくできているが、代わり映えのしないものばかり。

ミスター・ハートリーは小さくうなずき、もうひとりの男のほうを向いた。

「たしか、ミスター・ウェッジウッドには新作がおありですね?」

ミスター・ベントレーは動きを止め、木箱の上に身をかがめたままじっとしている。

「ああ、わたしはよく存じませんで……」

「とても繊細なクリームウェアの製作に取り組んでおられるとか」ミスター・ハートリーは陶器商と目を合わせ、ほほ笑んだ。

「ええっと、それに関しましては……」ミスター・ベントレーは部屋の片隅にひとつだけ別に置いてある小さな木箱に素早く視線を走らせ、咳払いをした。「たしかに、ミスター・ウェッジウッドはクリームウェアの実験をしておりますが、まだ公にする準備が整っていないのです。実を申しますと、まずは王妃様に進呈したいと思っておりまして」

エメリーンが手を叩いた。

「まあ、ミスター・ベントレー、なんてわくわくするんでしょう!」

陶器商の顔は、ますます血色がよくなった。

「ありがとうございます、奥様。本当に、おっしゃるとおりです」

「でも、その素晴らしい陶器を見せていただくわけにはまいりませんの?」エメリーンは少し前屈みになり、ボディスの大きく開いた四角い襟ぐりからあふれんばかりに胸をふくらませた。「お願いできないかしら?」

相手の男性が真っ赤になり、エメリーンは危うく、にやりと笑ってしまうところだった。

一〇〇万年経っても絶対に認めないだろうが、彼女はこの一連のやりとりをものすごく楽しんでいた。商売がこんな知恵比べになり得るなんて、ちっとも知らなかった。

「ええっと……」ミスター・ベントレーはハンカチを取り出し、汗で光る眉をそわそわした様子でぬぐうと、肩をすくめた。「いいですとも。喜んでいただけるのなら」

「あら、もちろんですわ」

腹をくくった陶器商は、片隅に置かれた小さな箱のところまで歩いていき、蓋をこじ開けた。それから中に手を入れ、細心の注意を払ってある物を取り出し、両手でそれを持って戻ってきた。エメリーンは息をのんだ。とてもシンプルなティーポットだ。その名が示すとおり、鮮やかなクリーム色をしている。黄味がかっていると言ってもいい。古典的なまっすぐなライン。かわいらしい小さな注ぎ口がついている。

エメリーンは両手を差し出した。「よろしいかしら？」

陶器商が手の上にポットを置いてくれ、その軽さを実感する。自分が使い慣れている陶器よりも薄い。ポットをひっくり返し、製作者の印を見ると、底に〈Wedgwood〉とスタンプが押されていた。

「これはとてもエレガントね」エメリーンは静かにつぶやいた。

顔を上げると、ちょうどミスター・ハートリーがこちらを見つめており、息が詰まった。彼は半ば目を伏せ、唇をまっすぐ引き結んでいるが、独占欲を漂わせている。エメリーンはなぜか悟った。クリームウェアのティーポットの発見にわたしが加担していることを、彼は喜んでいる。わたしが喜んでいるのと同じように。わたしとミスター・ハートリーは、まれに見るお似合いのコンビだ。そう思うと、エメリーンは不安になった。駆け引きを楽しむべきではない。彼がわたしの意見を尊重しているからといって、気をよくしてはいけない。そんなこと、気にしてはだめ。

ミスター・ハートリーが目を細めていた。その表情には何の哀れみも存在しない。同情のかけらもない。まるで、ごろごろ喉を鳴らしていたおとなしい雄猫の顔は見せかけで、裏には常に野生の山猫の本性が潜んでおり、それが今突然、正体を現したかのようだ。エメリーンは自分が彼の餌食になっている気がした。

彼は一度うなずくと、向きを変えて、ミスター・ベントレーと取引の条件を話し合った。ミスター・ベントレーのほうは、元どおりうわべだけは文明人を装っていたが、このアメリカ人との厳しい駆け引きについていくために、あらゆる知恵を結集しなければならなかった。それに、ミスター・ハートリーが実にさりげなく口にした金額は、エメリーンでさえ眉を吊り上げてしまうほどだった。間違いない、この人はたしかに、伯父様の事業を引き継ぎ、そこからわずか四年で財を成したのだ。

ふたりの男性が値段の交渉をしているあいだ、エメリーンはティーポットの上に身をかがめて優美なラインを指でたどり、このかわいらしい注ぎ口からお茶を入れるであろう、植民地のレディたちのことを考えていた。そして、不思議に思った。いったいなぜ、ミスター・ハートリーはわたしをここに連れてきたのだろう？

美しいティーポットのほかに、わたしに何を見せるつもりだったのだろう？

「ただ、この襟ぐりはどうなのかな、と思って」

レベッカは鏡をじっとのぞき込み、ボディスの生地を引っ張り上げようとしたが、うまくいかなかった。鏡の中の自分は、肌をあらわにしすぎている気がする。

「まったく問題ありませんよ、お嬢様」メイドのエヴァンスは、レベッカの身支度の残骸をせわしなく集めて回っており、ちらりと目を上げることさえしなかった。

レベッカはもう一度、ボディスを引っ張ってみたが、すぐにあきらめた。エヴァンスはレディ・エメリーンがじきじきに推薦してくれたメイドだし、そのエヴァンスに、ロンドンで初めて出席する舞踏会には全裸で行く必要があると言われたら、レベッカは忠告に従うのだろう。もちろんボストンではたくさんのダンスパーティや社交行事に参加してきたけれど、レディ・エメリーンにはっきり言われたのだ。ロンドンの舞踏会はまったく別物なのよ、と。

自分のことでこんな大騒ぎになってしまい、レベッカは罪悪感を覚えただけだった。自分がサミュエルにしつこくせがんで、この旅行に連れてきてもらったからだ。どうやら兄は今、妹がロンドンで楽しく過ごせるように、大金を投じねばならないと思っているらしい。一緒に行かせてと頼んだとき、レベッカはそういうことを考えていたわけではなかった。兄と一緒に過ごす時間が欲しかっただけだ。もう少し兄のことがわかるようになりたかったのかもしれない。レベッカは考えながら椅子のほうにぶらぶら歩いていった。

「いけません」メイドが大声を上げた。

レベッカは椅子の上で半分腰を浮かすという、淑女らしからぬ格好のまま凍りついた。

エヴァンスがわざとらしく笑みを浮かべる。

「スカートにしわを作りたくありませんでしょう？」

レベッカはまっすぐ立ち上がった。「でも、馬車に乗ったらしわになるわ。間違いなく」

「それは仕方ないじゃないですか」メイドが甲高い声で言った。「残念なことですよ、本当に。レディが立ったまま舞踏会に行ける方法を、どうして賢い殿方が発明してくれないのか、わたしにはわかりません」

「あら、そうなの？」レベッカはおずおずとつぶやいた。

エヴァンスは小柄な黒髪の女性で、圧倒されるほどおしゃれな人だ。ドレスのパニエは幅がとても広くて、これではメイドの仕事はほとんどできそうにない。実は、レベッカはエヴァンスをかなり恐れていた。

もっとも、メイドのほうは気さくに接しようと努力しているらしい。

「階下《した》に下りて、居間で休憩をしてはいかがでしょうか？　言うまでもないでしょうが、廊下にいてはだめですよ。レディたる者、馬車が到着するのを待ってうろうろしているところを絶対に見られてはなりません」

「そうね」レベッカはかなりほっとしながら、扉のほうを向いた。

「いいですか、わたしたちレディは座ってはいけないのです！」後ろからメイドの歌うような声が追いかけてきた。

「わたしたちは、お手洗いを使うのは許してもらえるのかしら？」レベッカは幅のあるスカートをはいて、なんとか上手に階段を下りながら、ぶつぶつ独りごとを言った。

そして、下品な独りごとをだれかに立ち聞きされはしなかったかと、後ろめたい気持ちであたりを見渡した。唯一、目に入ったのは、一階の廊下に独りで立っている黒髪の従僕。彼はまっすぐ前に視線を向けており、見たところ、自分の周りで起きていることにいっさい耳を貸していないようだ。レベッカはほっとして息を吐き出した。そのまま何事もなく階段を下り、最後の一段までやってきた。そこでなぜかスカートの裾がかかとに引っかかり、まずいと思った途端、ぎこちなくふらふらよろめいて、両手で手すりをつかんでしまった。動けなくなり、手すりの先端についている丸い木の部分をわしづかみにしたまま、例の従僕にちらりと目を走らせる。彼はレベッカを見ていた。彼女を助けに飛び出していこうとするかのように、片脚が前に出ている。目が合うと、従僕は脚を引っ込め、再び無表情な顔でまっすぐ前を見つめた。

ああ、恥ずかしい！　召使たちに見られていると、自分のスカートをはいて歩いていても、階段を転げ落ちてしまうかもしれない。レベッカは大理石の廊下に慎重に両脚を置き、手すりから手を放した。少し時間を取ってスカートのしわをのばし、それから決然と右側の扉に向かって歩いていく。扉は高さがあって、黒っぽい色の木でできており、取っ手もそれにふさわしく大きかった。レベッカは取っ手のひとつをつかみ、引っ張った。

びくともしない。

髪の生え際に汗がにじんできた。あの黒髪の従僕は、わたしのことを完全に間抜けだと思うだろう。よりによって、どうして彼はあんなに美しいの？　髪の薄いおじいさんの前でばかなまねをするのと、美男子の前でばかなまねをするのとでは大違いで――。

すぐ後ろで咳払いをする声がした。

レベッカはきゃっと叫んで、振り返った。従僕は美しい緑の目を見開き、びっくりした表情をしていたが、こう言っただけだった。「もしよろしければ？」

彼はレベッカの背後に手を伸ばし、扉を押した。

開いた扉の向こうに目をこらすと、そこは書斎だった。ああ、どうしよう。

「やっぱり、ここはやめておこうかしら。居間のほうにしてくださる？」レベッカは小さな子どものように、従僕の背後を指さした。

幸い従僕は、彼女のことを変だとはまったく思っていないらしい。

「かしこまりました」回れ右をして、廊下の反対側の扉を開けてくれた。

レベッカは顔をしっかり上げ、廊下を悠々と横切ったが、扉に近づくにつれ、従僕の視線が向けるべき位置に向けられていないことがはっきりとわかった。レベッカは急に立ち止まり、胸の上にぴしゃりと両手を置いた。

「襟ぐりが開きすぎてるわよね？　あのメイドの忠告を聞くべきじゃないってわかってたの。あの人は自分の胸をさらけ出してみんなに見られても気にしないんでしょうけど、わたしはそうはいかないのよ」

レベッカは突然、自分が何を言っているのか理解した。胸に置いた手を離し、とんでもなく恐ろしいことを言ってしまった口に蓋をした。

それから、とても美しい黒髪の従僕をただじっと見つめた。相手もこちらを見つめ返している。本当にどうにも対処のしようがない……。兄が借りたロンドンのタウンハウスのこの廊下で死んでしまうことぐらいしか。でも残念ながら、今のところその選択肢を選ぶ可能性はまずなさそうだ。

とうとう、従僕が先ほどと同じように咳払いをした。

「お嬢様は、わたしがお会いしただれよりもおきれいな方ですし、そのドレスをお召しになっているとお姫様のようですよ」

レベッカは目をしばたたき、用心深く手をどけた。「本当に?」

「亡き母の墓にかけて誓います」従僕は真剣に言った。

「まあ、あなたもお母様を亡くされたの?」

従僕がうなずいた。

「それは残念ね。母はわたしが生まれたときに亡くなったから、わたしは母のことを知らずに育ったの」

「わたしの母は二年前の今日、聖ミカエル祭の日に亡くなりました」従僕は北部なまりに近いような、少し不明瞭な発音で言った。

「それはお気の毒に」

彼は肩をすくめただけだった。「いちばん下の妹が生まれたあとに亡くなりました。わたしは一〇人兄弟のいちばん上なのです」

レベッカは彼を見上げてほほ笑んだ。「あなたのしゃべり方は、ほかの召使と違うわね」

「それは、わたしがアイルランド人だからです」緑の瞳が彼女を見て、輝いた気がした。

「じゃあ、どうして――」

しかしレベッカの言葉は兄の声でさえぎられた。「レベッカ、支度はできたのかい？」

レベッカはどきっとし、くるりと振り返った。今夜はこれで二回目だ。サミュエルは階段の三段目に立っていた。

「動くときは何か音を立ててもらえるといいんだけど」

兄は眉を吊り上げたが、すぐさま従僕に目を移した。レベッカがその視線をたどると、黒髪の従僕は、再び壁際に立ち、まっすぐ前を向いていた。まるで不思議な生き物が森の中に戻ってしまったかのように。

「オヘア、扉を開けてもらえるかな？」とサミュエルが言い、レベッカは一瞬考えた。だれに話しかけているのだろう？

すると、黒髪の従僕が前に進み出た。「かしこまりました」彼は玄関の扉を開け、ふたりが外に出るまでずっと押さえていた。

従僕の前を通過するとき、レベッカは彼の顔をのぞき込んだが、そこには何の表情もなく、緑の瞳が放っていた輝きも消えていた。レベッカはため息をつき、サミュエルの腕に手を置いた。兄は彼女を導いて玄関の階段を下り、馬車に向かった。わたしの間違いかもしれないけど、まさか従僕のオヘアとの会話は想像の中の出来事ではないわよね……。

ふたりは馬車に乗り込み、レベッカはそのとき初めて兄の服装に目を留めた。兄は文句なしに立派な、深緑の上着とブリーチを身につけ、金色の錦織り《ブロケード》のベストを着ている。でも残念ながら、ブリーチの上はいつものレギング、それにモカシンを履いていた。

「そのレギング、レディ・エメリーンは賛成してくださらないでしょうね」

兄は自分の脚をちらりと見て、口元を引きつらせた。

「間違いなく、意見してくるだろうな」

兄の顔をじっと見ていたら、レベッカの頭に妙な考えが浮かんだ。サミュエルの笑い方は従僕のオヘアと同じ。彼も目で笑っていた。

馬車に乗り込んでから、レディ・エメリーンは優に一分は我慢していた。サムの予想よりもほんの少し長かったことになる。

「そんなものを履いてきて、いったい何を考えてらっしゃるの？」サムの脚を見て顔をしかめている。

「前にも申し上げたと思いますが、履き心地がいいんですよ」

怒った顔がかわいらしい。サムがそうと思っていると知ったら、たぶんレディ・エメリーンはもっとすごいしかめっ面をするだろう。彼女は黄色いペチコートの上に、手の込んだ刺繍が施された淡い色合いの赤いドレスを着ている。いつも身につけている色よりも柔らかだ。似合ってはいるものの、サムはあの鮮やかな赤や派手なオレンジ色のほうが好きだと思った。

今夜の彼女はロンドン社交界のエレガントなレディだ。一緒に倉庫まで陶器を見に行ってくれた女性とはほど遠い。ふたりで出かけたことを、彼女はどう思っているのだろう？ 商売の取引に興味があるように見えたが、あれは単に珍しい体験をしたからだったのか？ あるいはひょっとすると、わたしが感じたのと同じ、心の交わりを感じたからだろうか？

レディ・エメリーンが、サムを見て首を横に振った。彼がどんなことを考えているのか、まるで気づいていないらしい。もしかすると、レギングについて議論をしても無駄だと気づき始めたのかもしれない。彼女はサムではなく、レベッカのほうを向いた。

「さあ、いいこと。わたしがはっきりいいと言った人でなければ、一緒に踊ってはいけませんからね。それと、わたしが紹介した人でなければ、話をしてもいけません。こういったルールをよく破る男性をわたしは紳士とは呼びませんが、そういう人たちもやってくるでしょう。でも、好きにさせてはだめよ」

彼女はわたしのことを思い浮かべていたのだろうか？ 刺すような眼差しを向けられ、サムはそうに違いないと確信した。そして彼女に向かって——かわいい怒ったためんどりに向かって——にやりと笑みを返した。レディ・エメリーンは叔母と並んで座っていた。ふたりとも背筋をまっすぐ伸ばしているが、叔母のほうが姪よりもほぼ頭ひとつ分、飛び出ている。

馬車ががたがた音を立てて角を曲がり、中にいる全員の体が傾いた。サムの隣では、レベッカが自分を抱きしめるように両腕を体に巻きつけていた。

サムは妹のほうにかがみ込んだ。「とてもすてきだよ。さっき階段を下りていったとき、きみを見ても、だれだかわからなかったくらいだ」

レベッカは唇を噛んで、兄をちらりと見上げた。その顔を目にしたら突然、サムは幼かったころの妹を思い出した。ボストンにある伯父の家を訪ねたとき、彼女はこんなふうに彼を見ていた。たしか白いキャップをかぶって、白いエプロンをつけ、トマス伯父さんの家の暗い玄関で兄を出迎えるべく、恥ずかしそうに立って待っていた。あの家を訪ねると、いつも妹に何を言えばいいのかわからなかった。というのも、ボストンに行くのは年に一、二度だったから。小さな妹は、とても異質な生き物に思えた。つまり、ボストン社会のきちんとした文明の中で育てられた女の子だ。彼が知っていること――森のこと、狩りのこと、罠を仕掛けること、そして最後は軍隊のこと――はすべて、彼女にはまったくなじみのないものなのだ。

レベッカに話しかけられていたと気づき、サムは目をしばたたいた。「何だい?」

彼女が身を寄せてきた。茶色の瞳に気弱そうな表情を浮かべて。

「わたしと踊ってくれる人、いると思う?」

「棒で撃退しなきゃならないほどいるさ」

レベッカがくすくす笑い、その瞳の輝きは一瞬、あの白いキャップをかぶった幼い少女を彷彿とさせた。

マドモアゼル・モリヌーが咳払いをした。「もうすぐ着きますよ、マ・プティット。上流階級の人間に見えるように、気持ちを落ち着かせてね」老婦人はレベッカのスカートに鋭い視線を向けた。「靴は忘れずに履いてきたでしょうね？」

レベッカは目をぱちぱちさせている。「はい、もちろん」

「よろしい《ボン》。お屋敷が見えてきたわ」

サムが窓の外に目をやると、ウェスタートン伯爵の屋敷へ向かってのろのろ進んでいく馬車の列が目に入った。レディ・エメリーンの言ったとおりだ。レベッカが初めて出る舞踏会としては、これは規模が大きすぎる。だが社交界に妹をデビューさせるためというのは、彼が今夜ほかならぬこの舞踏会を選んだ理由のひとつにすぎない。もっと重要な理由は、ある人物を捜し、追い詰めること。

自分の知らない従僕が馬車の扉を勢いよく開け、サムは目を細めてその召使を見た。これも用心すべき問題だ。先ほど家の廊下でオヘアがどれほどレベッカに近づいていたか、サムは見逃してはいなかった。馬車の扉を開けた従僕と視線を合わせると、男はすぐさま目を伏せた。それは先ほどオヘアがやり損なったこと。あの度胸には感心するが、それほどの根性の持ち主が、いつまで召使の身に甘んじていられるだろう？

サムは踏み段を下り、ウェスタートン邸の前の舗道に立つと、向きを変えて妹とマドモアゼル・モリヌーが外に出るのを手伝った。レディ・エメリーンだけが馬車の中に留まっている。疑うような目で彼を見つめ、扉の前でためらっている。

サムはほほ笑み、片手を差し出した。「マイ・レディ」

レディ・エメリーンが唇をとがらせた。「ミスター・ハートリー」

それでも手を重ねてきたので、サムは自分の手でその指先を包む喜びを味わった。彼女は堂々と踏み段を下りると、手を引っ込めようとした。サムはそうはさせず、身をかがめて、上品なキッド革の手袋に唇で軽く触れた。「まいりましょうか？」レモンバームの香りが顔を包み込んでいく。

サムは体を起こした。

驚くことに、身をかがめていたあいだに彼女の表情はなぜか和らいでいた。サムは立ち尽くした。レディ・エメリーンを見つめていると、周りにいる人びと、妹、目指してきた獲物さえも、背景へと姿を変えていく。彼女は唇を開いていた。なめたばかりのような、濡れた赤い唇。心もとない表情の目。もしもふたりきりだったら、この腕にきつく抱き寄せ、顔を下ろして――。

「サミュエル？」

彼は急に頭を上げ、妹に注目した。しまった！　レベッカか。「何だい？」

妹は困惑した顔をしている。「大丈夫？」

「ああ」サムはマドモアゼル・モリヌーに腕を差し出した。老婦人がその腕を取り、思案ありげな目で彼を見た。彼は気を引き締め、レディ・エメリーンのほうを向いて、声をいちだんと低めて言った。「まいりましょうか？」

少し前に口にした言葉と同じだったが、意味合いはまったく違っていた。レディ・エメリーンが目を見開き、息を吸い込んだときに、魅惑的な胸が盛り上がった。

それから彼女はサムと目を合わせ、顎を上げた。「そうしましょう」

サムはレディたちをエスコートして玄関の階段を上がるあいだもずっと考えていた。レディ・エメリーンは、今の当たり障りのないひと言で、いったい何を言おうとしたのだろう？

巨大な両開きの扉をくぐると、ウェスタートン邸は何百本、ひょっとすると何千本ものろうそくで赤々と照らし出されていた。玄関の広間までもが暖かく、舞踏室そのものに潜んでいるであろう熱気のいやな感覚が伝わってくる。なぜ、こんな行事に自ら進んで参加する人間がいるのか？　本当に謎だ。背骨のつけ根に汗がにじんでくるのがわかる。人込みは嫌いだ。昔からずっと嫌いだったが、スピナーズ・フォールズ以来……。サムは考えかけたことを頭から追い出し、ここにいる理由に意識を集中させた。

女性陣が従僕にショールを渡し、衣類が迅速に運び去られていく。それから、一行は舞踏室に入った。立派なかつらを着けた従僕が彼らの到着を告げる。部屋はとても広かったが、熱気が和らぐことはなかった。というのも、そこは人であふれかえっていたからだ。人びとは文字どおり肩を突き合わせて立っており、おかげで前に進もうにも、透き間ができるのを待たざるを得ない。

サムは自分の腕が痙攣していることに気づき、その動きを意識的に静めなければならなかった。これこそ彼が抱いている地獄像だった。熱気、あちこち動き回りぶつかり合う体と体、笑い、しゃべり、ぶつぶつ文句を言っているたくさんの声。汗がひと筋、背中を流れていく。

サムはしばらく目を閉じ、胸の中でわき上がったパニックを抑えようとしたが、目を閉じていると、最悪のものに感覚を圧倒されそうになった。

このにおい。

ああ。燃える蠟と、臭い息と、汗ばんだ体のにおい。男の汗だ。あのいやな、酸っぱいにおい。あの麝香のような、つんと鼻をつくにおい。あのわきの下の不快なにおい。彼らはサムをこづき回し、なんとかそこを通り抜けようとしていた。逃げようとしていた。祖父といってもおかしくない年齢の男もいれば、まだひげも剃れないほど若いやつもいた。皆、命を落とすのではないかと恐れながら、ただひたすら明日も生きていたいと思っていた。あのときのにおいがする。恐怖と死のにおい。サムはあえいだ。だが空気という空気は、にぎやかにしゃべりまくる人びとの肺にすべて吸い上げられており、彼が吸い込んだのは、戦いの恐怖と、汗や血のにおいだけだった。

「ミスター・ハートリー。サミュエル」

近くで彼女の声がし、頰にひんやりした手が触れるのがわかった。サムはやっとの思いで目を開けた。

レディ・エメリーンの黒い瞳がサムの目をのぞき込んでいる。彼はその光景にしがみつき、彼女にだけ意識を集中させようとした。

「大丈夫?」彼女が尋ねた。

サムは慎重にその言葉を、真実を口にした。なぜならそれしかできなかったから。

「だめだ」

彼女が一瞬だけ目を離し、サムはバランスを保つべく彼女の肩をつかんだ。

「お兄様はどうかなさったのかしら？　あなた、ご存じ？」

「わかりません。こんな兄を見るのは初めてです」レベッカが言った。

黒い瞳に再び見つめられ、サムはほっとした。「一緒に来て」

サムはうなずいた。喉を引きつらせながら、酔っぱらいのようにおぼつかない足取りでついていき、ふたりはゆっくりと進んだ。頬に汗が流れる感触。サムは常に彼女が視界に入るようにした。それが正気へ導いてくれる頼みの綱だった。次の瞬間、扉が現れ、彼は冷たい新鮮な空気の中へ転がり出た。そこは低い手すりのあるベランダだった。端までなんとかたどり着き、サムは手すりから身を乗り出して、下の植え込みに向かって吐いた。

「具合が悪いんだわ」大きく息をしていると、レベッカの声が聞こえた。「何か変なものを食べたのかもしれません。お医者様を呼ばないと」

「よせ」首を絞められたようなしゃがれ声になってしまった。サムは咳払いをし、普通の声を出そうと努力した。「医者は必要ない」

背後でレベッカが嘆く声がした。この子と向き合うことができたらどんなにいいか。何でもないよと、安心させてやれたらどんなにいいか。

「ミスター・ハートリー」レディ・エメリーンがすぐそばでささやいた。彼女の手が肩に置かれ、サムはその手を押しやった。こんな姿を女性に見られるなんて、恥ずべきことだ。相手がレディ・エメリーンではなおさら恥ずかしい。「具合が悪いのでしょう。どうか妹さんを安心させてあげて。お医者様を呼ばせてください」

サムは目を閉じ、気力で体の震えを止めよう、ありもしない恐怖で自分の弱さをさらけ出すのはやめようとした。「だめだ」

彼女の手が離れた。「レベッカ、ワインをもらってくるから、お兄様と一緒に待っていてもらえるかしら？　ワインでも飲めば、元気になるでしょう」

「ええ、わかりました」レベッカが答えた。

それから、レディ・エメリーンが彼を残して歩き始めた。低いうなり声が聞こえ、それが自分の声だとぼんやり気づいたものの、どうすることもできず、彼女をそばに置いておきたい衝動を抑えることもできなかった。行かせないつもりで振り向いたが、目にした光景に、はっと我に返った。

ヴェール卿が舞踏室の戸口に立っている。


ジャスパーがベランダに出てフランス戸を閉め、飾らない魅力的な笑みを見せた。

「エミー！　驚いたな。ここできみに会うとは思わなかった」

そのときエメリーンの頭を占めていたのは、どうやって彼を追い払えばいいか、ということだけだった。幼なじみの男性に対してそんな気持ちを抱くのはあんまりだが、抱いたことはたしかだった。ひどく具合が悪いところをジャスパーに見られる前に、どうしてもサミュエルをあの場から連れ出さなければならない。なぜかエメリーンにはわかっていた。サミュエルはあんな姿をほかの男性に見られるのを嫌がるだろうということを。

舞踏室で突然あんなことになった。屋敷に入った途端、彼が身をこわばらせたのはわかったけれど、別に何とも思わなかった。社交界のこのような集まりに出席すれば、多くの人は緊張する。でも、舞踏室の中へ入っていくにしたがって、彼は元気がなくなっていった。人込みの中を移動するのが苦手だという事情を考慮しても、サミュエルの歩き方は妙だった。とうとうエメリーンは彼の顔をのぞき込み、苦しんでいるのだとわかった。それがどういったたぐいの苦しみなのか――精神的なものなのか、肉体的なものなのか――わからなかったが、閉じた目といい、汗をかいた青白い顔といい、いきなり彼女の手をつかんだ様子といい、すべてが耐え難い苦しみであることを物語っていた。こんな強そうな男性が苦しんでいるのかと思うと、エメリーンは身がすくみそうだった。自分も心の奥で同じ苦しみを感じたかのような衝撃だった。大急ぎで舞踏室の外へ連れ出したものの、そのあいだずっと、彼の無言の苦しみを感じていた。

今度は、ジャスパーをどうにかしなくてはならない。

エメリーンは背筋をぴんと伸ばし、このうえなく傲慢そうな表情をしてみせた。伯爵の娘として育てられた子ども時代に身につけた表情だ。だが結局、そんな必要はなかった。ジャスパーは彼女を見てさえもいなかったのだ。その目はエメリーンの背後に釘づけになっている。おそらくサミュエルに。

「ハートリー？　おい、ハートリー伍長じゃないのか？」

「そうだ」背後から、そのひと言が切り取られたように聞こえてきた。

エメリーンが振り返ると、サミュエルの姿が目に入った。今は体をまっすぐ起こしていて、もう手すりに寄りかかってはいなかったが、顔は相変わらず血の気がなく、汗で光っている。彼はじっと動かずにいた。まるで何かを待っているかのように。その横ではレベッカがためらいがちにうろうろしていた。ふたりの男を交互に見ながら、明らかに混乱した表情を浮かべている。

ジャスパーが一歩近づいた。「しばらくぶりだな。たしか……」続きを言う踏ん切りがつかないのか、声がだんだん小さくなっていく。

「スピナーズ・フォールズ以来だ」

「ああ」ジャスパーの顔からいつもの楽しげな表情が消え去っていた。あの表情がないと、高い鼻のわきに刻まれたしわと、大きすぎる口が目についてしまう。

「われわれが裏切りに遭っていたことは知っているか？」サミュエルが静かに尋ねた。

ジャスパーはその言葉にぎょっとし、ふさふさした眉をひそめた。「えっ？」

「だれかが連隊を裏切ったんだ。それについて何か知ってるか？」

「知るわけないだろう？」

サミュエルは肩をすくめた。「あんたはクレモンスに借金があった」

「何だって？」

「借金で首が回らなかったんだろう。わたしがイングランドに来てから話をした元連隊兵は全員、そのことをはっきり覚えていた。あんたは軍から追放され、地位を奪われ、面目を失う危険があったんだ」

ジャスパーは殴られたかのように頭をのけぞらせた。「それは――」

「スピナーズ・フォールズの虐殺があったおかげで、あんたは借金の返済を免れた」

ジャスパーがゆっくりと指を曲げた。その攻撃的な雰囲気にエメリーンは背筋がぞくっとした。「いったい何が言いたいんだ、ハートリー？」

「あんたには、われわれを裏切る理由があった」サミュエルは静かに言った。

「わたしがフランス軍に部下を売ったとでも思っているのか？」口調はくだけていると言ってもよかったが、ジャスパーの面持ちは真剣だった。

「おそらく」サミュエルの声はとても低く、ほとんどささやき声になっていた。かすかにふらついている。皆に回復したと思ってもらいたかったのだろうが、実際にはそうでもなかったのだ。「あるいは、ワイアンドット族に売った。いずれにしても結果は同じだ。やつらは、われわれがスピナーズ・フォールズのあの場所を通ると知っていた。知っていて、待ち伏せをしたんだ。そして、われわれがやってくると、皆殺しにして――」

ジャスパーが大きな手でこぶしを固め、サミュエルに一歩近づいた。

エメリーンは、男たちが殴り合いを始める前に割って入るべきだと悟った。

「やめて！　そんなこと言わないで」

サミュエルはもうひとりの男から目を離さない。「なぜだ？」

「お願い、ジャスパーから離れて」

「なぜだ？」サミュエルはようやく目をそらしてエメリーンを見たが、すぐにジャスパーに視線を戻した。「こいつはきみの何なんだ？」

エメリーンは唇を噛んだ。「友達よ。彼は——」

だが、ジャスパーが自ら言った。「婚約者だ」

7

全員が近衛隊長の勇気、強さ、忠誠心を褒めたたえたが、多くの者は、なぜこれほどの人物が頑なにしゃべることを拒み、ひと言も口をきかないのか不思議に思っていた。しかし、アイアン・ハートが本当の大手柄を立てたのは、王の命を三度目に救ったときだった。城が火を吐くドラゴンに襲われ、アイアン・ハートは見事な剣さばきで、いまわしい獣《けだもの》を撃退したのだ。その後、王はこう宣言した。このような勇敢な男にふさわしい栄誉はただひとつ。彼は王の何よりも大切なもの、すなわち王女その人の護衛を命じられた……。

『アイアン・ハート』より

「婚約者？」サムは腹に一発食らったような気分だった。

肺から息を吐き出しながらゆっくりと振り向き、レディ・エメリーンの美しい黒い瞳を見つめた。

「まだ正式に発表はしていませんが、ずっと前からお互い了解していることで……」彼女が小声で言った。

この女性《ひと》がほかの男と婚約していて、わたしがそれを知らないなんて、おかしいじゃないか？　そもそも自分が求めていることすらろくに気づいてもいなかったものが突然、失われた気分だ。でも、そんなふうに考えるのは、とてつもなくばかげている。彼女は身分の高い人だ。貴族の娘であり、妹であり、未亡人だ。はるかかなたの別世界の人なのだから、そんな女性を求めるなんて、子どもが夜空に浮かぶ月をつかもうとするようなもの。

あり得ない。

だが、これ以上レディ・エメリーンのことを考えている暇はない。とにかくここではまずい。男たちの体臭で具合が悪くなっていなければ、あの大虐殺の強烈な記憶がよみがえってこなければ、ここでヴェールを責めることはしなかっただろう。でも、もうやってしまったのだから、後悔しても仕方ない。

「わたしは連隊を裏切ってはいない」ヴェールが言った。今はさりげなく立っているものの、いつでも攻撃してやるぞと言わんばかりの顔をしている。

サムは緊張した。

その瞬間、レベッカが彼の肩に触れた。「サミュエル、離れて。お願いだから、離れて」そして、泣くまいと頑張っている妹の姿が目に入った。ああ、わたしは何をやっているんだ？

「五年前、わたしの知っているきみは正気を失っているようには見えなかったぞ」ヴェールはくだけた調子で言った。「なぜ、連隊が裏切りに遭ったと思うんだ?」

サムは相手をじろじろ見た。ヴェールは、人が本能的に信頼してしまうたぐいの顔をしている。いつも笑みをたたえている、開けっぴろげで、おどけた顔つき。もちろん、笑みを浮かべて人を殺す人間をサムは何人も知っていた。

「あんたはクレモンス中尉に借金があった。だれもが知っていたことだ」

「それで?」

「クレモンスが大虐殺で死に、事実上、借金は帳消しになった」

ヴェールは信じられないとばかりに、大きな声で笑った。

「クレモンスに借金を返さなくてもすむように、わたしが二四六人の兵士を殺したと思っているのか? きみは頭がどうかしてる」

そうなのかもしれない。後ろではレベッカが立ったまま泣いており、レディ・エメリーンは奇人を警戒するような目で彼を見守っている。ヴェールは彼をじっと見つめており、その目に不安げな表情はいっさいない。

サムはあの日、この子爵がどんな様子だったかを思い出した。ヴェールは馬にまたがり、戦っている大勢の男たちのあいだを縫って、ダービー大佐のもとへ駆けつけようとしていた。だが鹿毛の馬が下から撃たれ、サムはヴェールが倒れる馬から飛び下りる姿を目にした。ヴェールは立ち上がり、サムのところまで声は聞こえなかったが、口を大きく開いてときの声を上げ、剣を激しく振り回しながら、ダービーが馬から引きずり下ろされて殺される様を絶望の眼差しでじっと見つめていた。それから、戦闘に敗れたことが明らかになってもなお、戦い続けた。

ヴェールに謝罪し、身を引くべきなのだろう。この男が裏切り者であるはずがない。しかし、心の中で何かがこうささやいている――勇敢な男が必ずしも正直者とは限らない。マクドナルドも勇敢な兵士だったが、その後、逮捕された。サムは腹の奥底で、スピナーズ・フォールズの真相を解明しなければならないと感じていた。

レディ・エメリーンが昏睡状態から覚めたように体を震わせたかと思うと、戦いに挑むように小さな背中をぴんと伸ばし、フランス戸のほうへ堂々と歩いていった。今の光景にぽかんと見とれていた従僕がひとり、いつまでもそこでぐずぐずしている。エメリーンはその従僕を指さし、「あなた、ワインとビスケットを持ってきてちょうだい。よろしくね」と言って、鼻先で扉をぴしゃりと閉めた。

「話はそれだけか？」ヴェールが尋ねた。「わたしに賭け事の借金があったから、きみはわたしが連隊を裏切り、自分も先住民に捕まり、レノーを死に追いやったと思っているのか？」

レディ・エメリーンがたじろいだ。ヴェールは気づいていないらしい。

サムは彼女の前でこの話はしたくはなかった。だが、もう逃れられない。

「エドワード砦への行軍について、詳細な計画が書かれた手紙があったんだ。手紙には地図も描かれていて、先住民に解読され得る絵がいろいろ描いてあった」

ヴェールが手すりに寄りかかった。「どうして、きみはその手紙のことを知ってるんだ？」

「わたしが持っている」

レベッカは泣きやんでおり、今度はいぶかしげに言った。「だからこの舞踏会にわたしを出席させたかったのね？　わたしのことはどうでもよかった。自分がヴェール卿に会いたかっただけなんでしょう」

くそっ。サムは妹をじっと見つめた。「わたしは――」

「どうしてわたしに言ってくれなかったの？」

「あるいはわたしに」レディ・エメリーンが言った。言葉は穏やかだったが、だからといって彼女が怒っていないことにはならないのだ。「レノーはあの戦いのせいで殺されたのです。わたしには知る権利があるとは思わなかったのですか？」

サムは顔をしかめた。頭が痛いし、口の中は酸っぱい味がする。女性と渡り合うなんてまっぴらごめんだ。これは男の仕事。もっとも、それを声に出して言うほどばかじゃない。

だが、どうやらヴェールにはそのようなためらいはまったくないらしい。

「エミー、この話はきみの古傷に触れるだけだ。こちらのミス……」彼は自信がなさそうにレベッカを見た。

「こちらはミス・ハートリー」レディ・エメリーンがすげなく言った。「ミスター・ハートリーの妹さんよ」

「ミス・ハートリー」ヴェールがうなずいた。裏切り行為を責められているときでさえ、礼儀正しい男だ。「ふたりは中に戻って、舞踏会を楽しんだらどうだい？」

サムは危うくうめくところだった。ヴェールは女性のことが何もわかっていないのか？

レディ・エメリーンはこわばった笑みを浮かべ、口を真一文字に結んだ。

「ここにいたいので」

そこでヴェールが再び口を開こうとした。愚か者め。

ところがヴェールが話す間もなくレベッカが言った。「わたしもここにいます」

全員が彼女のほうを向く。レベッカは頬をピンク色に染めていたが、挑むように顎を上げていた。

レディ・エメリーンが咳払いをした。「わたしたちは、ここで座っていますから」

彼女は手すり際に置かれた大理石のベンチまでつかつか歩いていった。レベッカがあとに続く。ふたりの女性は腰を下ろして腕組みをし、まったく同じと言ってもいいほど期待に満ちた顔をしている。こんな状況でなければ笑える光景だったろうに。くそっ。サムはヴェールに向かって片方の眉を吊り上げた。

ヴェールがなすすべもなく肩をすくめる。女心のわからないこの男がどこで道楽者との評判を手にしたのかは、神のみぞ知るだ。

従僕がトレーにワインを載せて戻ってきた。サムはグラスを受け取り、ワインをすすった。最初のひと口を手すりの向こうの植え込みに吐き捨ててから、残りのワインを飲み干す。少し気分がよくなってきた。

従僕が立ち去ると、ヴェールが咳払いをした。「まあ、いいだろう。きみが持ってるその手紙とやらは、どこで手に入れたんだ？　どうして手紙が偽造でないとわかる？」

「偽造ではない」サムがそう言うと、レディ・エメリーンが口をとがらせたのが目に入った。わたしを裁こうというのか？　「これは、あるデラウェア族の先住民から受け取った。そいつは母方がイギリス人で、わたしの友人だ。もう長いつきあいになる。コショクトンというのだが、ワイアンドット族の中で暮らしていたフランス人交易商から手紙を手に入れた。われわれを攻撃したのもワイアンドット族だ」

「それはわかってる」ヴェールが言い返す。「だが、そんなけしからんことを書いたのが味方の人間だと、どうしてわかるんだ？　書いたのはフランス人だった可能性もある。あるいは――」

「違う」サムは首を横に振った。「手紙は英語で書かれていた。それに、だれが書いたのであれ、そいつはあまりにも多くのことを知っていた。あんたも覚えてるだろうが、エドワード砦への行軍は極秘だった。シャンプレーン湖をカヌーで下るのではなく、行軍すると知っていたのは、司令官と数名のトラッカーだけだ」

ヴェールが目をみはった。「湖を移動するのが通常の手段だったと記憶している」

サムはうなずいた。「われわれの行き先を耳にした者であれば、だれだって陸路ではなく、水路で行くと思うだろう」

ヴェールは口をぎゅっと結んだ。どうやら腹を決めたらしい。

「いいかね、ハートリー。わたしの借金は高額だった。それは否定しないが、返済は十分可能だった」

サムは目を細めた。「そうなのか？」

「ああ。実はちゃんと返したのだよ」

サムは目を丸くした。「何だって？」

「こっそりクレモンスの遺産として借金を返した」ヴェールはばつが悪そうに目をそらした。声がかすれている。「せめて、それくらいはさせてもらわないとな。事情が事情だから。きみが話をした男たちがそのことを知っていたとは思わないが、もしそうしたければ、わたしの事務弁護士に連絡を取ってみればいい。返済を証明する書類がある」

サムは目を閉じた。頭がずきずきし、自分がばかみたいに思えた。

「ジャスパーのほかに、連隊を裏切る理由がある人がいたのですか？」エメリーンが静かに尋ねた。「だって、ジャスパーは昔からの知り合いですし、レノーが死にいたるようなことをするとは思えませんもの」

ヴェール子爵がにこっと笑った。「ありがとう、エメリーン。といっても、わたしの反逆罪の容疑について、無罪を宣告してくれるわけではないんだろう」

彼女は肩をすくめただけだった。

「だが、彼女の言うとおりだ」ヴェールが真面目に言った。「ハートリー、わたしは連隊を裏切ってはいない」

サムはこの貴族をじっと見つめた。ヴェールの話を信じたくない。はるばるイングランドまでやってきたのは、答えを探すためだ。ヴェールがすべての鍵を握っているものと期待していた。ようやくスピナーズ・フォールズの決着をつけられると思っていた。だが、ヴェールが連隊を裏切る動機は、どうやらこれですべて消え失せた。おまけに、ヴェールは裏切り者ではないと、もう直感でわかっている。それにもし直感が教えてくれなかったとしても、レディ・エメリーンがいる。彼女はこの男を信頼している。いまいましい。

レディ・エメリーンが立ち上がり、スカートを振って広げた。

「つまり、裏切り者はほかにいるということでしょう？」

「あなたは中へ戻るべきよ」エメリーンはジャスパーに言った。「レベッカとわたしはすぐにでも帰らせていただくわ」

今の言葉にサミュエルの名は含めなかったが、何よりも彼のことが心配だった。もうふらついてはいないけれど、顔は相変わらず真っ青だし、汗で光っている。

それでもジャスパーに話しかけるとき、エメリーンはサミュエルを見ないようにした。ほかの男性の前であなたも一緒に帰ってと懇願すれば、面白くないだろうとわかっていたから。

「また舞踏室を通っていくのは得策ではないわね。レベッカも、もう今夜はどきどきするのはたくさんでしょうから。叔母には伝言をして、お屋敷の前で落ち合うことにするわ。わたしとレベッカは裏の路地を回っていけばいいでしょう」

「だめよ《ノン》」

そのひと言に、エメリーンはびくっとして振り返った。思った以上に神経がすり減っていたことは明らかだ。

近くの扉の暗がりから、タント・クリステルが姿を現した。

「紳士がふたりで言い争いをしていると、中で噂になっていますよ」叔母は眉をひそめて紳士たちを見たが、恥ずかしそうな顔をする礼儀をわきまえていたのはジャスパーだけだった。「ですから、わたしはここに残ってゴシップを鎮めることにします。従僕に言って、路地まで馬車を回してもらいましょう」

「でも、叔母様はどうやって帰るおつもりなの？」エメリーンが尋ねた。

タントは意味ありげに肩をすくめた。「お友達がたくさん来てるじゃないの。乗せてもらう馬車を見つけるのはそう難しいことではないわ」それから、しょんぼりしているレベッカに素早く目を向けた。「さあ、うちに帰ればもう大丈夫よ、マ・プティット」

エメリーンは疲れきった顔で老婦人に笑いかけ、感謝の意を表した。

「ありがとう、叔母様」

タント・クリステルが鼻を鳴らした。

「大変なのはあなたのほうでしょ。こんな雄牛みたいな無骨者をふたりも世話しなきゃいけないんですもの」そう言ってうなずき、舞踏室へ滑るように戻っていった。

エメリーンは背筋をぴんと伸ばし、雄牛のほうを向いた。

「馬車までエスコートしよう」ジャスパーはすでに片腕を差し出しており、エメリーンはその腕を取って自分に言い聞かせた。サミュエルは同じことをしてくれなかったけれど、傷ついてはだめよ。

ジャスパーに導かれるまま、黙ってウェスタートン邸の庭を抜け、馬小屋が並ぶ路地に出たが、そのあいだずっと、妹と一緒にあとからついてくるサミュエルを意識していた。わき道の街灯のところまで来ると、エメリーンはジャスパーを見上げた。

「ありがとう。あまり長居をしないようにね」

「承知いたしました」ジャスパーは彼女を見下ろして、にっこり笑った。「一二時を回る前に必ずベッドにもぐり込むようにするよ。かぼちゃに変身したくないのでね」

ジャスパーの軽率な返事に、エメリーンは怒ってみせたが、それを見た彼の顔に笑みがさらに広がっただけだった。馬車が音を立てて角を曲がり、近づいてくる。

エメリーンは慌てて言った。「明日、あなたとハートリーさんのご兄妹にうちへいらしていただきたいわ。そうすれば、この件のありとあらゆることについて、もっと議論ができるでしょう」あまり感じのいいお誘いとは言えない。サミュエルとレベッカの顔も見ずに話しているのだから。でも、ふたりには聞こえていたはず。

ジャスパーがエメリーンに向かって眉をぴくりと動かした。彼はときどき滑稽な態度を取るけれど、それで彼女の指図に従うかというと、そうとは限らないのだ。エメリーンは一瞬、固唾をのんだ。

次の瞬間、ジャスパーが再び笑った。「もちろん、うかがおう。おやすみ、愛しい人よ《マイ・スイート》」

ジャスパーが身をかがめ、エメリーンのこめかみに軽く唇を滑らせた。ふたりが知り合ってから今日までに何十回、いや何百回とこういうキスをされてきたかもしれない。しかし今回、エメリーンは背後の暗闇のどこかにサミュエルがいること、じっと見られていることを意識していた。そして妙に心が乱れた。こんな気持ちになるなんてばかげている。サミュエルの標的は最初からジャスパーだったみたいだし、彼には何の借りもないというのに。

「おやすみなさい、ジャスパー」

ジャスパーがうなずき、サミュエルを振り返った。「では、明日だな?」

サミュエルはにこりともせず、首をかしげた。「明日」

ジャスパーは皮肉っぽく敬礼をしてから、通りをぶらぶら去っていった。舞踏会に戻るようにと忠告したにもかかわらず、どうやら彼にはほかの計画があるらしい。でもそれは、わたしの知ったことではない。エメリーンが肩をすくめて振り返ると、サミュエルが思ったよりもずっとそばに立っていた。

彼女は口をとがらせた。「もう出発しても構いませんか?」

「あなたのお望みのまま」サミュエルはわきに寄り、待機している馬車の踏み段を手で示した。

エメリーンは踏み段を上るとき、彼の体をかすめざるを得なかった。そんなところに立っているのは、きっとわざとだ。自分の支配権をひけらかそうとするとき、男性は見え見えの態度を取ることがある。一段目に足を置くと、肘をつかまれるのがわかった。彼の体がすぐ背後にある。不作法と言えるほど近くに。エメリーンがきっとにらむと、サミュエルが口元を引きつらせた。

ひどい男。

エメリーンは馬車の座席に腰を下ろし、彼が屋根を叩いて、妹の隣に座る様子を見守った。そしてその顎にある、色あせつつある傷跡をじっと見つめた。

「最近、けんかをなさったのね」

サミュエルは眉を吊り上げただけだった。

エメリーンは顎をしゃくって傷跡を示した。「そのあざ。だれかに殴られたのでしょう」

「サミュエル？」今や、レベッカも兄をじっと見つめている。

「何でもない」彼が言った。

「わたしに秘密にしていることがたくさんあるんでしょう？」レベッカが声を低めた。「たくさんどころか、ほとんど隠してる」

彼は眉根を寄せた。「レベッカ――」

「やめて」レベッカは窓のほうに顔を背けた。「今夜はもうけんかはうんざり」

「すまない」

レベッカは大きなため息をついた。世界中の重みが肩にのしかかってきたかのように。

「わたし、ダンスをしようにも、それまでいられなかったのよ」

サミュエルは助けてくれとばかりにエメリーンを見たが、レベッカと同様、エメリーンも彼のしていることには共感できなかった。暗い窓に目をこらし、ガラスに映る自分の姿をじっと見つめる。口元の小さなしわのせいで、今夜はとりわけ顔が老けて見える。

家までの残りの道のり、三人は黙っていた。馬車は前後左右に揺れながら、ロンドンの夜の町並みをがたがた進んでいく。家の前で馬車が止まるころにはもう、エメリーンは体がこわばって痛くなり、この先もう二度と舞踏会に出席できなくなっても構わないような気がした。

馬車の扉が開き、従僕が金属の踏み段を下ろした。サミュエルは馬車を出て、踏み段を下りる妹に手を貸した。レベッカは兄を待つことなく、すぐさまタウンハウスの玄関の階段を駆け上がり、家の中へと姿を消した。サミュエルは彼女の背中をじっと見つめていたが、あとを追おうとはせず、エメリーンに手を差し出した。

エメリーンは息を吸い込み、慎重に指先を置いた。用心していたにもかかわらず、踏み段を下りながら、サミュエルに引き寄せられた。

「誘ってください」前を通り過ぎたとき、彼がささやいた。

ずうずうしい！　エメリーンは自宅前の石畳の舗道に降り立ち、手を引っ込めようとした。サミュエルは手を放そうとしない。エメリーンは顔を上げ、目を合わせた。彼のほうは少し目を細め、決然と口を引き結んでいる。

「ミスター・ハートリー」エメリーンは冷ややかに言った。「少し寄っていかれませんか？

居間に絵がありますの。あなたにご意見をうかがいたいと思いまして」

サムはうなずき、手を放した。しかし、玄関の階段を上がるエメリーンのすぐ後ろからついてくる。だまされているのではないかと疑っているかのように。

中に入ると、エメリーンはクラブスにショールを渡した。「居間を整えてちょうだい」

クラブスは結婚前からエメリーンに仕えている執事だ。彼女はこれまでクラブスが驚く姿を目にしたことがなく、今夜も例外ではなかった。

「承知いたしました」執事が指をぱちんと鳴らす。するとふたりの従僕が玄関の広間を駆け出し、居間のろうそくをともしたり、暖炉の火をおこしたりし始めた。

エメリーンは従僕のあとから、滑るように進んでいく。暗い部屋をまっすぐ突っ切って、窓辺に立ち、外を眺めるふりをしたが、もちろん幽霊のように映る自分の顔しか見えていない。

しばらくすると、背後のせわしない物音がやみ、扉が閉まる音がした。エメリーンは振り返った。

サミュエルがそっと近寄ってくる。ろうそくの明かりに照らされた顔はとても険しい表情をしている。「なぜヴェールなんだ？」

「え？」

彼は歩みを止めない。居間の絨毯の上を、どきまぎするほど静かな足取りでやってくる。

「ヴェールだ。なぜあいつと結婚する？」

エメリーンはオーバースカートの生地を右手でつかみ、顎をつんと上げた。

「べつに構いませんでしょう？　彼のことは子どものころから知っているのです」

サミュエルは目の前でようやく立ち止まった。あまりにも近すぎる。なので、エメリーンは彼と目を合わせるために、首を伸ばさざるを得なかった。

彼は怒った目をしている。「彼を愛しているのか？」

「よくもそんなことを」エメリーンは小声で言った。

彼は小鼻をふくらませたが、反応はそれだけだった。「彼を愛しているのか？」

エメリーンはのどをごくりと鳴らした。

「もちろん愛しています。わたしにとって、ジャスパーは兄のような人ですから」

サミュエルは意地悪そうに、大きな笑い声を立てた。「あなたは兄と愛し合うのか？」

エメリーンは彼をひっぱたいた。部屋にその音が響き、手がひりひりした。乱暴なことをしてしまった自分にぞっとし、エメリーンはたじろいだが、何か言ってやる間もなく――言ってやろうと思う間もなく――彼に体をつかまれていた。

サミュエルはエメリーンを引き寄せ、頬に息がかかるのがわかるほど顔を下ろした。

「彼は兄のように、あなたにキスをする。朝お茶を運んでくるメイドにすぎないと言わんばかりに。あなたが結婚に求めるのは、本当にそんなことなのか？」

「そうです」エメリーンは目を上げ、くっつきそうなほど近くにいるサミュエルをにらんだ。ほかに手の置き場がなく、彼の肩をつかみ、ふたりは抱き合うような格好になった。まるで恋人同士のように。「ええ、それがわたしの求めていることです。わたしに必要なのは洗練された男性です。社会の規則をわきまえている英国人、息子や土地のことで力になってくれる貴族です。わたしたちは……わたしとジャスパーは文句なしに似合いのカップルです。似た者同士なのです」

エメリーンは彼の目に苦悩の表情を見た。とても微妙な表情で、ほかの人にはほとんど、いや、もしかするとだれにもわからないかもしれない。しかし彼女にはその表情が理解できた。わたしは彼を傷つけている。

だから、ナイフを懐に収めた。

「わたしたちはもうすぐ結婚しますし、わたしはとても……とても幸せに――」

「くそっ」サミュエルがうなり、次の瞬間、エメリーンにキスをした。

強く打ちつけるように、あまりにも激しく唇を押しつけられたものだから口の中が切れ、血の味が広がっていく。身をよじって逃れようにも、サミュエルにさらに強くつかまれ、かかとが浮いてしまって足を踏ん張ることもできない。首をそらせると、彼も迫ってくる。そのまま後ずさりをし、ついに背中が壁に当たった。もうまったく逃げ場がない。ここで降参するべきだった。彼は本気で傷つけようとしているわけではないとわかっていたから。けれども、彼女の中の何かが、どうしても負けを認めようとしなかった。エメリーンは口を開き、サミュエルが一瞬、躊躇したすきに、不意を突いた。

彼を嚙んだのだ。

サミュエルはのけぞり、エメリーンに向かってにやりと笑った。美しい唇に血がにじんでいる。「猫め」

その瞬間、エメリーンは彼を再びひっぱたいていただろう――すでに腕を握られていなかったら。

だが時すでに遅し。サミュエルは彼女のほうに顔を下ろしていた。今度の唇はとても柔らかかった。彼女の唇をやさしく軽くかすめながら、じらしている。この世の時間はすべて自分のものだと言わんばかりに。エメリーンは顔を前に押し出し、もっと深く接触しようとしたが、サミュエルはよけてしまった。また噛まれると思ったのかもしれない。単に彼女をもてあそんでいるだけかもしれない。いずれにせよ、エメリーンはもう何も考えられなかったし、そんなことはどうでもよく思えた。そして、彼がまた戻ってきた。彼女の唇に舞い降りようとする蛾のように。そっと、やさしく、繊細なガラス細工に触れるかのように。猫などではなく、もっと傷つきやすい、か弱い生き物であるかのように。

結局、エメリーンは持ちこたえられず、純潔な乙女のようにはじらいながら唇を開いた。キスなど一度もしたことがないかのように。したことはないかもしれない。とにかく、このようなキスは。彼の舌先が素早く差し入れられ、再び引き抜かれた。彼女もそれにならう。口の中でサミュエルを追うと、彼はエメリーンを吸った。とてもやさしく、ああ、こんなにやさしく噛んでいる。全体重をかけて彼女を壁にまっすぐ押しつけ、支えている。ふたりのあいだに、こんなにたくさん布地がなければいいのに。エメリーンは切に思った。そうすれば、彼を——彼の硬さを感じられるのに。エメリーンはうめいた。ささやくような細い声。まったく自分らしくない。それから、彼はぴたりと動かなくなった。

サミュエルが彼女をそっと下ろし、唇と手、体も引き離した。エメリーンは彼をじっと見つめた。すっかり言葉を失っている。

彼がお辞儀をした。「おやすみなさい」そして、部屋を出ていった。

脚が震え、エメリーンはしばらくのあいだ、ただ居間の壁に寄りかかっていた。くずおれそうな気がして、長椅子まで歩いていこうとさえしなかった。そこに寄りかかったまま唇をなめると、血の味がした。

それが彼の血なのか自分の血なのか、エメリーンにはわからなかった。

〝洗練された男〟。サムはぽかんと見とれている従僕を肩で押しのけて、エメリーンのタウンハウスを出た。〝洗練された男〟。玄関の階段を駆け下り、そのまま走り続ける。筋肉が伸びて温まっていく慣れ親しんだ感覚が慰めになった。

〝洗練された男〟。

彼を形容する言葉として、「洗練された」はだれも使いそうにない表現だ。サムは角を曲がり、酔っぱらった連中をかわさねばならなかった。男たちは、彼が現れたのを見て驚き、一瞬ちりぢりになった。だが彼らが背後で罵り始めるころにはもう、サムは何メートルも離れたところにいた。通りを走り続け、ふと思いついて暗い路地に飛び込む。足が石畳をリズミカルに蹴り、踏み込むたびに静かな振動が体に伝わっていく。一歩進むごとに体がほぐれ、しっかり油を差したように動きがなめらかになり、やがてそうしようと思わずとも、ほぼ努力もせず、走れるようになった。勢いがつき、飛ぶように走れるようになった。彼はこんなふうに、何キロも何時間も、必要とあらば何日でも走ることができる。

　自分を求めてくれない女性に情欲を抱いても仕方がない。伯父が始めた事業と、相続後にサムが自ら蓄財した富のおかげで、ボストンでの彼は広く尊敬を集め、貿易業界を牽引するほどの人物となった。昨年だけでも、年頃の娘を持つ熱心な父親から縁談を持ちかけられたことが二度ほどあり、義理の息子として大歓迎だと言われた。いずれも、娘は十分感じのいいレディだったが、きらりと光るものがなかった。この女性《ひと》ならと思わせるものが何もなかった。サムは、自分の基準が高すぎるのだと思うようになった。自分のような地位にある男が満足のいく結婚をするには、それにふさわしい良家の美しい女性を選ぶべきだ。

　サムは悪態をつき、足を速めてゴミの山を跳び越えた。今の自分は、どうしても手に入れられない女性に対し、まったく手に負えない、ばかげた憧れを抱いている。洗練された男を求める女性に対してだ。なぜ彼女なんだ？　なぜ、わたしに好感さえ持っていないあの怒りっぽい貴族なんだ？

　サムは立ち止まり、腰に手を置いて体を伸ばした。何もかも宇宙がもたらした冗談に違いない。今夜のように、あらゆることが一気に押し寄せてくるなんて。あの舞踏室で大虐殺の悪夢が恐ろしいほど生々しくよみがえった。それからヴェールとの対決があって、彼女があの貴族然とした気取り屋と婚約しているという、ぞっとする事実が発覚した。サムは頭をのけぞらせて笑った。夜に向かって。暗い空に向かって。彼の周りで震えながら、今にも崩れ落ちようとしている自分の世界に向かって。びっくりした猫が一匹、不満げな鳴き声を上げて暗がりに素早く逃げ込んだ。

サムもまた走りだした。

エメリーンは緑色のベイズ地が張られた本の表紙に指で触れた。布地の朽ちた部分がテーブルの上にはらりと落ちる。子どものころ、レノーと一緒に夢中になって読んだおとぎ話の本が見つかったのだ。その日の午前中を全部費やして広い屋根裏部屋をくまなく探したおかげで、くしゃみは出るわ、ほこりで汚れるわで、そのあと熱い風呂に入らなければならなかった。今、エメリーンは自分の居間のテーブルに発見した本を置き、じっと眺めている。

こんなにひどい状態になっているとは思わなかった。記憶の中の本は新品できれいだったし、そのページをレノーのほっそりした長い指が器用にめくっていた。でも今目の前にある本は、すっかり虫に食われている。表紙はゆがみ、中の紙は黄ばんではずれそうになっていた。それに湿気とかびで、かなりのページに染みができている。エメリーンは顔をしかめ、表紙の隅にある浮き出し模様を指でたどった。描かれているのは兵士のすり切れた背嚢《はいのう》と、そこに立てかけてある槍か杖。戦争から帰還した兵士が自分の家の前に荷物を置いたといった感じの絵だ。

ため息をついて表紙をめくると、もうひとつ思いもしなかった残念な事実が明らかになった。本はドイツ語で書かれている。これはすっかり忘れていたこと。レノーと一緒にこの本を見ていたのはやっと字が読めるようになったばかりのころで、そういえば、ほとんど挿絵を眺めて過ごしていた。

とにかくドイツ語であることだけはたしかだろう。口絵には、ほとんど判読できない凝った飾り文字で題名が記され、その下には粗い木版画の挿絵が描かれていた。高さのある軍帽をかぶり、ゲートルを巻いた四人の兵士が横に並んで行進している。ナニーはプロイセンからの移住者で、幼いころにイギリス海峡を渡ってやってきた。本はもともと彼女のものだったに違いない。ナニーは物語を暗唱していたのかしら？　それともページをめくりながら英語に訳して話していたの？

居間の扉の向こうから話し声が聞こえてきた。エメリーンは姿勢を正し、テーブルから何歩か離れた。なぜか、自分が発見したものを客にはまだ見せたくなかったのだ。

扉が開き、クラブスが姿を見せた。

「奥様、ヴェール卿とミスター・ハートリーがいらっしゃいました」

エメリーンはうなずいた。「お通しして」

なんとか驚きを顔に出さないようにしなくては。あのふたりをお茶に招いたものの、ゆうべあんないざこざがあったあとだけに、まさか一緒にやってくるとは夢にも思わなかった。

最初に入ってきたのはジャスパーだ。黄色い飾りのついた人目を引く深紅の上着と、彼の瞳の色をとらえたようなコバルトブルーのベストを着ている。黒みがかったマホガニー色の髪を後ろで棒状に編んで垂らし、髪粉はかけていない。おそらく今朝、近侍に髪を結わせたときはきちんと整っていたのだろう。しかし今はこめかみのあたりで巻き毛の束が乱れている。恋人の髪がこんなありさまだったら、それを理由に最愛の人を喜んで殺してしまうであろう女の子たちを、エメリーンは何人も知っている。

「マイ・スイート」ジャスパーが進み出て、彼女の左耳のあたりにさりげなくキスをした。エメリーンはジャスパーの肩越しにサミュエルの謎めいた目を見返した。植民地の男は今日もまた茶色の服を着ている。彼のほうが美男子ではあるけれど、ジャスパーの隣に立っているとクジャクの陰にいるカラスみたいだ。子爵が後ろに下がり、夕日のようなオレンジ色の椅子にすとんと腰かけた。「ハートリーとわたしは女王の御前に出る請願者のごとく、かしこまってやってきたのだよ。われわれに何をしてくれるのだね？　和平交渉の仲介をするつもりなのかい？」

「そうね」エメリーンはジャスパーに素早く笑顔を向け、それからサミュエルのほうを見た。気をしっかり持って言葉をかける。「妹さんも来ていただけるのかしら？」

「いいえ」サミュエルは長い指を椅子の背に置いた。「偏頭痛がするそうで、うかがえずにたいへん申し訳ないと伝えてほしいと言われました」

「それはお気の毒に」エメリーンは身振りで椅子を示した。「どうぞ。おかけになったら、ミスター・ハートリー？」

彼は首をかしげて座った。今日は髪を軍人風にしっかり編んでいて、乱れている部分はまったくない。それを目にしたら、エメリーンは髪をばらばらにしてやりたいとひねくれたことを考えてしまった。その髪を両肩に流し、地肌を引っ張るほどこの指ですいてみたい。

そのとき、メイドがお茶の道具を持ってせかせかと入ってきた。エメリーンはこの機会を利用して自分を落ち着かせた。腰を下ろしてポットやカップの配置を眺め、ずっと目を伏せたまま、壁、それに彼から目をそらしている。ゆうべ、彼はまさにこの部屋でわたしにキスをした。わたしを窓のわきの壁に押しつけ、舌でこの唇をたどった。そして、わたしは彼を噛んだ。彼の血を味わった。

エメリーンの手が震え、ティースプーンがかたかた鳴った。ちらっと視線を上げ、こちらをじっと見つめるサミュエルの暗い目をのぞき込む。その顔は石の彫像のようだ。

エメリーンは咳払いをし、目をそらした。「ジャスパー、お茶はいかが？」

「いただこう」彼は機嫌よく答えた。

ジャスパーは、わたしとサミュエルのあいだに流れる隠れた感情にまったく気づいていないのかしら？　いや、もしかすると、わかっていて気づかないふりをしているのかもしれない。何と言っても、わたしとジャスパーはとても開けた考え方を持ち、お互い了解している。結婚前に――というより、いざ結婚するとなれば、もちろんそのあとだって――彼に修道僧のような生活を送ってほしいとは思っていないし、彼のほうも同じように寛大な気持ちでいるのかもしれない。

エメリーンはジャスパーにティーカップを渡し、顔を上げずに声をかけた。

「ミスター・ハートリー？」

何の反応もない。ジャスパーが派手に砂糖を入れ——彼は大の甘党なのだ——紅茶をひと口飲んだ。

「ミスター・ハートリー、お茶は？」

エメリーンはティーポットをつかんでいる自分の指をじっと見つめていたが、もう耐えられなくなった。きっとジャスパーは、何かおかしいと気づいているに違いない。エメリーンは顔を上げた。

サミュエルは相変わらず彼女を見つめていた。「ええ、いただきます」しかし、彼の太い声が語っているのはそういうことではない。

エメリーンはぞっとした。震えが走り、ばつが悪くなるほど体が熱くなるのがわかる。紅茶を注ぐとき、ティーポットがカップに当たってかたかたと鳴った。憎たらしい人！　わたしに恥をかかせたいの？

一方のジャスパーは、膝の上に危なっかしくカップの受け皿を載せていた。どうやら紅茶をひと口ふた口飲んだら、皿の存在を忘れてしまったらしい。急に動けば床に落ちて割れるだろう。今やカップは皿に載せられ、その瞬間を待っているだけかに見える。

「エミー、さっきサムからディック・ソーントンという男の話を聞いた」ジャスパーが言った。「でもソーントンってやつが思い出せなくてね。連隊にはもともと四〇〇人以上の兵士がいたし、全員の名前なんてわかるもんか。大半の顔はわかるが、名前はわからない」

サミュエルは椅子のわきにあるテーブルにカップを置いた。

「ケベックの戦いのあとは、四〇〇人もいなかった」

エメリーンは咳払いをした。「ミスター・ソーントンは下級兵士でしたの？　先日、お会いした限りでは、下級兵士とは思いもしませんでしたけど。話し方がとてもはっきりしてらしたから」

「戦争中のソーントンは兵卒だったと記憶している」サミュエルが言った。「もうひとりの兵士、マクドナルドとずいぶん仲がよくて――」

「あの双子みたいな赤毛か！」ジャスパーが声を張り上げた。「いつも一緒にいたな。いつもちょっとしたいたずらをたくらんでいた」

サミュエルがうなずいた。「そのとおり」

エメリーンはふたりの男性を交互に見た。どうやら彼女の助けを借りるまでもなく、男だけで妙な合意に達していたらしい。「そのマクドナルドという方もご存じなの？」

ジャスパーは座ったまま身を乗り出し、カップをひっくり返しそうになった。

「ああ、思い出したぞ。あれはひどい話だった。マクドナルドと友人のブラウンはふたつの罪で起訴されたんだ。殺人と――えへん！」と咳をして話を切り、ばつが悪そうにエメリーンにちらりと目を走らせる。

エメリーンは眉を吊り上げた。顔を見合わせている表情からして、男たちはひどい話が何であれ、とても不快な内容だから彼女の耳に入れるのはよろしくないと考えたに違いない。

エメリーンはいらいらしてため息をついた。男はときとして、とてもばかげたまねをする。

「マクドナルドはあの虐殺で生き残ったのか？」ジャスパーが尋ねた。

サミュエルは首を横に振った。「いや。マクドナルドが倒れるのを見たと、ソーントンが言っていたし、ブラウンもあの襲撃で死んだに違いない。もしマクドナルドが生き残っていれば、軍法会議にかけられたという噂を耳にしたはずだ」

「だが、ブラウンについては正確なことがわからない」

「そうだ」

「ふたりでソーントンに訊いてみるべきだな。彼が何か知っているかどうか」ジャスパーが思いを巡らせながら言った。

サミュエルが顔をしかめる。「ふたりで？」

ジャスパーは少年のように照れくさそうな顔をしていた。エメリーンが子どものころから見慣れている表情だ。あまり議論することなく自分の思い通りにするために、彼はよくこういう表情を使う。

「きみの調査を手伝えるかもしれないと思ったんだ。わたしは裏切り者ではないのだから」

「あんたが自ら嫌疑を晴らしてくれて、ほっとしている」サミュエルはかなりよそよそしくなっている。「だが、それほど楽観視しているわけじゃない」

「まあ、よして、サミュエル！」エメリーンは突然叫んだ。「ジャスパーは裏切り者ではないとわかっているのでしょう？　認めなさい」サミュエルをにらんだが、あとになって、彼を名字ではなく名前で呼んでいたと気づいた。

サミュエルは彼女に向かって、とても美しく、おおげさなお辞儀をした。

「お望みのままに」それからジャスパーのほうを向いた。「無実だと認めよう。あんたの婚約者をなだめるためだけだとしても」

「それはご親切なことで。本当に」ジャスパーは歯を見せて笑った。

サミュエルもにっと歯を見せる。

エメリーンは意を決したように姿勢を正した。

「では、そういうことで。あなたたちは、例の大虐殺とその結果について調査をする。一緒にね」

ジャスパーがサミュエルに眉を吊り上げてみせた。

サミュエルはにこりともせず、うなずいた。「一緒に」

8

毎日毎晩、アイアン・ハートはソーラス王女を守り続けた。王女が食事をするときは背後に立ち、王女が宮殿の庭を散歩するときには後ろからついていき、王女が鷹狩りをするときには隣で馬を走らせた。それに王女が自分の考えや気持ち、心の奥底に秘めた思いを語るときには、深刻な面持ちで耳を澄ませた。妙なことだが、これは事実だった――男がひと言もしゃべらずとも、女性はその男を愛するようになるのだろう……。

『アイアン・ハート』より

レベッカは扉を開け、自分の部屋の外をのぞいた。廊下に人けはないようだ。忍び足で静かに廊下に出て、扉を閉める。自分は頭痛で寝ていることになっている。エヴァンスからはすでに香りをつけた布を渡されて、今から三〇分は額に当てておくようにと指示を受けていた。しかし、そもそも頭痛はただの口実だったから、言いつけに従わなくとも後ろめたさは感じない。感じているのは、あのメイドに対する密かな恐怖。だからこうして人目を忍んで動いている。

レベッカはこっそり階段を下り、家の奥に向かって進んだ。庭に通じる扉を目指して。ゆうべ舞踏室でサミュエルがあのような発作を起こし、それはもうびっくりした。兄はいつもとてもしっかりしていて、たくましくて冷静に見える。そんな兄が突然震えだし、真っ青になるのを目にしたら怖くなってしまった。サミュエルは岩のような存在で、わたしはそこに寄りかかっている。兄がいなくなったら、だれがわたしを支えてくれるのだろう？

上から声が聞こえてきて、レベッカは足を止めた。声はやがてひとかたまりになり、ふたりのメイドが暖炉の火格子の掃除を巡って言い争いをしているのだとわかり、緊張が解けた。裏手の通路は暗かったが、扉は目と鼻の先にある。舞踏室で兄のことを心配した矢先に兄がイングランドにやってきた本当の理由が明らかになったからといって、裏切られた気持ちになるのはどうかしてる。この旅に連れていってほしいと頼んだのは自分。兄が願いを黙って受け入れてくれたときはとてもうれしくて、それはもう感謝した。最初に感じた幸せが大きかった分、失望も大きいのだろう。

レベッカは裏庭へ通じる扉を押し開け、陽差しの中へ飛び出した。このタウンハウスを貸してくれた本来の持ち主が留守にしているせいかもしれないが、放置された庭には暗い雰囲気が漂っている。花は一本もない。少なくとも咲いている花はない。その代わりに、肩の高さまである生け垣に縁取られた砂利敷きの小道がいくつかあった。観賞用の樹木があちこちに生えており、ときどき生け垣が分かれて、複雑な模様に剪定された小型の生け垣が現れ、四角や丸を描いている。小道には点々とベンチが置かれていた。散歩をする人が単調な風景に飽きないようにするためだろう。

レベッカは小道をぶらぶら歩いていき、ぼんやりしたまま、ぎざぎざの生け垣を手でかすめながら通り過ぎた。サミュエルに対する感情が高ぶっているのは、自分でもわかっている。四六時中わたしに注目しててと、兄にしつこくせがんでいるような気分だ。小さな子どもじゃあるまいし。大人の女性がすることではない。なぜこんな気持ちにならなくてはいけないのだろう？　よくわからない。もしかすると――。

「ごきげんよう」

その声にぎょっとして、振り返る。右手を見ると生け垣が分かれ、また小さな四角い空間が現れた。その中にあるベンチから男がひとり、立ち上がる。男は赤毛だ。一瞬だれだかわからなかったが、男が前に進み出て、それがサミュエルの戦友であることに気づいた。以前、街で出会った人。でも名前が思い出せない。

「ああ！　見えなかったわ。そこにいらしたのね」

男がきれいな真っ白い歯を見せて、にっこり笑った。

「申し訳ありません。驚かせるつもりはなかったのですが」

「いいんです」一瞬の間があり、レベッカは本来なら人けのないはずの庭をちらっと見渡した。

「あの……どうして……？」

「お宅のすてきな庭でわたしが何をしているのかと不思議に思っておられるのでしょう」

レベッカはそのとおりとばかりにうなずいた。

「実は、兄上を訪ねてまいったのですよ」男は秘密を打ち明けるように、ゆがんだ笑みを浮かべた。「しかしお留守だ。なので、ここへやってきて、お帰りを待っているというわけです。ちょっと旧交を温められたらと思いまして。兄上とね。かつての連隊仲間にはもう、あまり会えないんですよ。ほら、大半はあの大虐殺で死んでしまったし、生き残った者はあとすぐほかの連隊に移って、みんなばらばらになってしまいましたから」

「スピナーズ・フォールズ」レベッカは声を潜めた。

戦いの名前はもう頭に刻み込まれている。サミュエルはそれについて一度も話してくれたことがなかった。ゆうべの舞踏会まで、あの戦いが兄にとってどれほど重要な出来事だったか、まったく気づいていなかった。

レベッカは衝動的に男のほうに身を乗り出した。

「スピナーズ・フォールズのことを教えてくださいませんか？　あそこで何があったのですか？　サミュエルは話してくれないのです」

男は眉を急に吊り上げたが、うなずいた。

「もちろん、いいですとも。お気持ちはよくわかります」

それから、体の後ろで手を組み、あたりをぶらつき始めた。顎を胸につけるようにして、あれこれ考えを巡らせている。

「連隊はケベックから戻るところでした」男が話を始めた。「フランス軍から砦を奪取したあとのことです。ケベックの守りは堅く、ひと夏かけて長期の包囲攻撃を強いられましたが、最終的にわれわれが敵を圧倒した。そのころはもう秋になっていて、司令官たちは冬が来て天候が厳しくなる前にケベックを引きあげるのがいいだろうと判断しました。われわれはエドワード砦を目指し、南に進軍を始めたのですが、将校たち以外に進路を知る者はひとりもいませんでした。周囲の森には先住民が潜んでいます。司令官のダービー大佐は、敵に気づかれることなく砦までたどり着きたいと思っていました」

「でも、そうはならなかった」レベッカは静かに言った。

「ええ」男がため息をついた。「なりませんでした。連隊は二週目に攻撃されたのです。われわれはわずか二列で行軍していて、待ち伏せされたときは、列の長さが八〇〇メートル以上にも及んでいました」彼はしゃべるのをやめた。

レベッカは待った。だが、彼は話を再開しない。ふたりは庭の突き当たりにある、馬小屋が並ぶ路地に通じる裏門のわきまで来ていた。レベッカは足を止め、サミュエルの友人を見た。この人の名前は何だったかしら？　どうしてこう、人の名前を覚えるのが苦手なのだろう？

「それから、どうなったのですか？」

男は顔を上げ、目を細めて空を仰ぐと、横目でレベッカを素早く見た。「われわれは両側から襲われ、ほとんどの兵士が殺されました。頭の皮をはがされた者もいます」

　レベッカは自分の靴の先端を見下ろした。兄が耐えてきたことを、ようやく少し聞かせてもらったけれど、自分がこれで満足しているのかどうかよくわからない。ひょっとすると、知らないままのほうがよかったのかもしれない。

「セント・オーバンがどんな死に方をしたか、彼女には話してないだろうな？」

　その日の午後、サムはヴェールに尋ねた。ふたりはヴェールの馬車に乗り、ロンドンのイーストエンドに向かって進んでいる。ソーントンが仕事場にいなかったので、生き残っている元軍曹、ネッド・アレンを訪ねてみることにしたのだ。しらふでいてくれるといいのだが。サムはそう願うばかりだった。

　窓のほうを見ていたヴェールが振り返った。「エミーにか？」

　サムがうなずく。

「ああ、もちろんだ。最愛の兄がはりつけにされ、生きたまま火あぶりにされたなんて、言うわけないだろう」ヴェールはすごみのある笑みを浮かべた。「話すつもりなのか？」

「まさか」サムは相手を見返した。レディ・エメリーンは兄のことを知りたがり、意を決して激しい攻撃をかけてきただろうに、ヴェールがそれに動じなかったことにサムは不本意ながらも感謝の念を抱いた。というのも、あのレディの奮闘ぶりを自分も目にしていたから。彼女が一度こうと決めたら、強固な意志を持つ男でなければ抵抗はできないだろう。ヴェールは明らかにそのような男だ。いまいましい。

子爵はふうっとため息をつき、うなずいた。「では、お互い異論はないな」

「どうだろうか」

ヴェールが眉を吊り上げる。

馬車が急に傾いて角を曲がり、サムは頭のわきにぶら下がっているつり革をつかんだ。

「彼女は何が起きたか知りたがっている。レノーがどんな死に方をしたのか知りたいんだ」

「とんでもない」ヴェールは痛みがあるかのように目を閉じた。

サムは顔を背けた。自分の中の臆病な部分が、この男にレディ・エメリーンを気遣ってほしくないと思っていたことに今、気づいた。ふたりの婚約は事務的なものにすぎないと思いたかったが、そうではないことは一目瞭然だ。

「教えるべきじゃない」ヴェールがそう言っていた。「あんな光景を胸に抱いて生きていく必要はないじゃないか」

「そんなことはわかってる」サムはうなるように言った。

「では、われわれの意見は一致しているな」

サムは一度だけうなずいた。

ヴェールがサムを見て何か言いかけたが、そのとき馬車ががくんと揺れて停車し、彼はそのまま窓の外に目を走らせた。

「ロンドンのずいぶんすてきなところへ連れてきてくれたもんだ」

ふたりはイーストエンドのスラム街に来ていた。崩れそうな建物が密集しているため、建物を隔てる通路は人がひとり通れるだけの幅しかない。ここから先は歩いて行かねばならない。

サムは愛想よく眉をすっと上げた。「怖いのなら、馬車に残ればいい」

ヴェールが鼻を鳴らした。

馬車の扉が開き、従僕が踏み段を置く。その召使は心配そうに、降りてくるふたりをじっと見守った。「旦那様、お供いたしましょうか？　このあたりは安全ではございません」

「大丈夫だよ」ヴェールは従僕の肩をぽんと叩いた。「戻ってくるまで、ここで馬車を守っていてくれ」

「かしこまりました」

サムが暗い路地を案内して進む。

「彼の言うとおりだ」ヴェールが後ろで言った。「本当にネッド・アレンを訪ねる必要があるのか？」

サムは肩をすくめた。「ほかに話が聞ける人間があまりいないんだ。知ってのとおり、生き残った者は多くない。それに、アレンは士官だった」

「生き残った者はほとんどいなかった」ヴェールがつぶやいた。水がはね、彼が悪態をつく。

サムは笑みを隠した。

「あんたのところの中尉はどうなったんだ？　ホーンといったかな？」

「マシュー・ホーンだ。あいつは大陸を旅していると聞いたが」

「例の博物学者は？」

「マンローか？」ヴェールの声はさりげなかったが、それでもサムは自分が今口にした言葉でなぜか相手の関心を完全に引き寄せたのだと悟った。

ふたりは小さな中庭に入り、サムは素早くあたりを見回した。周囲の建物は大火事のあとに急ごしらえされたものらしいが、もう崩れかけている。

悪い予感がするとばかりに、ふたりは小さな中庭のほうに身を乗り出した。においから判断するに、そこは中庭であると同時に、屋外の便所でもあるようだ。

「あんたと一緒に生き残った男だ」サムが言った。第二八連隊に配属されていた民間人に博物学者がいた。その物静かなスコットランド人も、ワイアンドット族の捕虜となった男たちのひとりだ。

「最後に聞いた話では、アリスター・マンローはスコットランドにいる。風通しのいい大きな城を持っているそうで、あまり外へは出ないらしい」

「けがのせいか？」サムは静かに尋ねた。ふたりはひょいと頭を下げ、アレンの部屋がある家へと通じる路地に入った。ヴェールは答えない。サムは振り返った。

ヴェールの目には悪魔が宿っており、サムは自分の目が鏡に映っているのではないかと、不安な気持ちになった。「やつらが彼にした仕打ちを見ただろう。あんな傷跡があったら、きみは外に出たいと思うか？」

サムは顔を背けた。救援隊がワイアンドット族の足取りを追って敵の野営地にたどり着くまでに二週間近くかかり、捕虜たちはその間に拷問を受けていた。中でもマンローの傷はぞっとするほどひどかったのだ。彼の両手は……。サムは考えていたことをわきに押しのけて歩き続けた。通り過ぎる家の戸口や暗がりに鋭い目を向け続けた。「いや」

　ヴェールがうなずく。「彼にはもう何年も会っていない」

「それでも」サムが言った。「手紙を書くべきだ」

「やってみたさ。あいつは一度も返事をよこさない」ヴェールは歩を速め、サムのすぐ後ろまで迫ってきた。「きみはだれに目をつけているんだ？」

　サムはヴェールをちらりと見た。「この前、あとをつけられた」

「そうなのか？」ヴェールの声がうきうきしているように思えた。「どうして？」

「わからない」それがサムの心を乱していた。

「きみは何か――あるいは、だれかを――引っかき回したに違いない。だれに会う予定だったんだ？」

　サムは低い位置にあるまぐさ（窓や戸口の上に渡す横木）のわきで足を止めた。

「ネッド・アレンはここで生き延びている」

　ヴェールは彼を見て、毛深い眉を吊り上げただけだった。

「三人の兵士と話をした」サムはいらいらしながら言った。「バロウズにダグラス――」

「思い出せん」

「そりゃそうさ。彼らはただの歩兵だった。おおかた、あの大虐殺のあいだはほとんど、物資用の荷馬車の下で身をすくめていたんだろう。何も知らない様子だった。三番目の兵士は軍の工兵だ」

「木や何かを取り除いて、行進する縦隊のために道を作っていた連中のひとりだな」

「そうだ」サムはしかめっ面をした。「やつは襲いかかってきた敵の首を、斧をどう使ってはねたか説明してくれたよ。だいぶ誇らしげな様子だったが、それ以上の話はあまりしなかった。それからアレンと話をしようとしたのだが、最初に居場所を突き止めたとき、彼は泥酔していた。アレンか工兵のいずれかが人を使ってわたしのあとを追わせたとは思えない」

ヴェールが笑みを浮かべた。「面白い」

「だろうな」サムはひょいとかがみ、建物に入った。中は寒くて暗い。ほとんど感覚と記憶だけを頼りに進む。

後ろでヴェールが悪態をついた。

「そっちは大丈夫か?」サムはゆっくりと言った。

「問題ない。風変わりな景色を楽しんでるところだ」子爵がやり返す。

サムはにやりと笑った。ふたりは階段を上り、サムが先に立ってアレンの部屋へ入った。前に来たときとたいして変わらない。いやなにおいがするし、狭い。ネッド・アレンは片隅に横たわっていた。ぼろ布の塊となり果てて。

サムはため息をつき、男に近づいていった。近づくにつれ、においはますますきつくなる。

「やれやれ」あとからついてきたヴェールがつぶやき、つま先でアレンに触れた。「へべれけの酔っぱらいだ」

「それはどうかな」サムは、うつぶせに寝ている男の横にしゃがみ込み、体を仰向けにさせた。男はまるで木でできているかのように、その格好のまま転がった。胸にナイフが突き刺さり、白い骨でできた持ち手が見えている。「死んでる」

ヴェールがサムの横にしゃがみ、目をみはった。「これは驚いた」

「たしかに」サムは素早く立ち上がり、ブリーチで両手をぬぐった。

突然、部屋がひどく小さな、ひどく窮屈な、ひどく悪臭のする場所と化した。サムは向きを変え、よろめきながら逃げるようにして部屋をあとにした。そのままぶざまに階段を転げ落ち、光の中へ出る。こんな汚い中庭でも二階の死の部屋よりはましだ。サムは深呼吸をし、こみ上げてくる吐き気を抑えようとした。来た道を戻って狭い通路へ入ると、ヴェールが背後で何やら早口でしゃべっているのに気づいた。

「殺された可能性がある。この汚水だめに住んでいるだれかに」子爵が息を切らしながら言った。

「たぶん」サムは自分の恥ずべき撤退ついて、相手が何も口にしなかったことをしぶしぶ感謝した。「あるいは前にここを訪れたときも、わたしは例の男にあとをつけられていたのかもしれない。あいつは骨の持ち手がついたナイフを持っていた」

ヴェールがため息をついた。「ということは、アレン軍曹は何か知ってたんだ」

「ちくしょう」サムは足を止めた。「もっと早く来るべきだった」

ヴェールは一瞬サムを見てから、頭を後ろに倒し、建物のあいだからのぞく小さな青空をじっと見上げた。「大勢いたよな」

サムは目を丸くした。「え？」

「トミー・ペイスを覚えているか？」

ある若者の記憶がよみがえる。若すぎたので、年齢をごまかしていた男だ。頬にそばかすがあって、髪が黒くて、小柄で痩せていた。

「よくひげを剃るふりをしていた」ヴェールが夢見心地で言った。「知ってたか？　たぶん、ひげは顎に三本しか生えていなかったが、あいつは毎朝、それはもう誇らしげに革砥《かわと》でかみそりを研いでいた」

「かみそりはテッド・バーンズからせしめたんだ」

「まさか」ヴェールがサムを見た。「それは知らなかった」

サムがうなずく。

「トランプで勝ったからさ。それもトミーが誇らしげだった理由のひとつだ」

ヴェールがくっくっと笑った。「しかも、バーンズはひげ面だった。皮肉な話だな」

沈黙が訪れた。ふたりともこのゴシップについてしみじみ考えている。ネズミが一匹、戸口の陰に素早く逃げ込んだ。

「今じゃ、ふたりとも土に還ってしまった」ヴェールは穏やかに言った。「ほかのみんなと一緒に」

何も言うことがなく、サムは向きを変えて、馬車に戻るべく再び歩きだした。

ヴェールは少し後ろをぶらぶら歩いている。路地はふたりの男性が並んで歩けるほどの幅がないのだ。

「連隊を裏切ったやつがいるのなら、ふたりで仇を討とう。全員の仇を」ヴェールは打ち解けた口調で言った。

サムはまっすぐ前を向いたままうなずいた。

「今度はどこへ行く？」ヴェールが尋ねた。

「ディック・ソーントン。仕事場に戻っているかもしれない。彼に訊いてみる必要がある」

「意見が一致して何よりだ」子爵は口笛で陽気な旋律をいくつか吹いたが、途中でやめた。

「ところで、マクドナルドの死体は見たのか？」

「いや」ふたりが角を曲がると、馬車が視界に入ってきた。従僕と御者が心配そうな顔をしてそばに立っている。「わたしは、あそこへは戻らなかった。エドワード砦まで走り、そのあとは身代金を持った派遣隊を案内するので手いっぱいだった。これはアレンに訊きたかったことのひとつだ。連隊の中で生き残った者はだれなのか」

ヴェールがうなずいた。おそらく自分の悲惨な記憶を思い出すのに忙しかったのだろう。ふたりは馬車が待っているところまで戻っていった。

従僕はふたりの姿が目に入ると、ほっとした表情を見せた。ヴェールが召使たちに向かってうなずき、サムは馬車に乗り込んで子爵の正面に腰を下ろした。馬車ががくんと前へ傾いた。

「わたしはきみに礼を言ったか？」ヴェールが尋ねた。窓の外をじっと眺めており、どうやらこの地区の陰鬱な町並みに心を奪われているらしい。

「ああ」サムは嘘をついた。実は、ワイアンドット族の野営地で救援隊が生き残っている士官たちを助け出したころにはもう、ヴェールはショック状態にあった。捕虜になった者は全員、拷問を受けたのだ。ワイアンドットの連中が向き合って二列に並び、叫び声を上げる中、捕虜たちは列のあいだを駆け抜け、棍棒や鞭で叩かれ、こぶしで殴られた。それにサムが聞いたところでは、ヴェールはセント・オーバンの死や、拷問を受けるマンローたちを見ているよう強いられたらしい。ようやく救い出されたときは相手がだれであれ、感謝を口にできる状態ではなかったのだ。

ヴェールは今、眉をひそめていた。

「つまり、マクドナルドが死んだというのは、ソーントンが言ったことにすぎない」

サムはヴェールを見た。「そうだ」

「おい、連隊がエドワード砦にたどり着けないようにすべき理由がある人物がいたとすれば、マクドナルドだ」ヴェールは身を乗り出した。「行軍しているとき、あいつは鎖につながれていた」

「砦に着いていれば、絞首刑になる運命だった」サムが言った。「強姦と殺人の罪で。軍法会議はとっとと結審していただろう」

マクドナルドは卑劣な男だった。ブラウンというもうひとりの兵士と、あるフランス人入植者の小屋を略奪し、現場を目撃してしまった入植者の妻を強姦して殺したのだ。マクドナルドと相棒にとって不運だったのは、フランス人入植者の妻がイギリス人女性、しかも英国軍大佐の妹だったと判明したことだ。略奪と強姦は絞首刑に値する罪だが、大規模な犯罪でない限り見逃してくれる将校もいるだろう。しかしイギリス人女性を強姦して殺したとなれば、闇に葬り去るわけにはいかない。英国軍内部で犯人捜しが行われ、やがて数人の兵士が、ブラウンが酔って犯罪行為を自慢していたとの情報を提供した。逮捕されるやブラウンはすぐさまマクドナルドを裏切った。そして両者が鎖につながれて行軍していた最中に第二八歩兵連隊は襲撃を受けたのだ。

それを思い出したサムは顔をしかめた。「ブラウンも裏切り者だったかもしれない」

ヴェールがうなずく。「マクドナルドはあの小さなグループのリーダーだったようだが、きみの言うとおりだ。ブラウンにはマクドナルドと同様、行軍を止めるべき理由があった」

「じゃなければ、ふたりそろって襲撃計画に関係していたのかもしれない」サムは首を横に振った。「しかし、いずれにしても、どうしてわれわれが取る進路を知っていたのだろう？」

ヴェールが肩をすくめた。「ブラウンはアレンの友人ではなかったのか？」

「友人だ。あいつらはよく、ネッド・アレンと一緒に火を囲んでいた」

「で、アレンは士官として進路を知っていたはずだ」

「ブラウンたちにわいろをもらっていたとすれば、アレンが情報を伝えたのかもしれない」

「まさかフランス人に、じゃないだろうな？」ヴェールが眉を吊り上げている。

「違う。マクドナルドとブラウンには、どっちつかずの立場にある先住民に情報を伝言してくれる仲介者がいればそれでよかったんだ。知ってのとおり、フランス側に寝返る先住民も、英仏両方と取引する先住民も大勢いた」

「アレンが連隊の予定進路をだれかに教えていたとすれば、たしかに彼を殺す動機にはなるな」

サムは発見したばかりの、がりがりに痩せこけた死体を思い浮かべ、顔をしかめた。

「なる」

ヴェールは首を横に振った。「今の仮説には欠点もあるが、とにかくソーントンとまた話をして、彼が覚えていることを確認する必要がある」

サムは眉をひそめた。ソーントンに対しては当初から胸騒ぎがしていた。

「それが賢明なやり方だと思うのか？　この件にソーントンを引き入れるべきだろうか？　よくわからないが、あいつは裏切り者かもしれないんだぞ」

「だからこそ、秘密を話すんだ。自分が信用されていると思えば、ぽろっと口を滑らせる可能性は高くなる」ヴェールは骨張った長い指を唇に当て、かわいらしいと言ってもいいほどの笑みを見せた。「〝味方とは親しくしろ。だが、敵とはもっと親しくしろ〟だ」

エメリーンは、サミュエルのタウンハウスの庭に入ったところで足を止めた。レベッカはミスター・ソーントンと何をしているの？　しかもふたりきりで。

「もう、ここで結構よ」エメリーンは、家の中を案内して庭まで連れてきてくれた執事に向かって、うわのそらで言った。レベッカの具合がよくなっていることを期待して訪ねてきたのだけど。もしかすると、ふたりでダンス用の新しい靴を探しに行けるかもしれない。新しい靴を見るとわたしはいつだって元気になれるし、ゆうべあんなことがあったあとだけに、かわいそうなあの子も少しは元気を取り戻す必要があるような気がする。

でもレベッカはもう元気を取り戻しているようだ。

エメリーンは背筋をぴんと伸ばした。「ごきげんよう」

レベッカはミスター・ソーントンのそばから飛び退き、情けないほど後ろめたそうな顔をエメリーンに向けた。

それとは対照的に、ミスター・ソーントンは優雅に体を回転させた。

「これはレディ・エメリーン、またお会いできて何よりです」

エメリーンは目を細めた。レベッカに対し、きちんと紹介がすんでいるという事実はこの人にとって有利な点ではあっても、やはり付き添いのない若い未婚女性とふたりだけで話をしていい口実にはならない。いずれにしても、サミュエルやジャスパーとミスター・ソーントンのことを話題にした直後に、この人が庭でレベッカと一緒にいるところを目にするなんて妙な気がする。とても妙だ。

「ミスター・ソーントン」エメリーンは首をかしげた。「ここであなたにお目にかかるとは、なんて意外なんでしょう。ミスター・ハートリーにご用がおありなの？」

鋭い質問に、彼の顔に笑みが広がった。「ええ。ですが、ミスター・ハートリーはお留守らしい。庭のここで待っておりましたら、ミス・ハートリーがご一緒してくださいまして、待つのがずっと楽しくなりました」レベッカのほうを見てうやうやしい小さなお辞儀をして、見事なスピーチを締めくくる。

　ふん。エメリーンはレベッカと腕を組み、歩き始めた。

「たしか、ご商売をされているとおっしゃったわね、ミスター・ソーントン」

　庭の小道は狭く、男はレディたちの後ろからついていかざるを得なかった。

「ええ。ブーツを作っております」

「ブーツ。ああ、なるほどね」エメリーンはわざわざ振り返りはしなかった。このタウンハウスの庭は平凡だったが、彼女は枯れかけた木の葉に本当に興味があるかのように、ゆっくりした足取りで歩いている。

「ブーツって、とても大切なものですよね、きっと……」レベッカがミスター・ソーントンをかばおうとしている。そんなつもりで言ったのではなかったのに、とエメリーンは思った。

「国王陛下の軍隊にブーツを提供しております」ミスター・ソーントンが後ろから大きな声で言った。

「そうですか」エメリーンはふと思った。ミスター・ソーントンがお金持ちであることはおおいにあり得る。軍隊の仕事についてはほとんど知らないけれど、軍隊がブーツを山ほどミスター・ソーントンに注文するのだろう、ということは想像できる。「ロンドンで作られるのですか?」レベッカが尋ねた。首を少し伸ばし、彼を見ようとしている。

「ええ、そうですとも。ドーヴァー・ストリートに工房がありまして、三二人の職人を雇っております」

「では、ご自身ではブーツをお作りにならないのかしら?」エメリーンは愛想よく尋ねた。

レベッカは息をのんだが、ミスター・ソーントンはすこぶる機嫌よく答えた。

「ええ、そうです。何から手をつければいいのかもわからないと思いますよ。もちろん、この商売を始めた父は、当初、自分で作っていましたが、やがて人を雇って靴作りをさせるようになりました。わたしも若いころに仕事を覚えてもよかったのですが、父とけんかをしてしまいまして――」

「だから軍隊に入られたのですか?」レベッカが言葉を挟んだ。足を止め、振り返ってミスター・ソーントンと向き合ったため、エメリーンも立ち止まらざるを得なかった。

ミスター・ソーントンがほほ笑み、エメリーンは気づいた。いくぶん個性には欠けるものの、彼はなかなかハンサムだ。大勢の中で目につくたぐいの顔ではないが、だからかえって危険な存在ということになるのかもしれない。

「そうです。若気のいたりで、腹立ちまぎれに入隊してしまったんでしょうね。父と妻を残して――」

「結婚なさってるの？」エメリーンは話に割り込んだ。

「いいえ今は」ミスター・ソーントンの顔がまじめな表情に変わった。「かわいそうに、マリーはわたしが帰還して間もなく、亡くなりました」

「まあ！　それはお気の毒に」レベッカがささやくように言った。

エメリーンは小道を振り返った。だれかがやってくる。

「大きなショックでした」ミスター・ソーントンが言った。「妻は――」

「エミー！　やあ、ここにいたのか」ジャスパーが面長の顔ににこやかな笑みを浮かべ、大またで小道をやってくる。

ジャスパーの声でミスター・ソーントンがしゃべるのをやめ、振り返った。顔が不思議なくらいうつろになっていく。だが、エメリーンが期待していたのはジャスパーではない。困惑と、失望らしきものが心を駆け抜けた次の瞬間、彼が目に入った。ジャスパーの後ろからサミュエルがやってくる。伏し目がちに、まじめくさった表情で。

エメリーンは両手を差し出した。「あらジャスパー、戻ってくるにしても夕方を過ぎるだろうと思っていたわ。調査はうまくいったの？」

ジャスパーは彼女の手を取り、その上に身をかがめて指に軽くキスをした。

「悲しいかな、手がかりを失った。それで、代わりにミスター・ソーントンを捜しにいったのだが、仕事場にはいなかった。戦いに負けて退却してきたら、われわれが捜していた男をきみが与えてくれたというわけだ」

サミュエルはもうすでにジャスパーに追いついていた。

「レディ・エメリーン、レベッカ」と言って、ふたりに会釈をし、それから客人に手を差し出した。「ミスター・ソーントン、会えてよかった。だが、白状すると、きみが我が家に来ていたとは驚きだ」

ミスター・ソーントンは両手でサミュエルの手をつかんだ。

「あなたが驚いていると言うなら、わたしだって同じですよ、ミスター・ハートリー。あなたにもてなしてもらおうなどと、おこがましいことは考えてはおりませんでしたが、近くに来たのでつい、お宅のほうに足が向いてしまったのです」

「そうなのか？」サミュエルは首をかしげ、相手をじっと観察している。

「ええ。先日、あの戦争の記憶がよみがえったせいかもしれませんね。わたしは……」ミスター・ソーントンは一瞬ためらってうつむいたが、やがて視線を上げ、サミュエルの目をまっすぐに見つめた。「考えすぎだと思われるでしょうが、先日お話ししたとき、あなたはスピナーズ・フォールズで起きたことは偶然の出来事ではないと思っておられる印象を受けました」

両者が見つめ合い、沈黙が流れた。サミュエルは相手より完全に頭ひとつ分、身長が上回っているが、そうでなければ、ふたりには見逃しがたい共通点がある。ふたりはともに商売をし、自力で成功した人物だ。露骨なまでの自信を持って振る舞い、自分より高貴な生まれの紳士の目をじっと見つめ、言いたいことがあるなら言ってみろとけしかける能力を備えている。エメリーンは悟った。成功を収めるためには、ふたりとも大胆不敵である必要があったのだろう。彼らは危険を承知でチャンスを見極め、つかむことができる人間だ。

ついにサムはエメリーンとレベッカを横目でちらりと見て、咳払いをした。

「レディたちが差し支えなければ、紳士諸君はわたしの書斎でこの件を話し合うべきだろう」

エメリーンは片眉を上げた。彼はそんな簡単にわたしを避けられると本当に思っているのかしら？「あら、わたしはあなたがミスター・ソーントンに何をおっしゃりたいのか、とても興味があるわ。どうぞ続けてください」

「いいかい、エメリーン」ジャスパーはかなりいらいらしながら言いかけた。

エメリーンはジャスパーを見ず、サミュエルの目をじっと見つめている。

「それくらい、してくださってもいいと思いませんか？」

サミュエルの顎の筋肉が収縮するのがわかった。たしかにいい顔はしていないものの、彼はうなずいてミスター・ソーントンのほうを向いた。「われわれは裏切られたんだ」

エメリーンはかすかな満足を覚えた。サミュエルはわたしを同等に扱ってくれる。そのような信頼感は妙に心を浮き立たせた。

ミスター・ソーントンが息を吐き出した。「それはわかっていました」

「そうなのか？」サミュエルは静かに言った。

「いや、当時はわかりませんでした」ミスター・ソーントンも今は険しい顔をしている。

「ですが、あの場所で襲撃されたことといい、先住民たちが相当な数に達していたことといい、実にたくさんの条件がそろっていなければ、ああはならなかったはずです」彼が首を横に振る。「だれかが画策したことに違いない」

「そうみたいだな」ジャスパーがようやく言った。「マクドナルドとブラウンが死んだと確信しているのかどうか、きみに訊こうと思ってたんだ」

「マクドナルド？」一瞬、ミスター・ソーントンは混乱した顔を見せた。それからレディたちに素早く目を走らせ、うなずいた。「ええ、もちろんです。あなた方が何を考えているのかはわかりますが、残念ながらふたりは本当に死んでいた。わたしは埋葬を手伝ったのです」

エメリーンは口をとがらせ、しばらく考えていた。この人たちはマクドナルドについて、いったい何の話をしているの？　あとでこっそりサミュエルに訊かなくちゃ。

「くそっ」ジャスパーがつぶやいた。「マクドナルドのしわざだったとすれば、この件はきちんと決着がついたんだがな。それでもきみが言っていることを理解するために、さらにいくつか訊きたいことがある」

「続きは中でしたほうがいいだろう」サミュエルが言った。妹のほうに腕を差し出したが、レベッカはそれを無視し、ミスター・ソーントンの腕を取った。サミュエルは唇をぎゅっと結んだ。

彼が傷つくのを見るのはいやだ。エメリーンはサミュエルの袖に手を載せた。

「それはとてもいい考えね。お茶が楽しみだわ」

サミュエルがエメリーンの目から手へと視線を走らせ、再び目を見た。ほとんど気づかれないほどかすかに眉がすっと上がる。エメリーンは彼のほうに顔を近づけた。ほかの人たちはもう家の裏手に向かって歩きだしている。

「わたしはお役に立てるかどうかわかりません」ふたりの前でミスター・ソーントンが言った。「あなた方が本当に話をするべき人物はクラドック伍長です」

「その理由は？」サミュエルが問いかける。

ミスター・ソーントンが振り返った。「スピナーズ・フォールズの襲撃のあと、彼がけが人を一カ所に集めたからですよ。あなたはすでに……。ほら、あなたはあのあと森に駆け込んでいったでしょう。どうやら、あのときの責任者はクラドック伍長だったようですね」

エメリーンには、自分の手の下でサミュエルの腕がこわばるのがわかった。だが彼は何も言わない。

ミスター・ソーントンは面と向かってサミュエルを臆病者呼ばわりしたも同然なのに、ジャスパーはそれに気づいていないようだ。「クラドックはロンドンにいるのか？」

「いいえ。戦争が終わったあと、たしか田舎に引っ込んだと思います。もちろん、わたしが間違っている可能性はありますがね。いろんな噂がたくさん耳に入ってきますから。でも、サセックスにいると思います。ポーツマスの近くですよ」

エメリーンはうまく隠したつもりだった。にもかかわらずサミュエルは彼女がはっとしたのを感じ取ったに違いない。

「どうしました？」彼は小道の前方に目を向けたまま、小声で尋ねた。

エメリーンはためらった。今朝、山ほど届いている招待状をより分け、向こう一カ月、どの社交行事に出るかを決めようとしていたのだ。

サミュエルは彼女を見て、眉根を寄せた。「話してください」

本当に、どうすればいいのだろう？　まるで運命に罠を仕掛けられたかのようだ。わたしはそこへまっすぐ飛び込んでしまった不運なウサギ。あがいたところで、まったく無駄ではないかしら？

「サセックスにあるハッセルソープ邸から招待を受けています」

「何だそれ？」ジャスパーが立ち止まり、振り返っていた。

「ハッセルソープ卿ご夫妻のことよ。忘れたの？　数週間前に招待状をいただいたわ。ご夫妻のお宅はポーツマスからそう遠くないところにあるでしょう」

「ああ、そうか。きみの言うとおりだ」ジャスパーがにっこり笑い、鼻と口のわきに刻まれたしわが曲線を描いた。「これはついてるぞ！　みんなでそこのパーティに出かけて、クラドックを訪ねればいい。つまり……」彼は困ったようにミスター・ソーントンを見た。レベッカとサミュエルはエメリーンの友人として、おそらく問題なく招待客に加えてもらえる。だが靴屋となると、たとえ大金持ちであれ話は別だ。

しかし、ミスター・ソーントンはにやりとし、ウインクをした。

「心配は無用です。みなさんがクラドックと話しているあいだ、わたしはこのロンドンで調査を続ければいい」

これですべてが決まった。エメリーンは胸を締めつけられたように、だんだん息が苦しくなっていった。ああ、これからみんなであれこれ話し合い、レディ・ハッセルソープにはハートリー兄妹の招待を正式にお願いすることになるのだろう。でも最終的には、すべてうまくいくはずだ。わたしはサミュエルといっしょに泊まりがけのハウスパーティに出席する。

サミュエルにじっと見られているとわかっていたエメリーンは顔を上げ、温かみのあるコーヒーブラウンの瞳を見た。彼はハウスパーティでどんなことが起きるかわかっているのかしら？

9

さて、王はこの世で愛するすべてのものの中で、何よりも娘を愛していた。溺愛するあまり、娘にせがまれれば、いつだって全力を尽くして何でも手に入るようにしてやった。だから、ソーラス王女から護衛との結婚を許してほしいと言われたときも、王家の親ならたいてい短気を起こしたりするのだろうが、そうはならず、ため息をついてうなずいただけだった。というわけで、アイアン・ハートはその国でいちばん美しい乙女にして、王女でもある女性と結婚することになった……。

『アイアン・ハート』より

「ものすごく長く行ってるの？」一週間後、ダニエルが尋ねた。

彼はエメリーンのベッドに寝転がっていた。頭をベッドの片側から垂らし、両脚を宙に浮かせており、荷造りをしている侍女のハリスを完全に邪魔している。

「たぶん二週間ね」エメリーンは歯切れよく言った。きれいな小ぶりの鏡台に向かい、ハッセルソープ邸のパーティにどの宝石を持っていくか決めようとしている。

「二週間って、一四日でしょう。すごく長いよ」ダニエルは片脚をぶらぶらさせ、ベッドを囲っているカーテンに絡ませた。

「エディングス様！」ハリスが抗議の声を上げた。

たしかに、子どもに会えないからといって寂しがるべきではない。それはわかっている。上流階級の母親たちの多くは、自分の子どもの面倒をほとんど見ない。それでもエメリーンは息子を置いていくのがいやだった。さよならを言うのは胸が締めつけられる。

「もうそれでいいわ」エメリーンは侍女に言った。

「しかし、奥様、まだ半分しかすんでおりません」

「いいのよ」エメリーンはハリスに笑いかけた。「根を詰めて働いたから、気分転換が必要でしょう。キッチンでお茶でも飲んできたら？」

ハリスは口をとがらせたが、女主人に口答えをするほど愚かではなかった。抱えていた衣服の山を下に置くと、さっさと部屋を出て扉を閉めた。

エメリーンは立ち上がってベッドに行き、その上に置かれたペチコートの山をわきへ押しのけて場所を作った。それからベッドに上がってオーク材の大きなヘッドボードに寄りかかり、脚をまっすぐ前に伸ばした。「こっちへいらっしゃい」

ダニエルは待ちかねた子犬のようにはってきた。「行っちゃいやだよ」

身をくねらせて抱きついてきた息子は、小さな男の子の汗のにおいがした。骨ばった膝小僧がエメリーンの腰に食い込んでいる。

　彼女は息子の金色の巻き毛をなでた。

「わかってるわ。でも、二週間以上長居はしないし、毎日あなたに手紙を書くつもりよ」

　息子は黙ったまま、いっそう身をくねらせた。顔はエメリーンの胸に押しつけられていて、見えなくなっている。

「タント・クリステルが一緒にお留守番をしてくれるから」エメリーンは耳打ちするように言った。「わたしがいないあいだ、干しぶどうのパンや、あまーいお菓子やパイは全然食べられないでしょうね。戻ってくるころには、あなたはがりがりに痩せて、棒みたいになってしまって、きっと会ってもあなただとわからないわ」

　息が交じったようなくすくす笑いがわきから聞こえてきたかと思うと、青い瞳が再び現れた。「そんなわけないよ。タントはいっぱい甘いものをくれる」

　エメリーンは驚いたふりをした。

「あら、そう思う？　タントは、わたしにはとっても厳しいのに」

「お母様が帰ってきたら、ぼくはきっと太ってるね」ダニエルは頬をぷうっとふくらませて見せた。

　エメリーンは楽しそうに笑った。

「それに、ミスター・ハートリーともおしゃべりできるし」ダニエルが言った。

　エメリーンはびっくりして目をしばたたいた。

「申し訳ないけど、ミスター・ハートリーと妹さんも一緒にパーティへ行くのよ」

息子が下唇を突き出した。

「ミスター・ハートリーとよくおしゃべりをしているの？」

ダニエルが素早く彼女を見た。

「塀の向こうとこっちでしゃべるんだ。ときどき向こうの庭まで行くこともあるよ。でも、ミスター・ハートリーに迷惑はかけてない。本当にかけてないからね」

それはどうだか、とエメリーンは思った。しかし今は、自分が知らないうちにダニエルとサミュエルが絆を築いているらしいということで頭がいっぱいだった。それについて、自分がどう感じているのかはよくわからなかった。


貸し馬車はレディ・エメリーンの馬車ほどばねの利き方がよくなかったし、サムは自分用に馬を借りるのはやめて、レベッカと一緒に馬車で行こうと決めたことを後悔し始めていた。しかし、ウェスタートン邸でのあの悲惨な舞踏会から一週間、レベッカとはほとんど口をきいておらず、無理にでも一緒にいる時間を作れば、呪縛を解いてくれるだろうと思ったのだ。

今のところ、そうはなっていないけれど。

レベッカはサムの向かい側に座り、窓の外をじっと見ている。まるで生け垣や野原がこの世でいちばん心惹かれる風景であるかのように。彼女の横顔は絵に描いたように美しいというわけではないが、目を楽しませてくれる。妹を横目でちらりと見たそのとき、彼ははたと気づいた。この子は母親に少し似ている。

サムは咳払いをした。「舞踏会があると思うよ」

レベッカが振り向き、彼をにらみつけた。「何？」

「だから、舞踏会があると思うんだ。ハウスパーティで」

「あら、そうなの？」レベッカはとくに興味もなさそうだった。

喜んでくれると思ったのに。

「この前はわたしが台無しにしてしまって、悪かったと思ってる」

レベッカはいら立ったように息を吐き出した。

「サミュエル、どうして話してくれなかったの？」

サムは一瞬、妹を見つめ、彼女が何を言おうとしているのか理解しようとした。次の瞬間、ぞっとするような不安が胸に広がった。まさかあのことを言っているんじゃないだろうな……。「話すって、何を？」

「わかってるくせに」レベッカは欲求不満で唇をすぼめた。「わたしには一度も話してくれなかったでしょう。一度だって――」

「今、話してるだろう」

「でも何も言ってない！」レベッカはその言葉を大きすぎるぐらいの声で言い、悔しそうな顔をした。「サミュエルは何も言わない。人に悪く言われたときだってそうよ。先週みんなで庭にいたとき、ミスター・ソーントンに面と向かって臆病者呼ばわりされたも同然だったのに、何も言い返さなかった。せめて自分を弁護することぐらいしたっていいじゃない？」

サムは自分の口元がゆがむのがわかった。

「ソーントンのような人間が言うことには、答える価値もない」

「じゃあ、むしろ口をつぐんだまま非難されていたほうがいいって言うの？」

サムは首を横に振った。自分の振る舞いを彼女に説明するすべがない。

「サミュエル、わたしはそういう人間じゃないわ。答える価値のない人たちに自己弁護をするつもりがないとしても、わたしには話すべきでしょ。家族はもう、わたしたちふたりしかいないのよ。トマス伯父様は亡くなったし、お父様とお母様もわたしが物心つく前に亡くなっていたわ。あなたともっと親しくなりたいと思うのはそんなに間違ったこと？　自分の兄が戦争でどんなことに直面したのか知りたいと思うのは間違っているの？」

今度はサムが窓の外を見つめる番だった。彼はこみ上げてきた胆汁をのみ込んだ。狭苦しい馬車の中に男たちの汗のにおいがしたような気がしたが、それは自分の頭が起こしているいまわしい錯覚だとわかっていた。「戦争の話をするのは楽ではないんだ」

「けど、ほかの男の人たちが話しているのを聞いたことがある」レベッカは静かに言った。「騎兵隊の士官たちは突撃したときの自慢をしていたし、水兵たちは海での戦闘の話をしていたわ」

サムはいらいらして顔をしかめた。「彼らは違うんだ……」

「何が違うの？」レベッカは自分の力で言葉を引き出してみせるとばかりに身を乗り出した。

「話して、サミュエル」

サムは彼女の目を見返した。だが、話すことは肉体的苦痛を伴うのだ。「接近戦を経験した兵士は……敵の命を奪う前に、そいつが吐く息を感じたことのある兵士は……」彼は目を閉じた。「そういう兵士たちは、戦いの話はまずしない。思い出したくないことなんだ。つらいんだよ」

沈黙があり、やがてレベッカがささやいた。

「じゃあ、どんなことなら話せるの？　何かあるはずよ」

サムは妹をじっと見つめた。それからあることを思い出し、口元に悲しげな笑みを浮かべた。

「雨だ」

「えっ？」

「行軍中に雨が降ると、隠れるところがない。兵士たちも服も、食料もすべて濡れてしまう。ブーツが踏みつけているトレイルがぬかるみになって、兵士は滑って転びだすんだ。ひとり転ぶと、お決まりのように続けて五、六人転ぶ。服も髪も泥だらけになる」

「でも、夜になって行軍をやめたら、きっとテントが張れるのよね？」

「ああ。ただそのころにはテントも濡れているし、その下の地面は泥の海だ。結局、外でそのまま寝たほうがましなんじゃないだろうかと思ってしまうんだよ」

サムは彼女を見てにやりと笑った。妹が自分に話しかけている。彼女が喜んでくれるなら、軍隊生活のくだらない話をうんざりするほど聞かせてあげよう。

「サミュエル……」

「何だい？」妹の心もとない表情を目にしたら、胸が締めつけられた。彼女の言うとおりだ。お互い残された家族は自分たちだけなのだし、妹がよそよそしくならないようにすることが肝心だ。「言ってごらん」

レベッカが唇を噛み、サムはあらためて、妹はまだこんなに若いのだと思い知った。

「みんな、わたしと話をしてくれると思う？　つまり、爵位のあるイギリスのレディたちが」

その瞬間、サムは思った。妹の行く手をさえぎる障害を取り除いてやれたらいいのに。この先ずっと、この子が絶対に傷つかないようにしてやれたらいいのに。だが、真実を伝えることしかできない。

「ほとんどのレディは話してくれると思う。気取って横柄な態度を取るレディが、きっとひとりやふたりいるだろう。でもどっちにしろ、そういう連中は話をする価値がない」

「あら、それはわかってるわ。ただわたし、すごく緊張してるのよ。手をどこにどう置けばいいのか、まったくわかってない気がするし。髪はきちんと結えているのかしら？」

「きみにはレディ・エメリーンが見つけてくれたメイドがいるじゃないか。わたしがついているし、レディ・エメリーンもいる。髪がきちんと結えていないとしたら、少なくともレディ・エメリーンがきみをそのまま人前に出すわけがないだろう。とにかくわたしは、きみは完璧だと思う」

レベッカがはにかみ、頬がほんのりピンク色に染まった。「本当に？」

「ああ」

サムが笑い、レベッカが笑みを返した。馬車が何かの上をがたがた揺れながら進んでいく。サムが窓の外を見ると、狭い石橋を渡っているところだとわかった。馬車の両わきが壁をこすりそうになっている。

レベッカはサムの視線を追った。「街が近づいてきたの？」

サムはカーテンを押しやり、さらに遠くまで目をこらした。「いや」それから、押さえていたカーテンを下ろし、妹を見た。「でも、もうあまり長くはかからないだろう」

「ああ、よかった。体が痛くなっちゃって」レベッカは落ち着きなく、座る位置をずらしている。「ミスター・ソーントンが来られなくて気の毒だわ」

「本人は気にしてないさ」

「でも……」レベッカは眉をひそめた。「これって偽善的に思えるでしょう？　つまり、ミスター・ソーントンは靴を作っている人だから招待されなかったのよね？　サミュエルも商売をしているのに」

「たしかに」

「植民地では、そういう細かい区別はしないと思うんだけど」レベッカは顔をしかめて自分の手を見つめた。

サムは黙っていた。実は彼も、階級間に存在するこの種の区別に悩まされている。

「このイングランドでは、男性が純粋に功績だけで身を起こすのは植民地よりずっと難しい気がする」レベッカは手をじっと見下ろしたまま、唇を噛んでいる。「ミスター・ソーントンでさえ——最初は規模が小さかったにしろ——お父様から受け継いだ仕事があるでしょう。それもない人は召使になったりするのかもしれないけど、そういう人は社会的地位は得られないの？」

サムは目を細めた。妹は特定の召使を思い浮かべているのだろうか？

「得られるかもしれない。ちょっとした運に恵まれて——」

「でも、可能性は低いのよね？」レベッカが顔を上げた。

「そうだな」サムは穏やかに言った。「イングランドでは、召使として働いている男が金持ちになる可能性は非常に低い。大半は召使として一生を送る」

さらに何か言いたげにレベッカは口を開いた。が、すぐにぎゅっと唇を結び、窓の外を眺めた。ふたりは再び黙り込んだが、今度の沈黙には打ち解けた雰囲気があった。サムは目を閉じ、座席に頭をもたせかけた。レベッカがあんな質問をするなんて、あのオヘアという従僕の存在はどれほど彼女に影響を与えているのだろう？　彼はうとうとしながら考えた。

戸外でピクニックをするにはうってつけの日。翌朝、エメリーンはしみじみ思った。太陽は輝き、空は抜けるように青く、ふわふわした白い雲が浮いている。レディたちの帽子のリボンをもてあそぶ程度にそよ風がかすかに吹いているが、帽子を吹き飛ばすほどではない。紳士たちはハンサムで男らしく見える。レディたちは美しく上品だ。草はまだ青々としているし、素晴らしい眺めだ。丘がなだらかに続き、そこに羊が何頭かいて趣を添えている。これ以上の景色は望めまい。

いや、望んではいけないと言うべきか。というのも、残念ながらレディ・ハッセルソープがワインを忘れてきたからだ。公正な目で見るなら、飲み物がないのは厳密には家政婦の責任だが、召使は女主人を映す鏡だと、レディたちは皆知っている。大邸宅の優秀な女主人は有能な家政婦を雇う。大邸宅のぼんやりした女主人は、ワインをバスケットに詰め忘れるような家政婦で間に合わせるのだ。

エメリーンはため息をついた。何も飲む物がないとわかった途端、喉がこんなに渇いてくるなんておかしなものね。ワインを取ってこさせるため、従僕頭がすでに同僚を何人か屋敷に戻らせていたが、昼食会に赴く一行はこの素敵な場所を見つけるまでに屋敷から三〇分以上も歩いてきたので、ワインが届くまでには少し時間がかかるだろう。

レディ・ハッセルソープは頬をピンク色に染め、なすすべもなく両手をひらひらさせながら招待客のあいだを飛び回っていた。金色の髪に、広くてなめらかな額、小さなバラのつぼみのような唇。とびきりの美人ではあるけれど、悲しいかな、この美貌に知性がほとんど釣り合っていない。かつてエメリーンは、ある舞踏会で彼女と一緒になり、耐え難い二〇分を過ごしたことがあった。話をしようと試みたが、相手には彼女の考えについていく能力がなく、これでは筋の通った結論にはたどり着けないと悟っただけだった。

メリサンドがここにいてくれたらいいのにと心から思ったが、メリサンドが到着するのは明日になってからだ。大きな声でどっと笑いが起き、エメリーンは思わずそちらに目を向けた。紳士の集団の真ん中にジャスパーがいる。彼が何か言って紳士たちが全員、再び大笑いをした。それとは対照的に、ハッセルソープ卿が客の中で最も高名な人物であるリスター公爵と深刻な話をしている。ハッセルソープもリスターもともに重要な国会議員だし、パーティの主催者はさらなる出世を目指し、政治的野心を燃やしているのではないかしら、とエメリーンは思った。そのまま観察していると、リスターが腹立たしげにジャスパーをちらりと見たが、わが婚約者は気づいてもいない。公爵は頭が薄くなっている長身の中年男で、気難しいことで有名だった。

「一緒に散歩でもどうですか?」わきでサミュエルの太い声がした。

エメリーンは驚きもせず振り向いた。彼がやってくることは、歩きだした瞬間からわかっていた。不思議なのだが、自分は彼の動きを常に意識している気がする。

「わたしに腹を立てているのかと思っていたわ、ミスター・ハートリー」

ほかの男性なら言葉を濁したりするのだろうが、サミュエルは正面からぶつかってきた。

「腹を立てているというより、がっかりしているんですよ。あなたが情熱からではなく、都合がいいからという理由で結婚するつもりだということに」

「だったら、なぜわたしと散歩がしたいと思うのか理解できませんわ。わたしの選択があなたをそれほど侮辱しているのだとしたらね」

　ジャスパーとの例のいざこざがあってからというもの、ふたりきりで話ができたのはこれが初めてだった。あれから――そして、あのあと災難のように襲ってきたキスを体験してから――もう一週間以上経っている。エメリーンはジャスパーをちらりと見た。婚約者は何かの話をしている真っ最中で、長い顔が生き生きとしている。こちらをまったく見ていない。

　サミュエルはエメリーンのほうに顔を近づけた。「理解できない？　あなたはとても洗練された人だから、その理由ぐらい理解されていると思いますが」

「それでも、かんしゃくを抑える能力に欠ける紳士と散歩したくはありません」

　サミュエルがさらに近づき、彼女の目を探っている。周りにいるほかの客たちの手前、口元にかすかに笑みを浮かべてはいるが、ちっとも楽しんではいないのだと、エメリーンは悟った。「議論をふっかけようとするのはやめて、わたしと散歩をしましょう」

　そのときレディ・ハッセルソープがふたりのほうを向いた。女主人は田園地帯《カントリーサイド》をぶらつくのに、どういうわけかラベンダー色とオレンジ色のサテン地でひだ飾りが施された、非常に幅のあるパニエのついたスカートを選んでいた。今、そのおしゃれなスカートが場違いな感じで揺れており、裾が草をこすっている。

「ああ、レディ・エメリーン、どうかわたしに失望していないと言ってちょうだい！　ワインがどうなってしまったのか、まったく思い出せないのよ。家に戻ったらすぐ、ミセス・リーピングはやめさせなくちゃいけないわね。ただ――」レディ・ハッセルソープは腰のあたりでかわいらしく、混乱した様子で両手をより合わせているが、そんなことをしても何の役にも立たない。「ほかにどこで家政婦を見つければいいのかわからないわ。紹介してもらうとなると、とても高くつくんですもの」

「いい家政婦を見つけるのは、いつも困った問題ですわ」エメリーンは小声で言った。

「それに、ほら見て。あの人、独りぼっちでいるでしょう」そう言ってレディ・ハッセルソープが指し示したのは、はっとするほど目鼻立ちの整った、金髪の女性だった。見事な胸が映える緑のドレスを身にまとっている。「公爵の特別なお友達なんですって。公爵がどうしても招待してほしいとおっしゃったの。ほかのレディがだれも話しかけないのは当然でしょうね」レディ・ハッセルソープは腹立たしげに眉根を寄せた。「あんな人が来るし、ワインもないし！　わたしはいったいどうすればいいのかしら？」

「ワインの調達がどうなっているか、見てきてさしあげましょうか？」エメリーンが何か言う間もなく、サミュエルがまじめくさって言った。

「まあ、そうしてくださる？　ミスター・ハートリー、レディ・エメリーン。とてもありがたいわ」レディ・ハッセルソープはうわのそらで、あたりに目を走らせた。「わたしはミセス・フィッツウィリアムの話し相手をしないといけないと思うの。それってとても勇気のいることよね？」

「おっしゃるとおりです。奥様」サミュエルはお辞儀をした。「そのあいだに、われわれはワインを探しに行ってまいりますので。よろしいですか、レディ・エメリーン？」そして、エメリーンに腕を差し出した。

これで拒むことは不可能になった。

「もちろん」エメリーンはにっこりほほ笑み、悪魔のような男の前腕に指先を置いた。彼の体から発している熱をひどく意識しながら。この熱が自分の顔に表れていないことを願うばかりだ。

歩幅の勝るサミュエルがエメリーンに歩調を合わせながら、ふたりはなだらかな丘陵を進み、やがて昼食会の一行を通り越して、その場を離れていった。これで思いどおり、ふたりきりで散歩をしているのだから、彼はすぐに話を始めるだろう、そう思っていた。しかし彼は黙っている。横目で様子をうかがうと、やや顔をしかめて小道を見つめている。何を考えているの？　それに、どうしてわたしがそんなことを気にしなければいけないの？

エメリーンはふっと息を吐き出し、自分も目を前に向けた。何だかんだ言っても今日はとてもいいお天気だ。不機嫌な相手は放っておいて――。

「レベッカやほかの女の子たちと話していた青年はだれですか？」サミュエルの声で思考がさえぎられた。

話を始めるきっかけが妹だったことにがっかりして胸を痛めるなんて、ばかみたい。彼は一週間前にしたキスのことを忘れてしまったのかしら？　そうかもしれない。だったら、わたしも忘れるわ。「どの人？」

サミュエルはじれったそうに手をひらつかせた。「ばかみたいに笑ってるやつですよ」

エメリーンはにっこり笑った。残念ながら彼の言葉はあの若者をかなりよく表現している。

「ミスター・セオドア・グリーン。年収は申し分ないですし、オックスフォードにお屋敷を持っています」

「彼について、ほかに何か知っていますか？」

エメリーンはひねくれた気持ちになり、肩をすくめた。

「ほかに知るべきことがあるかしら？　賭け事はなさらない方だと思いますけど」

サミュエルは目に失望らしき表情を浮かべてエメリーンをちらりと見た。

「それが唯一、あなたが男を判断する手段なんですか？　問題は男の収入？」

「それに階級。言うまでもありませんが」エメリーンはゆっくりと言った。

「なるほど」

「彼は、ある男爵の甥御さんです。レベッカにはとてもふさわしいお相手よ。彼女があのばかみたいな笑い方を大目に見ることができればね」エメリーンはじっくり考えているかのように言った。なぜかこの男を挑発せずにはいられないらしい。「本当にこれ以上の高望みはできないと思いますよ。植民地の財産では、あの子にある一定の社会的地位しか手に入れてあげられないでしょう。それ以上は無理ね。社会的地位に関して言えば、残念ながらあなたの一族はまったく取るに足らない存在ということになると思います」

彼の口元がほころんだ。「あなたは口で言うほど浅はかな人ではない」

「何をおっしゃりたいのかわかりません」前を向いていてよかった。というのも、感情を表に出さずにいられるかどうか自信がなかったから。風がスカートの裾をつかんでもてあそび、エメリーンはスカートを叩いて押さえた。

「金と地位の話ばかりしていましたね。まるで、それがなければ一人前の男ではないと言わんばかりだった」

「わたしたち、あなたの妹さんと、彼女の夫になる候補者について話しているのではありませんか？　わたしに紳士をどう判断しろとおっしゃるの？」

「人格、知性、人への思いやり」彼は矢継ぎ早に言った。声が低く、口調には激しさがある。ふたりは小さな丘の頂にいた。目の前には、生け垣と低い石垣が境界を画する黄金色の野原が広がっている。「いかに自らの義務を果たし、自分を頼りにする人たちの面倒を見るか。レベッカと結婚してほしいと思う相手の男に関し、わたしが収入よりも重視する点はいくらでもあります」

エメリーンは口をとがらせた。「それなら、もしわたしが街で思いやりのある聡明な物乞いに出会ったら、直ちに婚姻契約書を作ってくださるのね？」

「鈍いふりをするのはやめてください」エメリーンの手の下にある彼の腕は岩のように硬くなっている。「あなたらしくないし、あなたは、わたしの言いたいことがちゃんとわかっている」

「そうかしら？」エメリーンは短く笑った。「失礼ですが、わたしは鈍いのかもしれませんわ。ここイングランドでは、家族をきちんと養える紳士に娘や姉妹を嫁がせたいと思うものなのです」

「たとえその男が放蕩者や間抜けでも――」

「そうです！」今や彼が大またですたすた歩いているものだから、跳ねるように歩かないとついていけない。「わたしたちはとても欲深な浅ましい人間ですから、お金や階級のことしか考えません。ええ、年に二万ポンド収入のある伯爵が見つかったら、たとえ相手が病気持ちで、おまけに呆けた老人だったとしても、わたしは結婚します！」

サミュエルがぴたりと立ち止まり、エメリーンは二の腕をつかまれた。が、かえってそれが幸いだった。さもなければ転んでいただろう。彼を見上げると、激しい怒りで青ざめた顔をしており、冷たくあざけるように口元をゆがめている。しかし、エメリーンは少しも恐れは感じなかった。

「猫め」サミュエルは吐き捨てるように小声で言い、足が浮きそうになるほど彼女を持ち上げ、唇を近づけた。

ふたりの抱擁を言い表すのに、キスという言葉はふさわしくなかった。サミュエルは唇を激しく押しつけてエメリーンの唇を無理やり開かせ、舌を受け入れろと強いている。エメリーンは喜んで受け入れた。激しい怒りにはさらに激しい狂気にも似た怒りで応え、肩をつかんで上着の生地に爪を食い込ませた。素肌に触れることができていたら彼を傷つけ、捨てばちな気持ちをそこに刻みつけ、満足していただろう。エメリーンはあえぎ、叫びそうになりながら彼の唇の下で口を動かしていた。互いの舌がぎこちなくこすれ合っている。ふたりのキスには、技巧も美しい愛撫もなかった。これは抑えがたい欲望と怒りの表れだ。

エメリーンは彼の肌のにおいをかぐことができた。髪粉もポマードも香水もつけていない、純然たる彼のにおい。そのかすかな香りが正気を失わせる。上着を引きはがし、シャツとクラヴァットをはぎ取り、むき出しの首に鼻をうずめてみたい。欲望は動物的で抑えが利かなくなりそうだったが、最後の最後で衝動を押しとどめ、ふと見ると、彼が分析するようにこちらをじっと観察していた。思ったよりもずっと落ち着いた目をしている。

いまいましい男！　わたしは動揺しているのに、よくも平気な顔をしていられるわね！

エメリーンの瞳に宿る怒りを目にしたに違いない。サミュエルの口元が曲線を描いたが、笑ってはいない。「わざとだな」

「え？」エメリーンは本当に混乱し、あえぎながら言った。

サミュエルが彼女の顔をじっと見つめる。「わざと食ってかかり、怒らせようとしてる。わたしが我慢できなくなって、あなたにキスをするように」

「まるで、わたしがキスをさせようとともくろんでいるみたいな言い方ね」エメリーンはつかまれている手を引っ張ったが、彼は放そうとしない。

「違うんですか？」

「当たり前でしょう」

「どうですかね」彼が小声で言った。「あなたは強いられたときだけ、キスを受け入れてもいいと思っている」

「違います！」

「では、それを証明してください」サミュエルは再びエメリーンのほうに顔を下ろし、ささやいた。「爪を引っ込めて、わたしにキスすればいい」

そう言ってエメリーンの唇に自分の唇をそっと滑らせた。うやうやしいと言ってもいいような愛撫だ。エメリーンがあえぎ、唇を開くと、彼は口を開いてキスをした。官能的に、とてもやさしく。こんなキスをされたら溺れてしまうかもしれない。先ほどの暴力的ともいえる、殴り合いのようなキスよりもずっと危険だ。このキスが語っているのは、切なる思い。差し迫った欲求。この男性はわたしをとても求めているのかもしれない。わたしも彼を求めているのかもしれない。そう思うと、エメリーンは震えた。こんなことをすべきではないのはわかっているのに、自分も唇を押しつけてしまった。彼女はサミュエルにキスをした。かなうはずもない彼女の切なる思いはすべて、ふたりが交わすかすかな吐息に巻き込まれていった。もし、わたしさえ――。

サミュエルが急に顔を上げたので、エメリーンは唇が離れたことに気づき、ぼうっとしながら目を開けた。彼がエメリーンの肩越しに何かを見ている。

「レディ・ハッセルソープが送り返した従僕たちが戻ってくる。大丈夫ですか？」

「ええ」手が震えていたが、エメリーンはそれをスカートで隠し、うんざりしたような表情を貼りつけて振り返った。たしかに従僕がふたり、ワインのボトルが入ったバスケットを運びながら重い足取りで小高い丘を登ってくる。とくに興味を引かれたような顔はしていないから、サミュエルとエメリーンの激情に駆られた抱擁は見逃したのだろう。

「わたしの腕を取っていただけますか?」彼が腕を差し出した。

エメリーンはそれに従い、震えている感覚を落ち着かせようとした。いつからこんなに衝動的になってしまったのだろう? サミュエル・ハートリーが及ぼす影響力は喜ぶべきものではいない。どうやら彼は、わたしの手足から文明のベールをはぎ取っているらしい。おかげで裸にされ、無防備になってしまった。わたしは感情的で神経過敏なだけの単純な生き物と化し、仮面をつけずに彼の足下にうずくまり、最もいやしい衝動を抑えることができずにいる。その腕をはねのけ、全速力で彼から離れるべきだ。以前の自分を取り戻さなくてはいけない。上流社会の儀式で、このぴりぴりした神経を静める必要がある。

しかしそうはならず、エメリーンがサミュエルの腕に手を置くと、まるで彼女が何かを認めたかのように、彼が勝ち誇った視線を向けるのがわかった。

たとえいやいやそうしたのだとしても、レディ・エメリーンの手が触れると、サムの心は和らぎ、レモンバームの香りが顔のすぐそばまで漂ってきた。彼はしばらく目を閉じ、従僕たちがやってくる前に自制心を取り戻そうとしていた。かつて自分は兵士だった。奇声を上げる先住民の戦士に敢然と立ち向かったし、列を乱して敗走したことはなかった。それなのに今こうしてレディ・エメリーンに身を任せ、瞬く間に汗をかいている。従僕が重たい足取りで近づいてくると、サムは小さく悪態をついた。こんなことはやめるべきだ。彼女は貴族。

自分にふさわしい相手ではない。

サムは顔の緊張を解き、従僕に挨拶をした。「きみらを捜してくるように言われて来たんだ。運ぶのを手伝おうか？」そう言ってバスケットいっぱいに入っているワインを指さした。

「いいえ、とんでもない。ありがとうございます」年上の従僕が答えた。息を切らしているし、相棒の顔も赤くなっていたが、声には衝撃を受けているような調子がうかがえた。言うまでもなく、紳士たるもの、召使に手を差し伸べたりしてはいけないのだ。

サムはため息をつくと、レディ・エメリーンとともに向きを変え、先に立って昼食会の一行のほうへ戻っていった。「あなた方は、人間を区別することを尊んでいる」

エメリーンが彼をじっと見上げ、眉間にしわを寄せた。「何ですって？」

サムは、後ろで息を切らしている従僕を身振りで示した。

「階級に関するこまごましたことにこだわり、人を分け隔てるどんな小さな機会も見逃さない。あなた方イギリス人は、人間同士のささいな違いを崇拝している」

「植民地には階級の違いは存在しないとおっしゃっているの？　もしそうなら、わたしはあなたの言うことなど信じません」

「違いは存在します。でも信じてください。向こうでは、イギリスほど身分というものがやみくもに崇められてはいません。アメリカでは、人は生まれながらの身分よりも出世することができる」

「お友達のミスター・ソーントンのようにね」エメリーンは言い聞かせるように彼の腕を叩

いた。「彼はイギリス人ですよ」

「ソーントンはこのすてきなハウスパーティに招待されなかったではないですか」サムはエメリーンの顔が赤く染まる様子をじっと見つめ、笑いをかみ殺した。彼女は負けず嫌いだ。

「彼は地位や富を築いたかもしれないが、どう考えてもあなた方の社会では、相変わらず家柄のいい人間とは見なしてもらえずにいる」

「よしてください、ミスター・ハートリー」エメリーンは噛みつくように言った。「あなたは軍隊にいらしたのでしょう。軍の階級を意識していなかったと言おうとしてもだめですからね」

「ええ、軍には階級がありました」苦々しく答える。「それに能力の劣る愚か者がわたしより上の階級に就いたこともあるし、大将になったことさえある。生まれだけで階級が決まっていた。わたしに階級の利点を納得させたいのなら、あなたはもっとましな反論をせざるを得ない」

「兄はだめな兵士だったのですか？」エメリーンがこわばった口調で尋ねた。

サムは下劣な自分を呪った。くそっ！　どうしてこんな軽率なことを言ってしまったんだ？　彼女がまず兄のことを思い浮かべるのは当然ではないか。「まさか。わたしが知る限り、セント・オーバン大尉は最も優秀な司令官だったと言っていい」

エメリーンはうなだれて口をぎゅっと結んでいる。こんなに議論好きの女性なのに、ときどき心がとてももろくなる。そんな姿を見るのはつらい。サムはどことなく胸が痛んだ。不思議なもので、エメリーンの辛辣な言葉は彼を元気にさせ、彼女を抱き寄せてこの唇でうめきを上げるまでキスしたいと思わせた。しかし、ごくまれに弱みをあらわにされると、心が打ちひしがれた。願わくは、彼女が弱みを見せる相手が自分だけであってほしい。ほかの男が彼女のこんな一面を目にするのかと思うと耐えられない。エメリーンのか弱い部分を守ってやれるたった独りの男になりたい。

「では、ジャスパーは？」ついに彼女が尋ねた。「彼も優秀な司令官でしたか？　どうも部下を率いているところが想像できなくて。トランプをしたり、部下をからかったりしているのならわかります。でも、あれこれ命令しているところは想像できません」

「だとすれば、あなたは自分の婚約者のことがよくわかっていないのかもしれない」

エメリーンは顔を上げ、サムをにらんだ。

「ジャスパーのことは、わたしがまだよちよち歩きだったころから知っています」

サムは肩をすくめた。

「男が死に直面したときの様子を見て初めて、その人物の本当の姿がわかるのだと思います」

ふたりはもう昼食会の場所が見えるところまで来ていた。レディ・エメリーンがジャスパーのほうに目をやると、彼は相変わらず、笑い声を上げている紳士たちの中にいた。なぜか上着を脱いでおり――極めて不作法なことだ――ベストとシャツ姿で、身振り手振りで話している。大きな雄のガチョウのように、長い腕をばたつかせながら。サムとエメリーンがじっと見ていると、集団の中でまた笑いの波が広がった。

「わたしが知る限り、ヴェール卿はだれよりも勇敢な男でした」サムは考え込むように言った。

レディ・エメリーンは向きを変え、眉を吊り上げて彼をじっと見つめた。

サムはうなずいた。「撃ち抜かれた馬から飛び下りるところを見ました。血にまみれたまま立ち上がり、周囲の兵士がことごとく死んでいってもなお戦い続ける姿を見ました。彼は敵に立ち向かい、死に立ち向かった。まるで恐れをまったく感じていないかのように。戦いながら笑みを浮かべていることさえありました」

エメリーンは唇をとがらせ、陽気に騒ぐジャスパーを見守った。

「恐れを感じなかったのかもしれません」

サムはゆっくりと首を横に振った。

「戦闘中に何の恐れも感じないのは愚か者だけですし、ヴェール卿は愚か者じゃない」

「だとすれば、彼は秀でた役者ね」

「かもしれません」

「われらが救助隊ですわ!」レディ・ハッセルソープが青白い手を頼りなくひらつかせながら、ふたりのほうに飛んできた。「まあ、ありがとう、ミスター・ハートリー、レディ・エメリーン。おふたりは、わたしのささやかな屋外パーティを災難から救ってくださったのよ」

サムはにっこり笑い、お辞儀をした。

「それで、あなたは？」女主人があちこち飛び回って従僕たちの邪魔をしているあいだに、レディ・エメリーンが静かに尋ねた。

サムは問いかけるように彼女をちらりと見た。

「あなたは死にどう立ち向かうの？」エメリーンははっきりと言った。声を落としていたので、サムにしか聞こえていない。

サムは自分の顔がこわばるのがわかった。「できる範囲で」

エメリーンは静かに首を横に振った。

「あなたもきっとジャスパーと同様、戦いの英雄だったのでしょう」

サムは顔を背けた。彼女と目を合わせることができない。

「戦場に英雄などひとりもいないのですよ、マイ・レディ。生き残る者がいるだけです」

「あなたは謙虚で――」

「違う」口調が激しすぎた。それはわかっている。皆の注意を引いてしまうではないか。でも、何よりもこの件に関しては、冗談を口にするわけにはいかないのだ。「わたしは英雄ではありません」

「エミー！」ヴェールが呼びかけた。「ハトのパイがあるからおいで。早くしないと全部食べられちゃうぞ。命懸けできみたちの分を少し確保しておいたんだ。残念ながらローストチキンはもうなくなりそうだけど」

サムはヴェールに向かってうなずいたが、レディ・エメリーンをそこへ案内する前に身をかがめ、耳元でささやいた。なぜなら、自分のことで彼女に幻想を抱かせないことが大事だったからだ。

「わたしが英雄だなどと思ってはいけません」

10

というわけで、老魔法使いが約束したことはすべて果たされた。アイアン・ハートはソーラス王女を花嫁とし、素晴らしい城で一緒に暮らした。紫と深紅の服が用意され、いたるところに彼に仕えるべく召使が控えている。もちろん口をきけないのは相変わらずだった。というのも、口をきけば魔法使いとの約束を破ることになるからだ。だがアイアン・ハートは、黙っているのもそれほどつらいものではないと思っていた。しょせん兵士が意見を訊かれることなどめったにないのだから……。

『アイアン・ハート』より

「そんなしかめっ面をして、あなたらしくない」翌朝、メリサンドがつぶやいた。

エメリーンは眉間に寄せたしわを元に戻そうとしたが、いら立ちがまだ顔に出ている気がした。結局のところ、わたしはこうしてサミュエルを見つめている。

「今日じゃなくて、昨日来てくれればよかったのに」

メリサンドはほんの少し、片眉を吊り上げた。「あなたがそこまでわたしと一緒にいたがっているとわかっていたら、そうしたわよ。だからそんなに不機嫌なの?」

エメリーンはため息をつき、友人と腕を組んだ。

「違うわ。わたしの機嫌はあなたとはまったく関係ない。あなたがわたしの気分を和ませてくれるということ以外はね」

ふたりはハッセルソープ邸の長く続く刈り込んだ芝生の上に立っている。パーティ客の半分は射撃をするためにここに集まっており、もう半分はどんな名所があるか見てみようと、近くの町まで出かけていた。的が描かれたカンバスが、従僕たちの手で芝生の端に立てられていく。的の裏には、発射された銃弾を受け止めるためのわらの束が置かれた。射撃に参加するつもりの紳士たちが、当然の成り行きとして観客となるはずのレディたちに武器を見せびらかし、レディたちがほれぼれとそれを眺めている。

「ミスター・ハートリーの銃はずいぶん長いのね」メリサンドが感想を述べた。「あなたがそんな怖い顔で彼をにらんでいる理由は、きっとそれだわ」

「あの人、どうして離れて立っていなくちゃいけないのかしら?」エメリーンはぶつぶつ文句を言い、バラ色と緑色の縦縞が描かれたスカートをいらいらしながらいじっている。「わざわざほかの紳士と違ったことをしようとしているみたいじゃないの。絶対、わたしを怒らせるためにやっているのよ」

「そうね。彼は朝起きて、まずこう考えるのかもしれない。〝今日はどうやってレディ・エメリーンを怒らせようか?〟」

　エメリーンが友を見ると、相手は悪気のない、大きな茶色の目でじっとこちらを見返していた。「わたしがばかだってことでしょう?」

「ねえ、ばかと言ったわけじゃ——」

「ええ。でも言ってもらうまでもなかったわ」エメリーンはため息をついた。「あなたに見せたい物を持ってきたのよ」

　メリサンドはエメリーンを見て眉をすっと上げた。「そうなの?」

「昔、ナニーがよく読んでくれたおとぎ話の本でね。最近見つけたのだけど、ドイツ語で書いてあるみたいなのよ。訳してもらえないかしら?」

「やってみましょう」友人が言った。「でも、保証はしませんからね。ドイツ語はどうにかわかる程度にすぎないし、知らない単語がたくさんあるの。母から学んだものであって、本で学んだものではないから」

　エメリーンはうなずいた。メリサンドの母親はプロイセン人で、一七歳で結婚したにもかかわらず、英語を完全に習得することはなかった。なので、メリサンドはドイツ語と英語の両方を話しながら育ったのだ。「ありがとう」

　的が設置され、作業を終えた最後の従僕が、射撃をするために集まっている人びとのほうに向かって歩き始めた。紳士たちは深刻な様子で頭を寄せ合っている。どうやら、撃つ順番をどうするか決めているところらしい。

「彼がいると、どうしてわたしの頭から知的な思考が逃げていってしまうのかしら」エメリーンは、自分がサミュエルをまたにらみつけていることに気づいた。

ほかの紳士と違って、サミュエルはこれみよがしに銃の狙いを定めるといったことはしていなかった。台尻を地面につけてライフルを持ち、腰を一方に傾けてさりげなく立っている。エメリーンと目が合うと、にこりともせずにうなずいた。エメリーンはとっさに顔を背けたが、それでも心の中で、地味な茶色の上着、今やおなじみとなったつやのない革のレギング、帽子もかぶらず、風で乱れている髪を想像することができた。サミュエルの服装はどれを取っても、彼を魅惑的には見せていない。田舎で射撃用の服装に身を包んだほかの紳士と一緒に立っていたとしても、彼のほうがはるかに地味で、召使だと思われていたかもしれない。それでもエメリーンは意識して気をつけていないと、つい目が行ってしまった。

そして、喉もとのレースを引っ張った。「昨日、キスされたの」

メリサンドがぴたりと動きを止めた。「ミスター・ハートリーに?」

「ええ」彼を見ていなくても、その視線を感じることができる。

「それで、あなたはキスを返したの?」友人はまるで行商人にリボンの値段を訊くように尋ねた。

「なんてことを」言葉が喉に詰まった。

「今のはイエスと解釈することにしましょう」メリサンドがつぶやいた。「彼はハンサムな人よ。かなり原始的な意味でね。でも、あなたが彼に惹かれるとは思わなかった」

「惹かれてないわ！」

でも、それは嘘だと心ではわかっている。まるで、ひどい熱病にかかったかのようだ。実際、彼がそばにいると決まって顔がほてってってくる。あのとんでもない男性のそばにいると、自分の体を、いや自分自身をまったく抑えられなくなる。今までこんな激しい気持ちを抱いたことはなかった。ダニーに対してさえなかったのに。その思いに、エメリーンは唇を噛んだ。ダニーはとても若かったし、とても陽気だった。それに彼と一緒にいた自分も若くて陽気だった。今、別の男性に――夫でさえない男性に――かつてないほどの強い気持ちを抱くなんて、正しくないことに思える。

メリサンドが疑うような目でちらっと彼女を見た。

「じゃあ、これからはきっと彼を避けるんでしょうね」

エメリーンは顔の向きを変えてサミュエルから完全に目を離し、射撃の的の後ろにある観賞用池をじっと眺めた。池はアシで埋め尽くされているようだ。レディ・ハッセルソープはハウスパーティの前に池をきれいにしておくべきだった。池のほとりにミセス・フィッツウイリアムがぽつりと立っている。かわいそうな人。

「どうするのか、自分でもわからないの」

「賢いレディであれば、当然、婚約者と一緒にいようとするわ」メリサンドがつぶやいた。

ジャスパーももちろん射撃をする人びとの中にいる。体を動かすことは何でも大好きなのだ。ただサミュエルと違って、ジャスパーは常にじっとしていない。なぜか地面にしゃがみ込んだかと思うと、次の瞬間には従僕のもとへ飛んでいって、的をまっすぐ立てる手伝いをしている。エメリーンはジャスパーについて、サミュエルが話したことをしばし思い出していた。彼がまるで恐れを感じていないかのように戦ったという話を。それはたしかに、わたしの知っているジャスパーではない。でも、もしかすると、女が生きているあいだに男性の本当の姿を知ることは決してないのかもしれない。

エメリーンは首を横に振った。そんなことはどうでもいい。

「これはジャスパーとは何の関係もないことよ。わかってるでしょう」

「互いに結婚の了解はしているのね」友人は淡々と念を押した。

「了解――そうね。まさにそういうこと。ジャスパーの気持ちは関係ない」

「そうなの？」メリサンドはつま先をちらっと見下ろし、口をとがらせた。「彼はあなたにある種の愛情は抱いていると思うけど」

「妹みたいに考えているのよ」

「それは、愛のある結婚の土台となり得るし――」

「彼にはほかに女性が何人かいるの」

メリサンドは何も言わない。ショックを与えてしまったかしら？　貴族の男性が浮気をするのは当たり前だと思われている。結婚する前も、したあとも。でも、そのようなことを口に出して言うのは不作法だと見なされる。

「前は何も文句を言ってなかったじゃない」メリサンドが言った。紳士たちは、だれが最初に撃つか決めようとしている。「さあ、射撃を見に行きましょう」

ふたりは射手たちのほうにぶらぶら歩いていった。

「わたしに対するジャスパーの気持ちには今も不満はないわ」エメリーンは声を潜めて言った。「むしろ、結婚生活では相手に対して敬意を払うことが結局はいちばんいいと思っているの。どうにもならない情熱を抱くよりもずっといいわ」

メリサンドの鋭い視線を感じたものの、彼女は何も言わなかった。ふたりはもう射撃をする紳士の集団に近づいていた。リスター公爵が前に進み出て、これ見よがしに撃つ準備をしている。おそらく階級章により、最初に撃っていただくことになったのだろう。

「いやな男」メリサンドが小声で言った。

エメリーンが眉を吊り上げる。「公爵が?」

「ええ。あの人は、鎖につないだ小犬みたいに愛人を引っ張り回しているの」

「彼女は気にしていないようだけど」エメリーンはミセス・フィッツウィリアムをちらっと見た。彼女は射撃を観戦しようと、目の上に手をかざし、金髪が陽差しを浴びてきらめいている。すっかりくつろいだ様子だ。

「自分の立場を守るつもりなら、腹が立ったって顔に出せるわけがないでしょう?」メリサンドが眉をひそめてみせたので、エメリーンは自分がひどく鈍い人間になったように思えた。

「でも、やっぱりみじめに違いないわ。自分はご婦人方からまったく話しかけてもらえないのに、彼のほうは申し分のない立派な地位にいるんだもの」

公爵が肩の高さに銃を上げた。

弾が発射された途端、メリサンドは耳をふさぎ、銃声がハッセルソープ邸に反射すると、顔をしかめた。「どうして銃は、あんなやかましくなきゃいけないのかしら？」

「わたしたちレディがちゃんと感心できるようにでしょ」エメリーンはうわのそらで言った。従僕が儀式張った様子で的に向かって進んでいき、弾がどこに当たったか全員にわかるように弾痕の周囲に黒い円を描いた。リスターの弾は的の端付近に当たっている。公爵は顔をしかめたが、見物していたレディたちは一生懸命拍手をした。ミセス・フィッツウィリアムは保護者を祝福するかのように前へ出かけたが、公爵は彼女に気づかず、向きを変えてハッセルソープ卿と大きな声で話し始めた。エメリーンは、ミセス・フィッツウィリアムが不安げに立ち止まり、笑みを浮かべて池のほとりへゆっくり戻っていく様子を見守った。メリサンドの言うとおりだ。どう見ても、愛人でいるのは楽なことではない。

「皆さん、男らしく見えるじゃありませんか！」レディ・ハッセルソープが紳士たちに向かって手をひらつかせた。今日の女主人は幅がたっぷりあるパニエをつけ、その上にピンクの水玉模様のドレスを着ている。丹念にひだを寄せたスカートには、ピンクと緑のリボン飾りがたくさんついており、片手には羊飼い用の柄先の曲がった白い杖を持っている。どうやら田舎の羊飼いに扮したつもりらしいが、エメリーンには、パニエをつけて羊の世話をする羊飼いの娘がたくさんいるとは思えなかった。「わたし、紳士が腕自慢をするところを見るのが大好き」

バン！　もう一発、銃声がして、レディ・ハッセルソープの言葉はさえぎられた。メリサンドがその音にびくっとした。「まあ、すごい」と言って、ひきつった笑みを浮かべている。

「あら、ミスター・ハートリーが次ね。妙な銃を持っているわ」レディ・ハッセルソープが目を細めて紳士たちのほうを見た。彼女の近視はだれもが知るところだが、眼鏡をかけることを頑なに拒んでいるのだ。「あんな長い銃身で、ちゃんと発射できると思います？　爆発するかもしれないわね。すごくわくわくするわ！」

「そうですね」エメリーンが言った。

サミュエルは印をつけたところまで進み出ると、しばらくのあいだ、ただ的を眺めていた。エメリーンが眉をひそめ、何をしているのだろうと思ったそのとき、目にも留まらぬ速さでライフルを肩に載せ、狙いを定めて発射した。

見物人たちはぼう然として言葉もない。従僕が絵筆を持って的のほうに走りだした。サミュエルはもうわきへどいていたが、ほかの人びとは皆、弾がどこに当たったかたしかめようと待っている。従僕は厳かに、的のど真ん中に黒い円を描いた。

「なんてこった、真ん中に命中してる」紳士のひとりが、ようやく小声でつぶやいた。

レディたちが拍手をし、紳士たちは銃をよく見ようと、サミュエルの周りに集まってきた。

「まったく。銃声って、本当にいやだわ」メリサンドがつぶやき、手を下ろした。

「耳に詰める綿を持ってくるべきだったわね」エメリーンはまたうわのそらで言った。

銃を撃つとき、サミュエルは瞬きをしなかった。肩に銃を載せたときも、銃声が響いたときも、火打ち石式《フリントロック》銃から漂う煙が顔を覆っても瞬きをしなかった。ほかの紳士たちも銃を楽々と操作する。このような田舎のパーティでしょっちゅう狩りに出かけたり、射撃をしたりしているのだろう。でもだれひとり、サミュエルが見せつけたような完璧なる習熟ぶりを発揮する者はいなかった。エメリーンには想像がついた。彼なら暗闇の中でも、走りながらでも、攻撃されているときでも、あの銃をどう発射すべきかわかるに違いない。いや、実際に心得ているのだろう。

「ええ」メリサンドがつぶやいた。「それで、綿がウサギの耳みたいに伸びてきたら、きっとわたしの見た目もよくなるでしょうね」

ウサギの耳をつけた友人を思い浮かべ、エメリーンは笑った。すると、楽しげな声が耳に入ったのか、サミュエルが振り返った。目が合うと、エメリーンは息をのんだ。向こうもしばらくじっと見つめていた。ふたりのあいだには距離があったが、暗い色の目が真剣な表情をしているのがわかる。だがハッセルソープ卿に何やら話しかけられ、彼が顔を背けた。頭に血が上り、ずきずきする。

「わたしはどうすればいいの？」エメリーンは小声でつぶやいた。

「いやあ、お見事」ヴェールが背後でつぶやいた。

「どうも」サムは屋敷の主人が撃つ準備をする様子を見守った。ハッセルソープは、立ったときの両脚の位置が近すぎて、これでは発射したときに倒れるか、少なくともよろめいてしまうおそれがある。

「といっても、きみは昔から射撃の名手だった」ヴェールが続けた。「われわれの食事用にリスを五匹仕留めてくれたときのことを覚えているかい？」

サムは肩をすくめた。「あまり役に立ったわけじゃない。あのリスは痩せすぎだった。五匹仕留めても、鍋がいっぱいになったとはとても言えなかっただろ。あのリスは痩せすぎだった」

レディ・エメリーンが六メートルと離れていないところに立っているのはわかっている。友人のほうに顔を近づけているが、あのふたりは何を話しているのだろう？　彼女はわたしの目を避けている。

「痩せすぎだろうが何ろうが、みんな、新鮮な肉は大歓迎だったんだ。なあ、あれじゃあハッセルソープは吹っ飛んでしまうんじゃないか？」

「それもあり得る」

ふたりが黙って見守る中、主人が銃身を構えて目を細め、狙いを定めて引き金を引いたが、当然のことながら発射時に体勢を維持できず、銃がぐくんと動いた。撃った弾は的を大きくはずれた。レディ・エメリーンの友人が耳をふさぎ、顔をしかめる。

「少なくとも倒れはしなかったな」ヴェールがささやいた。少しがっかりしたような言い方だ。

サムは振り返り、ヴェールを見た。「クラドック伍長のことはもう訊いたのか？」

ヴェールは所在なげに体をのけぞらせた。

「ソーントンに住所を訊いておいたし、ハニー・レーンの場所もわかった。そこにクラドックの家があるんだ」

サムは一瞬、ヴェールを見つめた。

「よし。じゃあ、明日は問題なく居場所を突き止められるな」

「まったく問題ない」ヴェールが陽気に言った。「クラドックは分別のある男だったと記憶している。力になってくれる人物がいるとすれば、きっと彼だろう」

サムはうなずき、再び前を向いたが、次にだれが撃ちに出てきたのか気にも留めていなかった。ヴェールの言うとおりだ。なんとしてもクラドックに力になってもらいたい。生き残っている兵士は残り少なくなりつつあるのだから。

その晩、エメリーンはパニエを優美に覆うサンゴ色のシルク地をなでつけ、ハッセルソープ邸の舞踏室に足を踏み入れた。レディ・ハッセルソープによれば、この大広間は最近改装をしたのだとか。見たところ、金に糸目はつけなかったようだ。壁は淡いピンク色に塗られ、天井、ピラスター（壁面より浮き出している装飾用の柱）、窓、扉など、室内装飾家が思いつく限りの物が、バロック様式の金箔の蔓模様で縁取りが施されている。壁沿いに点々と施された円形の浮き彫り《メダリオン》もバロック様式の金箔の葉で縁取られ、それぞれにニンフやサテュロス（酒神バッカスに従う森の神。半人半獣）が登場する牧歌的風景が描かれている。部屋全体が砂糖衣をかけた花のようだ。これでもかと言うほど甘ったるい。

ただ、今エメリーンが関心を寄せているのはハッセルソープ邸の壮麗な舞踏室よりもサミュエルのことだった。午後の射撃遊び以来、姿を見ていない。ウェスタートン邸の舞踏会であんなことがあったあとでも、彼は今夜のダンスに参加するかしら？　それとも……自分には関係のないことをこんなに気にするなんてばかげている。それはわかっているけれど、今夜サミュエルが舞踏室に来ないことを願わずにはいられない。もし彼がここで再びぐったりしてしまう事態になったら恐ろしいもの。

「レディ・エメリーン！」

近くで震えるような甲高い声がした。驚きもせず振り返ると、こちらに迫ってくる女主人が目に入った。レディ・ハッセルソープはピンクと金色と青リンゴ色の、砂糖菓子みたいな服を着ており、スカートが鐘のように派手にふくらんでいるものだから、客のあいだを通り抜けるのに横向きでそろそろ進まねばならなかった。スカートのピンク色が、舞踏室の壁のピンク色とぴったり調和している。

「レディ・エメリーン！　よくいらしてくれたわね」レディ・ハッセルソープは、まるで二時間前に会ったばかりなのが嘘のように叫んだ。「クジャクって、どう思う？」

エメリーンは目をしばたたいた。「とてもきれいな鳥のようですけど」

「ええ、でもお砂糖を彫って作るクジャクなのよ」レディ・ハッセルソープはもう隣に来ていた。今はエメリーンのほうに体を傾けており、美しい青い目は本当に心配そうな表情をしている。「つまり、お砂糖は真っ白でしょう？　ところがクジャクは正反対じゃない？　白ではないのよ。だからこそ、クジャクはあんなに美しいんだと思うの。羽のありとあらゆる色がね。ということは、お砂糖のクジャクを作ったら、それは本物とは同じじゃないってことでしょ？」

「たしかに」エメリーンは女主人の腕を軽く叩いた。「でも、お砂糖のクジャクはそれでもきっと、とても素晴らしいものになると思いますわ」

「うーん」レディ・ハッセルソープは納得していない様子だが、エメリーンの後ろにいるレディたちのほうにもう目が泳いでいた。

「ミスター・ハートリーにはお会いになりました？」エメリーンは、女主人が去る前に尋ねた。

「ええ。妹さんはとてもかわいい方ね。それにダンスがお上手。常々思っているのだけど、ダンスが上手だと助かるわよね？」

それからレディ・ハッセルソープはその場を離れた。今度はびっくりした顔をしているご婦人に、ウミガメのスープのことを歌うように話している。

エメリーンはいらいらして息を吐き出した。これでやっとレベッカを見てあげられる。レベッカは舞踏会のほかの参加者たちと一緒に、上品にゆっくりと歩いている。でも、サミュエルはどこにいるのだろう？　エメリーンは踊っている人たちをよけながら、舞踏室の奥まで進んだ。ジャスパーのわきを通りかかると、彼はある女の子の耳元で何やらささやいておおり、その子が顔を赤らめた。そこから先に進むと、今度は背中を向けて噂話に興じている年配の男性の集団に道をふさがれた。

「あなたがわたしの部屋に置いていったおとぎ話の本、見てみたわ」背後でメリサンドの声がした。

振り返ると、友人は灰褐色の服を着ており、おかげでほこりをかぶったカラスのように見えた。エメリーンは眉を吊り上げたものの、何も感想は言わなかった。ふたりは以前、この件で議論をしたことがあったが、友人の装いはちっとも変わらなかったのだ。

「訳せそう?」

「そうね」メリサンドは扇を開き、ゆっくりとあおいだ。「一、二ページ見ただけだけど、部分的になら解釈できたわ」

「よかった」

しかし、気もそぞろな言い方だったに違いない。メリサンドがじろりとエメリーンを見た。

「彼には会ったの?」

悲しいかな、彼がだれを指すか説明を求めるまでもなかった。「いいえ」

「テラスに出ていくのを見たような気がする」

エメリーンは、夜風を入れるために開いているガラス戸のほうをちらりと見て、友人の腕に触れた。「ありがとう」

「ふん」メリサンドは扇をぱちんと閉じた。「気をつけるのよ」

「そのつもり」エメリーンはもう向きを変えて、人込みを縫って歩いていた。

さらに何歩か進み、庭へ通じる扉までやってきた。そこをするりと抜ける。だが、失望を味わっただけだった。外には何組かの男女がいて、石のテラスを散歩していたが、サミュエルの独特のシルエットは見当たらない。前に進みながら、素早くあたりを見回してみる。そして次の瞬間、彼の気配を感じた。

「今夜のあなたはすてきだ」むき出しの肩に彼の息がかかり、鳥肌が立った。

「ありがとう」エメリーンは小声で言い、顔をのぞき込もうとした。だが、サミュエルは彼女の手をつかみ、肘の内側にはさみ込んだ。

「歩きましょうか」

答えを求める問いかけではなかったが、エメリーンはとにかくうなずいた。暑い舞踏室から逃れて夜気に当たるとほっとした。テラスを横切り、砂利敷きの小道へ通じる広い階段へ近づくにつれ、招待客たちが談笑する声が遠ざかっていく。庭の果樹の枝には小さなランタンが下がり、秋の夕闇の中でホタルのようにきらきら光を放っている。

エメリーンは身震いをした。

サミュエルが彼女の手を握りしめる。「寒かったら、中に戻ってもいいですよ」

「いいえ、わたしは大丈夫」エメリーンは陰になった彼の横顔をちらりと見た。「あなたは大丈夫なの？」

彼は軽く鼻を鳴らした。「まあそこそこ。懲りない大ばか者だと思っているのでしょう」

「まさか」

その後ふたりは沈黙し、砂利を踏む音が響いた。道をはずれてわたしを暗がりに連れ込もうとしているのかもしれない。エメリーンはそう思っていたが、彼はずっときちんと明かりの灯った道を歩いている。

「ダニエルが恋しいですか？」と訊かれ、エメリーンは一瞬、勘違いをした。死んだ夫のことを訊かれたと思ったのだ。

だがすぐに質問の意味を理解した。

「ええ、あの子が悪い夢を見ているんじゃないかと、ずっと心配しています。ときどき、うなされるんです。父親がそうだったように」

彼がこちらをちらっと見るのが感じられた。

「あの子の父上はどんな方だったのですか？」

エメリーンは見えるわけでもない暗い小道を見下ろした。

「若かったのです。とても若かった」サミュエルに素早く目を走らせる。「こんなことを言うなんて、ばかみたいでしょう。でも本当なんです。そのときは気づきませんでした、わたしも若かったので。結婚したとき、彼はまだ少年でした」

「でも、あなたはご主人を愛していた」サミュエルが静かに言う。

「ええ」エメリーンはつぶやいた。「心から」それを認めてほっとしたと言ってもいい。ダニーをどれほど愛していたことか。彼が死んで、どれほど悲しみに暮れたことか。

「ご主人はあなたを愛していたんですか？」

「ええ、もちろん」考えるまでもない。ダニーの愛情は屈託がなく、ごく自然で、それに慣れっこになっていた。「わたしに一目惚れしたと言っていました。出会ったのは舞踏会です。ちょうどこんな感じのね。タント・クリステルが引き合わせてくれました。叔母はダニーの母親と知り合いだったのです」

　サミュエルはうなずいたが、何も言わない。

「それから、彼が花を贈ってきて、遠乗りに誘ってくれ、期待どおりのことをすべてやってくれました。わたしたちが婚約を発表したとき、家族はびっくりしていたと思います。まだ婚約していない、いなかったことを忘れていたのです」輝かしい日々だったけれど、今では少しぼやけてきた。わたしにもあんな若いころがあったのかしら？

「いいご主人でしたか？」

「ええ」エメリーンはほほ笑んだ。「酔っぱらったり、賭け事をしたりすることもありましたけど、男の人は皆そうでしょう。それに、夫はよくプレゼントをしてくれましたし、すてきな褒め言葉をたくさん言ってくれました」

「理想的な結婚だったようですね」落ち着き払った声。

「そのとおりです」彼は嫉妬しているの？

　サミュエルが立ち止まり、エメリーンと向き合った。彼の目に宿っているのは嫉妬ではない。「だったらどうして、最初は愛のある結婚をしたあなたが、二回目は愛のない結婚をしたがるんだ?」

彼に殴られたような気がして、息が詰まった。自分を守るためだったのか、反撃するためだったのか、エメリーンは思わず手を上げた。が、サミュエルはその手をつかんでわきに押しのけ、彼女を無防備にさせた。

「なぜなんだ、エメリーン?」

「あなたには関係ないでしょう」どんなに頑張ってこらえようとしても、声が震えた。

「マイ・レディ、わたしはあると思う」

「人が来るわ」エメリーンは小声でとがめるように言った。ふたりを除けば小道に人けはなかったが、いつまでもそうとは限らないことはわかっている。「放して」

「あなたは嘘をついた」サミュエルは彼女の頼みを無視し、探るような目を向け、顔をぐっと近づけてきた。「ご主人を愛していた」

「そうよ! 愛していたのに、あの人はわたしを残して死んだ」不実な言葉にはっと息をのむ。「わたしを独りぼっちにしたの」

サミュエルはまだ彼女を見ている。まるで彼女の頭の中をのぞき、魂を引き裂くことができるかのように。「エメリーン」

「やめて」彼女はサミュエルから無理やり離れ、走った。

庭の小道を走り、悪魔から逃れるようにサミュエルから遠ざかった。

翌日の午後、サムとヴェール卿が馬で出かけるころにはもう、空はどんよりしていた。サムは借りた馬の上で身震いした。帰りは雨に降られないといいのだが。午前中は一度もエメリーンに話しかけることができなかった。姿を目にするたびに、必ずほかの人と一緒にいたからだ。ふたりの問題を徹底的に論じたくとも、それをさせまいとしているのが気になった。ゆうべ、あの庭で痛い部分を突いてしまったのはわかっている。彼女は夫を愛していた。いや、それどころか、彼女は揺るぎない、深い愛情を心に秘めている気がする。

もしかすると、そこが問題なのかもしれない。そのような愛を与えては失い、結局、何の影響も受けずにいるなんてことが、何度もできるはずがないではないか？　彼女は炉火のようだ。自ら灰をかぶり、残り火がすっかり絶えてしまわぬように、小さく燃え続けている。決然とした男でなければ、彼女の炎を再びあおることはできないだろう。

馬が頭を振って、馬勒《ばろく》がじゃらじゃら鳴り、サムは目の前の問題に考えを戻した。今はヴェールとふたりでクラドック伍長が暮らすドライアーズ・グリーンという近くの町に馬で向かっているところだった。馬を調達し、長い私道をゆるい速度で進んで本街道に出るまでのあいだ、ヴェールは柄にもなくずっと黙っていた。

私道の終わりにある鉄製の門までやってくると、彼が口を開いた。

「昨日はきみの射撃の腕前に感心させられっぱなしだった。撃つたびにど真ん中に当てていただろう」

なぜそんな話題を持ち出すのかと不思議に思いながら、サムは相手を見た。もしかすると、ヴェールは雑談をしているだけなのかもしれない。

「ありがとう。きみは参加しなかったんだな」

ヴェールの顎の小さな筋肉がぴくりと引きつった。

「銃も銃声も、あの戦争だけでたくさんだよ」

サムはうなずいた。それは理解できる。戦争中は貴族であれ兵卒であれ、繰り返すに忍びない体験をこれでもかというほど味わってきたのだ。

ヴェールがサムをちらっと見た。「わたしを意気地のない男だと思っているんだろう」

「とんでもない」

「それはご親切に」ヴェールの馬が木の葉に驚いて尻込みし、彼はしばらく手綱に意識を集中させたが、やがて口を開いた。「妙なもので、銃声を聞いたり火薬のにおいをかいだりするのは平気なんだが、手で銃を持つとだめなんだ。あの重みと感触が。銃を持つとどういうわけか、何もかも思い出してしまう。あの戦いが生々しくよみがえってくるんだ。あまりにも生々しく」

サムは何も答えなかった。こんなことを言われて、どんな言葉を返せるというのだ？ サムにもあの戦いがあまりにも生々しくよみがえることがある。帰還したすべての兵士にとって、あの戦いはまだ続いているのかもしれない。けがをした者にとっても、無傷に見える者にとっても。

ふたりはすでに本街道に入り、片側は古びた生け垣、反対側は石壁が境界線をなす道に沿って進んでいた。道の両側には茶色と金色の牧草地がうねるように、はるか遠くまで続いている。そこでは干し草を作る人たちが集団で仕事をしていた。女性はスカートを膝までたくし上げ、男性は農作業用の仕事着を着ている。

「ハッセルソープも戦争に行ってたって話、知ってたか?」ヴェールが唐突に尋ねた。

サムはヴェールをちらっと見た。「本当に?」

ハッセルソープの物腰には軍人らしいところがない。

「ある将軍の副官だった」ヴェールが言った。「どの将軍だったかはもう思い出せない」

「ケベックにいたのか?」

「いや。きっと戦闘はいっさい見ていない。いずれにしても、軍隊には長くいなかったんだと思う。すぐに相続をしたからな」

サムはうなずいた。多くの貴族が英国軍で楽な任務を得ようとする。軍隊生活に向いているかどうかは、職業の選択とほとんど関係がないのだ。

会話が途絶え、数分後、ふたりはようやくドライアーズ・グリーンのはずれにやってきた。騒がしい小さな町だ。毎週、市が立って繁盛しているようなたぐいの町。鍛冶屋と靴の修繕屋の店先を過ぎると、一軒の宿が目に入ってきた。

「わたしが訊いたところでは、ハニー・レーンはここだ」ヴェールは宿のすぐ先にある小さな道を指さした。

サムはうなずき、馬の向きを変えてその小道に入っていった。ここには家が一軒しかない。

みすぼらしい小屋だ。草ぶきの屋根は年月とともに黒くなっている。サムはヴェールを見て眉を吊り上げた。子爵が肩をすくめる。ふたりはともに馬から降り、小屋と小道を隔てる石壁のそばにある低い枝に馬をつないだ。ヴェールが木の門の掛け金をはずし、ふたりはれんがの歩道をどんどん進んだ。かつては快適な場所だったのかもしれない。もう長いこと放置されているようだが、庭があった痕跡はあるし、家は小さいながら調和の取れた造りになっている。クラドックがつらい目に遭ったことは疑いようもない。さもなければ、家の手入れをする能力を失ったのだ。

そんなことを考えて不安を覚えつつ、サムは低い扉をノックした。

だれも出てこない。しばらく待って、もう一度ノックする。今度はもっと力をこめて。

「出かけているのかもしれない」ヴェールが言った。

「職場はわかったのか？」サムが尋ねた。

「いや、わたしは――」

そのとき、きーっと扉が開き、ヴェールの言葉をさえぎった。手のひらぐらいの透き間から中年の女性が顔をのぞかせ、ふたりをじっと見た。女性は白いモブキャップをかぶっているが、それ以外は全身黒ずくめで、胸の周りにショールを巻いて腰のところで縛っている。

「何か？」

「お邪魔をして申し訳ありません」サムが言った。「ですが、ミスター・クラドックを捜しておりまして、こちらに住んでおられると聞いたものですから」

女性が静かに息をのみ、サムは緊張した。

「ここに住んでおりました」女性が言う。「でも、今はもうおりません。あの人は亡くなりました。ひと月前に首を吊りまして」

11

結婚生活は幸福のうちに五年が過ぎた。富を手にし、自分を愛してくれる美しい女性と結婚をし、これで幸せでない男がいるはずもない。五年が経ち、アイアン・ハートの幸せは新たな頂点に達した。王女が子を宿しているとわかったからだ。〈輝く都〉がどれほどの歓喜に沸いたことか！　王女が息子を産んだ晩、人びとは通りで踊り、王は民衆に惜しみなく金貨を与えた。小さな赤子は王位の継承者であり、いつの日か王冠を戴く人物だ。その晩、アイアン・ハートは息子と妻に笑いかけ、もうすぐふたりの名を口にできるようになると気づいた。というのも、それは沈黙の六年間が終わる日の三日前の出来事だったからだ……。

『アイアン・ハート』より

「ケッパー」レディ・ハッセルソープが言った。

エメリーンはガチョウの肉を一口食べ、女主人に目を走らせた。「はい？」

「つまりね……」レディ・ハッセルソープは、豪華な長いテーブルに着いている客たちを眺めた。客が全員動きを止め、彼女を見る。「どこから、こういうものが出てくるのかしら?」

「料理人のところからに決まってるでしょう!」若い紳士が大きな声で言ったが、だれも取り合わない。ただし、隣にいる若いレディだけが楽しんでいるようにくすくす笑った。

ブードル卿が咳払いをした。かなりくたびれたフルボトムのかつら(白い縮れ毛が肩まで垂れている)の下に見える年配の紳士の顔は痩せていて青白い。「花のつぼみかと思いますが」

「本当に?」レディ・ハッセルソープが美しい青い目を大きく見開いた。「でも、それはとても突飛な考えのような気がいたしますわ。わたしはむしろ、豆の仲間かと思いましたの。ただし、豆より酸っぱいですよ。わたしの言いたいことがわかっていただければですけど」

「ああ、まったくそのとおりだよ」テーブルの向こう側からハッセルソープ卿が妻に向かって低い声で言った。世の人ひとはときどき不思議に思うのだった。ユーモアのかけらもない気難しい痩せた紳士、ハッセルソープ卿は、どうしてレディ・ハッセルソープと結婚したのだろう? 彼が不気味に咳払いをした。「前にも言ったように——」

「とっても酸っぱい豆ね」レディ・ハッセルソープは眉をひそめ、皿に載ったガチョウの肉を囲んでいるソースを見下ろしており、そこに点々とケッパーが浮かんでいる。「これはどうかと思いますわ。本当に。この酸っぱいつぶつぶが、素晴らしくあっさりしたソースに潜んでいて、ひとつでも噛むとびっくりしてしまいますの。そうじゃありませんこと?」レディ・ハッセルソープは訴えるように、右隣に座っているリスター卿に話しかけた。

公爵は議会では雄弁を振るう議員として知られていたが、今は目をしばたたき、言葉に窮していらしい。「それは……」

エメリーンは助け船を出すことにした。「従僕にお皿を下げてもらいましょうか？」

「まあ、とんでもない！」レディ・ハッセルソープが魅力的な笑みを浮かべた。今夜の青いドレスは、青い瞳の色とぴったり調和しており、喉元に密着した真珠のネックレスがほっそりした長い首を際立たせている。本当に、とびきりの美人だ。「ケッパーに用心すればいいだけのことでしょう？」レディ・ハッセルソープはガチョウを一切れ、口にぽんと入れた。

「勇気のある方だ」公爵が小声で言う。

女主人は満面の笑みで公爵を見た。「そうでしょう？　ヴェール卿やミスター・ハートリーより勇気があると思いますわ。あの方たちは村に出かけたきり、夕食に戻ってもこなかったのですから。ただし――」レディ・ハッセルソープは興味津々の目でエメリーンをちらりと見た。「部屋に隠れていなければの話ですわね？」

実はそれこそ、エメリーンがかなり心配していることだった。サミュエルとジャスパーはどこへ行ったのだろう？　昼食の直後に出かけたが、あれからもう何時間も経っている。

しかし、エメリーンはさりげない笑顔を装った。

「村の居酒屋か何かに寄っているに違いありません。紳士のすることはおわかりでしょう」

レディ・ハッセルソープは目を丸くした。紳士のすることがわかっているかどうか自信がないと言いたげな顔をしている。

「実は……」思いがけず、リスター卿が咳払いをした。「ヴェール卿は温室におられるようですが」

　レディ・ハッセルソープが目をみはった。「そんなところで、いったい何をなさっているの？　夕食が温室に用意されていないことぐらいご存じでしょう？」

「ヴェール卿は、その……」公爵の顔が赤くなっている。「気分がすぐれないのだと思います」

「そんなばかな」女主人が容赦なく言った。「気分がすぐれないのに温室にいるなんて、おかしいですわ。それなら書斎へ行かれるはずでしょう？」

　その言葉に、公爵のかなり毛深い眉が勢いよく吊り上がったが、エメリーンはなんとなく気づいただけだった。気分がすぐれないだなんて、ジャスパーは温室で何をしているの？　そんな状態なら屋敷に戻ってきてしばらく経っているはずなのに、姿を目にしなかった。そんなことより、サミュエルはどこにいるの？

「ミスター・ハートリーにはお会いになりました？」エメリーンが尋ね、気分のすぐれない紳士が温室を選ぶ理由について、回りくどい説明をしている公爵の言葉をさえぎった。

「残念ながら、お見かけしておりません」

「では、ふたりとも夕食を食べそこなう運命ね」レディ・ハッセルソープが陽気に言った。

「食事抜きでお休みになっていただきましょう」

　エメリーンは今の言葉に笑みで答えようとしたが、あまりうまく笑えていない気がした。それから夕食は一時間近く続き、エメリーンには一生分にも感じられた。周囲の人たちの会話にどう反応したのかまったくわからない。ほとんど見るに耐えないチーズと洋ナシが出されたのち、ようやく食事が終わった。エメリーンは礼儀を尽くせる程度にその場に留まった後、急いで温室へ向かった。廊下をいくつか横切ると、やがてヒールが石板《スレート》を敷き詰めた床をこつこつ叩く音が響き、温室の入り口が近づいていることを告げた。ガラスと木の美しい扉が、室内の湿った熱を外に逃さないようにしている。

エメリーンは扉を押し開けた。「ジャスパー？」

聞こえてくるのは、水がちょろちょろ流れる音ばかり。エメリーンは顔をしかめ、中へ入って扉を閉めた。「ジャスパー？」

前方で何かががたがた音を立て、続いて男性が悪態をつく声が聞こえてきた。絶対にジャスパーだ。温室は鍵穴のような形をした長い建物で、側面と天井はガラスでできている。バケツに植えられた緑の植物がところどころに置かれ、温室としての体裁を整えていたが、ほとんど装飾目的の建物と言っていい。エメリーンはスカートをたくし上げ、スレートの通路を進んでいった。突き当たり付近で石のビーナス像の向こう側に回ると、ベンチにぐったりもたれかかっているジャスパーを見つけた。その後ろは突き当たりで円形の空間になっており、その真ん中に噴水がある。

「そこにいたのね」エメリーンが言った。

「わたしか？」ジャスパーは目を閉じていた。体は横に傾き、服と髪は乱れており、はっきり言って、いまにもひっくり返りそうだ。

エメリーンはジャスパーの肩に手を置き、体を揺すった。「サミュエルはどこにいるの?」

「やめてくれ。頭がくらくらする」ジャスパーは目も開けずに、エメリーンの腕を叩こうとしたが、当然狙いは大きくはずれた。

なんてこと! 彼は完全に酔っぱらっているに違いない。エメリーンは顔をしかめた。たしかに紳士は深酒をするのが好きだし、とりわけジャスパーは強い蒸留酒《スピリッツ》が大のお気に入りだけれど、実際に酔っぱらっているところは一度も見たことがなかった。飲んで陽気になるのは知っている。でも酔っぱらった彼は見たことがない。しかも人前で酔っぱらうなんて、嘘でしょう。不安が激しさを増す。「ジャスパー! 村で何があったの? サミュエルはどこ?」

「やつは死んだ」

純然たる恐怖を覚え、エメリーンの体を戦慄が駆け抜けたが、すぐにそんなことはあり得ないと悟った。サミュエルが何らかの事故に遭遇したとしたら、皆の耳に入ったはずでしょう? ジャスパーは頭を前に倒しており、顎が胸についていた。エメリーンは足下にひざまずき、彼の顔を見ようとした。

「ねえジャスパー、お願いだから、何があったのか教えて」

突然、彼が目を開けた。鮮やかなターコイズブルーの瞳がそれはそれは寂しげで、エメリーンは息をのんだ。「あの男。自殺しやがった。ああ、エミー、永久に終わらないんだな?」

何をぶつぶつ言っているのか漠然としかわからなかったが、村で恐ろしいことがあったのは明らかだ。「それで、サミュエルは？　彼はどこへ行ったの？」

ジャスパーが片方の腕を勢いよく広げ、後ろの噴水に手がぶつかりそうになった。エメリーンは彼の腰のあたりをつかんだが、本人はずり落ちそうになっていることも、彼女に助けてもらっていることも気づいていないらしい。

「どっか、あっちのほうだ。馬を降りた途端、行ってしまった。走っていったよ。見事な走りっぷりさ。サムは本当にすごいんだ。エミー、あいつが走ってるところを見たことがあるかい？」

「いいえ、ないわ」どこへ行ったにしろ、少なくともサミュエルは生きている。エメリーンはほっと息をついた。「さあ、ベッドに入ってもらいますからね。こんな状態で外に出てはいけないわ」

「外へは出ない」ジャスパーは混乱し、ブラッドハウンドのような滑稽な顔をゆがめた。

「きみと一緒にいる」

「うーん。それより、ベッドに入ったほうがずっといいと思うけど」ためしに腰を引っ張ってみる。驚いたことに、彼はあっさり立ち上がった。いったん体を起こすと、かすかに揺れながらも、エメリーンの頭上にそびえ立っていた。ああ、どうしよう。独りでお世話できるといいんだけど。

「お望みなら何でもしよう」ジャスパーはろれつが回らない言い方をし、不器用そうな大きな手をエメリーンの肩に置いた。「サムがここにいればなあ。三人でパーティができるのに」

「それは楽しいでしょうね」エメリーンはあえぎながら言い、ジャスパーを導いて通路を進んだ。彼が少しよろめいてオレンジの木にもたれかかり、枝が一本折れた。やれやれ……。

「あいつは素晴らしいやつなんだって話、きみにしたっけ？」

「前にしてくれたわ」ふたりは扉までたどり着いた。ジャスパーを放さずに、どうやって扉を開ければいいのだろう。エメリーンは一瞬不安になったがジャスパーが自分で扉を開け、問題を解決した。

「彼が助けてくれた」ジャスパーがつぶやき、ふたりは扉の先に続く廊下へと進んでいった。「救援隊を連れて戻ってきてくれたんだ。あいつらにたまを切り取られるんじゃないかと思った瞬間に。おっと！」彼は足を止め、しまったという顔でエメリーンを見た。「エミー、きみの前でこんなことを言っちゃいけなかった。酔ってるのかもしれないな」

「本当に、思ってもみなかったわ」エメリーンは小声で言った。「助けを連れて戻ってきたのがサミュエルだったなんて知らなかった」

「三日間、走ってきたんだ」ジャスパーが言った。「わき腹にナイフで刺された傷を負っていたのに、走って、走って、走り続けた。彼は素晴らしい走り手だ」

「そうみたいね」ふたりは階段のところまで来ていた。エメリーンはジャスパーをつかんでいる手に力をこめた。もし彼が転んだら、わたしも道連れになって落ちるだろう。彼の体重はどうやっても支えようがない。それに、今までだれにも見られなかったのは奇跡だ。

「でも、おかげで彼は血まみれになった」ジャスパーが言った。

エメリーンは階段に意識を集中させていた。「何？」

「ずっと走ってきたせいだ。砦に着くころには、彼の足は血まみれの切り株みたいになってた」

エメリーンは恐ろしい光景を想像し、はっと息を吸い込んだ。

「そこまでしてもらっては、感謝のしようがないだろう？」ジャスパーが言った。「足にまめができるまで走ってくれたんだ。走り続けて、ついにまめがつぶれ、出血してからもずっと走り続けた」

「まあ……」エメリーンは小声で言った。そんなこと、ちっとも知らなかった。ふたりは今、ジャスパーの部屋の前にいる。中に入るべきではないけれど、このまま廊下に置いていくわけにもいかない。それに何といっても、相手はジャスパー。今はこの世でいちばん兄に近いと言える男性。

エメリーンはノブに手を伸ばしたが、そのとき扉が開いて救われた。ジャスパーのたくましい近侍、ピンチがまったくの無表情で戸口に立っていた。「お手伝いいたしましょうか？」

「ああ、ありがとう、ピンチ」エメリーンは酩酊した婚約者を有り難く近侍に引き渡した。

「彼の面倒を見ていただける？」

「もちろんです、マイ・レディ」もしピンチが表情を見せたとしたら、侮辱的なものだったかもしれないが、本当にそれを読み取ることは不可能だった。

「ありがとう」エメリーンはジャスパーを近侍の手にゆだね、無作法ながらほっとした。近侍に素早く笑みを投げ、急いで階段を下りた。

絶対にサミュエルを見つけなくちゃ。


夜が訪れようとしている。空は錫《ピューター》のような青みがかった灰色を帯び、日没の到来を告げていた。

それでも、サムはまだ走っている。

もう何時間も走ってきた。疲労困憊するほど延々と走り続け、疲れも通り越して再び気力を取り戻し、やがてその気力も失い、なお走り続けて今はひたすら耐えているだけだ。体が機械のように反復するリズムで動いている。ただし、機械は絶望を感じない。どんなに長く走っても、サムは自分の思考から逃れることができなかった。

兵士が自殺した。あらゆる戦闘、行軍、腐った食べ物、ろくに着る物もない冬の寒さ、ときおり連隊を襲った病気をすべて切り抜けてきたのに。すべてを無傷で、生きて切り抜けてきたのに。これはほとんど奇跡だ。あの大虐殺を無傷でしのいだ数少ない生存者になったのだから。故郷へ帰り、こぎれいな小さな家と愛情あふれる妻のもとへ戻ったのに。何もかも終わっていたはずだ。兵士は帰還し、戦争は歴史の中に埋もれ、冬の炉端で語られる物語と化したはずだ。それなのにクラドックはスツールの上に立ち、首に縄を掛け、スツールを蹴り飛ばした。

なぜだ？　それこそが、サムが逃れることのできない疑問だった。死を免れたというのに、なぜ自ら進んで死の天使の萎えた腕に身を任せたのか？　なぜ今なんだ？

　丘の頂までやってくると、息が詰まった。疲労で脚が震え、一歩進むごとに脚が切り取られるように痛む。駆け抜けていく野原にはもう闇が居座っていた。困ったな。間違った位置に足を踏み出す危険が現実味を増していく。ウサギの穴にはまったり、岩につまずいて倒れるかもしれない。でも倒れてはならないのだ。ほかの人たちから信頼されているのだから、走り続けなければならない。ここで立ち止まれば、そもそも走り出した理由が嘘になってしまう。戦いから逃げ出しただけの臆病者になってしまう。わたしは臆病者ではない。戦いを生き延びた。白人も殺したし、先住民も殺した。戦争を耐え抜き、紳士になった。金持ちになり、人から尊敬されるようになった。信頼されているのだ。人はわたしの意見に賛成し、厳かにうなずいてくれる。もはやわたしを臆病者と責める者はほとんどいない。少なくとも、面と向かって責める者はいない。

　サムは左脚を取られ、よろめいた。しかし、くずおれはしない。彼は倒れなかった。だが痛みでめまいを覚え、むせび泣いていた。頭上の星がかすんでいく。

　走り続けろ。あきらめるな。

　クラドックはあきらめてしまった。クラドックは、ときおり心に染み込んでくる闇に屈した。眠りをかき乱す悪夢、遠ざけることができなかった考えに屈したのだ。クラドックはもう眠っている。安らかに、悪夢も見ず、自らの魂に恐れることもなく。クラドックは永遠の眠りに就いた。

あきらめるな。

その晩遅く、エメリーンはなぜ目が覚めたのかわからなかった。たしかにサミュエルは音もなく入ってきた。黙って静かに、狩りから戻った猫のように。にもかかわらず、彼が部屋に入ってきたとき、エメリーンは目が覚めたのだ。

暖炉のそばで椅子に座ったまま、エメリーンは姿勢を正した。「どこにいたの?」

自分の部屋に彼女がいるとわかっても、サミュエルは驚いていないらしい。ろうそくの光の中、近づいてくる彼の顔は青白く、表情は読み取れないが、妙にこわばっている。エメリーンは目を伏せた。彼が歩いたあとをたどるように、絨毯に黒っぽい染みがついている。足についた泥を拭き取ってこなかったのねと、とがめそうになったが、やがてそれがどういうことか理解した。そしてその瞬間、完全に目が覚めた。

「まあ、大変。いったい何をしたの?」エメリーンは立ち上がって彼の腕をつかみ、自分が占領していた椅子に急いで押し込んだ。「本当に、ばかな人ね!」彼女はくるりと向きを変え、暖炉の火に炭をさらに重ねてから、ろうそくを近くに持ってきた。「何をしたの? どうしてこんなことに?」

エメリーンは口を閉じた。ろうそくの光で目にしたもののせいで、気分が悪くなりそうだったからだ。彼はモカシンを履きつぶしていた。モカシンは足の周りで、ずたずたに裂けた単なる革の切れ端と化している。それに彼の足。ああ、大変、彼の足が……。これでは血まみれのぼろ布でしかない。ほんの数時間前にジャスパーが話してくれた血まみれの切り株だ。でも、これは切り株ではなく本物の足。しかも目の前にある。エメリーンは取り乱したように部屋を見回した。水はあるけれどお湯はないし、包帯になる布はどこへ行けば見つかるだろう？　エメリーンが扉のほうへ駆けだそうとした途端、サミュエルの手が素早く伸びてきて腕をつかまれた。

「行くな」

声は極度の疲労でかすれ、ざらついていたが、目は彼女をじっと見据えている。

「行かないでくれ」

彼はどれだけ走ってきたの？

「お湯と包帯を持ってこなくてはいけないわ」

サミュエルが首を横に振る。「ここにいてほしい」

彼の手を乱暴に振りほどく。「病気に感染して死んでほしくないのよ！」

エメリーンは彼をにらみつけていた。自分がおびえた目をしているのはわかっている。言い方がとげとげしくなり、いやな表情を見せてしまったにもかかわらず、サミュエルは彼女にほほ笑んだ。「じゃあ、戻ってきてくれ」

「ばかなこと言わないで」エメリーンは扉に向かいながら小声で言った。「もちろん、戻ってくるわ」

彼の答えは待たずにろうそくを持ち、ほとんど走りながら廊下へ出た。あたりに人がいないことをたしかめるあいだだけ立ち止まり、できるだけ音を立てないようにしながら急いで厨房へ向かう。ハウスパーティで男女が密会することはよく知られている。真夜中過ぎに慌ててちょこちょこ走り回るわたしを見ても、ほかの客の大半は見て見ぬふりをしてくれるはず。でも、なぜ危険を冒してまで噂になることをしなくてはいけないのだろう？　後ろめたいことは何もしていないのだから、なおさらだ。

ハッセルソープ邸の厨房はとても広い。丸天井に覆われた中央の大きな作業場の歴史は、おそらく中世までさかのぼるだろう。料理人が明らかに有能な女性であることに気づき、エメリーンは満足した。夜も炉の火が絶えぬよう、石炭にちゃんと灰がかけてある。急いで厨房を横切り、大きな石の暖炉を目指したそのとき、床で寝ていた幼い少年につまずき、よろめきそうになった。

毛布を重ねた寝床で小ネズミのように丸くなっていた少年が伸びをした。「奥様？」

「ごめんなさいね」エメリーンは声を潜めて言った。「起こすつもりはなかったのよ」

厨房の隅に大きな陶器の水がめがある。エメリーンは蓋を持ち上げて中をのぞき、満足げにうなずいた。水が入っている。それをくんで鉄のやかんに移していると、後ろで少年がかさこそ動く音がした。

「お手伝いしましょうか？」

エメリーンはやかんを火にかけ、石炭をかきまぜながらちらりと振り返った。少年は毛布の上に座っており、黒い髪に寝癖がついていた。たぶんダニエルと同じぐらいの歳だろう。

「料理人はやけどや切り傷用の軟膏を用意しているのかしら？」

「はい」少年が立ち上がり、高さのある戸棚のところまで行って、引き出しを開けた。そして中をかき回し、小さなつぼを取り出してエメリーンに渡した。

蓋を開けて中身をたしかめると、黒っぽいべたべたしたものが半分ほど入っていた。エメリーンはにおいをかぎ、薬草とはちみつの香りを確認した。

「ええ、これならいいわ。ありがとう」つぼに蓋を戻し、少年ににっこり笑いかける。「さあ、もうお布団に戻りなさい」

「はい、奥様」少年が粗末な寝床に落ち着き、眠たそうに見守る中、エメリーンは湯が沸くのを待ってから、それを金物の水差しに注いだ。

戸棚に置かれたかごにきちんと折りたたんだ布が重ねてあった。エメリーンは何枚か手に取り、そのうちの一枚で水差しをつかんだ。そして再び少年に笑いかけた。

「おやすみなさい」

「おやすみなさい、奥様」

エメリーンが厨房を出るとき、少年のまぶたはすでにくっつきそうになっていた。彼女は急いでそこを出て、再び階段を上がった。片手に重たい水差しを持ち、もう片方の手には軟膏のつぼを持って腕に布を掛けている。ろうそくは厨房に置いてきた。いずれにせよ、部屋へ戻る道は暗くてもわかる。

サムは寝ているだろうと思ったが、部屋へ入ると、彼は警戒するように顔をこちらに向けた。といっても何か言ったわけではない。エメリーンはそのまま部屋を横切り、洗面器に湯を注いで鏡台に載っていた水差しからほんの少し水を足し、彼のところへ運んでいった。

足下にひざまずき、エメリーンは顔をしかめた。「ナイフはある？」

答える代わりに、サミュエルはベストのポケットから小さなナイフを引っ張り出した。それを受け取り、モカシンの残骸を慎重に切り取る。革の一部が乾きかけた血に張りついており、慎重にやっても再び出血してしまう部分がある。きっと痛いに違いない。それでも彼はまったく声を出さなかった。

エメリーンは刺繍が施されたレギングの裾をまくり上げ、足の下に洗面器を置いた。

「足を入れて」

サミュエルは指示に従い、足が湯に触れると軽く息を漏らした。エメリーンはちらっと見上げたが、こちらを見つめる顔には疲れ切った表情が浮かんでいるだけだった。

「どれくらい走ったの？」

何も答えてくれないだろうと半ば覚悟していたが、そうはならなかった。

「わからない」

エメリーンはうなずき、洗面器の水を見て顔をしかめた。水は血で濁っている。

「ヴェールが話したのか？」

「ジャスパーは、あなたたちが会いにいった人のことを話していたわ。亡くなっていたんですってね」エメリーンはうわのそらでつぶやいた。もしモカシンの底が破れて、むき出しの足で走っていたのだとすれば、傷口に泥や何かの破片が入っているだろう。徹底的にきれいに洗わなくちゃ。さもないと、ばい菌が入ってしまう。これはひどく痛い思いをさせることになりそうね。

「ヴェールはどこにいる？」サミュエルが尋ね、あれこれ心配していた思考がさえぎられた。

エメリーンは顔を上げた。

「自分の部屋で近侍に世話をしてもらっているわ。酔って、ほとんど正体を失っていたの」

サミュエルはうなずいたが、何も言わなかった。

エメリーンは膝の上に布を敷き、彼の左脚を軽く叩いた。「上げて」

サミュエルは言われたとおり、水がしたたる足を差し出した。エメリーンは、足の裏をよく調べられるよう、自分の膝の上に導いた。赤く擦りむけていて痛そうだが、思ったより状態は悪くない。つぶれたまめはいくつかあるものの、切り傷はひとつだけだ。男性にしては、かなり優美な足。エメリーンはそんなことも意識した。ばかげた考えだけど。彼の足は大きくて、骨張っている。でも甲が高くて、指が長い。

「彼は首を吊った」サミュエルがつぶやいた。

エメリーンはちらっと彼を見た。目を閉じ、頭を椅子の背にもたせかけている。顔はゆらゆら揺れる炉火の光が当たってくっきりした線と影と化しており、汗でかすかにきらめいている。疲労困憊しているに違いない。まだ目を開けているのが不思議なくらいだ。

エメリーンは息を吸い込み、足に目を戻した。

「あなたとジャスパーが会いにいった兵士のこと？」

「ああ。家には奥さんがいた。彼は戦争から戻って、しばらくは元気そうに見えたと言っていた」

「そのあとは？」エメリーンは布をもう一枚取って引き裂き、手のひらぐらいの大きさにしておいた。今度はその布に軟膏をつけ、足の裏に塗る。そして独り、眉をひそめた。厨房から、スポンジか何かを持ってくるべきだった。

サミュエルがため息をつくのがわかった。「生きることをやめた」

エメリーンは彼をちらりと見上げた。きっと痛いに違いない。傷口から砂粒を取り除くため、足をかなり手荒く扱っているから。しかし、彼は落ち着いた穏やかな表情をしていた。

「どういう意味？」

「クラドックはしだいに外出しなくなり、とうとう家から一歩も出なくなった。仕事はそのずっと前に失っていた。食料雑貨店の店員だったんだ。その後、彼は口をきかなくなった。奥さんの話では、暖炉のそばに座って催眠術にかかったみたいに、ただじっと火を見つめていたそうだ」

エメリーンはわきに置いたきれいな布の上にサミュエルの左足を置き、今度は右脚を軽く叩いた。「こっちを上げて」

彼が水のしたたる足を彼女の膝に置く様を見守る。こんな話は聞きたくない。普通に帰還し、普通に生きることができなかった退役軍人の話なんて聞きたくない。もしレノーが生きていたら、ミスター・クラドックのようになったのかしら？　兄がゆっくり自らをむしばんでいく様子を見ていなければいけなかったのかしら？　それに、サミュエルはどうなの？

エメリーンは咳払いをし、きれいな布を手に取った。「それで？」

「それから、彼は眠らなくなった」

眉をひそめ、素早く彼に目を走らせる。「そんなの、あり得ないでしょう？　だれだって眠るはずよ。自分でどうにかできることではないわ」

サミュエルが目を開け、悲しみをたたえた顔で見たものだから、エメリーンは目をそらしたくなった。この部屋から逃げ出し、戦争や、そこで戦った兵士たちのことを二度と考えずにすむようになりたいと思った。

「悪夢に苦しんでいたんだ」サミュエルが言った。

背後で火がぱちんとはじけた。サミュエルがこちらを見返した。エメリーンは、炉火の光で色が黒く変わった瞳をじっとのぞき込んだ。思い切り空気を吸い込むと、胸がコルセットを押しているのがわかった。知りたくない。本当に知りたくない。この世にはあまりにも恐ろしくて想像もできないことがある。あまりにも恐ろしくて、この先一生、心にとどめておけないことがある。レノーが亡くなって以来、ここ数年はずっと大丈夫だったのに。悲しみに暮れ、運命をののしったが、それを受け入れた。ほかの選択肢はなかったからだ。今になってあの戦争がどんなものだったかを知るなんて。生還しても心と体がもとには戻れなかった兵士にとって、戦争がどんな存在であるのかを知るなんて……もう、たくさん。

　サミュエルがまだこちらを見つめている。毅然としていようと思い、エメリーンは再び息を吸い込み、尋ねた。「あなたは悪夢を見る？」

「ああ」

「どんな……」エメリーンはいったん言葉を切り、咳払いをしなくてはならなかった。「どんな夢を見るの？」

　彼の口元のしわが深くなり、表情がいっそう険しくなった。

「男の汗のにおいをかぐ夢を見る。わたしを押しつぶしていた死体の夢だ。もう死んでいるのに傷口が開いていて、真っ赤な血が流れている。自分がすでに死んでいる夢も見る。五年前に死んでいて、自分ではまったくそれがわかっていない。生きているとしか思っていなくて、ふと見下ろすと、手から肉が腐っていくところで、骨が透けて見えている」

「まあ、なんてこと」彼が味わっている恐ろしい苦しみを聞くのは耐えられない。

「でも、それは最悪の夢じゃない」とても低い声でささやいたので、ほとんど聞き取れない。

「最悪の夢って？」

　サミュエルは心の準備をするように目を閉じてから言った。

「仲間の兵士を見捨てた夢だ。北アメリカの森を駆け抜ける夢。でも、助けを呼びに走っているのではない。ただ逃げているだけ。人から臆病者と呼ばれる夢だ」

　エメリーンは笑った。笑うなんてとても場違いだし、本当にひどいこと。でもどうにもならない。いくら声を押し殺そうとしても、とにかく笑いがこみ上げてきて、その声が部屋に響いた。

「ごめんなさい」エメリーンはあえぎながら言った。「ごめんなさい」

しかし、笑みを浮かべたと言ってもいいほど彼の口元がほころんだ。サミュエルが下に手を伸ばし、自分の膝の上にエメリーンを引き上げた。スカートが引きずられ、洗面器の血に染まった水に裾が浸かったが、エメリーンは気にしなかった。心配しているのはこの男性と、彼が見るいまわしい悪夢のことだけだ。

「ごめんなさい」エメリーンは再びつぶやいた。血まみれの布を床に落とし、彼の顔に手のひらを当てる。彼の痛みをわたしの中に吸い取れるものなら、そうするのに。「ああ、サミュエル、ごめんなさい」

彼はエメリーンの髪をなでた。「いいんだ。なぜ笑ったんだい？」

その声にはやさしさがあり、エメリーンは息をのんだ。

「だって、そんなことを考えるのはすごくばかげているもの。あなたが臆病者だなんて」

「でも、ばかげちゃいないんだよ」サミュエルはエメリーンに顔を近づけながらささやいた。

「きみはわたしのことがわかっていないんだ」

「わかっているわ。わたしは――」あなたのことは、だれよりもよくわかっている、ジャスパーよりもよくわかっていると言うつもりだった。だが、唇をふさがれてしまった。

サミュエルはやさしくキスをした。彼の唇はとても柔らかく、エメリーンは彼のキスから悲しみをのみ込んだ。どうしてこの男性《ひと》なの？　どうして、わたしと同じ階級、同じ国の男性ではなく、この人なの？　エメリーンはサミュエルの顔を両手で包み、唇を押しつけた。彼女の唇は柔らかくも、やさしくもなかった。彼から受け取りたいのはやさしいキスではない。エメリーンは彼の唇をなめた。塩辛い味がする。それから、彼の口に無理やり舌を差し入れた。上半身の向きを変え、何のごまかしもせず身を押しつけた。ふしだらな女だ。すると、サミュエルが豹変した。エメリーンの背中に腕を回し、めいっぱいその胸に抱きしめて舌を絡ませてくる。エメリーンは乾きかけた涙が再び頬に触れるのがわかった。ふたりのあいだにある衣類の上からでも、彼の体の一部が盛り上がっているのが感じられ、エメリーンはそれに応えるように、女としてぞくぞくする興奮を覚えた。

そして次の瞬間、彼に押しのけられてしまった。

エメリーンは水の入った洗面器に落ちてしまわないように彼の肩をつかんだ。

「いったい――」

「出ていってくれ」

何らかの感情に動かされ、彼は暗い顔をしていた。わたしは彼の意図を誤解していたの？　でも、そんなはずはない。下腹部を見れば、彼がキスにすっかり夢中になっていたことはあまりにも歴然としている。だったら、なぜ……？

「出ていけ！」

サミュエルはエメリーンを持ち上げて床に立たせ、ぞんざいに扉のほうへ押しやった。

「行ってくれ」

気がつくと、エメリーンはサミュエルの部屋の外にいた。そして、逃げるように廊下を進んだ。スカートから血に染まった水をぽたぽた垂らしながら、胸にあふれんばかりの苦痛を感じながら。

12

その晩、城は静まりかえっていた。真夜中のちょうど一二時、アイアン・ハートは目を覚ました。言いようのない不安を覚え、眠っている妻をベッドに残して剣をつかみ、幼い息子の様子を見にいった。子ども部屋まで来てみると、護衛は扉の外で眠っていた。アイアン・ハートは静かに扉を開け、目にした光景に血管を流れる血が凍りついた。暗闇の中、巨大なオオカミが牙を光らせて立ち上がり、息子の寝台を見下ろしていたからだ……。

『アイアン・ハート』より

妙によく眠れた。翌朝、サムがまず思ったのはそれだった。まるでレディ・エメリーンが足だけでなく、心にも軟膏を塗ってくれたかのようだ。そんなことを考えるのはおかしい。彼女が聞いたら笑い飛ばすだろう。とても怒りっぽい人だから。

次に思ったのは、足がずきずき痛むということ。サムはうめき、ハッセルソープ夫妻が用意してくれたばかでかいベッドで体を起こした。寝室はこの屋敷と同様、どこもかしこもとびきり上等だった。寝台には赤いビロードのカーテンが下がり、壁には彫刻を施した黒っぽい羽目板がはまっており、広々とした床には分厚い絨毯が敷かれている。彼が育った丸太小屋はこの寝室にすっぽり収まってしまうかもしれない。客の中ではおそらくいちばん重要度が低いであろう彼の部屋がこれならば、ほかの客にはいったいどんな部屋が用意されたのか？

そう思うと不機嫌になり、サムは顔をしかめた。自分はビロードやアンティークの木の家具に囲まれたこのような家に属する人間ではない。新世界の出身で、そこで暮らす男は先祖が何を手に入れたかではなく、自分が生きているあいだに何を成し遂げるかで評価される。それでもイングランドを完全にはねつけることはできない。ここはレディ・エメリーンの故郷だ。彼女は自分が生まれたこの国、この階級に唯一なじめる人間であるかのようになじんでいる。その事実だけでも、距離を置く十分な理由になったはずなのに。ふたりが住む世界、ふたりが経験してきたこと、ふたりの生活はあまりにもかけ離れている。

でも、それはゆうべ彼女を膝の上から押しのけた理由ではなかった。そうさ、あれは肉体が望むことに反した動きだ。あのときの自分はずきずきするほど硬くなっていて、彼女の中に入ってしまいたいということ以外、何も考えていなかった。だが、すぐに間違っていると気づいた。哀れみで降伏してほしくなかったのだ。レディ・エメリーンに求める感情は哀れみではない。絶対に。もちろん、そんなふうに考えるのはばかげている。というのも、彼の下腹部は、彼女がこの膝に乗ってトーストのバターのように溶けていった理由など、まったく気にしていないかに思えるからだ。彼の肉体は、彼女がその気になっていたことしかわからない。そして、今や誇らしげに目を覚まし、あるにおいに狙いを定めた猟犬のように、獲物を追跡する準備を整えている。

　まずは最初にやるべきことをやれ。ゆうべ、汗だくになるまで走ったおかげで、体は豚小屋みたいなにおいがする。サムは足をひきずって戸口までいき、湯を持ってきてくれと頼んだ。それから腰を下ろし、足を念入りに見てみた。レディ・エメリーンの手当ては見事だった。足の裏は左右どちらもつぶれたまめで覆われており、左足にはかなりひどい切り傷があるが、傷口はきれいになっている。ちゃんと治るだろう。経験でわかる。

　入浴に使ったブリキのたらいは、体がかろうじて入る程度の大きさだったが、筋肉の痛みには湯のぬくもりと蒸気が気持ちよかった。サムは着替えをすませ、顔をしかめながら古いモカシンのひもを結ぶと、朝食を取るべく階段を下りていった。彼にとっては遅い時間だったが、英国人貴族にとってはまだ早かったらしく、足をひきずりながら朝食用の部屋へ入っていくと、席は半分しか埋まっていなかった。

　細長い部屋は屋敷の奥に位置し、外壁に並んだひし形の窓ガラスから朝の光が差し込んでいた。大きな長テーブルがあるのではなく、そこここに置かれた小さなテーブルで食事をするようになっている。サムは名前が思い出せない紳士に会釈をし、足を引きずらないようにしながら、部屋の端にあるサイドボードに並んだ料理のところまでなんとか歩いていった。そこにはすでにレベッカがいて、ガモンステーキ（塩漬けにした豚肉を分厚く切って焼いたもの）が載った皿を見つめていた。

「ああ、やっと来た！」妹が小声で言った。

サムは横目でちらりと彼女を見た。「レベッカ、おはよう」

レベッカは兄をにらみつけたが、「レディ・ホープデールがふたりをじっと見ていたので、しかめた眉をもとに戻した。「そういうことしないで」

「しないでって、何を？」サムは自分の皿にステーキを一切れ置いた。先日、ここのステーキはとりわけ美味いと気づいたのだ。

「わたしが何の話をしているのか、わからないふりをすることよ」妹は見るからに憤慨している。

サムは妹を見た。実際、彼女が何の話をしているのかまったくわからなかったのだ。

レベッカは息を吐き出し、とても幼い子どもに話しかけるようにゆっくりと言った。

「昨日は出かけたきりだったでしょ。お兄様とヴェール卿がどこにいるのかだれも知らなかったの。つまり、ふたりは行方不明だったってこと」

サムは口を開いたが、妹が身を傾けてきて、小声で続けた。

「心配してたんですからね。突然姿を消せば、どこかの溝にでも落ちて、死にかけているんじゃないかとみんなが思うのよ。もちろん妹だって心配するわ」

サムは目をしばたたいた。自分の行動を人に説明することには慣れていない。もう大人だし、健康状態だってまったく問題はない。なぜ人に心配されなくてはいけないのだ？

「心配する理由がないだろう。自分の面倒は自分で見られる」

「そういう問題じゃないの！」レベッカは周りに聞こえるほどの声でたしなめるように言い、顎の肉がだらりと垂れた年配の婦人がふたりを振り返った。「お兄様はこの世でいちばん強くて、完全武装をしているのかもしれないけど、それでも何の理由もなく姿を消せば、わたしは心配するわ」

「それはおかしい」

レベッカは自分の皿に塩漬けのニシンを放り出すように置いた。

「おかしいのはそっちよ」そして、ぷいと向きを変え、皿を持ってさっさと行ってしまった。

サムはまだ妹を目で追っていた。どこで間違ったのか理解しようと考えていると、ヴェールが横から話しかけてきた。「妹さんはご立腹らしい」

サムは相手をちらりと見て、一瞬たじろいだ。ヴェールは真っ青な顔をしており、かすかにふらつきながら、皿に載ったステーキをじっと見ていた。

「ひどい顔だな」

「それはどうも」ヴェールがつばをのみ込んだ。青白い顔が緑色を帯びてくる。「今は何も食べないほうがいいような気がする」

「得策だ」サミュエルは自分の皿にインゲン豆のバターいためをどっさり盛った。「コーヒーでもどうだ？」

「いや」ヴェールが一瞬、目を閉じた。「やめておく。大麦湯を少しもらおう」

「好きにすればいい」サムは従僕を呼び、大麦湯を一杯持ってきてくれと頼んだ。

ヴェールが顔をしかめる。「静かなところに座っているよ」

サムはにやにや笑い、皿にトーストを二枚載せてから、ヴェールに続いて小さな丸テーブルを目指した。かわいそうに。ヴェールもわたしも同じ悪魔に苦しめられている。もっとも、悪魔どもが引き起こす症状は違っているけれど。

「今朝、エミーを見たかい?」サムが正面に座ると、ヴェールが尋ねた。

サムは慎重に置いた皿を見下ろした。「いや」ああ、そのニックネームにこめられたなれなれしさがいやでたまらない。ヴェールがそれを口にするたびに、殴ってやりたくなる。

ヴェールは力なくほほ笑んだ。「ゆうべ、彼女にひどく面倒をかけたみたいなんだ」

「そうなのか?」サムはひそかに敵意を抱きながら相手をじっと見つめた。「彼女はきみと一緒にいたのか?」

「長くはいなかったがね」ヴェールは目を細めた。「少なくともわたしはそう思う。ちょっと酔ってたもんで」

サムは気持ちを抑えながらも乱暴な手つきでステーキにナイフを入れた。レディ・エメリーンはヴェールの部屋にもいたのか? 服を脱がし、寝る支度をしてやったのか? わたしにしたときと同じくらいやさしく介抱してやったのか? ナイフを強く押しつけすぎて皿に滑らせてしまい、耳障りな音とともに、ステーキがテーブルの上に押し出された。

「おっと」ヴェールが間の抜けた笑みを浮かべる。

レディ・エメリーンが部屋に入ってきた。

サムは目を細めて彼女を観察した。今日は白とピンクの控えめなドレスを着ており、その姿に彼はかっとなった。ピンクなんか着ていると、上流階級の愚かなレディに見えるじゃないか。自分で何も決められない女性に見える。本当は正反対の女性だとわかっているのに。彼女は強い女性だ。今まで出会った中でいちばん強い。

「エミーだ」ヴェールが声を上げた。

そもそも、この婚約者は彼女を大人の女性として見ているのか？　どうやら違うらしい。さもなければ、エミーなどと少女っぽい呼び方をするはずがない。ヴェールへの敵意が増していくのがわかる。やつにとって彼女は妹のような存在にすぎない。妹への愛情は深く、嘘偽りはないのかもしれないが、それは情熱ではない。エメリーンは強い女性であり、激しい感情の持ち主だ。彼女に必要なのは、兄弟愛を超えたものだ。

エメリーンにはわたしが見えていた。そうではないふりをして顔を背け、レディ・ハッセルソープに話しかけているけれど、わたしにはわかる。わたしがどこにいるか、エメリーンは常に意識している。それを何らかの合図と見なすべきだった。彼女が意識しているという事実が存在するのだから、隠れていたくとも、彼女から隠れることはできないのだとわかってもよかったはずなのに、うかつだった。

「エミー！」ヴェールが呼びかけ、自分の声の響きに顔をしかめた。「くそっ。どうしてこっちを見てくれないんだ？」

しかし、彼女はすぐにふたりのほうを見た。ただ、サムとは目を合わせないように気をつけている。レディ・ハッセルソープに最後にひと言、何か言い、背筋をぴんと伸ばしてから、ふたりのテーブルのほうへ歩いてきた。

「おはよう、ジャスパー、ミスター・ハートリー」

ヴェールが彼女のほうに手を伸ばし、サムはテーブルの下でこぶしを握りしめた。

「エメリーン、許してもらえるかい？　ゆうべはあんなばかみたいに酔っぱらってしまって、恥ずかしいよ」

エメリーンがにこやかにほほ笑み、それを目にした途端、サムは疑念を抱いた。

「許すに決まっているでしょう、ジャスパー。あなたはいつだって、感謝の気持ちを忘れないのね」

彼女が「あなた」を強調したのは気のせいではない。サムは咳払いをして注意を引こうとしたが、エメリーンは彼を見るものかと固く決心しているらしい。

「どうぞ。ご一緒しましょう」

注意を引くまでもなく、直接話しかければ無視するわけにはいかない。エメリーンがサムをしっかり見てほほ笑んだ。「せっかくですが――」

「ああ、それがいい！　さあ、かけて」ヴェールが大きな声で言った。「皿を持ってきてあげよう」

エメリーンの顔に激しい怒りがよぎる。「わたしは――」

だが、時すでに遅し。ヴェールはもう立ち上がっており、料理が並んでいるサイドボードのほうに跳んでいった。サムはにっこり笑い、自分とヴェールのあいだにある椅子を引いた。

「彼のせいで選択肢がなくなりましたね」

「ふん」エメリーンはどさっと腰を下ろし、当てつけるように顎を上げて顔を背けた。

不思議なことに、それを見た彼は痛いほど硬くなった。彼女のにおいを感じ取りたくて、体を寄せる。「ゆうべは冷たくして申し訳ありませんでした」

エメリーンの頬が美しいピンク色に染まり、彼女がついにサムを見た。

「何をおっしゃっているのかわからないわ」

サムは黒い瞳を見つめた。

「あなたがわたしの膝に乗って、舌を入れてきた話ですよ」

「気でも狂ったの？」エメリーンは声を落として言った。「そんなこと、ここで話してはいけないわ」

「あなたの甘い舌を味わえたことを感謝していないわけじゃありません」

「サミュエル」エメリーンは抗議したが、彼の口に視線を落とした。

ああ、彼女はわたしを生き生きとさせてくれる！　彼女が欲しい。ふたりの違いがいまいましい。ヴェールがいまいましい。この国のすべてがいまいましい。ゆうべの彼女は意欲満々だったじゃないか。

「それに、わたしにまたがっていたときのあなたの尻の感触が気に入りました」

エメリーンが目をかっと見開いた。「やめて！　危険すぎるわ。そんなことを言っては――」

「お待たせ」ヴェールが楽しげに言った。エメリーンの前に食べ物を盛った皿をぽんと置き、背の高いグラスを持って腰を下ろした。グラスの中身は自分用の大麦湯に違いない。「何が食べたいかよくわからなかったから、全部、少しずつ持ってきたよ」

「あなたは本当に親切ね」エメリーンは力ない声で言い、フォークを手に取った。

「実に心やさしい立派な紳士だ」サムはつぶやいた。「わたしも見習うべきだと思いませんか、レディ・エメリーン？」

彼女が口をとがらせた。「そんなことは――」

「いや、ありますよ」サムは完全に自分を抑えられなくなっていた。彼女がヴェールに――彼女のことを知りもしない男に――世話を焼かれる姿を目にしたせいだ。自分の顔が緊張していること、言わなくてもいいことまで言っているのはわかっている。だが、自分を止められそうにない。「わたしはひどく不作法で、口のきき方もひどくそっけない。態度を洗練させるすべを学ぶ必要がある。レディときちんと性交ができるように」

その言葉の衝撃に、エメリーンはフォークを落とした。

ヴェールは飲んでいた大麦湯でむせ、咳き込み出した。

サムはヴェールを見た。「そう思わないか、ヴェール卿？」

「ごめんなさい、ちょっと用事を思い出して……」口実を探すエメリーンの顔は怒りで青ざめている。「ええっと、とにかく行かなくちゃ」彼女は席を立ち、急いで部屋を出ていった。

「おい、きみが本当に言いたかった言葉は性交じゃないだろう」ヴェールが言った。「たぶん社交だ。あるいは――」

「そうか？　では訂正させていただこう」サムは小声で言った。「失礼」

ヴェールの返事は待たず、相手がどう思っているかもたしかめなかった。そんなことはもうどうでもいい。彼女は逃げていったが、もうわかってもいいころだ。獲物を追う者の心にどんな反応が引き起こされるかということを。


エメリーンはスカートをたくし上げ、歩を速めて廊下を進んだ。とんでもない、ひどい男！　よくもあんなことを。ゆうべはわたしを拒んでおいて――実際にわたしを押しのけておいて――傷ついたのは自分のほうだと言わんばかりの態度を取るわけ？　角を曲がったところで危うくリスター公爵に激突しそうになったが、かろうじてわびを言い、そのまま歩き続けた。最悪なのは、あの恐ろしい男に惹かれる気持ちがまったく弱まっていないこと。なんて腹立たしいのだろう。この身を投げ出したあげく、きっぱりと拒絶させるはめになったというのに、動物的な欲望を静められない。

朝食用の部屋で最初に彼を目にしたときは、とても心配だった。足の調子はどうかしら？　ちゃんと消毒ができていたかしら？　今朝はどの程度歩けるかしら？　その後、彼は言葉でわたしを追い詰めた。人に立ち聞きされることも、わたしをすでに拒んでいることもお構いなしに。きっとジャスパーがいたせいだ。サミュエルの反応は言ってみれば、男性の本能的な縄張り意識。まるで自分のごちそうを守ろうとする猟犬のよう。でも、わたしは犬が奪い合うかびだらけの骨じゃない。

目の前に階段が現れたが、怒りといら立ちで視界がかすんだ。彼のことなんか気にしていない。気にするもんですか。礼儀もわきまえず、洗練されたところもない植民地の人間じゃないの。あんな人、大嫌い。そんなことを考えていたら、エメリーンは階段で足を滑らせそうになった。どうか、すっかり取り乱してしまう前に部屋にたどり着けますように。男のせいで正気を失い、ハッセルソープ邸の廊下をさまよっているところを発見されることにでもなったら、もうおしまいだ。部屋までの残りの距離をほとんど走って進み、ノブをひねって扉を開けると、倒れ込むように中に入って扉をばたんと閉めた。

いや、閉めようとしたことだけはたしかだ。だが抵抗にあった。振り返ると思わずぞっとした。そこにサミュエルが立っていたから。木の扉に手のひらを押し当てている。

「やめて！」エメリーンは力いっぱい扉を押した。「出てって！　出ていきなさい、この女たらし、最低男、ろくでなし！」

「静かにしろ」サミュエルは眉をひそめ、エメリーンの肩をつかんで難なくそこから引き離し、扉を閉めた。

それはエメリーンをいっそう激怒させただけだった。「やめてってば！」

身をよじり、必死で逃れようとしながら、つかまれている手を叩いている。

「いや、やめない」サミュエルが言い返した。

エメリーンを手荒く胸に引き寄せ、乱暴に唇を重ねてきた。その途端、エメリーンは噛みついた。いや、噛みつこうとした。サミュエルは頭をぐいと引き、驚いたことに、彼女を見下ろしてにやりと歯を見せた。といっても、表情に面白がっている様子はまるでうかがえない。「その手は前にも使っただろう」

「ろくでなし！」手を振り上げたが、これもつかまれてしまった。

サミュエルはエメリーンの全身を壁に押しつけ、不運な蛾のごとく釘づけにした。噛みつこうとする彼女をよけながら頭をかがめ、耳のすぐ下に軽く歯を立てる。するとエメリーンの体は——愚かな、不実な体は——反応し、すっかり力が抜けて温もっていった。首を舌で愛撫され、エメリーンは頭をがくんと後ろに倒して、うめきに近い声までもらした。彼がくっくっと笑っている。

「笑わないで！」エメリーンは小うるさい女のように金切り声を上げた。

「笑ってないさ」サミュエルが彼女の喉に向かってささやいた。「あなたのことを笑ったりはしない」彼はボディスを引っ張り、何かを引き裂いた。そして、コルセットの上で盛り上がっている乳房をなめ回している。

エメリーンがすすり泣くようなうめきを上げると、彼の唇は肌にささやきかけるように、触れ方が柔らかくなった。

いまいましい男。「嫉妬でこんなことするなんて、とんでもないわ！」

サミュエルが顔を上げた。頬が紅潮し、キスをしていたせいで唇が赤くなっている。

「ほかの男は関係ない。これは純粋に、わたしとあなただけの問題だ」エメリーンの手を引き下ろし、ぞんざいにブリーチに押し当てる。

長くて熱いものが感じられた。布地の裏側でひたすらわたしを待っている彼自身が。自分の力で彼の体を硬くさせることができるという事実は一種の勝利だった。あれが欲しい。彼が欲しい。エメリーンはそこに手のひらを押し当てた。

サミュエルがうめいたかと思うと、彼女を壁のほうに向かせ、コルセットの前に手を回して結び目をむしり取るように引き裂いた。エメリーンは壁に両手を突き、塗装の部分に爪をこすりつけながら、ひんやりした漆喰にほてった頬を当てている。これは狂気。正気の沙汰とは思えない。でも、構うもんですか。サミュエルがドレスの袖を無理やり引き下ろし、布地がさらに引き裂かれ、エメリーンは肩にひんやりした空気を感じた。大きな温かい手が背筋をゆっくりとたどっていく。女性らしい柔らかな素肌に、たこのできた男らしい手が触れるのがわかる。うなじに歯を立てられ、エメリーンは目を閉じた。彼は時間をかけている。たっぷり時間をかけている。もう溶けてしまいそう。これ以上じらす必要はないでしょう。もう迎える準備はすっかりできているのに。でも、彼はちっとも急いでいないらしい。というより、裸で無防備になったわたしを楽しんでいるだけなのかもしれない。今は背筋にキスしている。濡れた舌でなめられるたびに、彼の唇が触れるのがわかった。

エメリーンはうめいた。

サミュエルが腰に手を伸ばしてきた。ドレス、シュミーズ、ペチコートが絡み合っている場所だ。それから、彼女の衣服にとてもひどいことをしたに違いない。というのも、何かが引き裂かれる音が続いたからだ。大量の布地が足下に落ち、下半身があらわになった。サミュエルはエメリーンの腰に唇を当て、そこにキスをしていたが、やがて下に向かって唇を動かし、なんと本当にヒップにキスをした。これは行儀のいいやり方とは言えない。動物的だし、品がないし、こんなこと、気に入ったと思うべきではない。思っちゃだめ。

「サミュエル」エメリーンはうめいた。

「静かに」サミュエルがつぶやく。

力ずくで脚を開かされ、エメリーンは頭の片隅で考えた。こんな姿勢で、彼がその位置にいるのでは、わたしは最高に魅力的な姿をさらしているとは言えないのではないかしら。しかし次の瞬間、疑念はすべて頭から消え去った。そこの割れ目に彼が親指を走らせたからだ。

「濡れてる」声は低く、暗い響きがあり、男性的な満足感がこもっている。

エメリーンは壁につけていた頭を上げ、その行為から体を引き離そうとした。よくもわたしの意思を無視してこんなことを。

しかし、彼がエメリーンのヒップを傾けたかと思うと……。

ああ、なんてこと！　サミュエルがそこをなめたのだ。エメリーンは再び頬を壁につけた。もう、どうでもいい。自分の品のない格好も、彼の野獣のような性格も。永遠にこれを続けてほしい。舌は彼女のひだのあいだを動き回り、軽くつついたり、なめたりしている。今までこんな感覚は一度も味わったことがない。するとサミュエルが口を離し、今まで愛撫していた場所に息を吹きかけ、彼女を落ち着かせると同時に興奮もさせた。左右の親指でひだを引きはがし、舌で刺激しながら、芯の部分を目指している。エメリーンはもううめきを上げ、彼の顔にヒップを押し当てていた。もし自分が今何をしているのか、何をされているのか考えれば、ひどい屈辱を味わうことになる。だからあらゆる考えを頭から追い出し、ただその感覚に、秘部に当てられた彼の唇に意識を集中させた。舌が突起を探している。彼がそこを探し当てると、エメリーンはうめいた。そして、そっとなめられると、再びうめいた。

彼の一方の手が下腹部を包み、巻き毛をなでているのがわかった。エメリーンは息をのみ、目を開けて下を見た。その光景はたまらないほど官能的だった。浅黒い指が彼女の白い肌をたどり、太ももの上にある黒い巻き毛の中へ入っていく。中指が分け入ってきて、小さな突起に触れていた舌がその指に取って代わると、エメリーンは目を閉じざるを得なくなった。彼が再びそのあたりをなめたかと思うと、舌が中に差し込まれ、エメリーンは激しく痙攣した。体がぶるぶる震え、彼女はあえいだ。快楽が勢いよく全身を流れていく中、爪で壁を引っかき、何も考えずに腰を動かしている。何度も何度も舌で攻められ、つぼみを指で徹底的にもてあそばれ、痙攣が彼女を苦しめた。絶頂は永久に続くかに思われ、ちらちら輝く光の川が延々と流れていった。

興奮の波はようやく引いた。力が抜けて、体がばらばらになりそうだ。膝ががくんと折れそうになり、体を支えている腕が震えている。

サミュエルの唇が離れ、エメリーンは振り向こうとしたが、身動きさせてもらえなかった。

「体をかがめるんだ」

官能的なもやに包まれ、熱に浮かされたように頭がぼうっとなった。従うことしかできず、エメリーンは腰を曲げてかがみ込み、倒れないように壁に腕を伸ばしている。

サミュエルの指が濡れた秘部をそっとつき、それから、彼の硬くなったものが触れた。エメリーンはため息をついた。とても甘美で、すてきな感触。あの熱く硬いものが、ひだをかき分けながら中へ入ってこようとしている。ここからが最高にいいところ。発見のときだ。男が本質をさらけ出し、女はそれを受け入れる。彼を探求し、彼を抱きしめる。彼とこうするのがどんな感じなのかを発見しようとしている。

サミュエルはもうぎりぎりのところまで来ているはず。肉体の欲望を延ばし延ばしにして、気も狂わんばかりになっているが、事をゆっくりと進めている。彼が中に入ってくるのがわかる。通路を押し広げながら少しずつ進み、やがてブリーチの布地がエメリーンのむき出しの下半身に触れた。彼は息を吸い込んで一度突き、完全に腰を据えた。永遠にこのままでいられる。エメリーンは夢見心地でそう思った。硬くなった彼を自分の中で抱きながら。満たされた感覚、互いにつながっている感覚を大いに楽しみながら。

しかし、サミュエルは入ってきたときと同じくらいゆっくりと体を引き、エメリーンの内側の筋肉は、まるであなたを行かせるのは気が進まないとばかりに、彼を締めつけた。そのとき、彼がいきなり突き、エメリーンはその衝撃で腕を曲げた。

「じっとして」サミュエルはうなるように言ったが、その言葉は理解できないほど不明瞭だった。

エメリーンは肘を壁に固定させた。すると、サミュエルが腰をつかみ、激しく、素早くうがち始めた。彼のものがなめらかに動く感触は悩ましく、素晴らしかった。エメリーンは彼をもっとしっかり受け止めようと、腰の角度を変えた。

「ああ！」サミュエルがうなる。

またしても彼の指が茂みの中にもぐり込み、触れてほしくてうずいているあの部分を探し出した。彼は前からも後ろからも彼女を奪った。喉元に叫びがこみ上げてくるのがわかる。抜け目のない指に繰り返し刺激されるし、体を支えている腕は痛むし、もう、とても耐えられない。

サミュエルが突然毒づき、次の瞬間、エメリーンを胸に抱き寄せた。彼女のむき出しの背中がベストに触れたかと思うと、彼は自身を彼女の中にうずめ、欲望をほとばしらせた。とても妙な、それでいてエロチックな体勢だった。足はつま先立ちで大きく開いており、乳房と腹部がむき出しのまま外にさらされ、体は彼に刺し貫かれている。エメリーンは彼がうめくのを耳にし、自制を失う様子を満喫した。彼女の中で果てるあいだも、サミュエルは自分のものだと言わんばかりに手を広げて彼女の秘部を覆い、しつこくつぼみをいじっていた。

エメリーンは叫びを上げた。痛みと言ってもいいほどの快楽の波が全身に伝わり、彼に刺し貫かれたまま身を震わせる。声が漏れないようサミュエルに口をふさがれたが、彼女はその手に唇を当て、舌で彼の肌の味を楽しんだ。

背後で彼が息をのんだ。「あなたはかわいい猫だ」

サミュエルは自身を引き抜き、後ろから彼女の腰のあたりをつかんで持ち上げ、ベッドに背中から落とした。エメリーンには身構える時間しかなかった。次の瞬間には隣に彼がいて、その重みでマットレスが沈んだ。

「また噛みつくつもりだろうが、そうされるだけの価値はあるかもしれないな」

サミュエルはそう言って顔を下ろし、唇を重ねてきた。エメリーンの脚を蹴るようにして開かせ、再び彼女の中に自分を押し込んでくる。彼はずっしりと熱くなって横たわったまま、むさぼるようにキスをした。

サミュエルは服を脱いでもいない。エメリーンは下敷きになって口を開きながら、もうろうとした頭でそう思った。彼は相変わらず、上着とベストとブリーチ、それにレギングを身につけている。おそらくベッドの上掛けの上でモカシンも履いたままなのだろう。しかし、そんな考えは飛ぶように消え去り、エメリーンは自分を求め、誘ってくる彼の舌に没頭した。サミュエルが身を乗り出し、ベストのひんやりした金属のボタンがむき出しの乳房に押しつけられるのがわかった。

そのとき、だれかが扉をノックした。エメリーンは凍りついた。サミュエルが頭を持ち上げる。

「大丈夫ですか、奥様？」侍女のハリスが大きな声で呼びかけた。

サミュエルがエメリーンを見て、片眉を上げる。

エメリーンは、まだ自分の中にいる彼を意識しながら咳払いをした。

「まったく問題ないわ。行っていいわよ」

「そうですか」ふたりは、遠ざかっていく足音を耳にした。

エメリーンは息を吐き出し、彼の胸を突いた。「どいて」

「どうして？」サミュエルは物憂げに尋ねた。「わたしはここに入っていたい」

しかし、エメリーンは息が苦しくなるような恐怖感を覚えた。「侍女が戻ってくるわ」

サミュエルは体を引き、彼女の顔をしげしげと見た。

「それは信じがたい。あなたは、どこの家より訓練のできた召使を雇っているはずだ」

エメリーンは再びサミュエルを押し返した。今度は彼も降参し、入ってきたときと同様、中にあるものを唐突に引き抜き、わきにごろんと横になった。エメリーンは彼の肉体を失ったことを後悔する前に、ベッドからはい出た。「もう行くべきよ」

みだらに愛し合ったばかりの男性の前に裸で立っているなんて、ひどくきまりが悪い。彼だって人並みの礼儀をわきまえていていいはずなのに。事のあとは黙って立ち去るという、紳士としてのたしなみがあるはずだ。でも、どうやらそうではないらしい。エメリーンは彼の無言の視線を感じながら、破り捨てられた衣類の山の上にかがみ込み、何でもいいから、裸の体を隠せる物を探し回った。シュミーズを引っ張り出し、体の前に掲げてみたものの、それは衣類というより、ぼろ切れであることが判明した。あんまりだわ……。

エメリーンはずたずたのシュミーズをほうり、くるりと向きを変えてベッドにいる男を見
た。「もう行かなきゃだめ！」
サミュエルは肘枕で横向きに寝ころび、エメリーンが思ったとおりこちらをじっと見てい
た。髪はきっちり結んだままだし、服はしわにはなっているが、それ以外は部屋に入ってき
たときと変わらない。しかし、口元は緊張を解いて官能的に大きな曲線を描いており、目を
伏せ、眠たげな表情をしている。彼はブリーチの前立てのボタンをはめておくという気配り
さえしていなかった。エメリーンの目はどうしようもなく、男性の象徴――太く輝く、唯一、
裸の部分――へと引きつけられた。もう萎えて小さくなり、見るも哀れな姿になっていても
おかしくないはずなのに、そうはなっていなかった。それどころか、また最初から同じこと
をやってやるといわんばかりに、傲慢な態度で横たわり、屹立しかけている。

その光景に、エメリーンは腹が立った。「なぜ出ていかないの？」

サミュエルはため息をつき、体を起こした。

「一度、あなたと寝たいと思っていたのですよ、マイ・レディ。しかし、どうやら、あなた
には喜んでいただけていないらしい」

エメリーンは顔が赤くなった。実際に頬や首に熱が広がっていく気がした。自分が不機嫌
でいら立ち、理性を欠いているのはわかっている。品位を見せるべきだし、そこそこ洗練さ
れたところも見せたほうがいいのだろう。でもそれができなかった。
とにかくできない。

「お願いだから、出ていって」エメリーンは、不十分ながら身を守るべく胸の前で腕を組み、目をそらした。

サミュエルは立ち上がり、急ぐわけでもなくブリーチのボタンを留めた。

「今は出ていくが、これで終わりじゃない」

エメリーンはぞっとして顔を上げた。「終わりに決まってるでしょ！　あなたは望んでいたものを手に入れたんだから、もう……もう……」

言葉が尻すぼみになった。考えていることをどう言い表せばいいのか本当にわからなかったからだ。ああ、わたしも、ああいう世慣れた未亡人たちの仲間入りができたらどんなにいいか！　慎重な恋人を見つけ、お互い作法をわきまえたうえで関係を持っている未亡人たち。でも、わたしはダニエルとタント・クリステルの面倒を見なければならなかったし、その後、レノーも死んでしまった。今まで本能的な衝動など一度も感じたことがなかったのだ。

エメリーンが自分の悲しむべき経験不足について考えているあいだに、サミュエルは身支度を調え、やや年がいった木の精霊《ニンフ》のごとく立っている彼女のところまで、ぶらぶら歩いてきた。彼は身をかがめ、エメリーンの唇に軽くキスをした。そっとやさしく。その感触に、エメリーンは泣きそうになった。

それからサミュエルは一歩、後ろに下がった。目を細め、考え込んでいるような表情を浮かべている。

「たしかに、わたしは望んでいたものを手に入れたし、あなたが望んでいたことも果たしてあげた。だが、これですっかり満たされたわけじゃない。また来るつもりだ。あなたは黙って招き入れるか、部屋の扉をどんどん叩かれて、屋敷じゅうの人間を呼び寄せてしまうことになるかのどちらかだ」口の端がぴくりと上がったが、面白がっているようには見えない。「わたしは社交界の常識を十分認識していないのかもしれないが、そんなこと、あなたは望まないだろうな」

傲慢な話が続くあいだ、エメリーンは口をぽかんと開けていたが、声が出るようになったころにはもう彼は顔を背けていた。「よくもずうずうしく、そんな――」

激しい怒りに満ちた彼女のセリフは、きゃっという悲鳴とともに終わりを迎えた。サミュエルがエメリーンの肩をつかんで頭をかがめ、激しい口調で彼女の耳元で言った。「ずうずうしくもなるさ。わずか一五分前には、その体の中に迎え入れてもらえたのだから。その体はわたしのものを受け入れ、隅々に惜しみなく悦びを与えてくれた。もう一度、あれをしてほしい」

サミュエルはエメリーンの唇をふさいだ。だが、今度のキスはそっとでもなければ、やさしくもなかった。男の欲望を物語るキスだ。彼が舌を差し込み、顔を傾けたので、エメリーンの唇は完全に覆い隠された。愚かな体が彼のほうに向かって弧を描く。こうしていたい。こうしていたくてたまらない。知性や理性は頭から逃げ去った。

ところがサミュエルが突然後ずさりをしたため、エメリーンは危うく倒れるところだった。彼の顔は険しく、紅潮している。「エメリーン、今夜、入れてくれ」

返事をする間もなく、サミュエルが部屋を出ていった。

エメリーンは台無しになった衣類の山にくずおれるように座り込み、めまいをおぼえるほどはっきりと実感した。わたしは持ち合わせていた自制心をいっさい失ってしまった、と。


「クラドックが首を吊ったのはひと月前だ」その日の午後遅く、ヴェール卿が言った。

サムは無理やりエメリーンのことを考えるのをやめた。彼女の肌、乳房、自分に二度と会いたくないと思っている事実から思考を引き離し、第二八連隊の問題に意識を集中させた。

「クラドックがすでに死んでいたことをソーントンは知っていた、そう思っているんだろう？」

ヴェールが肩をすくめた。

「ソーントンは最後にクラドックに会ったのがいつなのか言わなかった」

「たしかに」

「話を訊くなら、次はだれの番だ？」

サムは顔をしかめた。「もう、だれもいない」

外は雨が降っており、女主人をにわかに失望させることになった。どうやらレディ・ハッセルソープは、午後は遠出をして、有名な地元の名所である修道院の遺跡を見に行く計画を立てていたらしい。雨が降ってサムは内心ほっとしていた。今日の状態では、丘を越えて行くのは絶対に無理だった。少なくとも相当な痛みを味わうことは避けられなかっただろうし、行かない口実を作れば、レベッカの注意を引いてしまう。思っていたよりも妹はずっと多くのことが見えているのだとだんだんわかってきた。足がぼろぼろになっている理由を妹に説明するはめになるとしたら、本当に厄介なことになっていただろう。

しかしそうはならず、客の大半は屋敷の奥にある大きな居間に引きこもっていた。もちろん、エメリーンが来ていないのはわかりきっていたが——サムを避けているのは明らかだ——ほかの客はほとんど居間に来ていた。トランプで気晴らしをしている人たちもいれば、読書をしたり、数人のグループで話をしたりしている人たちもいる。

ヴェールとサムのように。

「ほかに話を訊くべき人間はまったくいないのか?」ヴェールは疑うような顔をしている。

サムは歯を食いしばった。「提案があるならうれしいが」

ヴェールが口をとがらせた。「それは……」

「何かあるんだろう?」

「というわけでは……」ヴェールは急に土砂降りの雨が当たる窓を気にし始めた。

「やっぱりな」サムがつぶやいた。

ふたりとも、ひどい天気に目を釘づけにされたかのように窓を見つめた。ヴェールは椅子の袖を指でとんとん叩いており、その様子がひどくうっとうしい。

ついに子爵が息を吸い込んだ。

「ソーントンが裏切り者だとすれば、彼には第二八連隊を裏切る理由があるはずだ」

サムは窓から目を離さなかった。ヴェールが自分と同じように考えているのが不思議と意外には思えなかった。「では、絶対にやつが怪しいと思うんだな？」

「きみは違うのか？」

サムはロンドンでソーントンに再会して以来、感じていた不安を思い出し、ため息をついた。

「そう思いたいところだが、彼が連隊全体を裏切る理由が浮かばない。何か考えはあるか？」

「さっぱりわからん」ヴェールが言った。「ひょっとすると、あの悲惨な行軍で豆の粥ばかり食わされて、だんだん我慢できなくなったのかもしれない」

子爵はわたしを気に入っているらしい。ある男の婚約者と寝たばかりの人間が、その男と親しいふりをするなんて、ひどく卑劣な行為と言えるだろう。ヴェールを避けるべきだったが、居間に入った途端、向こうがわたしを見つけ出したのだ。

「殺しには金が絡むのが常だよな」ヴェールが考えを巡らしながら言った。「しかし、フランス側から金を受け取っていないとすれば、連隊を皆殺しにすることが、どれほどソーントンの得になるのかわからない」

「ソーントンはフランス語を話すのか？」サムはぼんやり尋ねた。

「わからない」ヴェールはしばらく指をとんとん鳴らしていた。どうやらソーントンの語学力について考えているらしい。「だが、それはどうでもいいだろう。手紙は英語で書かれていたと言ってたじゃないか。それに、英語を話すフランス人はたくさんいる」

「彼には借金があったのか？」サムは、レベッカが首をかしげて、ほかの少女の話を聞いている様子をじっと見ていた。妹は少なくともひとり、話をする相手を見つけたらしい。

「突き止めるべきだな。というより、わたしが突き止めるべきか。今のところ、この調査ではたいして役に立っていないことだし。もっと手を貸すべきだろう？」

サムはヴェールのほうを見た。相手は真剣な目で、申し訳なさそうにこちらを見ている。こういう友人を裏切ろうだなんて、わたしはなんて男だ。

「ありがとう」サムは重々しく言った。

ヴェールはときどき見せる才能を発揮して、早変わりのように表情を変えた。にこっと笑うと、面白い素朴な顔が明るく輝き、玉虫のように青い瞳がきらめいた。

「いや、いいんだ」

サムは目を伏せた。これ以上、ヴェールと目を合わせていることができない。道義上どう考えても、レディ・エメリーンとは二度と会うまいと決心すべきだ。だがその結果、わたしはこの世でいちばん恥ずべき男になるに違いない。

なぜなら今夜、再び彼女を探し、愛を交わす気でいるのだから。

13

巨大なオオカミが口を大きく開け、赤子のゆりかご目がけて飛びかかった。しかし、アイアン・ハートは息子を守るべく剣を掲げて獣《けだもの》に突進した。なんと過酷な戦いが始まったことか！　というのもアイアン・ハートは依然として口をきいてはならず――助けは呼べず――化け物のようなオオカミを相手に、持てる力と技のすべてを試されることになったからだ。戦う両者は追いつ追われつ、部屋中を暴れ回り、投げつけられた家具が粉々になった。

ゆりかごがひっくり返り、息子が激しく泣きだした。アイアン・ハートはオオカミの後ろ脚に強烈な一撃を加えた。獣は痛みで悲鳴を上げながら襲いかかり、彼を壁に叩きつけた。バンという大きな音とともに城が揺れる。アイアン・ハートは石の壁に頭をぶつけ、あとは何もわからなくなった……。

『アイアン・ハート』より

エメリーンは彼に会うことを恐れて自分の部屋から出ないようにしていたが、そのあいだも一日中、自問自答していた。考えすぎて、彼に会ってはいけない数々の理由はもうすっかり陳腐に思えてきた。ふたりは身分が違うし、住む世界が違う。わたしは息子や家族のことを考えなければいけない。彼はあまりにも情熱的で、簡単には言うことを聞かない人だ。わたしは優位を保つことはできないだろう。それなのに……。

それなのに……。

一日中、自問に自問を重ねて過ごしたせいかもしれない。もはや説得力のある理屈はひとつもない気がする。エメリーンは取るに足らないものとして、そういった理屈を無視した。自分の欲求に比べたら色あせて見えたからだ。もう一度、彼を自分の中で感じる必要がある。あきれた。なんて動物的になってしまったのだろう。これまで一度もこんなことはなかったのに。理性を押しのけ、肉体に支配されるなんて。官能的なことにすっかり没頭してしまうなんて、ぞっとする。でも同時に、うきうきしてしまう。これまでずっと厳しく自分を律してきた。常に冷静な人間だった。だれかがそうしなければならなかったのだ。家族をまとめるべき男性が皆いなくなってしまったから。最初はダニー、次にレノー、その半年後には父親が、わたしをこの世に置き去りにした。

わたしはとても孤独だった。

扉の外で足音がし、エメリーンは緊張した。彼を迎える準備はできている。裸になって、すでにベッドに入っている。興奮が体を貫いていくのがわかる。そして、彼が扉を開けた。後ろ手に扉を閉めて部屋の中に入ると、ごまかすこともなく足を引きずって歩いてきた。まだ気づいていない。エメリーンは彼の頬に深く刻まれたしわ、前かがみになっている広い肩に目を留めた。疲れ切っているのがわかる。ゆうべ、何かに追われるように独りで走り続けてくたくたになり、まだ回復していないのだろう。でも、構わない。今夜、わたしは彼を自分のものにする。彼がわたしを利用したように、わたしも彼を利用してみせる。

エメリーンは、サミュエルが気づく瞬間を目にした。上着を脱ぎかけていた彼が動きを止める。エメリーンはベッドで体を起こした。彼のベッドで。上掛けが腰まですると落ち、乳房があらわになった。「あなたを待っていたの」

「そうだったのか？」サミュエルは上着を脱いだ。口調は平然としていたが、彼の目はエメリーンの胸に向けられている。

エメリーンは枕に軽く寄りかかった。それは乳房を突き出す効果をもたらし、見下ろすまでもなく、夜気に、そして彼に反応して、乳首がきゅっと硬くなるのがわかった。

「何時間も待っていたような気がするわ」

「すまない」サミュエルはベストのボタンをはずした。彼女からまったく目を離していないにもかかわらず、指が器用に動いている。「わかっていたら、急いで来たのにな」

「本当はね、急いでくれないほうがいいの」エメリーンはその考えが気に入らないかのように顔をしかめた。

彼の手が止まる。「肝に銘じておこう」

サミュエルはベストをわきに放り出し、慌ただしくシャツを脱ぎ捨てると、胸をあらわにして近づいてきた。うっとりするほど素晴らしい、広くてたくましい胸。黒い胸毛が乳首を覆うように渦を巻き、細い線となって腹部へと続いている。エメリーンは彼を見ただけで濡れた。でも、優位な立場を失ってはならない。

「ええ、そうするべきよ」視線を素早く下に移し、彼がまだ身につけているブリーチ、レギング、モカシンを見る。「といっても、もう早まってわたしに近づこうとしているみたいだけど」

サミュエルが目を細めたので、エメリーンは一瞬やりすぎた、と思った。彼は口をぎゅっと引き結び、とくに喜んでいる様子もない。が、次の瞬間、木の椅子をつかみ、ベッドからわずか数十センチのところに置いてエメリーンのほうに向けた。それから椅子に片脚を乗せ、モカシンの紐をほどき始めた。履きつぶしたあのモカシンとは別物だ。きっと二足以上、持ってきたのだろう。エメリーンは腕や背中の小さな筋肉が動く様子をじっと観察した。やがて彼は紐をほどき終わり、片方の靴を脱ぐと、エメリーンをちらっと見て、もう片方の靴を脱ぎ始めた。

エメリーンはごくりとつばをのみ込んだ。彼は靴を脱いでいるにすぎない。でも、準備をしているのだ。サミュエルが脱いでいる、わたしだけのために。そう思うと息が詰まり、エメリーンは彼を迎える準備を整えている自分の体を意識した。

もう片方のモカシンを脱ぐと、足にリンネルが巻かれていることがわかった。でも肌が露出している部分を見る限り、傷はよくなっているようだ。サミュエルは体をまっすぐ起こし、腰のわきにある紐をほどいた。レギングには革のつなぎ紐がついており、それを革の腰紐に結んで吊ってあるのだとわかった。彼がもう片方のつなぎ紐をほどき、レギングを脱いでブリーチのボタンに手をかけると、エメリーンはもうレギングのことはどうでもよくなった。サミュエルがエメリーンを見る。彼女の目から視線をそらさず、ボタンをはずしていく。指の動きは軽やかで的確、慌てている様子はまったくない。あの長い器用な指が間もなく自分に何をするのかと思うと、エメリーンは危うくうめき声を上げそうになったが、沈黙を守った。やがてブリーチと下着が下ろされ、布地が触れ合う音が部屋に響いた。

服を足下に脱ぎ捨てた彼は、見事に裸だった。へその下にあるあの腰紐を除いては。エメリーンは固唾をのみ、彼が腰紐をほどいてレギングの上に放り投げる様子を見守った。長身で引き締まった体。肌は日に当たる部分は褐色で、それ以外の部分も浅黒い。彼を見ているだけで何年も過ごせたかもしれない。ふくらはぎ、骨張った膝、がっしりした、たくましい太ももには黒い毛が生えている。そして、脚のつけ根のすぐわき、腹部とヒップの合流する部分に、あの美しい、男性の秘密の場所があり、ヒップのほうに向かって筋肉が弧を描いていた。その上には、腹部を横切るように、細く白い傷跡があり、胸の右上にももうひとつ、痛々しい、しわの寄った小さな傷跡があった。エメリーンの目はしばし腹部の傷跡にとどまっていた。そして、彼がわき腹にナイフの傷を負ったまま何日も走り続けたという、ジャスパーの話を思い出した。さぞかしつらかったに違いない。こんな勇敢な男性に求められるなんて、とても誇らしいこと。

エメリーンの目は再び下のほうへ漂っていき——いちばんいいところは最後に残しておいたのだ——男性の象徴に向けられた。それがどれほど素晴らしいものか忘れていた。太くて硬そうで、ほぼまっすぐ上を向き、周りを取り囲む血管が興奮でふくらんでいる。エメリーンはつばをのみ込んだ。なかなか呼吸をもとに戻すことができない。

「わたしはお役に立てるだろうか？」沈黙を破り、サミュエルが静かに言った。じっと立ったまま、エメリーンに自分を隅々まで吟味させている。

エメリーンは目を上げて視線を合わせ、不規則に息を吸い込んだ。「そう思うわ」

彼の眉がすっと吊り上がった。傲慢な男が侮辱されたかのように。

「思う？　マイ・レディ、もし確信が持てないのであれば、心を決めるお手伝いをさせていただこう」

サミュエルは一瞬にしてベッドへやってきた。勢いよく襲いかかられ、エメリーンは女性らしい不安を覚えて、思わずびくっとした。獣のように四つんばいになってはい上がってきた彼は、そのままキスをするかに見えたが、エメリーンの左の乳首のほうへ頭を下げ、そこを吸った。エメリーンの体がのけぞり、喉からため息がもれる。サミュエルはほかにはどこにも触れていない。ただその乳首だけに触れ、強く吸っている。こんなに小さなところが、こんなに感じるなんて。エメリーンは腕を伸ばして彼に巻きつけ、前にはできなかったことを大いに楽しんだ。彼に触れ、手のひらに肌の熱を感じ、肋骨のうねに手を滑らせ、幅のある広くて美しい背中をなでる。彼の体を隅々までさわり、味わい、自分の中に迎え入れたい。

ひとつになったと実感できるまで。

サミュエルは頭を上げたが、目はエメリーンの胸にとどまっている。

「一日中、これのことばかり考えていた。きみの胸だ。わたしのほうにむき出しになった乳首をどうしようか考えていた。おかげでブリーチの中でおとなしくしていたものが暴れだし、ほとんど歩くのもままならなかった」素早く彼の目が向けられ、そこに怒りと言ってもいい表情が見て取れた。「きみはそういう仕打ちをするんだ。きみのせいで、わたしは愚かな、飢えた野獣と化してしまう」

とても露骨でどぎつい言葉に、エメリーンは身もだえした。

その動きに彼の鼻孔がふくらみ、エメリーンは凍りついた。

「胸をしっかりつかむんだ。乳房を捧げてくれ。ここを吸って、きみをいかせられるように」

ああ、なんてこと！　彼にこんな口のきき方をさせるべきではない。もし、わたしにあれこれ指図するのを許してしまったら、彼はひどい思い込みをするだろう。でも、彼の言葉を聞いただけで体の芯の部分が湿り気を帯びてくるのがわかった。エメリーンは自分を捧げたかった。胸の先端を吸わせたかった。だから、乳房の下に手をあてがい、持ち上げた。まるで半人半獣の神にいけにえを捧げるがごとく。

サミュエルが喉の奥で低くうめいた。それでよしと認めるような声だ。そして、エメリーンの乳房に襲いかかった。バラ色の先端を歯でそっと噛み、舌でなめている。左右の乳房に交互に口を移し、一日剃らなかったひげが彼女の感じやすい肌をこすっている。それから彼は片方の乳首を口に含んで吸いながら、反対側の乳首を指でもてあそんだ。快楽をもたらすふたつの先端に火が灯り、エメリーンはなすすべもなく背中をのけぞらせ、あえいでいる。もう無理。彼はわたしを傷つけるつもりなのだろう。もうこれ以上、耐えられない。

エメリーンは身を震わせた。閉じたまぶたの裏にまばゆい光が現れ、温かな感覚が四肢の隅々にどっとあふれていく。エメリーンは手を離したが、サミュエルの舌は動き続けていた。優しくなだめるように乳房の上をはい回り、ひとなめされるたびに火花が散る。彼が乳房にキスをし、唇がそっとかすめていくのがわかった。

目を開けたエメリーンはコーヒーブラウンの瞳を見返すことになった。というのも、サミュエルの顔がすぐそこにあったから。唇の下には自分の乳房が見える。彼の表情は真剣そのもので、やさしそうではなかった。

「もう我慢できない」サミュエルがつぶやき、エメリーンの脚から上掛けをはぎ取った。

何の遠慮もなくエメリーンの太ももをいきなり押し開いてそのあいだに収まり、片手で自らを導いた。入り口を見つけ、道をかき分けながら自分を押し込んでいく。あともう一度、あともう一度。そしてついに、すべてを彼女の中に沈め、力なくまぶたを閉じてうめいた。硬くなったものを中に入れたまま、じっと動かずにいる。

エメリーンはほほ笑んだ。これがほほ笑まずにいられるだろうか？　彼がわたしの肉体からこれほどの快楽を得ているなんて。すっかり無力になって、わたしを堪能せずにいられないように見えるのだもの。エメリーンが手のひらで頬に触れると、彼は目を開けたが、その瞳はびっくりするほど輝いていた。

「人のことを笑いやがって」サミュエルがうなるように言った。

首を横に振って説明しようと口を開きかけたが、彼が腕をまっすぐ伸ばして上半身を起こしていたので、エメリーンは彼の腰に押しつけられ、マットレスに沈み込んだ。それから、彼が動き出した。いったん体を引いたかと思うと、再び激しく、素早く押し込んでくる。エメリーンは目を閉じた。自分が何を言おうとしていたのか思い出せない。彼が気を悪くしていようが、わたしに腹を立てていようが、もうどうでもいい。このままずっと動いていてくれる限り……。硬くなったものが彼女を突き、感じやすいところの皮膚をこすっている。目的のためなら容赦はしない――ふたりに喜びを与えるために。

「これでいいか？」

エメリーンは答えない。至福の海に溺れ、われを忘れている。

サミュエルがずぶりと彼女を突き、そのまま動かなくなった。

「これがいいのかい、マイ・レディ？」

エメリーンは目を開け、相手をにらみつけた。「そうよ！」彼を再び動かそうとして、尻をわしづかみにしている。「それでいいの！　いいから動いて、ああ、もう！」

サミュエルは求めに応じた。喉の奥のほうでくっくっと笑っているのか、うなっているのか、エメリーンにはわからなかった。というのも、そのときにはまた目を閉じていたから。

それに、もう知ったことではない。今気になるのは、自分の中にいる彼の動きだけ。容赦なく出入りを繰り返す彼の動き、容赦なく襲ってくる快楽、硬くなった彼の感触と勢い、絶対に、絶対にやめてほしくないと自分が思っているこの事実だけ。

そしてついに、波が訪れた。次々と波が押し寄せ、砕け散っていく。彼の手がそっと頬を包むのがわかった。目を開けるとちょうど、彼が身をのけぞらせ、下半身を押しつけているところだった。エメリーンは、自分の中にサミュエル・ハートリーが深く押し入り、激しく痙攣するさまをじっと見守った。

サムはあえいでいた。走ったときよりもずっと息切れがする。彼女にすべてを搾り取られ、最高の気分だ。

サムはエメリーンの上に崩れ落ちた。すっかり体重をかけてしまわないように気をつけてはいるが、それでも彼女の体を隅々まで感じていたかった。乳房が胸に押しつけられ、互いの腹部が重なり、脚が自分の膝に絡みついている。頭の奥のほうでは、この女性——自分の女——を支配したいと思うのは原始的な衝動だとわかっていた。やさしい衝動とは言えないし、誇るべき衝動ではないこともわかっている。しかし、サムはそんな考えを押しのけた。あまりにも疲れていて、判断を下せなかったからだ。それに、今のこの体勢は完璧ではないか。

もっとも、彼女にとっては違っていたのかもしれない。

「もうどいて」エメリーンがぼそぼそつぶやいた。

とてもお行儀のいいレディ・エメリーンがぼそぼそ話すのをこれまで聞いたことがなかったなと思い、サムはとてもうれしくなった。

「つぶしてしまったかな？」

「いいえ」と言ったきり、しばらく黙っているので、寝てしまったのかもしれないと思ったが、彼女は再び口を開いた。「でも、とにかくどいて」

「どうして？」サムはエメリーンのわきにある枕に頭を乗せていた。彼女と向き合って横たわり、その表情を眺めて楽しんでいる。

エメリーンは目を閉じたまま小鼻をふくらませた。「礼儀だから」

「ああ、なるほど。だが、この場所がとても快適なんだ。だから、今は礼儀にはそれほど興味がない」

エメリーンがぱちっと目を開け、サムをにらみつけた。かわいらしいじゃないか。といっても、本人に伝えるつもりもないが、彼女の怒りを招いたことはたしからしい。

「わたしが快適かどうかは重要ではないの？」エメリーンは高慢な上流階級のアクセントで問いただした。

「ああ」サムはやさしく言った。「まったく」

「ふん」そのあまり雄弁とは言えない反論に、サムはまたもやにやりとした。彼女にぶっきらぼうな返事をさせたことを大いに楽しんでいるのだ。

エメリーンは再び目を閉じており、もう眠そうな声をしていた。「ずいぶん自信があるのね」

「それは――」サムは頬にキスができるほど彼女に身を寄せ、耳元でささやいた。「きみのあそこに、入っているからだ」

「自己満足よ」エメリーンがつぶやいた。

「ああ。きみだってそうだろう」

エメリーンがうーんとうなった。「もう寝なさい、うぬぼれ屋さん」

彼女が見ていなかったので、サムは独りほほ笑み、ふたりの体に上掛けを引き上げた。そして、彼女と結ばれたまま、言われたとおり眠りに就いた。


翌朝早く、エメリーンははっと目を覚まし、すぐに悟った。サミュエルの部屋で一夜を過ごしてしまったのだと。彼は相変わらず横で寝ている。というより――ためしに体をくねらせてみたのだが――相変わらず彼女の中にいた。だから、気づかれずに出ていこうにも、少々困ったことになったのだ。

エメリーンはサミュエルをじっと見守った。顔をエメリーンのほうに向け、うつぶせで寝ている。腰は彼女の上に重なったままだが、上半身は彼女の胸からはずれていた。ただし片方の腕は、だれにも渡すものかと言わんばかりに乳房の上に投げ出されている。口のわきに刻まれていた線は消えており、茶色の髪が少年のように乱れていて、若く見える。戦争の前はこんなふうだったのかしら？

サミュエルが目を開けてエメリーンを見つめたが、意識がはっきりしてくると、眼差しに影が差した。黙ったまま、彼女の顔を眺め回している。早朝だし、寝起きだし、さぞかしだらしなく見えるに違いない。でも、顔を背けることができない。エメリーンは彼のしたいようにさせた。ゆうべ裸の彼女を見ていたときよりも視線が親しげだ。わたしを見ているとき、彼の目には何が映っているのだろう？　わからない。いつもなら確信が持てなかったり、自分をさらけだしたりすることになれば不機嫌になるけれど、部屋を穏やかに照らす朝の光に包まれている今は、自分の弱さのせいでこのひとときを台無しにするのはやめておこう。

サミュエルはエメリーンの頭の後ろを手で支え、顔がよく見えるように、自分の顔を少しずつ寄せてきた。ただ、最後の瞬間に彼は目を閉じ、次の瞬間にはキスをしていた。唇はゆうべより柔らかいし、緊張がほぐれているし、物憂げだ。口を開いたが、舌を絡ませようとはしない。その代わり、唇をゆっくりエロチックに動かし、官能的なキスをした。唇の柔らかさとは対照的に、ごわごわした無精ひげが顔をこするのがわかる。エメリーンの中にいる彼は大きくて、信じられないほど硬くなっているのが感じられたものの、まったく急いでいる様子はない。

サミュエルは肘をついて体を持ち上げたが、その間も彼女の顔を両手で包み、キスを中断することはなかった。それから男らしくしっかりと、守るように、独占欲を誇示するように彼女を抱いた。エメリーンはこんなに大切にされている実感を――こんなに求められている実感を——味わったことがなかった。サミュエルは彼女の脚を大きく開かせ、そこに自分の腰をさらにしっかりと落ち着かせていた。乳首に彼の胸毛が触れてちくちくする。すべてがとても親密だった。あまりにも親密な、このような愛の行為に耐えられるかどうかわからない。自分をさらけだし、隠しておきたかったことを打ち明けてしまおうという気持ちにさせられるから。それでもエメリーンはこの瞬間にのみ込まれ、自らの切なる思いと、自分の上にいる男性に引き込まれていた。

サミュエルの手が顔から喉をたどり、肩やわき腹をなでている。だが腰まで愛撫したところで手を止めた。キスをしながら舌を差し入れたら、エメリーンがそれを吸ったからだ。それから、サミュエルはまた手をはわせていき、彼女の一方の膝をつかんで引き上げると、自分の腰に絡ませ、下半身をぐっと押しつけた。

エメリーンは唇をふさがれたまままあえいだ。自分を押し広げ、無防備な体位を取らされたところへ体を押しつけられ、恥丘に彼のすべてを感じることができた。これが気に入っているのかどうか、自分でもよくわからない。このゆっくり時間をかけた、徹底した愛の行為をはたして気に入っているのかどうか。意図的であろうとなかろうと、サミュエルはエメリーンの心を丸裸にしていた。本人にその認識があるとさえ思えない。しかし、そんな彼を押しのけてやろうとしたそのとき、狙い定めたように腰を押しつけられたものだから、またすっかり気をそらされてしまった。サミュエルはキスをやめて顔を上げ、むき出しになったエメリーンの肌にゆっくりと自分の肉体をこすりつけながら、彼女の様子をじっと見守っている。

エメリーンはその衝撃に息をのみ、眉をひそめて見返した。こんなときにわたしをじっと見つめるなんて、失礼じゃないの！　不作法だとわかっていないのかしら？　ふたりは、つかの間の肉体的快楽にふけっているだけ。それ以上のものではない。

それ以上のものでは……。

サミュエルが位置をずらして再び突いてきたとき、エメリーンの中にいる彼の体は硬く、どこまでも執拗で、単なる肉体的な行為という感じがしなかった。それ以上のもの。それをはるかに超えたものだ。彼の重みと、様々な感情に突然圧倒され、エメリーンは激しくうろたえた。顔を背け、腕を伸ばしてサミュエルを押しのけようとしたが、その途端、あっさり手首をつかまれ、枕に乗せた頭の両脇に押しつけられた。

エメリーンはむせび泣いた。どうすることもできず、腹が立った。心の奥に秘めた感情を見せてしまったようで、よけいに腹が立った。

「やめて」

サミュエルがゆっくり首を横に振り、再びエメリーンに自分を押し込んできた。硬くなった彼の肉体によって彼女の体は開花し、彼がもたらすあらゆる感覚に対し、無防備な状態になった。サミュエルが一瞬、まぶたを閉じた。まるで彼も自分がしていることに圧倒されているかのように。しかしすぐに目を開け、エメリーンの瞳をのぞき込んだ。「だめだ」

サミュエルが頭をかがめ、生え際の汗をなめた。エメリーンは舌にそっとこすられる感触を覚えると同時に、自分の内側を圧迫される感覚を覚えた。彼は腰をさらにぐいと引き上げて回転させながら、彼の略奪にはもう耐えられそうにないその場所を、圧倒的な正確さで攻めている。サミュエルがほんの少し体を引いたが、敏感になっているエメリーンの肌はその際の摩擦を感じ取った。それから、彼が再び迫ってきた。腰を回し、外にさらされた秘部の突起に何度も何度も自身をこすりつけている。もうこれ以上、耐えられない。

エメリーンははじけてばらばらになった。心の内側にしっかり縛りつけておいたありとあらゆる秘密、疑念、不安、希望が外へ飛び立ち、解き放たれ、朝の冷気と彼の前にさらされた。

すべてを彼にさらしてしまった。

そして目を上げると、彼が歯を食いしばり、身を震わせていた。エメリーンと同じぐらいもうだめだといった様子で、彼女の中に精を放っていた。

その日の朝しばらくして、カップを口元に運ぶエメリーンの指は震えていた。心の動揺を表に出してしまったことに顔をしかめ、きっとして無理やり震えを止める。朝食の間にいるほかの人たちはだれも気づいていないようだ。おそらくメリサンドを除いて。ふたりは小さな丸テーブルに一緒に座っており、メリサンドは向かい側の席から、察しがよすぎる眼差しを送ってきた。友人との関係において、相手の気持ちに敏感すぎるのは、まったく好ましいことではない。気まずい質問をされたり、あまりにも同情的な目を向けられたりするのがおちだからだ。

エメリーンはこの世でいちばん大事な親友からあからさまに顔を背け、今朝体験した、打ちのめされるような愛の行為以外のことに意識を集中させようとしている。わたしは昨日の晩もした。昨日の朝もした。今は完全に動かなくなったカップを見つめ、顔をしかめている。もしかすると、セックス過剰で脳が固まってだめになってしまったのかもしれない。もしそうだとすれば、ほかに何も考えられなくなっているわけもきっと説明がつく。ひとりの男性のこと、彼の長い脚、広い胸、それに、あのとても硬くてたくましいもののことが頭から離れず、じっと考え込んだりするなんて、健全とは言えない。エメリーンは紅茶を飲んで咳き込み、後ろめたそうにメリサンドを見た。

するとと友人が言った。「預かった本に載っている最初のおとぎ話の題名を訳したわ。『鉄《アイアン》の心臓《ハート》を持つ男』よ」

「そうなの？」一瞬、自分の問題から意識がそれた。エメリーンはおとぎ話の題名を思い出した。そう、『アイアン・ハート』だ。強くて勇敢で、忠実な男の話だった。まるでサミュエルのような男。エメリーンは突然そう気づいた。なんて不思議なのだろう。

向かいの席で、メリサンドが咳払いをした。

「ゆうべ、ヴェール卿があなたのことを尋ねていたわよ」

危うく紅茶をこぼすところだった。エメリーンは慌ててカップを置いた。どう見ても、自分はこの種のごまかしが下手だ。神経が張り詰めている。

「彼に何と言ったの？」

メリサンドは灰色がかった茶色の眉を吊り上げた。

「何も。どっちにしても、彼はわたしに気づかなかったでしょうし」

友人の皮肉な自己評価のおかげで、エメリーンは自分の心配事から気をそらされた。

「ばかなこと言わないで。気づくに決まってるでしょう」

「わたしの名前を知らないわ」

「何ですって？」

メリサンドがうなずいた。ぴくりとも動かない茶色の眉に自己憐憫の痕跡は見当たらない。

「わたしがだれなのか、まったくわかってないの」

エメリーンは、若いレディの一団に交じって座っている婚約者のほうに目をやった。どうやら彼は何かの話をしている真っ最中らしく、派手な身振りをしており、いちばん近くに座っているレディのカップに右手が当たりそうになった。エメリーンは再び、ばかなことを言わないでとメリサンドに噛みつきたくなったが、ジャスパーは彼女の名前が本当にわからないのだろう。昔から、社交界のとびきり美しいレディのほうに注意を傾ける人だった。だから、こうなるのも当然だろう。男はかくも浅はかなのだ。レディの感情や知性よりも見た目を気にする。とにかく、ほとんどの男性はそう。サミュエルは部屋の反対側の隅にいた。両隣には妹とミセス・アイヴス――かなり地味な高齢のレディだ――が座っている。隣のレディが何か言い、サミュエルはそちらに頭を傾けたが、エメリーンが彼を見ると、その視線をとらえた。

頬がかっと熱くなり、エメリーンは目をそらした。いまいましい人。今朝はとんでもなく心地いい痛みを覚えるまでわたしの体を利用したくせに、それでは飽き足らず、今度は起きているときのわたしの思考にことごとく侵入してくるに違いない。

「……あなたが避妊具を使ってくれたことを願うわ」テーブルの向こう側でメリサンドが言った。

「えっ？」エメリーンはあまりにもつっけんどんな訊き方をしてしまった。

友人は、心ここにあらずだとわかっているのよと言わんばかりにエメリーンをちらっと見た。「ゆうべ、あなたが避妊具を使ってくれたことを願うと言ったのよ」

エメリーンは目を丸くした。「いったい何の話？」

「赤ちゃんができないように――」

エメリーンはむせた。

「大丈夫？」親友は、会話に一発、大砲を発射したとは思っていないかのように尋ねた。

エメリーンは紅茶を一口飲み、メリサンドに向かって手をひらつかせた。ほんの一瞬、ゆうべサミュエルと一夜をともにしたことを否定しようかと考えたが、話はもうその段階をとっくに過ぎているらしい。エメリーンはそれよりも、もっと差し迫った問題に決着をつけることにした。「ええ。どうして……。どうして――」

メリサンドは険しい表情でエメリーンをじっと見つめた。

「どうしてあなたが、しかるべき予防策も取らず、火遊びに走ったのかわからないわ。女性の体にぴったりはまる海綿があって――」

「どうして、あなたがそんなこと知ってるの？」エメリーンは心の底から驚いて尋ねた。メリサンドは未婚で、おそらく処女のはずだけど……。

「知りたければ、本があるし」

エメリーンは目を丸くした。「そういう本ってこと……？」

「ええ」

「まあ、あきれた」

「ねえ、ちゃんと聞いて」メリサンドが厳しい口調で言った。「しかるべき予防策は取ったの？」

「それについては、もう手遅れだと思う」エメリーンはつぶやいた。

レースの飾りのついた腹部にそろそろ手をはわせ、ふと気づくとレースをもぎ取っていた。いくら激情の真っただ中にあったからって、どうしてこんな肝心なことが考えられなかったのだろう？　妊娠の可能性は非常に気がかりだし、そんなことは許されない。ジャスパーはとても世慣れた人だけれど、ほかの男性との子どもを跡取りにしたいとは思わないだろう。もし子どもができていたら、サミュエルと結婚しなければならない。そう考えただけで胸がむかむかしてきた。あんな人と一緒に暮らしたら、隠れる場所はどこにもない。絶えず自分をさらけ出すはめになり、自分の感情や最悪な部分を彼にさらすことになる。彼はわたしを理解した。今までそんな男性はひとりもいなかったのに、本当にわたしのことがわかっている。でも気に入らない。彼はわたしにいろいろなことを求めてくるだろう。感じたくもなかった感情を見せろと言うかもしれないし、偽りの仮面の裏に隠れることはできないだろう。

恐怖が顔に出ていたに違いない。というのも、メリサンドが身を乗り出し、エメリーンの両手に自分の手を置いたからだ。

「落ち着きなさい。まだどうなるかわからないんだから。心配する必要はないかもしれないでしょう。ただし――」メリサンドが眉をひそめた。「この情事が、わたしの予想よりもずっと前から続いていたというなら話は別だけど?」

「まさか」エメリーンはうめくように言った。「とんでもない。これは……」しかし、最後まで言うことができなかった。メリサンドはわたしをどう思うだろう? 婚約者も出席しているパーティで、わたしは知り合って間もない男性とはしゃぎ回っていたのだから。

友人がエメリーンの手を軽く叩いた。「心配しても仕方ないわ。最後までパーティを楽しみましょう。でも、予防策もしないでまた彼のところへ行っちゃだめよ」

「当たり前でしょう」エメリーンは気持ちを落ち着かせるように息を吸い込んだ。「彼のことなんか、もう二度と見るもんですか。絶対にそんなこと……」続きは手で払いのけ、背筋をぴんと伸ばした。「彼には近寄らないわ。もう次はない」

「ふーん」メリサンドのつぶやきには、どっちとも取れない響きがあったが、目つきは疑うような表情をしていた。

それにエメリーンは友人を責めることができなかった。ちゃんと言おうと試みたものの、自分でも声に確信が感じられないのはわかっていたからだ。意志に反し、サミュエルが座っている席のほうに視線が漂っていく。彼は目を細め、エメリーンをじっと見つめていた。ほかの人たちの目には、きっと何気ない表情と映るだろう。でもわたしの目にはそうは映らない。彼の目には欲望、独占欲、自分の強さを信じる力が見て取れる。この人が戦いもせず、わたしをあきらめることはないだろう。

ああ、どうしてわたしはこんなはめに陥ってしまったのだろう？

14

翌日の明け方――沈黙から解放される運命の日の前日のこと――アイアン・ハートは女性の叫び声で目が覚めた。荒らされた子ども部屋の戸口に乳母が立っており、ひたすら叫び続けていた。というのも、家具という家具が壊れ、壁には真っ赤な血が飛び散り、さらに、もっともっと恐ろしいことに、息子がいなくなっていたからだ。やがて、子ども部屋に宮殿の人びとがどっと集まってきた。護衛、召使、料理人、メイド。皆、アイアン・ハートをじっと見ている。息子が眠っていた子ども部屋に血まみれで立っている彼を。しかし、ソーラス王女が集まった人たちを押しのけて姿を現し、目に恐怖の色をたたえて夫を見たとき初めて、アイアン・ハートは心が痛んだ……。

『アイアン・ハート』より

彼女はわたしを避けている。その日の朝、サムとエメリーンがひそかに風変わりなダンスを繰り広げたあと、それだけは彼の目にも明らかだった。サムが部屋に入ると、エメリーンがそっぽを向き、彼を無視する。サムがエメリーンのほうにゆっくり、さりげなく進んでいくと、彼女がちょっと失礼と言って部屋を出ていき、それ以上近づけなくなる。ふたりは何度も何度もこのゲームを繰り返し、そのたびにサムは欲求不満を募らせていった。彼女をつかまえようとする試みがほかの客に気づかれようが、もうどうでもよかった。彼女を追い詰めることにのみ集中している。そして、エメリーンがサムを巧妙にかわすたびに、決意はますます強くなるのだった。

ふたりは今、書斎にいる。外では雨が激しく降り続き、ハウスパーティの参加者は今日も屋内に引きこもっていなければならなかった。サムはチャンスが来るのを待っていた。彼女のほうに近づくそぶりはいっさい見せず、ただきっかけをうかがっている。エメリーンは部屋の片隅で、友人のミス・フレミングと一緒に座っていた。黒髪の美女エメリーンと並んでいると、友人の女性は地味に見えるが、目が鋭い。サムの動きをひとつ残らず意識している。エメリーンがふたりの関係を友人に打ち明けたか、友人が察したかのどちらかだ。それが問題だというわけではない。ミス・フレミングは獰猛な番犬かもしれないが、わたしと獲物とのあいだに立ちはだかるのを許すわけにはいかない。

サムはそんなことを考えてしかめっ面をし、顔を背けた。自分が求めている女性に対し、今までこんなに原始的で粗野な感情を抱いたことはなかった。自分を抑えられなくなっているのはわかっていたが——自制する段階はとっくに過ぎていたのかもしれない——それでもどうすることもできないのだ。彼女が欲しい。彼女の拒絶に心がひりつく。まるでいつまでも氷を押し当てられているかのようだ。苦痛だ。受け入れられない。彼女はわたしに体を許した。もう、わたしから身を引くことはできないのだ。そして、こういったすべての感情の下には、自分では認めたくない痛みが層になって積み重なっている。彼女はわたしを傷つけた。プライド、それに、自分という存在の根幹を成す何かほかのものの両方を傷つけた。この痛みはあまりにも苦しい。だから止めなくてはいけない。

わたしには彼女が必要だ。

「トランプをしない？」横でレベッカが尋ねた。妹が近づいてきたことに気づいてもいなかった。

「やめとく」答えるのもうわのそらだ。

「じゃあせめて、ソーセージを狙ってる犬みたいにレディ・エメリーンを見るのはやめるべきよ」

「わたしが？」

「ええ」レベッカはいらいらしながら言った。「いつ、よだれが垂れてきてもおかしくないと思う。よくないわ」

サムは彼女のほうを向き、顔をじっと見つめた。「そんなにひどかったか？」

「ほかの人はわかっていないかもしれないけど、わたしは妹よ。ちゃんとわかるんですからね」

「ああ、そうだな」サムは一瞬、レベッカをしげしげと眺めた。黄色いドレスが彼女を輝かせている。突然、ここに集うレディたちの中でも、妹はいちばん美しい部類に入っているかもしれないと気づいた。「まだ訊いてなかったが、パーティは楽しいかい？」

「まあ……面白いわね」レベッカはうつむき、彼と目を合わせないようにしている。「最初は、だれもわたしと話してくれないんじゃないかと思ったけど、そんなことなかった。ほかのお嬢さんたちは親切にしてくれるわ。ほとんどはね」

サムは顔をしかめた。「親切にしてくれないのはだれなんだ？」

レベッカはじれったそうに手を素早くひらつかせた。

「だれもいないし、いたって構わないでしょう。やきもきしないで」

「兄貴なんだぞ。やきもきするさ」サムは冗談めかして言おうと試みた。だが、うまくいかなかったに違いない。というのも、レベッカが笑ってくれなかったからだ。妹はいぶかしげに兄を見つめるばかり。

サムは息を吸い込み、再びやってみた。「きみはミスター・グリーンと一緒にいたね」

「ええ、まあ」レベッカは言葉を濁し、慎重な言い方をした。うつむいてはいたが、例の紳士にもう目を走らせている。部屋の隅でトランプをしている人たちの中にミスター・グリーンがいた。

サムは自分の思慮のなさを悔いた。レベッカはトランプをしようと誘ってきた。ミスター・グリーンに近づく口実を与えてほしかったのだろう。サムは妹を見てにっこり笑い、腕を差し出した。「トランプをしにいこうか？」

しかし彼女は横目で兄を見上げた。「やりたくなかったんじゃないの?」

「気が変わった」

レベッカはため息をついた。信じられないほどばかげたことを言うのね、とばかりに。

「サミュエル、トランプはやりたくないんでしょ」

「まあ、そうだけど、きみはやりたいんだろうなと思ったんだ」サムはゆっくりと言った。これではまるで暗闇の中で隠れ道を探りあてるようなものだ。いや、もしかするとすでに、道そのものからすっかりはずれているのかもしれない。

「やりたかったわよ。でもお兄様が考えているような理由ではないわ。ミスター・グリーンのあの笑い方、聞いた?」

「ああ」

「じゃあ、そういうこと」レベッカは、この件はこれでおしまいとばかりに言った。そして、心の準備をするように、両手を握りしめた。「話を聞きにいったら、ミスター・クラドックは亡くなっていたそうね」

サムは警戒しながら妹を見た。「そうだ」

「お気の毒に。奥様は何もご存じなかったんでしょう?」

「ああ。聞き込みを続けるのは、ロンドンに戻ってからだ」そして、ソーントンを問い詰めてやる。レベッカの肩越しに、向きを変えて書斎を出ていくエメリーンの姿が目に入った。

くそっ!

「ちょっと失礼」

「また逃げられちゃったのね」レベッカは振り返りもせずに言った。

「妹にしては、勘がよすぎるぞ」サムは頭をかがめ、髪の毛を後ろに束ねているレベッカのこめかみに軽くキスをした。

「わたしも愛してる」レベッカが小声で言った。

サムははっとし、一瞬動きを止めてレベッカを見た。妹はもう大人の女性だ。いつも彼女を理解してやれるわけではないけれど、たしかに愛している。不安げな彼女の目をのぞき込んでにこっと笑い、サムは書斎を出ていった。

狩りに出かけたのだ。


植民地の男と情事にはまると、これだから困ってしまう。彼はどう見ても情事の終わりがわかっていない。

エメリーンは召使用の薄暗い通路に小走りで駆け込みながら、素早く振り返った。あのしゃくにさわる男の姿は見えなかったが、背後のどこかにいるのはわかる。ほかの紳士であれば、別れを告げられたのだともうわかっているだろうに。ほかの紳士であれば見ないように、会話に引き入れないように気をつけてきた。ほとんど無視していたのに、サミュエルはあきらめようとしない。恐ろしいのは、彼の決意にわくわくしているところが自分の中にあることだ。こんなふうに追いかけてくるなんて、彼がどれほどわたしを求めていることか！　どうしてもうれしくなってしまう。

とても腹立たしいのは言うまでもないけれど。

エメリーンは角を曲がった。もう完全に道に迷っている。そのとき、暗闇からすっと伸びてきた大きな手につかまれ、悲鳴を上げてしまった。そして、サミュエルがほこりっぽいカーテンの裏に彼女を引っ張り込んだ。この通路には貯蔵室として使われている小部屋《アルコーブ》があった。壁際に積み重ねてある物は、形から樽だとわかった。それでも、この空間はとても狭く、エメリーンは彼の胸に無理やり押しつけられ、思わずきゃっと叫んだ。

「しぃっ」サミュエルはとても挑発的な態度で、エメリーンの髪に向かって言った。「声が大きすぎる」

「おかげで発作を起こしそうだったわ」エメリーンはうなるように言い返した。彼の胸を押したが、これといった効果はなかったので、あきらめて薄暗闇の中で彼をじっと見上げた。

「いったい、どういうつもり?」

「きみと話をしようとしてるんだ」サミュエルがつぶやいた。声には激しさがあり、ふたりを隔てる何枚もの布地の上からでも、彼がとても硬くなっているのがわかる。声にはいら立ちが感じられ、あまり上品とは言えないが、エメリーンの女性らしい部分が喜んでいた。

「簡単にはいかなかったが」

「それは、わたしが話したくなかったからよ」こんなことはするまいと誓ったのに。エメリーンは彼の胸を強く突いた。だが、彼は一歩も引かない。

「きみはとても怒りっぽい人だ」

「もう二度と会いたくないわ。あなたとはもう話したくないの」思うようにならないいら立ちでかっとなり、エメリーンはサミュエルの胸をひっぱたいた。「放して！」

「いやだ」

「こんなこと、続けてはいけないのよ」頑張って厳しい声を出す。「楽しかったけど、もう終わったの」

「そうは思わない」

「これは田舎にいるあいだの情事にすぎなかったのよ。わたしたちはロンドンに戻り、何もかも元どおりになる。あなたはいずれ出ていかなきゃいけない」

「いつもはそれでうまくいくんだろう？」彼は面白がっているらしい。ひどいことを言われても、ちっとも怒っていない。

「何ですって？」エメリーンはいらいらして尋ねた。

「男にあれこれ指図をすることさ」彼の声は低かったが、薄暗いアルコーブの中では、大きく響いて聞こえる。「きっと、うまくいっているに違いない。で、男はしっぽを巻いて、こそこそ立ち去るわけだ。きみの毒舌にやられた傷をなめるために」

「あなたにはもう、我慢できないわ！」

「きみはいつも自分のやりたいようにしているから、わがままになっている」

「なっていないわ」エメリーンは憤然として身をそらし、サミュエルの顔を見ようとした。

「わたしのことなんか、何ひとつ知らないくせに」

彼の体がまだ触れているのはわかったが、アルコーブの中は突然、しんとなった。

次に口を開いたとき、その声は重々しく、暗闇の中でやけに親密に聞こえた。

「知ってるさ。きみは言うことが辛辣で、頭の回転が速くて、その頭はいつも楽しいことを考えているとは限らない。それに、きみがそういう一面をいっさい隠そうとしていることも知っている。まるで、自分もほかのレディたちと変わらないかのように振る舞っている。メレンゲでできた、かわいらしいお菓子――甘ったるくて、うんざりするほどやさしくて、ただの空気みたいなレディのふりをしてるんだ」

「レディはやさしくなくちゃいけないのよ」エメリーンは小声で言った。わたしについて、彼がそんなことまで知っているなんて恐ろしい。セックスで親しげな態度をさらけ出してしまったことよりも恐ろしい。今までできる限り、うわべを取り繕ってきた。いや、少なくとも自分ではそう思っていた。レディはやさしくなければいけない。しょっちゅう意地悪な考えが頭をよぎっても、辛辣な言葉を口にしてはならない。でも、わたしは強すぎるし、あまりにも尊大だし、あまりにも男勝りだ。彼はうんざりしているに違いない。

「じゃあ、レディはこうあるべきという決まりでもあるのかい？」サミュエルが耳元に口を寄せて尋ねた。「この国には、きちんとやらなければいけないことがずいぶんたくさんあるが、よく我慢できるな」

「わたしは――」

「わたしは、手厳しいレディが好きだ」耳たぶに触れているのは彼の舌？　「酸っぱい、あっと驚くような味が好みなんだ。まだ青いうちにもいでしまったリンゴのような」

「青いリンゴを食べると、お腹が痛くなるわ」

エメリーンは彼の胸に向かってつぶやいた。涙が出てきそうな、喉にこみ上げてくるものが感じられた。よくもまたこんなことを。わたしの防御を押しのけるなんて。ただの紙張り子《パピエマシェ》のように壊してしまうなんて。

サミュエルがくっくっと笑い、その振動がエメリーンの首もとで低く響いている。

「青いリンゴを食べたって、わたしは絶対に腹痛など起こさない。それに、青いリンゴは最高のパイになる。ほかのリンゴは甘すぎてだめだ。火を加えると煮くずれて風味もなくなる。だが青いリンゴは――」彼の手がスカートを持ち上げ、束ねている。「砂糖とスパイスを加えることで生き返る。まさに、わたし好みの味だ」

サミュエルが唇を重ねてきて、エメリーンはまたすっかりわれを忘れた。彼の味はわたしを夢中にさせる。彼にとってわたしは酸っぱいのかもしれないけれど、わたしにとって彼はコーヒーの味。濃厚で、ほのかに甘くて、紛れもなく男性的な味がする。エメリーンはあいだ。彼をうっとり味わいたくて、口を大きく開けている。これで最後にしよう。こんな愚かな行為はすぐにやめるべきだ。だが、エメリーンはその考えを押しのけ、ただひたすら感じた。感覚の海を漂いながら、体に回された彼の腕、口の中にある彼の舌、自分に覆いかぶさっている彼の圧倒的な大きさをひたすら感じた。

通路から靴がこすれる音が聞こえてくる。エメリーンはキスをやめた。はっと息をのむところだったが、サミュエルが彼女の口を手でふさいだ。

「奥様は頭がおかしくなったのかな？」ふたりが身を隠しているカーテンのすぐ外で不機嫌そうな声がぼやいた。「大広間でテニスをしようだなんて。まったく！」

エメリーンがちらりと目を走らせると、カーテンの裾からバックルつきの大きな靴が見えた。言葉にできない恐怖で顔を上げると、サミュエルは唇を震わせ、エメリーンの口を手でふさいだまま、彼女をじっと見つめていた。面白がっているなんて、ひどい男！エメリーンは目を細めて彼を見た。六〇センチと離れていない場所に立っている男に気づかれずにサミュエルを叩いてやることができるのなら、そうしていただろう。

「ほかにやれそうなことも、そんなにないだろう？」今度はふたり目の男がしゃべっている。最初の男より声が高く、酒を飲んでいたのか、ほとんどろれつが回っていない。「上流階級の人間は、お楽しみがないとだめなんじゃないのか？」

「そうだな。でもテニスをするか？」最初の男の声は太く、口調には嫌悪感がこもっていた。

「しかも家の中で？　トランプでもしてればいいじゃないか？　じゃなきゃ、サイコロか何かでもいいだろう？」

「サイコロ？　ばかなことを言うな。上流階級の人間がサイコロ賭博なんかするもんか」

「でも、したっていいだろう？　サイコロの何が悪いって言うんだ？」

エメリーンは、自分にもたれたままサミュエルが身を震わせているのがわかった。笑いをこらえようとしているのだ。どうしてこんなことが愉快なのだろう？　理解を超えている。こっちは、見つかってしまうのではないかという恐怖で身もすくみそうだというのに。エメリーンは彼をにらみつけ、片足を上げてヒールでモカシンを踏んだ。一瞬、これで彼もすっかり落ち着きを失うだろうと思った。しかし彼の酔いを覚ますどころか、ヒールが足にぐいと食い込んでいく感覚は、どうやら彼をいっそう楽しませただけらしい。無言の笑いで目が輝いている。エメリーンが黙ってにらみながら立っていると、彼は口に当てていた手を離し、代わりに唇を押し当てた。そして激しくキスをした。徹底的に、まったく無言のまま。

カーテンの外からため息が聞こえた。「例の美味いタバコ、持ってるか？」

「あるよ。ほら」

「どうも」

ああ、どうしよう。この人たち、一服するつもりなのね！　そう思った途端、エメリーンの体を恐怖が貫いたが、それと同時にサミュエルが舌を差し入れてきた。恐怖は快楽と交ざり合い、両方の感覚が激しさを増していく。サミュエルは再びスカートをいじりだし、こっそり引き上げた。太ももをすべっていく布地が衣擦れの音を立て、エメリーンは凍りついた。

カーテンの外で、片方の男が咳をした。今度はタバコの煙の芳しい香りが漂ってくる。外の男たちがふたりともパイプに火をつけたに違いない。そのとき、太もものつけ根であらわにされた巻き毛をサミュエルがそっとなでたので、エメリーンの思考は飛び去った。

「なんでテニスなんだろな？」低いほうの声が尋ねる。

サミュエルは彼女の茂みを縫うように進み、長い指があの特別な場所へと近づいていく。エメリーンは取り乱し、混乱し、信じられないほど興奮して彼の肩にしがみついた。

「さあな」高いほうの声が瞑想にふけるように言った。「きっとローンボウリング（芝生の上で重心の偏った木製のボールを投げ、目標の球にどれだけ近づけられるかを競う競技）よりましだからだろ。少なくとも屋内でできる」

サミュエルは顔を引き、エメリーンと目を合わせた。そして悪魔のようににやりと笑い、割れ目の先端へと手を伸ばしていった。彼がそこの突起の上に指を滑らせると、エメリーンはうめいてしまわないように意識を保っていなければならなかった。彼は静かに首を振ると同時に、あの繊細なつぼみを、円を描きながら愛撫した。

「窓はどうするんだ？」

「窓って？」

「大広間の窓だよ」

「だから、窓が何なんだ？」高いほうの声はいら立っている。

サミュエルは笑いをこらえようとするかのように唇を噛んだが、エメリーンは怖くなるほどの至福の波に漂っていた。万が一、外にいる従僕がカーテンを開けたら、腰から下は裸も同然、サミュエルの大きな手で秘部を愛撫されているこの姿を見られてしまう。サミュエルは太い指を芯の部分へとゆっくり、慎重に差し込み、そのあいだずっと彼女の顔を見つめていた。と同時に、例の特別な場所を親指でしっかりと押している。エメリーンは彼をにらみながら口を開け、無言のあえぎを上げた。

「テニスボールが窓を割ってしまうんじゃないかな?」低いほうの声が言った。

この人たちはいったい何をしゃべっているの? 召使が話に没頭していてくれる限り、何をしゃべっていようが別にどうでもいいけれど。サミュエルがゆっくりと指を引いたかと思うと、すぐさまその指を再び差し込み、エメリーンは思わず腰を引いた。こんなこと、あまり長くは耐えられそうにない。声を上げて、ここにいることをばらしてしまいそうだ。エメリーンは、唯一自分にできることをした。サミュエルの首に手を巻きつけ、その口を自分の口に引き寄せたのだ。指の動きはいっそう速まり、エメリーンは口を開いて彼の舌を招き入れた。わたしには彼が必要。その感覚、感情は強烈だった。彼の体によじ登りたい。彼の舌を吸いたい。彼がわたしを屈服させたように、わたしも彼を屈服させたい。自分が知っているすべての男性の中で、なぜこの人にだけ、わたしを思いのままにする力があるのだろう? エメリーンは彼を抱いたまま溶け、切なる欲望の水たまりと化した。自分の中心にぽっかり開いた穴を埋めて満たしてくれるのは彼だけであるような気がする。エメリーンは息をのんだ。なぜならサミュエルが本当に満たしてくれたから。最初に入れた指を二本目の指と合わせて差し込み、中を押し広げている。エメリーンは濡れていた。たとえそれを自覚しても、今は気恥ずかしいとは思わない。今の彼女にあるのは理性ではなく感情、それに快感。これは絶対に止めたくはない。

「仕事に戻ったほうがいい」低いほうの声が言った。どうやら男がパイプを片づけたらしく、通路の石材の床に靴がこすれる音がした。「貯蔵室はまだのぞいてなかったよな?」

「おいおい、ばかなこと言うな」足音が遠ざかっていく。「テニスの道具が貯蔵室にあるわけないだろ」

「おまえ、頭いいなあ。じゃあ、どこにあるか教えてくれよ」低いほうの声が言った言葉が廊下を漂い、ふたりのほうへ聞こえてきたが、やがてあたりはしんとなった。

ああ、どうしよう。サミュエルはエメリーンの中で指を動かすことも、彼女の開いた口にキスをすることもずっとやめずにいた。今、彼女は最初の震えを感じている。彼から離れ、あえぎ、大声を上げないように唇を噛んでいる。

ところがサミュエルが急に手を離したかと思うと、エメリーンの腰のあたりをつかんで持ち上げ、強く押したので、彼女は樽の上に尻を突き、そこでかろうじてバランスを取った。と同時にサミュエルが脚のあいだに入ってきて、エメリーンは目を開けて彼が狂ったようにブリーチの前を開くのを見つめた。

「ああ!」それはうめき声だった。彼は熱を帯びて大きくなった自分を解放し、そのままエメリーンの中に強く押し込んだ。「ああ!」

エメリーンは彼の肩を覆っている布地に爪を食い込ませて必死ですがりつき、両脚を彼の腰に絡ませた。サミュエルは素早く彼女の中に押し入り、何度も何度も突いてくる。エメリーンの興奮のうねりはまだ最高潮に達してはいなかったが、その波は今一度高まり、より甘やかな、苦しいと言ってもいいほどの調べを奏で始めた。サミュエルはエメリーンの頭のわきで壁に片手をついて体を支え、もう片方の手を彼女の腰に置き、開いた脚のあいだに自身を深くうずめた。エメリーンは引き裂かんばかりの勢いで彼の上着をつかんで二の腕からはぎ取り、清潔なリンネルと彼の肩を口でくわえた。そして歯を立てながらこの上ない喜びに浸り、目を閉じた。自分がもたらす快感を彼が受け取っているあいだ、エメリーンはしがみついていた。サミュエルが激しく攻め込んでくる。エメリーンはいよいよ叫びたくなった。彼はなおも攻め続け、やがて彼女の後頭部をつかんで顔を上げさせキスをした。そして口を大きく開けてあえぎ、大きな体を震わせながら頂点に達した。自分の中に熱い精の泉があふれていくのがわかる。エメリーンにはわかっていた。自分も快楽の絶頂にあったが、それでもわかっていた。

これで最後にしなくてはいけない。

「ちょっとお話があるのだけど、いいかしら？」

その日の午後、エメリーンはジャスパーに尋ねた。彼をつかまえたのは二階の廊下だった。客たちは、そろそろ遅い昼食だと思いながら、食堂のそばをうろついている。

「もちろん」ジャスパーはにっこりと、少しゆがんだ笑みを見せたが、エメリーンには彼が本当に自分に注意を払っているわけではないのがわかった。

「ジャスパー」エメリーンは彼の袖に触れた。

ジャスパーは立ち止まってこちらを向き、ふさふさした眉をひそめた。

「どうした？」

「大事なことなの」

ジャスパーの目がエメリーンの目を探っている。彼の目は漠然とした表情を浮かべているか、お得意のおどけた顔で表情をごまかしているのが常だった。わかりやすい表情をしていることは珍しく、仮面の裏に潜む本当の顔はめったに見られないのだ。とはいえ、彼は今、まともにエメリーンを見ている。真っすぐ彼女を見ている。

「大丈夫かい？」

エメリーンはひと呼吸ついた。すると、自分でも驚いたことに、本音がもれた。

「いいえ」

ジャスパーは目をしばたたき、すぐに顔を上げて、廊下に素早く目を走らせた。ふたりがいるのは屋敷の奥だったが、そこにはまだ人がいる。従僕やメイドが昼食を運び、客が隣の部屋に集まっている。ジャスパーはエメリーンの手をつかみ、ある部屋の戸口を抜けて、別の通路へ出た。そこには扉がいくつか並んでおり、彼は適当にひとつ選んで扉を開け、中に頭を突っ込んだ。

「ここならいいだろう」エメリーンを中に引き入れ、自分も部屋に入って扉を閉めた。そこは小さな居間か仕事部屋で、どうやら使われてはいないらしい。というのも、暖炉の中は空っぽで、ほとんどの家具に布がかかっていたからだ。ジャスパーが腕組みをした。「話してごらん」

ああ、どれほどそうしたかったことか！　秘密をすべてしゃべってしまいたいという衝動は、抗しがたいものがあった。もし何もかもジャスパーに打ち明けることができて、彼がわたしの肩を叩いて「まあ、まあ」と言ってくれたら、どんなにほっとするだろう。

ただし、それはあり得ない。ジャスパーは兄にいちばん近い存在で、情事や体の関係については恥ずかしくなるほど進歩的な考えの持ち主かもしれないけれど、とどのつまり、彼は子爵だ。とても歴史のある、とても尊敬されている一族の跡継ぎの父となることを期待されている。自分の婚約者がほかの男性と密会していたとわかれば、うれしくはないだろう。彼はその事実を隠してくれるかもしれないが、エメリーンは彼に気遣われることがとても怖かったのだ。

だから笑顔を貼りつけ、嘘をついた。「ここにいるのはもう耐えられないわ。本当にだめなのよ。もっと頑張って、レディ・ハッセルソープや、あの人とのとんでもない会話や、このひどいハウスパーティに我慢すべきなのはわかっているけど、できないの。ジャスパー、わたしをロンドンに連れて帰ってもらえるかしら？　お願い」

話をする彼女をじっと見つめているジャスパーは、見られているほうが不安になるくらい、ぽかんとした表情をしている。いつもやたらと浮かれていて、おどけた表情をたくさん持ち合わせている人は、自分がそうしようと思えば、絶対表情を読み取られないようにできるはずなのに、妙だ。しかしエメリーンの話が終わり、恐ろしいほどの沈黙が訪れると、突然、前に踏み出してきた。顔には再び生き生きとした表情が浮かんでいる。まるでおもちゃ職人が、とてもよくできたぜんまい仕掛けのおもちゃのねじを回したかのようだ。

「もちろんだよ、エミー、もちろんだとも！　すぐに荷造りをさせよう。出発は明日の朝まで待ってもらえるかな？　それとも……」

「今日がいいわ。もし構わなければ。今すぐ、お願い」ジャスパーがただうなずいたとき、エメリーンはほっとして泣きそうになった。

ジャスパーは身を乗り出し、彼女の頬にそっとキスをした。

「ピンチに知らせたほうがよさそうだ」そして、大またで部屋を出ていった。

エメリーンは神経を落ち着かせようと、ひと息ついた。恐ろしい。こんなふうに、絶え間なく自分の感情を抑えられない感覚に襲われるなんて。自分はずっと分別のある女性だと思ってきた。感情に流されない女性。人から頼られる女性だ。父親が亡くなったときも、ほとんど涙を見せなかった。タント・クリステルの荷造りをしたり、いとこである次の伯爵が地所を相続する手続きを監督したり、多くの命が奪われた一家をロンドンに落ち着かせたりと、あまりにも忙しかったのだ。それからというもの、人びとは彼女の良識、何事にも動じない態度を賞賛してきた。畏れ敬ってきたと言ってもいい。今の自分は幼い子どものようだ。どんな感情に襲われても動揺してしまう。

エメリーンは自分の部屋へ向かって進んだ。狩人を恐れる森林の動物のように、常に警戒は怠らない。それはとても適切なことではないかしら？　サミュエルは狩人だ。しかも優秀。彼は今朝、わたしを追跡し、追い詰め、思いどおりにした。エメリーンは顔をしかめた。いいえ、その言い方は正しいとは言えない。サミュエルはわたしを追い詰めたかもしれないけれど、わたしはつかまってわくわくした。それに、彼はわたしを思いどおりにしたけれど、わたしも彼を思いどおりにした。そこが本当の問題。サミュエルに対する防御がまるでできていない。自分が肉欲のとりこになるなんて、考えてもみなかった。でも、あの男性から逃げている自分がここにいる。言い寄ってくる彼に抵抗することができないばっかりに。どうやらわたしは自分が思っていたよりもずっとふしだらな女で、それに気づいてもいなかったらしい。あるいは、あの男性のせいでそうなったかのどちらかだ。

しかし、エメリーンはその考えを押しのけ、部屋に入った。ハリスが屋敷のふたりのメイドの手を借り、荷造りに采配を振るっている。

エメリーンが入っていくと、侍女が顔を上げた。

「あと三〇分で出発できるでしょう。ご満足いただけるといいのですが」

「ありがとう、ハリス」

エメリーンは扉の外をのぞき、廊下にざっと目を走らせてから思い切って再び部屋を出た。あと三〇分、比較的安全な自分の部屋に隠れていたほうがいいのだろう。でも、わたしがいると、ハリスのきちんと組織化された荷造り作戦の邪魔になるだけだ。それに、メリサンドに何も告げず、突然出ていくなんて、気がとがめてできそうにない。

メリサンドの部屋はこの廊下を少し行ったところにある。エメリーンは素早く、人目を避けるようにして部屋へ向かった。メリサンドはもう一階でほかの客たちと一緒に待っているはずだが、集まりに遅れていくのが彼女の常だ。エメリーンは長年、メリサンドの遅刻癖は人と会話をせずにすませるための策略ではないかと思っていた。メリサンドはかなり内気だが、よそよそしさと皮肉という硬い甲羅の下に、自分の苦悩をしっかり隠している。

エメリーンは指先で扉を引っかくようにノックした。中で衣擦れの音がし、やがてメリサンドが扉を少し開けた。友人の姿を見ると、片方の眉をぴくっと動かし、無言で扉を大きく開けた。

エメリーンは慌てて中に入った。「閉めて」

友人の眉がさらに高く吊り上がる。「隠れていようってこと？」

「そうよ」エメリーンは答え、火のそばで手を温めた。

背後でメリサンドのドレスがかさかさ鳴る音がする。

「あれはドイツ語の方言だと思う」

「え？」エメリーンが振り向くと、メリサンドは袖椅子に座っていた。

友人は膝の上に広げた本を身振りで示した。「あなたのナニーの本のこと。あれはドイツ語の方言の一種だと思うの。使われていたのはごく限られた地域かもしれないわ。たぶん、どこかの村、ひとつかふたつだけ。もしよければ、翻訳してみるけど」

エメリーンはその本をじっと見つめた。なぜか前ほど大事なものには思えない。

「どっちでもいいわ」

「本当に？」メリサンドはページを一枚めくった。「題名はもうわかってるのよ。『戦争から戻った四人の兵士の不思議な冒険』」

エメリーンは気もそぞろだった。「でもそれって、おとぎ話の本だと思ったけど」

「そうよ。そこが妙なところよね。ここに出てくる四人の兵士は全員、不思議な名前がついているの。たとえば、前にも話した〝アイアン・ハート〟でしょう。それに――」

「もう、どうでもいいの」エメリーンはそう言ったものの、珍しく生き生きとしていたメリサンドがぞっとした顔をしたのを見た途端、最悪な気分になった。「ごめんなさい。わたしったら意地悪ね。続けてちょうだい」

「そうはいかないわ。あなたの話のほうが大事だと思う」メリサンドは古い本を閉じ、わきに置いた。「どうしたの？」

「わたし、帰るわ」エメリーンはメリサンドの向かい側の椅子に身を投げ出すように腰を下ろした。「今日」

メリサンドは硬直した姿勢を崩し、椅子の背にもたれて目を細めた。

「彼があなたを傷つけたの？」

「サミュエルが？　まさか！」

「じゃあ、どうしてそんなに急いでるわけ？」

「わたし……だめなのよ」エメリーンは思うようにならないいら立ちで両手を振り上げた。

「彼を拒めそうにない」

「まったく？」

「まったく！」

「それは興味深いわ」友人がつぶやいた。「あなたはいつも自分を抑えているのに。彼はきっと、すごく――」

「ええ、まあ、そうね」エメリーンが言った。「その手のことで、あなた、いったい何を知っているの？　まだ経験がないはずでしょう」

「わかってるわ」メリサンドが言った。「でも、今はあなたの話をしているんでしょう。もし家族が増えることになったらどうするか、考えたの？」

自分が抱いていた不安をはっきり口にされ、エメリーンは心臓が急に止まったような気がした。「増えないわ」

「たしかなの？」

「いいえ」

「じゃあ、もしそうなったら？」

「彼と結婚するしかないでしょうね」

エメリーンにとってその言葉を口にするのは恐ろしかったが、胸の奥では許されない喜びで、何か裏切りにも似た気持ちが湧き上がった。もし妊娠したら選択の余地はないのよね？　いくら疑問や不安があっても、わたしはあのピューマを抱きしめるしかないのだろう。

「もし違ったら？」

エメリーンは不実な感情をわきに押しのけた。植民地の男と結婚するわけにはいかない。

「もとの計画どおりよ」

メリサンドがため息をついた。

「このハウスパーティで何があったか、ヴェール卿に話すつもり？」

エメリーンはごくりと喉を鳴らした。「いいえ」

メリサンドはもう下を向いていた。顔には幕が下ろされ、表情は読み取れない。

「たぶんそれがいちばんいいんでしょうね。彼と人生を築きたいのであれば。男性は真実を受け入れられない場合が多いから」

「わたしのこと、ひどい女だと思う？」

「まさか。思うわけないでしょう」メリサンドがちらっと目を上げ、一瞬、顔に驚きの表情がよぎった。「なぜわたしがあなたを非難すると思うの？」

エメリーンは目を閉じた。「多くの人はそうするわ。わたしもそうするでしょうね。もし事実を耳にして、それが自分とかかわりのない人だったら」

「まあ、わたしは、あなたみたいな厳格《ピューリタン》な人間じゃないし」友人は割り切ったように、たんたんと言った。「でも、ひとつ質問がある。ここを去ることが、ミスター・ハートリーとの問題を解決する助けになるの？」

「距離が置けるでしょう？　同じ家、あるいは同じ州にいなければ誘惑に負けることはないもの。つまり、彼の……」エメリーンは手をひらつかせた。「わかるでしょう」

メリサンドは考え込んだ表情をしている。完全に納得してはいないようだ。

「それで、彼もロンドンに戻ったらどうするの？」

「何もかも終わるわ。時間と距離を置けば、きっと事情はだいぶ変わると思う」

エメリーンは強い調子で言った。まるで自分がその言葉を信じきっているかのように。しかし、心の内ではあまり確信が持てなかった。

それに彼女がどんな言葉を口にしようと、メリサンドは疑念を感じ取ったに違いない。再び生え際に届くほど眉を吊り上げた。しかし、友人は何も言わない。ただ立ち上がり、めったに見せることのない親愛の情を示した。

メリサンドは厚みのない胸にエメリーンを引き寄せ、強く抱きしめた。

「それなら、幸運を祈っているわ。計画どおりになるといいわね」

エメリーンは友人の肩に頭を乗せ、目をぎゅっと閉じて、計画どおりになることを祈った。そうでなければ、もうどこにも逃げる場所がなくなってしまう。

15

人殺し！　衛兵が叫んだ。人殺し！　宮廷の貴族たちが叫んだ。人殺し！　〈輝く都〉の人びとが叫んだ。アイアン・ハートには、血まみれの手で頭を抱えることしかできなかった。王女は泣いて懇願した。最初はもの言わぬ夫に、沈黙を破って何をしたのか説明してと頼み、次は父親に、どうか慈悲をと訴えたが、結局は無駄だった。王は仕方なくアイアン・ハートを火あぶりに処すると宣告し、刑は翌日の夜明け前に行われることになった……。

『アイアン・ハート』より

「すてきなパーティだったわね？」

レベッカがためらいがちに尋ね、一時間にわたる沈黙を破った。

サムは流れるように過ぎていくどんよりした光景から無理やり目をそらし、妹に意識を集中させようとした。貸し馬車の中で正面に座っている妹はとても寂しそうな顔をしている。自分のせいだ。それはわかっている。エメリーンがあまりにも突然、ハウスパーティを去ってから三日になる。彼女が行ってしまったことは知りようもなかった。廊下で愛し合ったあの日、エメリーンが昼食時に姿を見せず、逃避が判明した時にはもう、彼女が去ってから二時間が経っていた。

分別を失わないようにとレベッカに説得されなかったら、エメリーンの跡を追っていただろう。レベッカから、レディ・エメリーンが去ってすぐに追いかけていったらスキャンダルになると指摘され、頼むから残ってくれと言われたのだ。サム個人としては、人の噂になることなどこれっぽっちも気にしていなかった。だがレベッカのことを思えば、話はまったく別だ。妹はイングランドの名家からやってきた若いレディたちとかなりの時間を過ごしていた。スキャンダルは、芽生えかけた友情を台無しにしてしまう。

サムはエメリーンをつかまえ、自分のそばにいると約束してくれるまで抱きしめたいという激しい欲求を抑え込んだ。何の反応も示さず、くすくす笑う少女たちや、退屈な年配のご婦人方と礼儀正しく会話を交わした。いちばんいい服を着て、ばかげたゲームをし、こってりしたしつこい料理を食べた。そして夜は、素早く絡みつく彼女の舌や、柔らかくて温かな乳房の夢を見た。三日間、自分を抑えて過ごし、ようやくハウスパーティの客たちがいとまごいを始めたところで、レベッカは自分たちもハッセルソープ邸を出ていいころだと考えたのだ。三日間は地獄だったが、それはレベッカのせいではない。それなのにこんな退屈な思いをさせてしまうとは、わたしは下劣な男だ。

サムは彼女が耐えた沈黙の時間を埋めようとした。

「パーティは楽しかったかい？」

「ええ」レベッカはほっとして笑みを見せた。「最後には、たくさんのお嬢さんたちが話しかけてくれたし、ホープデール姉妹は、ロンドンに戻ったら、いつか午後のお茶にいらっしゃいと誘ってくれたのよ」

「最初からきみに話しかけていればよかったんだ」

「わたしのことを知る必要があったんじゃない？　みんな本当に、ボストンの人たちとそれほど変わらないわ」

「ここが気に入っているのかい？」サムは穏やかに尋ねた。

レベッカは一瞬ためらい、肩をすくめた。「そうね」それから、膝に乗せた手を思案ありげに見下ろした。「お兄様はどうなの？　レディ・エメリーンとここにいたいと思うほどイングランドが気に入っているの？」

こんな率直な質問をされるとは思っていなかったが、予期しておくべきだった。レベッカはとても勘の鋭い子だ。ふたりでロンドンにやってきたときは、ミスター・ウェッジウッドと商談をし、スピナーズ・フォールズの大虐殺の件を調べるあいだだけ滞在すればいいと考えていた。商談はもうすませたし、近いうちにソーントンと話をし、スピナーズ・フォールズの件も片をつけたいと思っている。そのあとはどうする？

「わからない」

「どうして？」

サムはいらいらしてレベッカをちらりと見た。

「ひとつには、あの人がわたしに話しかけられることさえ耐えられずに行ってしまったからだ」

レベッカはしばらく兄を見つめていたが、やがて、ためらいがちに尋ねた。

「愛しているの？」

「ああ」よく考えもせず答えてしまったが、その気持ちに嘘偽りはないと実感した。なぜか自分でも気づかないまま、怒りっぽいエメリーンに恋をしていた。そんなふうに思うなんて不思議だ。でもまったく自然なことでもある。まるで彼女こそ自分が必要としている女性だと最初からわかっていたかのようだ。自分に欠けていた部分が見つかるのを、生まれてからずっと待っていたかのような、喜ばしい気分だ。

「伝えなきゃだめよ」

サムはむっとして妹を見た。「恋愛の指導をしていただけるとはありがたい。あの人がつかまえる機会を与えてくれたらすぐに伝えるよ」

レベッカがくすくす笑った。「それから、どうするの？」

サムはレディ・エメリーンのことを考え、チャンスと見れば議論をふっかけてくる彼女の様子を思い出した。ふたりの身分が違いすぎること、彼女が隠そうとしている不安――ほかの人にはうまく隠しているようだが、彼には隠せなかった不安についても。この腕に抱かれて取り乱していたとき、彼女がどれほど驚いた顔をしていたか。まるで自分の体も含め、周囲にあるものすべてを支配できずにいるのが理解できないかのような顔をしていた。それから、彼女の目にときどき宿る悲しみの表情を思い出した。あの悲しみを抱きとめ、和らげ、幸福に変わるまで慰めてあげたい。サムはもう一度、彼女の手に触れてほしかった。あの晩、傷ついた足に包帯を巻き、痛みを和らげ、心に軟膏を塗ってくれたときのように。彼女はわたしを温めてくれた。わたしを癒やしてくれた。

自分が何をするつもりかはわかっている。サムは妹を見てにこやかに笑った。

「もちろん、彼女と結婚する」

「どうしてミスター・ハートリーはまだ帰ってこないの?」ダニエルが尋ねた。

エメリーンが顔を上げると、ちょうどひとり息子が彼女の部屋の暖炉に紙を突っ込んでいるところだった。紙に火がつき、炎が指に到達する直前、ダニエルはつかんでいた紙を落とした。燃え上がった紙はひらひらと舞ったが、幸運なことに絨毯ではなく、炉床に落ちてくれた。

エメリーンは今夜のパーティに向けて最後の指示をあれこれ書いているところだったが、その手を止めた。「お母様の部屋を燃やさないでもらえるかしら? そんなことになったら、とくにハリスが喜ばないと思うけど」

「ああ、しまった」

「それに、わたしはあなたに指をやけどしてほしくないの。指はとても役に立つものでしょう。これからもずっと必要なんじゃないかしら」

ダニエルは、そんなばかなことはしないよとばかりに、にっこり笑い、母親の机のそばにある椅子によじ登った。エメリーンは、息子の靴がサテン地のクッションをこするのを見て顔をしかめたが、何も言わないことにした。こんなに長いあいだ離ればなれでいたあとだけに、息子とまた一緒にいられるのはうれしかった。

ダニエルは机の上に身を乗り出し、腕を組んでそこに顎を乗せた。

「きっとすぐに帰ってくるよね？」

エメリーンは書き物に目を戻し、落ち着いた表情を崩さないように努力した。だれの話をしているのかと訊くまでもない。ダニエルは粘り強い子だ。わが家の隣人——わたしの恋人——の話を簡単にあきらめないことははっきりしている。

「わからないわ。ミスター・ハートリーの計画をこっそり聞いているわけではないのでね」

ダニエルは不満げに顔をしかめながら吸い取り紙を爪でひっかき、へこみをつけている。

「でも、帰ってくるんでしょう？」

「そう思うけど」エメリーンは息を吸い込んだ。「今日は料理人がキッチンで洋ナシのタルトを作っているはずよ。できたかどうか見てきたほうがいいんじゃない？」

いつもなら、できたてのタルトの話をすれば息子はたちまちそちらに気を取られるのだが、今日は違った。

「帰ってくるといいなあ。ぼく、あの人が好きだ」

心臓がきゅっと締めつけられた。〝好きだ〟という、たった三文字の簡潔な言葉でエメリーンは泣きだしそうになり、ペンを慎重にわきに置いた。

「わたしもあの人が好きよ。でも、ミスター・ハートリーには自分の生活があるの。ずっとそばにいて、あなたと遊んだり、わたしたちを楽しませたりするわけにはいかないでしょう」

ダニエルは自分の爪をじっと見つめており、だんだん下唇が突き出てきた。

エメリーンは努めて陽気な声を出した。

「いつもヴェール卿がいるじゃないの。彼のことも好きでしょう？　ハイドパークに一緒に行ってくれるかどうか訊いてみてもいいわよ」息子がいっそう唇を突き出した。「あるいは……移動遊園地とか。釣りでもいいかもしれないわね」

ダニエルは首をかしげ、疑わしそうに母親を見た。「釣り？」

エメリーンは、ジャスパーが釣り竿を持ち、勢いよく流れる川のほとりに立っている姿を思い描こうとした。想像の中のジャスパーはたちまち足を滑らせ、竿を振り回しながら川に落ちてしまった。

エメリーンは顔をしかめた。「釣りはだめかしら」

ダニエルは再び、吸い取り紙に爪の跡をつけ始めた。

「ヴェール卿はいい人だけど、大きなライフルを持ってない」

気のない褒め方だこと。

「残念ね」エメリーンは穏やかに言った。

机の上に散らばった紙、自分が書いていた指示書を見下ろした。視界がかすむ。胸が張り裂けそうだ。わたしたちの人生に入り込んできたサミュエルがいまいましい。あの日、初めてミセス・コンラッドの客間でわたしを捜し出した彼、息子にとてもやさしく語りかけた彼がいまいましい。わたしを再び感じさせた彼がいまいましい。

そこで息が詰まった。これこそが本当の問題。彼はわたしを再び感じさせた。感情の周りを固く覆っていた殻を砕き、わたしを無防備にし、感じやすくさせた。今ではすっかり裸にされて、肌が柔らかくなりすぎている。こんな気持ちはいつまで続くのだろう？　いつになったら、また殻ができ上がるのだろう？　エメリーンはダニエルを、美しい息子を見た。この子の成長はとても早い。あどけない小さな赤ん坊だったのがつい昨日のことのようだ。それに今日は、息子の大きな靴が家具を汚してしまうのではないかと心配している。はたしてわたしは、また本当の感情から自分を守りたいと思っているのかしら？

エメリーンは衝動的に身を乗り出したので、もう少しで頭が息子の頭にぶつかるところだった。「そんなこと、大丈夫よ。わたしが必ず何とかするわ」

ダニエルは片方の頰を腕に押しつけて考え込んでいる。

「でも、ミスター・ハートリーは貸してもいいって言ってくれるかな？」

「いいえ」エメリーンは姿勢を正し、自分の目に宿っている悲しみの表情を見られないように顔を背けた。「それは無理でしょうね」

「でも――」

扉が開いてふたりが顔を上げると、タント・クリステルが部屋へ入ってきた。叔母はいつもながら、とても鋭い眼差しで姪を見た。

エメリーンはダニエルのほうに向き直った。

「今度はタントとお話をしなくちゃいけないの。洋ナシのタルトがもうできているかどうか見てきたら？　味見をさせてくれるかもしれないわよ」

「はい、お母様」部屋から出されることになり、ダニエルはうれしくなさそうだ。それでも椅子からするりと下り、タントに向かって中途半端にお辞儀をしてから部屋を滑るように出ていった。

「あなたが留守のあいだ、あの子はひどく寂しがっていたわ」タント・クリステルの口元を囲むしわが、とがめるように、ひときわ深くなった。「母親と親密すぎるのはよくないと思いますよ」

これはいつもの会話だったし、普段ならエメリーンも反論したであろう。しかし、今日はそんな気になれず、黙って机の上の紙をまとめた。背後でタント・クリステルの杖がペルシア絨毯に当たる音がし、続いて老いた叔母のきゃしゃな手が肩に置かれるのがわかった。エメリーンは思慮深い目をじっと見上げた。

「今夜、決めるのは正しい選択ね。恐れてはだめよ」タント・クリステルはもう一度、肩を叩き――この上なく愛情あふれる触れ方だった――部屋を出ていった。

再び目にいっぱい涙をためているエメリーンを独り残して。


馬車がサムのタウンハウスの前で止まったときにはもう、暗くなってから何時間も経っていた。出発するのが遅くなったうえに、途中で立ち寄った宿屋で馬の交換を待たねばならなかったため、ロンドンへ戻ってくるまでにかなりの時間がかかってしまった。おまけに、自宅がある通りに入ると、そこは珍しく馬車でごった返していた。だれかが舞踏会を催しているに違いない。サムが馬車を降り、レベッカに手を貸そうとして振り返った際、隣の家にこうこうと明かりが灯っていることに気づいた。エメリーンの家だ。

「レディ・エメリーンはパーティをしているのかしら？」レベッカが尋ね、踏み段を下りる前に一瞬、ためらった。「そんな予定があるなんて知らなかったわ。お兄様は知っていたの？」


サムはゆっくりと首を振った。「われわれが招かれていなかったことは明らかだな」

レベッカが素早く彼に目を走らせるのがわかった。

「もしかしたら、わたしたちと会う前から計画していたのかも。あるいは……あるいは、わたしたちがこんなに早く帰ってくるとは思っていなかったんじゃないかしら」

「ああ、きっとそうだ」サムはにこりともせずに言った。

小さな魔女が嘲るように、ロンドンにおまえの居場所などないと思い知らせようとしている。挑発に乗ってはいけないとわかっていたが、サムはすでにこぶしを握りしめていた。脚がうずき、今にもあの家にずかずか入っていって、彼女と対決しようとしている。サムは顔をしかめた。今はそんなことをしている場合ではない。

こぶしをゆるめ、妹に腕を差し出した。

「料理人が夕食を出してくれるかどうか訊いてみようか？」

レベッカが彼を見上げ、にっこり笑った。「ええ、そうしましょう」

サムは彼女を導いて家の中に入ったが、そのあいだずっと隣の家と、パーティへやって来る優雅に着飾った客たちを意識していた。それでも彼は食堂に妹を座らせ、簡単な夕食を出してくれと指示し、さらに食事をしながら上品な会話を交わすことさえやってのけた。しかし本当は心ここにあらずで、優雅なドレスをまとったエメリーンの姿を想像していた。無数のろうそくの光に照らされ、官能的に白く輝いているあの胸を。

食事を終えると、すでにあくびをしていたレベッカは、お先に失礼するわと言って出ていった。サムは書斎へ行き、フランス産のブランデーをグラスに注いだ。一瞬手を止め、グラスを光にかざしてみる。その液体は、半透明の琥珀色をしていた。子どものころ、父親は森を抜けて一六キロ離れたところにある一家から買った自家製の蒸留酒を飲んでいた。サムはそれを一口飲んでみたことがあった。酒は水のように透明だったが、ぴりっと刺激的で、飲み込むと喉が焼けつくような感じがした。生前、父はフランス伯父を訪ねたときに一度ぐらいはブランデーを飲んだことがあったのだろうか？　大都市ボストンに住むトマス伯父を訪ねたときに一度ぐらいはあったかもしれない。しかし、ブランデーはとても珍しいもの。じっくり味わい、その後何日ものあいだその味を思い出しては楽しむほどの特別なものだったはずだ。

サムは金箔を張った肘かけ椅子にぐったりと腰かけた。ここは自分の居場所ではない。それはわかっている。子どものころの生活と今の生活とのあいだにはあまりにも大きな隔たりがある。人間は変われると言っても、一度の人生では限りがあるだろう。イングランドの社会に完全になじむことは絶対にあり得ないし、あまりなじみたいとも思わない。これはエメリーンの暮らしだ。美しいタウンハウスに、フランス産のブランデーに、真夜中過ぎまで続く舞踏会。自分の世界と彼女の世界とのあいだで口を開けている大海は——比喩的にも物理的にも——あまりにも距離がありすぎる。そんなことはすべてわかっている。これまで何度も考えた。

もう、構うもんか。

サムはブランデーを飲み干し、意を決して立ち上がった。エメリーンに会わなくてはならない。別の世界であろうがなかろうが、彼女は女で、自分は男。この世には基本的なことというものがあるのだ。

タウンハウスの外に出ると、隣家にはまだ明かりがこうこうと灯っていた。御者たちは、御者台にうずくまって座っており、馬車の供回りを務める従僕たちは、集まって酒を回し飲みしている。サムが玄関の階段を勢いよく駆け上がると、がっしりした従僕が立ちはだかった。道をふさごうとするかのように。

サムは従僕をじっと見つめた。「レディ・エメリーンの隣人だ」

もちろん、このひと言が招待状になるわけではない。だが、従僕はサムの決意の眼差しを目にし、言い争っても仕方がないと判断したに違いない。「かしこまりました」そして、扉を開けて押さえた。

敷居をまたいだ途端、サムは危険を悟った。玄関には召使が数名いるだけだったが、曲線を描く大きな階段は人でふさがっている。サムは階段を上り、やかましくおしゃべりをしている集団のあいだをすり抜けた。エメリーンの家の舞踏室は二階にある。近づくにつれて喧騒が大きくなり、空気が重苦しさを増し、どんどん熱くなっていく。首から汗が流れだすのがわかった。こんな混雑した場所へ来るのは、ウェスタートン邸の舞踏会以来であり、あそこでは、自分に取りついている悪魔にひどく屈辱的な負け方をしてしまった。ここでは負けるわけにはいかない。サムは祈った。

舞踏室の入り口にたどり着くころにはもう、何キロも走ったあとのように呼吸が速くなり、息が苦しくなっていた。引き返そうか？　サムは一瞬考えた。エメリーンは舞踏室と鏡の装飾を施したシャンデリアに無数の蜜蠟のろうそくを灯していた。部屋は明るくきらめいていて、まるでおとぎの国のようだ。壁や天井には緋色のシルクの布をたるませた上飾り《スワッグ》が下がっており、点々とオレンジや赤の花飾りがついている。美しく、優美な部屋だが、そんなことはどうでもいい。この部屋のどこかに恋人がいる。彼女をつかまえ、抱きしめるんだ。

サムは慎重に口から息を吸い込み、汗をかきながらうろうろしている大勢の人の中へ突進していった。かすかにバイオリンの調べが聞こえてきたが、それも人びとの話し声や笑い声にかき消されていく。紫のビロードに身を包んだ紳士が振り向き、サムの胸にどしんとぶつかった。〝血と叫び声、頭から血を流し、目を見開いていた白い顔〟。サムは目を閉じ、その男の顔を押しのけた。行く手の人込みの中に空間があり、そこで人びとが優雅に、堂々と踊っている。サムはダンスフロアの端までたどり着くと立ち止まり、苦しそうにあえいだ。黄色いシルクのドレスを着た年配の婦人が彼をにらみ、口元を扇で隠して、連れに耳打ちをしている。ちくしょう。食い過ぎで、ごてごて飾り立てたイングランドの貴族ども。どいつもこいつもいまいましい。彼らは本当の恐怖がどういうものか知っているのか？　仲間の兵士から飛び散る血に触れたことがあるのか？　頭を半分吹き飛ばされた若い兵士の顔に浮かんでいた驚きの表情を知っているのか？

踊っていた人びとが足を止めた。まるでそれまで座っていたかのように息も切らしていない。そのくせ、まっすぐ立っているのがやっとだといわんばかりに、退屈そうな、血の気のない顔をしている。大勢の人たちが足を引きずりながらサムをかすめていく。彼は目を閉じ、いちばん近くにいる人間を殴ってしまわないように意識を集中させているしかなかった。深呼吸をし、エメリーンの目を思い出そうと努力する。想像の中の彼女は憤慨して目を細めており、サムは思わず笑みを浮かべそうになった。

目を開けると、今やほとんど人がいなくなったダンスフロアの真ん中にヴェール卿が大またで出てくるところだった。

「みなさん！　お耳を拝借してもよろしいでしょうか？」

ヴェールが叫んでいる。大きな声ではあったが、大勢の人びとの肉体にのみ込まれてしまった。とはいえ、語り合う声は徐々に静まっていく。

「みなさんにお伝えすることがあります！」

若い紳士の集団がサムの前に移動してきて、視界をさえぎった。ようやくひげが剃れるようになったばかりの若造のようだ。

「みなさん！」ヴェールが叫ぶ声がまた聞こえてきて、緋色の服がちらりと垣間見えた。

心臓が早鐘のように鳴る。手を伸ばし、パッドの入った肩をぐいと押しやると、前にいた若者が振り向き、目をむいた。サムは息を吸い、汗のにおいをかいでしまった。男の汗のにおいだ。つんと鼻を突く強烈なにおい。恐怖のにおい。〝周囲で激しい戦いが続いているあいだ、荷馬車の下でうずくまっていた囚人マクドナルド。隠れている場所からわたしの目をとらえたマクドナルド。にやりと笑い、ウインクをしていたマクドナルド〟。

「非常に喜ばしいご報告があります」

サムは前へ歩きだした。いやなにおいも、取りつく悪魔も無視し、もう手遅れだとわかっていたが、その気持ちも無視した。

「レディ・エメリーン・ゴードンが、わたしの妻になることに同意してくださいました」

人びとが拍手喝采し、サムは死んだ男であれ、生きている男であれ、自分とエメリーンのあいだに立ちふさがる男たちの透き間を縫って猛然と進んだ。ダンスフロアに出たサムが目にしたのは、ヴェールの横で上品にほほ笑むエメリーンの姿。このときヴェールは、勝ち誇ったように両腕を上げていた。エメリーンが顔の向きを変え、サムを見た途端、その顔から笑みが消えた。

サムはふたりのほうへ歩きだした。殺してやる。頭の中ではそれ以外、何も考えていない。ヴェールがサムを見つけた。目を細め、サムの背後にいるだれかに向かってうなずいている。サムは両腕をつかまれ、後ろ手にされた。次の瞬間、ふたりのがっしりした従僕が舞踏室の外へと彼をせき立て、三人目の従僕が道を空けながら前に進んでいた。あっという間の出来事だったので、エメリーンに呼びかける暇もなかった。舞踏室の端まできたところでサムはようやくわれに返り、はげしく身をよじって従僕のひとりに不意打ちを食らわせた。片方の腕を引き抜き、従僕目がけて振り上げたが、後ろからぐいと引っ張られた。もう片方の腕をつかんでいた従僕が手を放し、サムは倒れそうになりながら廊下へ出た。体を起こして振り向いた途端、ヴェールのこぶしが顎に激しくぶつかった。

サムは後ろによろめき、尻もちをついた。ヴェールがこぶしを握りしめたまま、サムを見下ろしている。

「エミーの代わりに殴ってやったんだ。このろくでなし」彼は背後に控えている従僕を振り返った。「このゴミを片づけて、外へ放りだ――」

しかし、ヴェールが最後まで言い終わらないうちにサムは起き上がり、低い姿勢で素早くヴェールに体当たりをし、膝のあたりをつかまえた。がしゃんというすさまじい音とともにヴェールが倒れ、サムが上に重なった。何人もの女性が悲鳴を上げ、周囲にいた人びとがかたちまち散っていく。サムはヴェールの上にはい上がろうとしたが、ヴェールが身をよじり、ふたりは階段のほうへごろごろ転がっていった。年配の婦人が悲鳴を上げて前にいるレディたちを押しのけながら階段を駆け下りると、そのあとにほかの女性たちのスカートがつづいた。

ふたりが今にも階段を転げ落ちようとしたその瞬間、サムは手すりをつかんだ。不安定な態勢で無防備になっていた腹をヴェールに蹴られ、身を守るべく手を放さざるを得なくなった。頭から階段を滑り落ちていくサムは、どうにかヴェールの腕を引っつかみ、相手を道連れにした。ふたりは絡み合って激しく争いながら、なすすべもなく、ものすごい勢いで階段を落ちていく。どしんどしんと一段落ちるごとに、サムの背中に鋭い痛みが走る。この戦いを生き延びようがそうでなかろうが、もうどうでもいい。ただ確実に敵を道連れにしたいだけだ。階段の中ほどまで来たところで、ふたりは手すりに激突し、落下は止まった。サムは木の支柱に片腕を巻きつけると、ヴェールを激しく蹴りつけた。足は相手のわき腹の下のほうに見事に命中している。

その衝撃でヴェールが体を丸めた。「くそっ！」身をよじり、サムの喉元に前腕をぐいぐい押しつけてくる。サムは圧迫され、うっと喉が詰まった。ヴェールがサムに頭を近づけ、激しい怒りで顔を紫色にしながら、低い声で言った。「おまえは愚かで、下劣な植民地人だ。よくも汚らわしい手で——」

サムは支柱を放し、ヴェールの両耳を手で強く叩いた。ヴェールがのけぞり、喉から手がはずれると、サムは苦しそうにあえいだ。しかし、ふたりはさらに階段を滑り落ちていった。ヴェールがサムを繰り返し殴り、こぶしが顔、腹、太ももに当たっている。衝撃を受けるたびに体が揺さぶられたが、不思議なことに何も感じない。全身が激しい怒りと悲しみに満ちている。サムは相手を殴った。手当たり次第に殴った。指の関節がヴェールの頬骨に当たって皮膚が裂け、相手の鼻の骨が折れると同時に、手にぴしゃっと濡れた感触を覚えた。次の瞬間、サムは背中を踊り場に押しつけられ、今度はヴェールが上になっていた。明らかに相手が有利な立場にある。ただし、そんなことはどうでもよかった。サムは何もかも失い、すべての元凶は今、目の前にいるこの男だった。ヴェールが怒るのは当然だろうが、サムの怒りは、純然たる絶望の怒り。比較にならない。

サムはヴェールのパンチを受けながら、よろよろと起き上がった。殴られるたびに顔に衝撃を感じたが、攻撃を切り抜けた。殺すしかない。サムはヴェールをつかまえ、自分より大柄な男を投げ飛ばし、今度は自分が相手を殴っていた。こぶしがヴェールの顔に音を立ててぶつかっている。実に痛快だ。骨がぼきっと折れる感触があり、血が飛び散るのが見えたが、どうでもよかった。構うものか。

構うものか。

そのとき初めて、視界の片隅で何かが動くのがわかった。サムは素早く顔を上げ、凍りついた。握りしめた血まみれのこぶしのわずか数センチ先にエメリーンの顔があった。

彼女がたじろいでいる。「やめて」

サムは彼女をじっと見つめた。彼が愛を交わしたこの女性を。彼が魂を注ぎ込んだこの女性を。

彼が愛したこの女性を。

彼女は目に涙を浮かべている。「やめて」小さな白い手を伸ばし、サムの傷ついた血まみれのこぶしを包むように握った。「やめて」

サムの下で、ヴェールがぜいぜい言っている。

彼女の視線は急に婚約者のほうに向けられ、涙がこぼれた。

「サミュエル、お願いだから。やめて」

体と心の両方が、ぼんやりと痛みを感じ始めている。サムは手を下ろし、よろよろと立ち上がった。「ちくしょう」

そして、ふらつきながら階段を下り、冷たい夜へと出ていった。

16

その晩、アイアン・ハートはじめじめした冷たい地下牢に監禁され、すべてを失ったのだと悟った。幼い息子はいなくなり、王女である妻は絶望し、王国は無防備になった。そして彼は、夜明け前に処刑される運命にある。ひと言しゃべれば、身のあかしが立てられるだろう。だがそのひと言で、彼は通りの掃除人に逆戻り、ソーラス王女は死ぬ。自分の命がどんな終わり方をしようと構わないが、自分のせいで王女を死なせるわけにはいかない。なぜなら、五年間の結婚生活で、不思議な、素晴らしい出来事があったから。彼は妻に恋をしていた……。

『アイアン・ハート』より

翌朝レベッカが階段を下りていくと、ふたりのメイドが立ったまま顔を寄せ、熱心にささやき合っているところだった。ふたりはレベッカの足音で慌てて離れ、彼女をじっと見上げた。

レベッカはつんと頭をそらした。「おはよう」

「お嬢様」年上のメイドのほうが先に落ち着きを取り戻し、膝を曲げてお辞儀をしてから、メイド仲間とともに、そそくさと部屋を出ていった。

レベッカはため息をついた。召使たちがゆうべの事件のことで興奮しているのも無理はない。サミュエルは顔から血を流してよろめきながら玄関に入ってきて、家中の人間を起こすことになったのだから。医者は呼ぶなと言って譲らなかったが、レベッカも今度ばかりは兄の望みを拒絶した。無気力な兄と血を目の当たりにして、死ぬほど怖くなったのだ。ヴェール卿の姿は見ていなかったが、医者や召使たちに聞いた断片的な話をつなぎ合わせてみると、子爵の容態はさらにひどそうだった。

こっそり隣の家へ行って、レディ・エメリーンと話ができたらどんなにいいか。座って慰め、同情してあげられたらどんなにいいか。レディ・エメリーンはどんな状況になっても、何をすべきか常にきちんとわかっているように思えるし、ありとあらゆることを正しく修正できる女性だ。いつだって、問題は修復できると考えている人。だがレベッカは、もう二度とレディ・エメリーンと話ができないのではないかと不安でたまらなかった。こんな状況に当てはまる礼儀作法があるとは思えない。〝自分の兄に婚約者を血だらけになるまで叩きのめされたレディに近づく方法〟なんて、あるわけがない。これはとても厄介な状況だ。

レベッカは眉をひそめ、食堂へ入っていった。ゆうべ、サミュエルはほとんど口をきかなかったし、召使の話から、今朝は兄が寝室から一歩も出ていないことはわかっていた。レベッカは心配事とともに食堂を独り占めしている。実際、イングランドに足を踏み入れて以来、いちばん孤独を感じていた。心を打ち明けられる相手がいたらいいのに。でも、サミュエルは話をしてくれないし、この家にいるそのほかの人たちは全員、召使だ。

椅子に手を伸ばしたところで、男らしい手が代わりに椅子を引いてくれたことに気づいた。それから、はるか上のほうにある従僕オヘアの顔をじっと見上げた。

「ああ、気づかなかったわ。いたのね」

「はい、お嬢様」数週間前、とてもさりげなく話しかけてくれたのが嘘のように、オヘアは堅苦しい言い方をした。

もちろん、食堂には従僕がもうひとりいるし、執事もどこかその辺を歩き回っているはずだ。レベッカは少し落ち込んだ気分で腰を下ろした。目の前のテーブルクロスを見下ろし、急にこみ上げてきた涙をなんとかこらえようとした。こんなの、ばかげてる！　召使が友達と認めてくれないというだけで、赤ん坊みたいに泣きだすなんて。たとえ、今すぐ友達が欲しいと心から思っていたとしても。

レベッカは、オヘアの大きな赤みを帯びた手が紅茶を注いでくれる様子を見守った。

「あのね……」一生懸命考えているうちに、声がだんだん小さくなった。

「何でしょう？」オヘアの声はとても心地いい。ちょっとなまりがあるおかげで、穏やかに聞こえるのだ。

レベッカは顔を上げ、彼の緑の瞳と視線を合わせた。

「兄は甘い物の中で野生リンゴのゼリーがこの世でいちばん好きなんだけど、もうずいぶん長いこと食べていないのよ。買ってきてもらうことはできるかしら？」

オヘアが緑の目をしばたたいた。本当に美しい、長いまつげの持ち主だ。女の子のまつげと言ってもいいくらい。「食料品店に野生リンゴのゼリーがあるかどうかわかりませんが、わたしが行って――」

「ううん、あなたはいいわ」レベッカはオヘアに答えてから、もうひとりの従僕に優しく笑いかけた。ふたりが言葉を交わす様子を目を丸くしてじっと見つめていた、がに股の従僕だ。「あなたに行ってきてほしいの」

「かしこまりました」困惑した顔をしたものの、よく訓練された従僕らしくお辞儀をして、野生リンゴのゼリーを探しにいった。いや、すくなくとも部屋は出ていった。

これでレベッカはオヘアとふたりきりになった。

紅茶をひと口飲み、ティーカップをきちんとテーブルに置いた。熱すぎるので、いつも少し冷ますことにしているのだ。「田舎から戻って以来、会っていなかったわね」

「はい、お嬢様」

レベッカはカップを少し回した。「そういえばわたし、あなたの名前も知らないわ」

「オヘアと申します」

「そっちじゃなくて」レベッカはティーカップを見つめて鼻にしわを寄せた。「もうひとつの名前。洗礼名よ」

「ギルです。ギル・オヘアと申します。何なりとお申しつけください」

「ありがとう、ギル・オヘアさん」

レベッカは膝の上で両手を握り合わせた。オヘアは礼儀正しい従僕らしく、背後に立ち、彼女が必要とするものは何でも提供するべく控えている。ただし彼女に必要なものは、テーブルの上にもサイドボードの上にもない。

「あなたは……ゆうべの兄を見た？」

「はい、お嬢様」

レベッカは、テーブルの中央に置かれたパンの入ったバスケットを見た。本当に、ちっともお腹がすいていない。「キッチンでは、みんな噂をしているんでしょうね」

オヘアは咳払いをしたが、それ以上何も言わない。これは完全に肯定している返事だ、とレベッカは解釈した。

そして、わびしくため息をついた。「あれはかなり劇的な光景だったもの。兄がよろめきながら入ってきて、玄関でくずおれたさまといったら。あんなにたくさんの血を見たことはなかったと思う。兄のシャツはきっと台無しね」

後ろで衣擦れの音がしたかと思うと、緑色の上着に包まれたオヘアの腕が現れた。彼はパンのバスケットに手を伸ばした。

「おひとついかがですか？　料理人が今朝、焼いたばかりなんです」

レベッカがじっと見ていると、オヘアがパンを選んで皿に載せてくれた。「ありがとう」

「どういたしまして」

「昨日のことで、話をできる人がいないのよ」レベッカは、皿にぽつりと載っているパンをじっと見下ろしながら早口で言った。「だって、兄がヴェール卿とあんなふうに、派手にけんかをしてしまったから……。すごくややこしくなっちゃって」

オヘアはサイドボードのほうへ歩いていき、コドルド・エッグを持って戻ってきた。

「お出かけになった例のハウスパーティで、いいお友達ができたのではないですか？」

レベッカは体をひねり、すくった卵を皿に載せているオヘアを見た。彼は目を合わせない。

「どうして知ってるの？」

オヘアが肩をすくめた。頬の高くなった部分にうっすら赤みが差している。

「キッチンで話題になっておりまして。それを少々耳にいたしました」そう言って、フォークを渡してくれた。

「ホープデール姉妹の話をしていたんでしょうね」レベッカはうわのそらで卵をひと口食べた。「ゆうべ、あんなことがあったたし、たぶんもう二度とわたしに会おうとは思ってくれないわ」

「本当にそう思われるのですか？」

レベッカはこんもりした黄色い卵をつつき、もうひと口食べた。

「社交界の人たちがわたしたちを受け入れてくれるとは思えない」

「豪華なパーティにお嬢様をお招きできる人たちは、間違いなく幸運です」オヘアが後ろで言った。

レベッカは体をひねって彼を見た。

彼は眉間にしわを寄せていたが、レベッカがじっと見つめていると、穏やかな顔に戻った。

「こんなことを申し上げて構わなければですが」

「もちろん構わないわ」レベッカは彼にほほ笑んだ。「あなたは親切ね」

「恐縮です」

レベッカはテーブルのほうに向き直り、紅茶を飲んだ。もう、先ほどより冷めている。

「ただ、わたしに会ってくれたとしても、ホープデール姉妹に昨日のことを話せるかどうかわからない。わたしたちが話をするとき、話題はたいていお天気や帽子の種類のことなの。わたしはあまり詳しくないんだけど、あの人たちはそういう話題が楽しいみたい。ときどき、レモンカスタードとチョコレートプディングのどちらがいいかといった話もするわ。プディングの話から、兄が貴族を殺そうとした話へ移るなんて、飛躍しすぎでしょう」

「そうですね」オヘアは再びレベッカのそばを離れ、サイドボードのほうへ歩いていった。

「とても美味しそうなニシンがありますよ。あとガモンステーキも」

「でも、ロンドンのレディたちはいつもそういうことを話題にするのかもしれない」レベッカはフォークを持ち、皿に載っているパンをつついた。「わたしにわかるわけないじゃない。植民地の人間なんだもの。それに向こうではここととは違うことがたくさんあるわ」

「そうなのですか？」オヘアは一瞬ためらったが、ニシンの皿を持って、レベッカのもとへ戻ってきた。

「ええ、そうよ。植民地では、家柄のよしあしはそんなに重要ではないの」

「本当に？」オヘアは彼女の皿にニシンを少し載せた。

「うーん」レベッカが魚をひと口食べる。「だからといって、人が他人のことをあれこれ判断しないわけじゃないわ。そういうことは、どこにでもあると思うし。でも植民地では、人が人生で何を成し遂げたか、お金を稼いでいるかどうかのほうがより重要なの。それにね、一生懸命働けば、だれでもお金を稼げるのよ。あら、このニシン、すごく美味しい」

「料理人に伝えておきましょう」オヘアが後ろで言った。「でも、だれでもなんですか？」

「えっ？」レベッカはお腹がすいていないどころか美味しくニシンを味わっている。もしかすると、まともな朝食をとりさえすれば、それでよかったのかもしれない。

「アメリカでは、だれでも成功できるのですか？」

レベッカは食べるのをやめ、ちらりと振り返った。オヘアは緊張した表情をしている。まるで、わたしにとって、あなたの答えがとても重要なのですと言いたげに。

「ええ、そうだと思う。何と言っても、兄はひと部屋しかない丸太小屋で育った人なんだから。知ってた？」

オヘアが首を横に振る。

「本当よ。でも今では、ボストンでとても尊敬されているわ。レディたちはこぞって兄をパーティに呼びたがるし、兄に仕事の相談をする紳士もたくさんいるの。もちろん――」レベッカはテーブルに向き直り、ニシンをひと口分、フォークですくった。「兄も最初は、トマス伯父様の輸入業から始めたのよ。ただそれを引き継いだとき、会社はとても小さかったの。今はボストンでいちばん大きいと言ってもいいほどよ。何もかも兄が努力をして、機転を利かせて仕事をしてきた成果だと思う。それに初めは地位が低かったのに、とても成功したボストンの紳士をほかにもたくさん知っているわ」

「なるほど」

「わたし、こちらの貴族のような人たちにはあまり慣れていなくて。みんな過去や遺産にとらわれすぎているわ。たとえば、わたしが理解できないのは、どうしてレディ・エメリーンはヴェール卿と結婚すると決めたのかってこと」

「おふたりは貴族ですから。同じ身分同士で結婚するのは理にかなっています」レベッカは難しい顔をしてニシンを見つめた。「つまり愛って、貴族ではない人と恋に落ちてしまったらどうするの？　そこが愛の不思議なところよね。人はまったく思いもよらなかった相手と恋に落ちるかもしれない。たとえば、ロミオとジュリエットみたいに」

「それはだれですか？」

「知ってるでしょ。シェークスピアよ」

「わたしは聞いたことがない人たちのようですが……」

レベッカは体をひねってオヘアをじっと見上げた。「あら、残念。結末まではとてもすてきなお芝居なのよ。あのね、ロミオはジュリエットに恋をするんだけど、ジュリエットは彼の、というより一族の敵《かたき》の娘だったの」

「その男はあまり賢くないようですね」オヘアが現実的な感想を述べた。

「でも、そこが肝心なところじゃない？　恋に落ちる相手について、選択の余地がなかったのよ。彼が賢かったにしろ、そうでなかったにしろ」

「はあ……」抗しがたい愛の本質について、彼はあまり納得しているようには見えない。

「それで、どうなったのですか？」

「ああ、何度か決闘があって、秘密の結婚式があって、ふたりは死ぬの」

オヘアが眉を吊り上げる。「死ぬ？」

「言ったでしょう。結末はそれほどすてきってわけじゃないのよ」レベッカは弁解するように言った。「とにかく、何もかもロマンチックなのよ」

「死んだりロマンチックだったりするより、生きているほうがいいのではないかと思いますが」オヘアが言った。

「まあね。あなたの言うとおりかもしれない。愛は兄をあまり幸せにはしていないようだし」

「では、お兄様はそういうわけでヴェール卿に襲いかかったのですか？」

「そうみたい。兄はレディ・エメリーンを愛しているの」レベッカは後ろめたそうにオヘアをちらりと見た。「でも、だれにも言っちゃだめよ」

「決して申しません」

レベッカはオヘアにほほ笑み、オヘアも美しい緑の目の端にしわを寄せ、笑みを返した。彼はなんて落ち着いた気持ちにさせてくれるのだろう。レベッカはそんなことを考えた。たくさんの人と一緒にいるときは自分が口にする言葉にいちいち気をつけて、人からどう思われるか絶えず心配しているのに、オヘアと一緒にいると、何も考えずにただしゃべることができる。

レベッカは再びテーブルに向かい、安心して朝食を平らげた。後ろにオヘアがいるとわかっていたから。


エメリーンはタウンハウスの小さな居間に座り、お茶を飲みながら、タント・クリステルの話に耳を傾けていた。どこかほかの場所にいられたらどんなにいいかと思いながら。

「あなたは運がいい」叔母はきっぱりと言った。「とっても運がいいわ。あの男がどうやって凶暴な性格をまんまと隠していられたのか、わたしにはわかりません」

あの男とはサミュエルのこと。タント・クリステルは自分だけが理解している理屈でこう結論を下していた――ゆうべ階段で起きた大げんかは、それまで抑えていたサミュエルの粗暴な本性が解き放たれた結果だ、と。

「頭がどうかしている男というのは、とてもずる賢いのだと思いますよ。それに、あの人はとても妙な靴を履いていたでしょ」タント・クリステルはそう言って、思案ありげに紅茶をひと口飲んだ。

「靴はその件とは関係ないと思いますけど」エメリーンは小声で言った。

「でも、あるんです。そうに決まってます！」叔母は怒って目を見開いた。「靴は、履く者の人柄を雄弁に物語るのよ。大酒飲みはとても汚い、すり切れた靴を履く。評判の悪いレディは、飾りだらけの派手な靴を履く。そして凶暴な男は、つまり彼は奇妙な靴を履いている。先住民が履くモカシンというやつをね」

エメリーンはスカートの下に足を引っ込めた。運悪く、今日履いている靴には金の刺繍が施してあったのだ。

彼女は慌てて話題を変えようとした。「ゴシップをどう乗り切ればいいのかわかりませんわ。ゆうべは、社交界の半数の方が二階にぎっしり集まっていたし、ミスター・ハートリーがジャスパーを階段で投げ倒すのを目撃するにはおあつらえ向きな状況でした」

「ええ、とても妙ね」

エメリーンは眉を吊り上げた。「みんなにじろじろ見られたことが？」

「違う、違う！」叔母はもどかしそうに手をひらつかせた。「ヴェール卿があまりにも無造作に投げ飛ばされてしまったことよ」

「わたしはそうは思いませんが――」

「ミスター・ハートリーは、ヴェール閣下ほど体格はよくないのに、あの方を打ち負かすことができたでしょう。どうやって、あんな力を手に入れたのか不思議になるわ」

「頭がどうかしている男は、ばか力が出せるのかもしれません」エメリーンは意地の悪いユーモアをこめてつぶやいた。思い出したくもない、あのけんかのことは。わたしが愛するふたりの男性が互いを殺そうとしていた光景、最後にサミュエルの目に宿っていた表情……。しかし、この話題からタント・クリステルの気をそらすのはなかなか大変だった。「結婚式は台無しになるでしょうね。それはわかっています。お客様がふたり以上、見えたら幸運ですわ」

タント・クリステルはさっそく反論した。

「そんなに悪いことじゃありませんよ、今回のゴシップや騒ぎはね。ゴシップはいつだってよくないと考える人もいるけれど、これはそう悪くないわ。噂になったせいで、大勢の人があなたの結婚式にやってくるでしょう。かなりの出席者になると思いますよ」

エメリーンはぞっとして、膝の上にあるティーカップを見下ろした。そのような人たちがやってきて、サミュエルがまた現れて結婚式を混乱させないだろうかと期待しながら口をぽかんと開けて見ているのかと思うと、いやな気分になった。もっといやなのは、サミュエルが身を引いたとわかっていること。ゆうべ、彼の目に宿る幻滅の表情、嫌悪の表情を見たら、殴られたような気持ちになった。彼はもう二度とわたしに会いたいとは思わないだろう。それはわかっている。もちろん、そのほうが都合がいい。きっぱり別れるよりずっといい。

せめて少しでも気力を取り戻し、自分の将来と向き合うことができたら。この道は生まれる前から定められていた。わたしは貴族。伯爵の娘であり妹であり、名門の家の女性、地位のある女性だ。自分に求められているのは、良縁を得て、子どもをもうけ、社会の規則に従うことだけ。そんなに難しい課題ではないし、これまで一度も疑問に思ったことはなかった。わたしはよき妻であり母だった。もしわたしが、あらゆる困難をものともせず、残された家族をまとめていなかったら、どうなっていたのだろう？　最初の夫に負けないくらい立派な再婚相手が見つかっていなかったら？　それに、もし結婚生活に貞節など存在しないとしても、夫婦の愛情が情熱的というより兄弟愛に近いものだとしても、それは当たり前のこと。今になって、自分がたどるべき道に尻込みするのは愚か者だけだ。

愚か者だけ。

タント・クリステルが向かい側でだらだらしゃべり続けていたが、エメリーンは唇を噛み、冷めていく紅茶をじっと見つめていた。自分にこれだけ言い聞かせたにもかかわらず、自分とは違う世界にいる男性を失って嘆かずにはいられない。サミュエルはわたしのことを本当に理解してくれた。そんなことをしてくれたのは彼が最初であり、おそらく最後の人だろう。それよりももっと驚くべきは、彼がひるまなかったこと。わたしのひどく怒りっぽいところや、女性にはふさわしくない意志の強さを理解し、それを好きだと言ってくれた。わたしが彼を失ったことをいまだに嘆いているのも無理はない。あんなふうに完全に受け入れてもらえると、人は夢中になるものだ。

それでもやっぱり、わたしは愚か者。

その日の午後、サムはたくさんの視線を感じながらロンドンの街を歩いていた。彼らは横目でサムを見つめ、やがて目をそらす。彼と視線が合ったときはとくに。今朝、鏡で自分の顔を目の当たりにしたので、人びとが何をぽかんと見つめているのかはわかっている。黒あざができた目と、切れて腫れ上がった唇と、紫に変色しつつある頬と顎のあざだ。人に見られている理由はわかっているが、それでもいやでたまらない。これまで人込みで目立たずにすんだためしがなかったが——やはり、モカシンのせいか——今日はまるで正気を失った人間を見るような目で見られている。

これが最初に困ったこと。次に困ったのは、自分がヴェールも一緒に来てくれたらよかったのにと思っていることだった。ばかげているのは承知だが、そう思っているのは事実だ。ヴェールの冗談や、世の中に対する冷笑的な見方にも慣れてきたところだったし、大嫌いな男であるにもかかわらず、いないと寂しいと思ってしまう。それにこの場合、後ろで支援してくれる人間がひとりいてくれれば助かったのだが。

サムはちらっと振り返り、尾行者がいないかどうかたしかめてから、狭い路地に素早く駆け込んだ。そこで一瞬立ち止まり、汚い壁に寄りかかってわき腹を抱えていなければならなかった。体のわきに刺すような痛みが走る。肋骨が一、二本折れているのかもしれない。兄がベッドにいないとわかったら、レベッカは卒倒するだろう。ゆうべ妹は、お願いだから医者に診てもらってと言ってきかず、びっくりするほど頑固だった。結局、こっちは根負けしたが、世界が自分の上に崩れ落ちてきたというのに、もう体のことなどどうでもいいじゃないか。

サムは寄りかかっている壁の周囲をうかがい、絶え間なく続くあばらの痛みを無視して、じっと目をこらした。解明しなければならないことがひとつだけある。それがすんだら、こんないまいましい島とはおさらばして、家に帰れる。

ロンドンのこの界隈は静かで、おおむね清潔だ。漂ってくるにおいはうっとうしかったが、鼻が曲がるほどではなかった。サムはスターリング通りに入った。通りに並ぶ建物は比較的新しいれんがでできている。おそらく大火事のあとに建てられたのだろう。地上の通りに面して小さな店が立ち並び、暗い小窓に商品が陳列されている。店舗の上は、店主用と思われるアパートになっていた。

サムは小さな仕立屋の扉を押し開けた。薄暗い店内は天井が低く、ほこりっぽいにおいがする。だれも見当たらない。サムは向きを変え、そのまま扉を閉めようとした。

「お客様、よろしければ、ちょっとお待ちください！」

奥のほうから、男が叫ぶ声がした。

とはいえ、店には奥と呼べるほどの奥行きがない。おそらく敷地の大部分は、作業場と思われる場所に取られているのだろう。店内は棚に何反もの布が積んであり、ベストが一着だけ展示されている。縫製はしっかりしているが、最高級の生地は使われていない。ということは、この仕立屋の商売相手は裕福な紳士ではなく、商人か医者、弁護士ではないだろうか。

高さのあるカンターがひとつあり、その向こう側に扉の開いた戸口がある。サムはするりとカウンターの裏に回り、戸口をのぞき込んだ。思ったとおり、奥のほうがずっと広い。長いテーブルが作業場の大部分を占領していて、その上に端切れや生地に印をつけるための鉛筆、巻いた糸、型紙が散らばっている。ふたりの若者が足を組んでテーブルの上で縫い物をしており、年配の髪の薄い男が帯状の布地の上にかがみ込んで、裁ちばさみを軽快に動かしていた。

年配の男はちらっと目を上げたが、裁断する手は止めなかった。

「少しだけ、お待ちください」

「勝手にしゃべるから、作業を続けてくれ」サムが言った。

男は当惑した顔をしている。「何でしょうか?」だが、手はまるでそれ自体が生き物であるかのように、布地の上を流れるように動いている。

「ちょっと訊きたいことがあるんだ。以前、おたくの隣にいた人物について」

仕立屋は一瞬手を止め、サムをじろじろ見つめた。

顔の傷は役には立ってくれないな、とサムは悟った。「隣に靴屋があっただろう」

「はい」仕立屋は布地の向きを変え、再び裁断を始めた。

「店主のディック・ソーントンとは面識があったのかい?」

「ええ、まあ」仕立屋はサムから目を隠すかのように、布地の上に身をかがめた。

「ソーントンの父親がその前にここで商売をしていたと思うのだが」

「はい、それはジョージ・ソーントンでございます」仕立屋ははさみを置くと、布地をぐいとつかんでテーブルからどかし、新しい布地を広げてしわを伸ばした。「立派な男でした。店を開いてわずか一年かそこらで亡くなってしまったんですがね。それでも、この通りの連中はずいぶん寂しがりました」

サムはぴたりと動きを止めた。「ソーントンの父親は店を開いたばかりだったのか？　それ以前は、ここにはいなかったんだな？」

「ええ、そうです。よそから引っ越してきたんですよ」

「ドッグレッグ通りです」縫い物をしていた若者のひとりが、いきなり甲高い声で言った。親方の仕立屋に上目遣いで鋭い視線を向けられ、若者はひょいと頭を下げて仕事に戻った。

サムはテーブルの端に尻を乗せ、腕組みをした。

「ディックは父親が亡くなったときに植民地から帰還したのか？」

仕立屋は一度だけ首を横に振った。

「いいえ。ディックが戻ってきたのは、父親が亡くなって一年ほど経ってからです。ディックが戻るまでは、奥さん、つまりジョージの義理の娘さんが店を切り盛りしておりました。いい人だったんですが、ずば抜けて聡明な女性というわけではなかったもんで。わたしが何を言いたいか、おわかりになればですが……。ディックが戻ってくるころにはもう、店はあまりうまくいっておりませんでした。でもディックがすぐに盛り返したのです。彼がここにいたのはわずか二年ほどで、その後どこかよそに、もっと大きな店を構えました」

「ディックが戦争から戻る前から面識があったのか？　戦争前に彼に会ったことは？」

「いいえ」仕立屋は眉間にしわを寄せ、手際よく布を楕円形に裁断した。「ディック・ソーントンには会ったことがありませんでしたし、いなくなって悲しいとも思いませんでしたね」

「あの男のことが好きではないんだな」サムは小声で言った。

「ここらであいつのことが好きな人間なんて、多くはいませんよ」テーブルのところに座っている職人がぼそぼそつぶやいた。

親方が肩をすくめる。「愛想のいい顔をして笑みを絶やさない男でしたが、わたしはあいつを信用しちゃいませんでした。それに、奥さんは旦那を怖がっておりましたよ」

「奥さんが？」サムはそう言って、モカシンに視線を落とした。もしやと思っていたことが真実だとしたら、ミセス・ソーントンが見せた反応は恐怖の域をはるかに超えていたはずだ。

「奥さんはほかに妙な振る舞いをしていなかったか？」

「いいえ。もっとも、ディックが戻ってしばらくしたら、わたしらも奥さんの顔を見なくなりましたのでね」

サムは急に目を上げた。「どういうことだ？」

「亡くなったんじゃないですか？」仕立屋も鋭い目でサムと視線を合わせたが、すぐに布地に目を戻した。「階段から落ちて首の骨を折ったんです。とにかく旦那はそう言ってました」

テーブルに座っている職人は、自分たちが考えていることを示すべく、そろって首を振った。

わくわくするような残忍な勝利の喜びがサムの体を駆け抜ける。そういうことか。サムは悟った。ディック・ソーントンだと名乗る男は、ディック・ソーントンではなかったのだ。〝周囲で激しい戦いが続いているあいだ、荷馬車の下でうずくまっていた囚人マクドナルド。隠れている場所からわたしの目をとらえたマクドナルド。にやりと笑い、ウインクをしていたマクドナルド〟。ゆうべ、エメリーンの家のパーティで人込みを押し分けて進んだとき、サムが思い出したのは、あの光景だった。マクドナルドはあんなふうににやりと笑い、ウインクするのが常だった。今はソーントンがまったく同じように、にやりと笑い、ウインクをする。どういうわけか、囚人マクドナルドがソーントンに取って代わっていた。

ソーントンになりすまし、今は彼の人生を生きている。

一〇分後、サムは小さな仕立屋の扉を開け、外へ出た。もう終わったも同然だ。あとはディック・ソーントン、いやディック・ソーントンと名乗る男と対決しさえすればいい。そしてアメリカへ帰るだけだ。この一年ずっと答えを探してきたが、それももうすぐ終わる。スピナーズ・フォールズの死者たちも、ようやく安らかに眠れるだろう。

ただし、わたしの心が安らぐことは二度とない。タウンハウスへの帰り道、サムはそう悟った。体はボストンへ戻るかもしれないが、心は永遠にイングランドに残るだろう。

彼は今、タウンハウス裏手の馬小屋のある路地にいる。一瞬ためらったが、自宅の門は素通りし、エメリーンの家の庭へ通じる門まで歩いていった。門には当然、錠が下りている。しかし彼は塀をよじ登った。あばらが痛むので不本意ながら動きが少し鈍くなってしまったが。塀を越えると、庭に人けはなかった。小道の両側ではアスターが花を咲かせ、観賞用の樹木が色づき始めている。そこから家の裏側と二階に並ぶ窓が見えた。ひとつはエメリーンの部屋の窓だ。今この瞬間にも、彼女が外を見ているかもしれない。

サムは自分がいかに愚かな行動を取っているかわかっていた。自分を拒んだ女性の家の庭に忍び込んでいるなんて……。ばつが悪いと思っているがゆえに、自分が恥ずかしくて腹が立つ。早くうちに帰って、レベッカと夕食をともにする準備をしなければならない。しかし彼はしばしその場にとどまっていた。彼女の家をじっと見つめ、心臓が無言の鼓動を刻むたびに胸を痛めながら。もしも……もしも……もしも……。

サムは目を閉じ、心を決めつつあった。このままではいけない。彼女と話さなくては。だが、今はそのときではない。欲しいものを手に入れるには、日暮れを待たなくてはならないだろう。彼はあの窓にもう一度、目を走らせてから向きを変え、庭をあとにした。時が来るのを待とう。辛抱強く待とう。

夜の訪れを待つのだ。

17

午前零時を回ると、アイアン・ハートは地下牢から引きずり出された。それから看守に連れられ、城の階段を上って通りへ出ると、都の中心にある広場へと引き立てられていった。通りに立ち並ぶ群衆がたいまつをつかんで道を照らし、炎が彼らの顔を不気味に浮かび上がらせている。〈輝く都〉の人びとは皆じっと黙っていたが、ひとりだけそうではない者がいた。あの魔法使いが広場へと続く道をずっと小躍りしながら——足を引きずっているので、少々もたついてはいたものの——ついてきて、アイアン・ハートの死刑宣告に歓喜の叫びを上げていたからだ。そして、よこしまな魔法使いが跳ね回るたびに、手首に金色の鎖でつながれた白い鳩が首を上下に振っていた……。

『アイアン・ハート』より

夜も更けて疲れていたが、エメリーンは姿を目にする前に、彼の気配を感じた。胸が喜びに満ち、激しくときめいている。自分ではどうすることもできない。彼がここにいる。サミュエルがここにいる。寝る支度をしていたエメリーンは、髪をとかしていた鏡台から振り向いた。

寝室と小さな支度部屋とをつなぐ扉のそばに彼が立っていた。殴られた顔は、左目が腫れて黒あざができている。彼はわき腹が痛むのか、そのあたりに手を当てていた。エメリーンは彼をじっと見つめたが、あえて信じようとはしなかった。そして、視界から彼が消滅してしまうといけないので、息を凝らしていた。

「きみの髪はきれいだ」彼が静かに言った。

まさかそんなことを言われるとは思っていなかった。エメリーンは照れくさくて、妙にはにかんだ。サミュエルは髪を下ろしたわたしを見たことがない。こんな普通の、くつろいだ雰囲気のわたしを見たことがない。

「ありがとう」エメリーンは髪をとかしていたブラシを鏡台に置いたが、危うく床に落とすところだった。手がひどく震えている。

サミュエルがブラシをちらりと見た。「お別れを言いにきた」

「もう行ってしまうの？」

なぜか、これも予期していないことだった。先に去るのは自分。ジャスパーと結婚したら、自分のほうが先に去るのだと思っていた。でもそんなふうに考えるのは、もちろんばかげている。サミュエルはいつかは植民地に戻らなければいけないのだから。前からずっとわかっていたことだ。

サミュエルは彼女の問いに、ゆっくりとうなずいた。

「仕事が片づきしだい、レベッカと一緒に船で発つ」

「まあ」彼に訊きたいこと、言いたいことが山ほどあるのに、どうしても本心を言葉にできなくて、こんな不自然なくらい形式ばった会話から抜け出せずにいる。エメリーンは咳払いをした。「それは輸入の仕事？　それとも連隊を裏切った人物を捜し出す仕事？」

「両方だ」彼はゆっくりした歩調で部屋に入ってくると、ふと立ち止まり、サイドテーブルから磁器の皿を手に取ってひっくり返し、底を見つめた。

エメリーンはつばをのみ込んだ。「でも、それにはきっと何週間もかかるでしょう。裏切り者を見つけるとすれば、もしかすると何カ月も――」

だがサミュエルはもう首を横に振っていた。

「裏切り者はソーントンだ」そう言って、皿をもとに戻した。

「どうしてわかるの？」

彼は肩をすくめた。その話題にとくに関心があるわけではなさそうだ。

「やつは本当のソーントンではない。おそらくもうひとりの兵士、マクドナルドだと思う。襲撃を受けたとき、あいつは逮捕されて囚人の身だったんだ。マクドナルドはどうにかしてソーントンになりすましました」

エメリーンは眉をひそめ、不安げにショールを引っ張った。今、身につけているのはシュミーズとシルクのショールだけ。それに素足だ。自分の寝室で彼が歩き回っていると、自分は無防備だと感じる。でも怖くはない。この状況には、何か必然的なものがある。まるで、いつか彼がこの部屋に入ってくるだろうと前からずっとわかっていたかのように。少しでも長く彼をとどめておけたらいいのに。エメリーンは来るべきときを遅らせようと、膝の上に置いた震える手を見下ろし、別の質問をした。

「ソーントンの友人や家族は、マクドナルドを警察に引き渡そうとはしなかったの？」

「友人はほとんどスピナーズ・フォールズで殺された。もしかすると全員やられたかもしれない。家族については――」サミュエルは、エメリーンのベッドを囲っている分厚いブロケードのカーテンを指でもてあそんでいる。「こちらも妻以外、全員亡くなっていたが、その妻もソーントン、すなわちマクドナルドが戻ってすぐ亡くなった。わたしは彼が殺したと考えている」

平然とした言葉に、エメリーンは息をのんだ。

「サミュエル、あなたはなぜ、こんなことをしているの？」

彼女の口調に、サミュエルは顔を上げた。「えっ？」

「なぜ、こんな厄介なことを夢中で追いかけているの？」エメリーンは身を乗り出した。彼の鐙を突き破りたい。かつて彼がわたしの鐙を突き破ったように。ふたりにはもうほとんど時間がない。「なぜ、これだけの労力とお金を費やして、あの男を追っているの？　何年も経っているのに、今さらどうして？」

「わたしにしかできないからだ」

「どういうこと？」エメリーンは小声で尋ねた。

サミュエルはカーテンを放し、完全にエメリーンと向き合った。その顔に浮かんだ悲しみを見られないようにしようとごまかしたり、隠したりする様子はまったくない。

「彼らは死んだ。みんな死んでしまったんだ」

「ジャスパーは――」

サミュエルは声を上げて笑った。

「生き残ったやつらも死んでいる。わからないのか？　ヴェールは冗談を言ったり、酒を飲んだり、おどけたりするだろうが、きみはしかばねと結婚することになるんだ。きっとそうさ」

エメリーンは立ち上がり、すっかり絶望した彼と向き合った。

「わたしはそうは思わない。悪魔に取りつかれているのかもしれないけど、彼は生きてる。あなたが救ってくれたのよ、サミュエル」

彼は首を横に振った。「わたしはあの場にいなかった」

「助けを呼びに行ったんでしょう」

「逃げたんだ」彼がかすれた声で言い、エメリーンは口を閉じた。彼がその言葉を口にするのを一度も聞いたことがなかったからだ。「戦いのさなか、われわれは負ける、先住民に倒されるとわかり、わたしはこれ以上戦っても無駄だと判断した。だから隠れたんだ。そして、やつらがヴェールやマンローや、きみの兄上をはじめ、ほかの兵士を捕虜にしたときに、わたしは逃げた」

エメリーンは思い切ってサミュエルに近づき、両手で彼の上着を握りしめた。指先にウールの感触を覚えながらつま先立ちになり、できる限り顔を近づける。

「あなたが隠れたのは、死んだら意味がないとわかっていたからよ。あなたは、捕虜になった兵士の命を救うために走ったの」

「わたしが？」彼がささやいた。「そうなのか？　それはあのとき自分に言い聞かせたことだ。わたしは仲間のために走っているのだと言い聞かせた。でも嘘をついていたのかもしれない。わたしはただ単に、自分のために逃げたのかもしれない」

「違うわ」エメリーンは必死で首を横に振った。「サミュエル、あなたのことはわかってる。わたしにはわかるのよ。あなたは仲間を救うために、純粋に、それだけのために走った。あなたのそういうところ、わたしは素晴らしいと思う」

「素晴らしいと思う？」サミュエルはようやくエメリーンの顔に目を向けたようだ。「だが兄上は身代金を持って戻ってくる前に死んでしまった。わたしは兄上を失望させた。きみを失望させたんだ」

「まさか」エメリーンは喉が詰まった。「そんなこと、思うもんですか」そして彼の頭を自分のほうに引き寄せた。

彼にキスをし、この単純な仕草に、相容れない思いと希望をすべて注ぎ込もうとした。ふたりの唇が重なり、一緒に動いている。キスなんて、ごく基本的なこと、簡単に与えられるものだ。でもこのキスはそれ以上のものにしたい。あなたを臆病者だと思ったことは一度もないと彼に知ってほしい。あなたを愛していると知ってほしい。

そうよ、愛している。たとえだれと結婚しようと、もう二度と会えなくなろうと、わたしはこの男性《ひと》をいつまでも愛し続けるだろう。彼を愛するのは、自分ではどうにもできないこと。たとえ結婚すべき相手ではないとしても、一生をともに過ごすべき相手ではないとしても、わたしはサミュエルを愛さずにはいられない。

だからそっとキスをした。できるだけやさしく。支離滅裂な愛の言葉をつぶやきながら、彼の口の上で唇を動かし、とうとう彼をなめた。彼を味わえるように。あとでこの瞬間を、彼の味を、彼の唇を、サミュエルとのキスがどんな感じだったかを思い出すときがくるだろう。この記憶を永遠に胸にとどめておかねばならない。この記憶は彼との唯一の思い出になるだろう。

突然サミュエルが動き、二の腕をつかまれた。押しのけようとしているのか、引き寄せようとしているのかわからない。その瞬間、エメリーンはひどくうろたえた。愛しているとはっきり伝えていないのに、わたしを置いていってしまうなんて許さない。

「お願い」エメリーンは彼の唇に触れたままささやいた。

エメリーンの腕をつかんでいるサミュエルの指に力が入った。「やらせて」

エメリーンは体を引き、彼の目をじっとのぞき込んだ。

美しいコーヒーブラウンの瞳の上で、彼は当惑したように眉根を寄せている。エメリーンはその胸に手のひらを当てた。本人の意志に反していれば、絶対に動かすことはできないだろう。しかし、彼は言うとおりにしてくれた。後ろに下がり、エメリーンがもう一度押すと、また下がり、両脚がベッドの端にぶつかった。

サミュエルは後ろのベッドに目を走らせてから、彼女を見た。

「エメリーン――」

「しいっ」エメリーンは彼の唇に指を当てた。「お願い」

サミュエルはしばらくエメリーンの目を探っていたが、すぐに彼女のわけのわからない訴えを理解し、うなずいた。

エメリーンは震えながらサミュエルにほほ笑んだ。今夜だけは何もかも忘れよう。将来のことも、この先どうなるのかも。不安、恐れ、自分が背負い込んでいる重荷、自分を頼りにしているすべての人たちのことを忘れよう。かけがえのない数時間、すべてを忘れよう。エメリーンは彼の傷に触れないように気をつけながら、肩からそっと上着を脱がせた。それを丁寧にたたんでテーブルに置くと、今度は地味な茶色のベストのボタンをはずした。神経が高ぶり、自分の呼吸が浅く速くなっているのに気づくと同時に、彼の呼吸が深く安定していることにも気づいた。彼は自分の服を脱がせているエメリーンを見守っている。手を貸すわけでもなければ、邪魔をするわけでもなく、両手をわきにぶらんと下ろしている。

エメリーンはちらっと視線を上げた。彼と目が合い、頬がかっと熱くなる。男の人の服を脱がせるって、なんて親密な行為なのだろう。

サミュエルがかすかにほほ笑み、肩をすくめてベストを脱いだ。エメリーンは深呼吸をしてシャツを脱がせにかかった。彼は両手を彼女の腰に置いた。軽い触れ方だったが、布地の層の上からでも、熱が伝わってくる。エメリーンは手が震え、ボタンをぎこちなくいじり回した。サミュエルが覆い被さるように身をかがめ、彼女の頭のてっぺんにキスをする。彼の体に包まれ、エメリーンは彼のにおいを吸い込んだ。ウールとリンネル、革とパセリのにおいがする。エメリーンはシャツの前を開け、彼の胸を眺めた。とても美しい肌。鎖骨に指を走らせ、胸に手のひらを押し当ててみる。硬い毛の感触と、その下で心臓がゆっくり鼓動しているのがわかる。彼はここでわたしと一緒にいる。それは紛れもない現実。彼がいなくなったら、どうやって耐えればいいのだろう？　広い、広い海を渡っていってしまったら？

エメリーンはそんな考えを押しのけ、サミュエルをベッドへとせき立てた。彼はベッドに座り、目を細めてエメリーンを見つめ、彼女の次の動きを待っている。

エメリーンはひざまずき、モカシンのひもをほどき始めた。サミュエルに持ち上げられそうになり、エメリーンは彼を見つめた。「お願い」

彼が手を下ろす。

ひもは何かの革でできており、エメリーンはその上に身をかがめて、ひもがどう結んであるのか解明することに意識を集中させていた。しかし実際に意識していたのは、目の前にある彼の脚と、嘆願者のような自分の姿勢。この格好は慎ましやかであると同時に、エロチックでもある。

片方のモカシンを脱がせ、エメリーンはもう片方のモカシンに取りかかった。ひもをほどいているあいだ、サミュエルは彼女の髪をなでていた。黙ったまま、何の感想も口にしない。彼はこの行為をどう思っているのだろう？　昨日の彼はとても怒っていた。エメリーンが顔を上げると、目に映ったのは彼の瞳に宿る差し迫った欲求だけだった。

サミュエルは身をかがめ、エメリーンにキスをした。今度は彼女の顔を両手でつかみ、口に舌を入れている。エメリーンはわれを忘れた。自分の目的、何がしたかったのかも忘れてしまいそうだ。ふらつきながら彼の太ももに手を置いて自分を落ち着かせようとしたが、彼はエメリーンの頭を後ろにそらせ、口を餌食にした。ああ、わたしはこの人が欲しい。エメリーンは、がっしりしたたくましい太ももに挟まれてひざまずいたまま、前に引っ張られた。すると目の前には……。手のひらで太ももを覆うレギングをなで上げていくと、当然のことながら革は途中で終わり、脚のつけ根の部分にはブリーチの生地があるだけだった。彼のキスで息が吸えないまま、エメリーンはあえいだ。というのも彼はすでに硬くなり、ブリーチを押し上げていたからだ。エメリーンは布地の上からその部分を手でそっと包み、形をたどった。

サミュエルがエメリーンの手をつかむ。

エメリーンはキスを中断し、彼を見上げた。「やらせて」

サミュエルの顔は険しく、情熱で紅潮している。エメリーンに何かしら許してやる気分ではなさそうだ。

「お願い」エメリーンは小声で言った。

サミュエルは手のひらを見せて太ももの上に置き、おとなしく従うと、身振りで示した。

エメリーンはブリーチの生地越しに彼をそっと握りしめてから手を離し、続けて前立てを開く作業に取りかかった。布地をめくり、下着をまさぐり、ようやくその下にある赤味を帯びた堂々たるものを見つけ出した。そこを取り巻く毛の色はほぼ黒に近い。これはとても個人的な光景。わたしだけが見られる光景だと、とても素朴な感覚としてわかっていた。この人は、この光景は、目の前にあるものは、わたしのものだ。

エメリーンはそれをしばらく見つめてから、サミュエルを見上げた。

「全部、脱いで」

おそらく、言い方があまりにも命令口調だったのだろう。彼がこちらを見てかすかに笑みを浮かべている。でも今はどうでもいい。エメリーンはサミュエルに一糸まとわぬ姿になってほしかった。彼の姿を頭に焼きつけておきたかったのだ。

サミュエルはレギングを取り、残りの服もすべて脱いだ。エメリーンは立ち上がり、彼をベッドの上に押し返すと、ショールを素早く取り、シュミーズだけの姿で隣によじ登った。仰向けで横たわっていたサミュエルはすぐに手を伸ばして触れようとしたが、エメリーンが彼の体に沿ってするりと下に移動したので、その手は届かなくなった。

「エメリーン――」

「しぃっ」

エメリーンは男性の象徴を目の前にして、その創造物に魅了された。指先で、でこぼこした血管にぶつかりながら、長さをたどってみる。これを醜い、みだらなものだと思う女性がいるのは知っているけれど、自分は一度もそう思ったことはない。もしダニーがもっと長生きをして、わたしも経験を積んだ妻だったら、いつかは夫を探求していただろう。でも、ふたりにそんな時間は訪れなかった。今度こそサミュエルを探求する機会を逃すものですか。

エメリーンは彼をしげしげと眺めながら、上向きのゆるやかな曲線に魅了された。サミュエルのほうにちらっと目を走らせると、彼は自分を念入りに吟味している彼女を一心に見つめていた。そのときふと、ほかのときなら絶対に口にはしなかったであろう、あることがエメリーンの頭に浮かんだ。気恥ずかしさや上流社会の制約を克服しようにも、ふたりは年月をかけるわけにはいかない。ふたりには今夜しかないのだし、この限られた時間を無駄にするのはよそう。

だからエメリーンは尋ねた。「独りのときはどうするの？」

サミュエルが眉を吊り上げ、エメリーンは一瞬がっかりした。彼はみだらな質問の意味が理解できないふりをするのだろう。ところが、サミュエルはエメリーンの目をじっと見返したまま右手を下ろし、自身をつかんだ。よく観察できるよう、エメリーンが視線を落とす。彼はとても強く自身を握り、手を上下に動かした。彼女にはそこまで強くする勇気はなかっただろうが、上に動かしたときは、先端の部分がこぶしの中にほとんど消えている。

「痛くないの？」エメリーンは尋ねた。

サミュエルがかすれ気味にくっくっと笑うのが聞こえたが、彼がしていることから目を離して顔を見ることなどできなかった。「とんでもない」

次の瞬間、エメリーンはまさに常軌を逸したことをした。身を乗り出し、彼の先端をなめたのだ。

サミュエルが一瞬、動きを止めて息を吸い込み、また呼吸を始めるのがわかった。

「もう一度やってくれ」

エメリーンは両手をしっかりつかりついて彼の上に体を浮かせ、先端をなめたりキスをしたりした。その一方で、サミュエルも握りしめた手を上下に動かし続けた。これは洗練された行為ではない。ときどき舌が彼の手にも当たるし、シュミーズの下では乳房が勝手気ままに、優美とは言えない揺れ方をしている。でもエメリーンは気にしていなかった。彼の味、このぴりっとした、しょっぱい味が大好きだったから。彼が発する、かすかにあえぐような声が大好きだったから。エメリーンは彼に奉仕しているだけで、自分がだんだん濡れていくことに気づいた。どうしてこのような行為がとても官能的なのかちっともわからないけれど、たしかにそうなのだ。サミュエルの手の動きはどんどん速くなり、エメリーンは高ぶりの先端を口の中にすっぽり沈めようとした。サミュエルは思わずベッドから腰を浮かせ、体を弓なりにそらせた。

「エメリーン」彼があえぎ、その声のせっぱ詰まった響きを耳にしたら、エメリーンの全身に官能的な勝利の喜びが駆け抜けた。「エメリーン」

エメリーンは張り詰めたものを強く吸い、その下側に舌をぴたりとつけたまま、目を上げた。サミュエルが目を細め、頭をのけぞらせて歯を食いしばっている。すると、エメリーンの口の中に甘美な塩気が広がった。

「エメリーン……」

エメリーンは目を閉じ、まぶたの裏に涙があふれてくるのを感じながら再び吸い、ほとばしる塩気を味わった。ようやくサミュエルが腰を落とし、彼女の口から自身を引き抜いた。エメリーンはベッドのシーツで唇をぬぐった。愚かな、本当に愚かな涙があふれ出し、その一粒が彼の脚にはねた。彼がこうなるのを手伝っているうちに泣きたくなったのだが、なぜそうなったのか自分でもよくわからない。

サミュエルが頭を持ち上げるのが見えた、というより感じられた。「いったい――」

「しぃっ」エメリーンは再びそう言ったが、今度は息が詰まっていた。

この気持ちは説明のしようがない。彼を失ったことをもう嘆き悲しんでいるだなんて、どう伝えればいいのだろう？　自分が違う人間だったら、もっと融通のきく人間だったらどなにいいかと思っているだなんて。言えるはずがない。だからエメリーンは黙っていた。その代わりにサミュエルの体の上にはい上がり、下腹部にまたがってしっかりと腰を下ろした。

サミュエルの手が腰をつかみ、彼女を慰め、落ち着かせようとしている。

「大丈夫かい？」

「もちろん」と小声で答える。だが、抑えきれない涙がそれは嘘だと言っている。

エメリーンは彼の視線に宿る心配や愛情を見なくてすむように目を閉じ、頭からシュミーズを脱いだ。これで彼と同じように一糸まとわぬ姿となった。ヘアピンすらつけていない。ふたりは神が創りたもうたままの姿、男と女になった。定められた身分や、人よりも裕福だとか、資産があるといったことを示す服や飾りは何も身につけていない。ふたりは最初の人類、アダムとその妻イヴだと言ってもよかっただろう。やがて子孫の仲を引き裂くことになる様々な階級には気づいていないアダムとイヴだ。

エメリーンは目を開け、身を乗り出して彼の胸の中央に手のひらを置いた。

「あなたは今、わたしのものよ」

「きみが今、わたしのものであるように」彼が答える。

それは誓いにも似ていた。

しかし、サミュエルはそれ以上のことを求めはしなかった。この瞬間を満喫しているにもかかわらず、そのときエメリーンの中のほんの一部が死んだ。サミュエルはわたしと将来をともにすることをあきらめた、と悟ったから。ふたりが一緒になれないのはどうにもならないこと。それは今までもこれからもずっと変わらないけれど、彼にとってその事実を受け入れたことは……。

エメリーンはそんな考えを頭から追い出すと、彼の上で頭を垂れ、手を置いた場所にほほ笑みながらキスをした。そこにも涙が落ちていたから濡れている。エメリーンはその胸に少しずつキスをしながら、一方の乳首にたどり着いた。そして口を開き、小さな突起の周りをなめながら、男性の味を、サミュエルの味を堪能した。

サミュエルはエメリーンの下でため息をもらし、手を伸ばして彼女の髪をなでた。彼はまだ萎えてはおらず、エメリーンは腹部にそのふくらみを感じ取ることができた。少し体をずらし、彼にこすりつけるように腰を回しながら、もう片方の乳首に口を移し、舌をとがらせてそこをなめる。また涙がこみ上げてきて、目がちくちくしたが、もうそんなことに注意を払ってはいなかった。涙は心の混乱が肉体の現象として表れたもの。自分ではまったくどうにもできない。涙が彼の胸に落ちて肌の塩気と混じり合い、なめていてもどちらの味なのか区別がつかない。

エメリーンは体を起こし、下のほうを見た。完全に屹立してはいないけれど、太さが増したものが彼の腹の上に横たわっている。その部分を直接感じたい。最後の交わりを持ちたい。エメリーンは体を前へ滑らせ、彼の先端が自分の秘所の下に来るようにした。彼女は濡れていた。無防備になり、感じやすくなっていた。まさに望みどおり、文句のつけようがない感覚に軽いうめきを上げる。ほんの少し体を押しつけ、ほんの少し腰をずらしてみると、芯の部分に温もりが花のように広がった。唇を噛み、あと少し体をこすりつける。

目を閉じていたので、大きな手のひらで左右の乳房を同時につかまれたときには、ぎくっとした。エメリーンはあえぎ、体を滑らせた。サミュエルが彼女の乳首を指でつまむ。ああ！　彼はエメリーンの下でどんどん大きくなり、ひだの中にもぐり込んできた。エメリーンは彼の手に身を任せ、体をさらに強く押しつけた。この感覚に没頭し、相変わらず頬を伝っている涙を無視しようとしている。腰の下にあったものが横にするりとずれ、エメリーンは欲求が満たされないもどかしさで、すすり泣くような声を出し、彼をつかまえて自分の体で押さえつけ、小さな突起をこすりつけた。あと少し……あと少し……。

「入れてくれ」彼がそう言うのが聞こえた。

エメリーンは首を横に振った。彼をずっとここで感じていたい。夢の中にいるように、この瞬間に永遠にとどまっていたい。決して目を覚ましたくない。頬を濡らしてすすり泣きながら、彼の上で必死に動きを速め、腰をくねらせる。

あともうひと息、あともうひと息。

サミュエルが乳首をぎゅっと握りしめたが、それでもうまくいったとは言えなかった。エメリーンは最後までたどり着くことができずにいる。今はもうあえぎながら、あからさまに涙を流していたが、突然あの頂点までたどり着くには彼が中にいないとだめなのだと気づいた。急いで腰を浮かせ、自分の入り口に彼をあてがい、上からぐっと押し込んでいく。そして……。

サミュエルはエメリーンの中にいた。しっかりと太くなって。彼が中を押し広げていくと、その感触はえも言われぬ素晴らしいものとなった。エメリーンは動くのをやめ、その感触を味わい、楽しんだ。これが永遠に続いてほしい、彼に満たしてほしいと思いながら。サミュエルの上にかがみ込んだそのとき、彼の口が片方の乳房をくわえていて、強く引っ張るのがわかった。エメリーンの内なる筋肉は彼を包んだまま収縮し、うっとりするような、長い波が次々と訪れた。素晴らしい解放感を味わい、エメリーンは感謝の思いから声を上げてすすり泣いた。がっしりした体に自分を何度も何度もこすりつけ、降参したように頭を垂れると髪の毛がはらりと彼の胸を覆った。

サミュエルが何かつぶやき、乳首を放して腰をつかんだ。そして素早く、力強く自分の腰を上下に動かし、彼女を突いた。ひと突きするたびに、うっと声を上げている。彼女の中にいる彼は硬くて、熱くて、とても長い。彼の動き、明らかに死にもの狂いな様子は、エメリーンの快感を長引かせ、彼が放った温もりが体内にあふれ出したとき、彼女はまだ至福を味わっていた。それから苦しそうに波打つサミュエルの胸に倒れ込むと、彼の手が髪に絡みつき、湿ったこめかみにかすれた吐息がかかるのがわかった。そして、耳元で彼がささやく声がした。

「愛してる」

暖炉の火はとっくに消えていた。おそらく真夜中に、まだエメリーンを抱いていたころに消えたのだろう。サムは再び火をつけようかと考えた。まだ夜が明けたとは言えない闇の中、エメリーンの寝室は冷え冷えとしていたから。だが、彼女は厚みのある毛布を何枚もかぶってベッドに横たわっているし、サムもいつまでもそこにいるつもりはなかった。それに、火をつけたところで、彼を温めてくれるかどうか、もう確信が持てない。

サムはきちんと服を着て、消えた火のそばの椅子に腰を下ろした。長居をする理由は何もなかった。間もなく召使たちが起きてくるだろうし、自分の寝室に彼がまだいるとわかったら、エメリーンはきまりが悪くて不機嫌になるだろう。それでもサムは去りがたくてぐずぐずしている。

椅子から彼女を眺めることができた。二本の指があごの下で毛布をつかんでいる様を記憶しておこう。彼女は横を向き、サムのほうに顔を向けて眠っており、口元がリラックスしていて、唇が少し開いている。鋭い目を閉じていると、ずっと若く見えるし、かわいらしいと言ってもいいくらいだ。

そう思ったら、笑みを浮かべそうになった。こんな観察をしたからといって、エメリーンは感謝してはくれないだろう。ふたりで話題にする時間は一度もなかったが、彼女は自分の年齢に少し神経質になっているのではないかと思う。その点について議論し、三〇歳のレディは二〇歳のレディに負けないくらい――彼の意見ではむしろ勝っているのだが――美しいと認めさせたい。そして、彼女が議論を続けたら――とても頑固な人だから、きっとそうするだろう――キスで屈服させ、もう一回愛し合えるかもしれない。だが、それはもうかなわない。ふたりはもうこれ以上議論はしないし、これ以上キスをしたり愛し合ったりはしない。ささいな問題を解決する時間はもうないのだ。

ふたりの時間は終わった。

エメリーンがふっと息をつき、口の上に毛布を引き寄せた。サムはむさぼるようにそのかすかな動きを見つめ、うっとりと味わい、記憶にとどめた。すぐに行こう。すぐに立ち上がり、扉のところまで歩いていき、この部屋を出て、静まりかえった家をすり抜ける。そして、夜明けの通りへと出ていくのだ。それから正確には自分のものではないタウンハウスへ戻り、二日したら船に乗って帰途に就き、ひと月余り海を眺めて過ごすことになる。アメリカに着いてからは？　もちろん、自分の生活を続けるだろう。エメリーンという名の女性になど一度も会わなかったかのように。

ただし、はたから見れば同じ生活をしているように思えるかもしれないが、中身は以前とはまったく違っているだろう。たとえあと六〇年生きたとしても、彼女を、わたしの情熱的なレディを忘れられるはずがない。冷え切った暖炉のそばに座っているサムには、もうそれがわかっていた。彼女は生涯わたしのそばにいるだろう。ボストンの街を歩くときも、商談をしたり、知人と雑談をしたりするときも、亡霊のように傍らにいるだろう。食事をするときはともにテーブルに着き、眠るときは隣に横たわっているだろう。そして、この世での時間が終わりを告げるとき、無の空間へと入っていく自分が最後に思うのは彼女のことだろう。

あのレモンバームの香りは一生、わたしにつきまとうのだろう。

だから眠っている彼女をじっと見つめながら、サムはもう少しだけ座っていた。目の前にはこの先の人生が待っているのだし、彼女と過ごすこのわずかな瞬間を記憶にとどめておかねばならない。

この思い出があれば、きっと一生、持ちこたえることができるはずだ。

18

看守が大きな杭にアイアン・ハートを縛りつけ、足下にとげだらけの木の枝を積み上げた。アイアン・ハートがあたりを見回すと、かわいい妻が国王である父親の横に立って泣いていた。その光景に彼が目を閉じた次の瞬間、火が放たれた。木の枝はたちまち燃え上がり、炎が暗い空に向かって躍り上がった。星の仲間入りをしようとするかのように火の粉が舞い上がり、よこしまな魔法使いが大喜びして叫んでいる。しかし、妙なことが起きた。アイアン・ハートの服は燃え、やがて灰と化したにもかかわらず、体は燃えていなかったのだ。それどころかアイアン・ハートが炎に包まれてもだえ苦しむ中、彼のたくましいむき出しの胸に、鉄の心臓が現れた。鉄の心臓が熱さで白熱し、鼓動していたのだ……。

『アイアン・ハート』より

翌朝エメリーンが目覚めると、サミュエルはいなくなっていた。メイドが火をおこそうとしているのか、炉端でかたかた音を立てている。灰のかけ方が悪くて、夜のあいだに火が消えてしまったに違いない。

今日という一日に向き合うのがいやで、エメリーンはしばらく目を閉じていた。彼のいない人生と向き合いたくなかったのかもしれない。そうしているうちに、体の中で液体が染み出てくる感触を覚えた。彼が残していったものだろうと思ったが、目を開けてみると、それはもっと見慣れた染みであることがわかった。月のものがやってきたのだ。これでジャスパーとの結婚に何の障害もなくなったとほっとするべきなのに、激しい失望に襲われている自分にぞっとする。なんてばかなのだろう！　まったくばかげている。サミュエルの子どもを身ごもることを望むなんて。彼と結婚するしかなくなることを望むなんて。

それから、エメリーンはひと息ついた。頭では——正気の頭では——サミュエルとの結婚は悲惨なことになるだろうとわかっていたが、心は納得していなかった。

「奥様、何かお持ちしましょうか？」メイドがいまだに火のつかない炉の上に片手をかざしたまま、エメリーンをじっと見つめている。

きっとメイドでも気づくような声を漏らして、自分の苦悩をさらけ出すまねをしたに違いない。エメリーンは体を起こした。「いいえ、結構よ。ありがとう」

メイドはうなずき、暖炉に向き直った。

「今日は時間がかかって申し訳ございません。どうして、こんなに火がつかないのかわからないのですが」

エメリーンはベッドのわきに目を走らせ、ショールを見つけた。メイドが背中を向けているあいだに、何とかそれを体に巻きつける。

「たぶん、空気が冷え切っているせいね。ちょっと、わたしにやらせて」

しかし、燃えているわらを何度押しつけても、どうしても石炭に火がついてくれない。

「まあ、いいわ」エメリーンは不機嫌になり、ついに大きな声を出してしまった。「わたしの居間にお風呂を用意して。あそこは暖炉に火が入っているんでしょう？」

「はい、奥様」メイドが言った。

「じゃあ、着替えはそちらでするわ」

一時間後、風呂はもう冷めていた。エメリーンは憂鬱な気分で膝のあたりのお湯をかきまぜた。望むと望まざるとにかかわらず、風呂から出て、この先の人生と自分の選択に向き合う時間はとっくに過ぎている。

「タオルをお願い」メイドが大きなタオルを広げると、エメリーンは立ち上がった。

おそらく植民地では、こんな大きなタオルは作っていないだろう。サミュエルを拒んでよかった。植民地で粗悪な入浴用品を我慢するはめにならなくてすんだのだから。メイドが服を着せてくれるあいだ、エメリーンは気難しい顔をして立っていた。新しいワインレッドのシルクのドレスを見せられても、興味さえ感じない。数週間前にレベッカの衣装をそろえる手伝いをした際に、自分もこのドレスを注文したのだが、今となっては黄麻布《バーラップ》を巻いて、灰をかぶっていても別に構わなかったかもしれない。

ハリスに髪をいじられていると、エメリーンはだんだん落ち着かなくなってきた。

「それでいいわ。どうせ今日は、お客様をお迎えするつもりはないから。庭を散歩しようと思っているの」

ハリスは疑わしそうに窓をちらっと見た。

「雨になりそうですよ、奥様。こんなことを申し上げるのもなんですが」

「あら、そうなの？」エメリーンは失望して尋ねた。

これが最後のとどめになりそうだ。自然の力もわたしに陰謀をくわだてているに違いない。エメリーンは窓辺に行き、外をのぞいた。この居間からは通りが見渡せる。そしてじっと見ていると、隣家の階段をサミュエルが下りてきて、外で待っている馬のほうへ大またで歩いていった。エメリーンは思わず息をのんだ。予想もしなかった彼の姿に、ナイフでひと突きされたような痛みがみぞおちを貫いた。冷たい窓ガラスに置いた手が震えている。この瞬間、彼は顔を上げるべきだった。頭上の窓から彼を見ているわたしに気づくべきだった。だが――むしろそれが当然のことだが――こちらを見ず、馬に乗って行ってしまった。

エメリーンは窓から手を下ろした。

背後では何事もなかったかのように、ハリスがしゃべり続けている。

「では、新しいドレスは片づけてまいります。ほかにご用がなければ」

「ええ、もう結構よ」エメリーンは窓から無理やり目をそらした。「やっぱり、ちょっと待って」

「何でございましょう？」

「マントを取ってきてちょうだい。お隣のミス・ハートリーを訪ねたいので」

レベッカにお別れを言うとしたら、今しかないかもしれない。さよならも言わず、あの子をアメリカに旅立たせてしまってはいけない気がする。

エメリーンはマントをはおり、首のひもを結びながら、急いで階段を下りた。サミュエルがどれくらい留守にするのかわからないけれど、彼には二度と会わないようにしなければならないだろう。外に出ると、空は暗くどんよりと曇っていて、今にも雨が降りだしそうだった。もしレベッカが家にいたら、くれぐれも長居をしないようにしなければならない。さもないと雷雨で身動きが取れなくなるおそれがある。エメリーンは息を吸い込み、サミュエルの家の扉を叩いた。

扉を開けた執事は、ちょっと驚いた顔をした。よその家を訪ねるには、たしかに時間が早すぎるが、何と言っても彼女は伯爵の娘だ。執事はお辞儀をし、エメリーンはその横をすっと通り抜けて、玄関の広間へ入った。それから執事は小さな居間に彼女を案内し、レベッカを呼びに行った。

エメリーンはそわそわしながら窓の外をちらりと見たが、すぐにレベッカが入ってきた。

「奥様！」レベッカは彼女が訪ねてきたことにびっくりしているらしい。

エメリーンは両手を差し出した。

「さよならも言わずに、あなたを行かせるわけにはいかないわ」

レベッカがいきなり泣きだした。

あら、どうしよう。人に泣かれると、いつもどうすればいいのかよくわからない。エメリーンは常々、人前で泣くレディはちやほやされたがっているのだとひそかに思っていた。彼女自身はめったに泣かないし、人前では絶対に泣かなかった。つまり、サミュエルと過ごした昨日の夜、初めて人前であからさまに泣いたのだ、とそのとき気づいた。

そんな気まずい思いに駆り立てられ、エメリーンは前に歩きだした。

「まあ、まあ」そしてレベッカの肩をぎこちなく叩きながら、そうつぶやいた。

「ごめんなさい」レベッカがあえぎながら言った。

「いいのよ」エメリーンはぶっきらぼうに答え、ハンカチを渡した。ほかに何を言えばいいのだろう？　レベッカが悲嘆に暮れている原因は自分だと、彼女はほぼ確信していた。「お茶を持ってこさせましょうか？」

少女がうなずき、エメリーンは彼女を座らせて、メイドに指示を出した。

「事情が違っていたらよかったんですけど」メイドが再び出ていくと、レベッカが言った。座ったまま、両手でハンカチをひねっている。

「わたしもそう思うわ」エメリーンは長椅子に腰を下ろし、入念すぎるぐらい入念にスカートを整えた。レベッカの顔を見なければ、この状況を切り抜けられるかもしれない。「発つ日はもう決まったの？」

「明日です」

エメリーンは顔を上げた。「そんなすぐに？」

レベッカが肩をすくめた。

「サミュエルが昨日、船室の空きを見つけてきました。明日、出発しようって言うんです。持ち物はあとで荷造りしてもらって、別の船で送ってもらえばいいって」

エメリーンは顔を曇らせた。サミュエルはイングランドから、わたしから去りたいに違いない。そうしたくてたまらないのだろう。

「あなたが兄を愛していないからですか？」レベッカが突然、そんなことを言いだした。

あまりにも唐突でびっくりするような質問だったため、エメリーンは思わず「違うわ」と答えたが、告白に近いことを言ってしまって息をのみ、首を横に振った。「いろいろあるのよ」

「教えていただけませんか？」

エメリーンは立ち上がり、暖炉のほうへゆっくりと歩いていった。

「階級とか地位のことは、もちろんあるわね」

「でも、それだけではないんですよね？」

エメリーンはこの若い女性を見ていられず、赤々と燃える火をじっと見つめた。

「あなた方は、遠く離れた違う土地から来られたでしょう。サミュエルはこのイングランドで家庭を持ちたいとは思わないんじゃないかしら」

レベッカは黙っていたが、まさにこの沈黙が、説明をするよう迫っていた。

「わたしには顧みるべき家族があるの」エメリーンは息を吸い込んだ。「もうダニエルとタント・クリステルだけになってしまったけど、ふたりはわたしを頼りにしているわ」

「それで、あなたはダニエルと叔母様がアメリカには行きたがらないと思ってらっしゃるのね？」

本当はそうではなかった。たしかに、タント・クリステルは船旅について文句を言うだろう。でも、あの年老いたレディはそうしたくなければ、イングランドを離れる必要はないのだ。それにダニエルは、アメリカが見られると思っただけで、おそらく有頂天になるだろう。

エメリーンはウエストのギャザーに指をねじ込んだ。

「さあ……」それから顔を上げ、レベッカと目を合わせた。

「みんな、わたしを置いて逝ってしまったのよ。夫に、レノーに、父。もう同じことを繰り返すわけにはいかないわ。自分を守るには、人を当てにしてはいけないの」

レベッカが顔をしかめた。「わたしには理解できません。あなたを傷つけようとする人がいれば、だれであれ、兄は絶対に許さないはずですよ」

エメリーンは笑ったが、声がかすれてしまった。

「ええ、それこそ、わたしが子どものころからずっと思ってきたことよ。はっきり口に出して言われたわけではないけど、わが家の紳士たちがわたしを大事にしてくれる、わたしを守ってくれるという暗黙の了解があったの。つまり、わたしは自分の立場に不安を抱く必要はない、雑事は男性が取り仕切り、わたしはかわいらしく彼らのお相手をして、家のことをしていればいいと思っていたわ。でも、そうはいかなかったじゃない？　まず夫のダニー。当時、わたしも夫もまだとても若かったのよ。そのあと植民地の戦争で兄のレノーを失った。その後、父も……」そこではっとなった。というのも、父親の件はだれにも話したことがなかったからだ。「その後、父も亡くなって、わたしはみんなに見捨てられてしまったというわけ。兄はすでに亡くなっていたから、爵位も地所もすべて、いとこが相続することになったの」

「みなさん、お金を残さずに逝ってしまわれたのですか？」

「そうじゃないわ」エメリーンの手が急にびくんと動き、ドレスの縫い目が裂ける音がした。「もちろんお金は十分あるの。ゴードン家の収入はかなりのものだから。付き添いの仕事はお小遣い稼ぎにしているだけ。でも、わかるでしょう？　わたしにはもう頼る人がいないのよ。みんな、わたしを置いて逝ってしまった。わたしは今、自分の生活、タント・クリステルと息子のダニエルの生活について、様々な決断を下さなければならないの。投資をどうするか、近いうちにダニエルをイートンへ入れるべきかどうかで悩んでいるわ。土地差配人がわたしのお金を使い込まないように目を光らせていないといけないし。信頼できる人、頼れる人がほかにいないのよ。自分以外には」

エメリーンは首を横に振った。自分が言おうとしていることが漠然としているのはわかっている。

「気が休まらないの。だめなのよ……だって……」

レベッカにこんなことを打ち明けてしまうなんて。サミュエルにはまったく言えなかったのに。

年下の女性は眉をひそめた。「わかる気がします。決して重荷を下ろすことができないんですよね。この人なら代わりに重荷を背負ってくれると思える人がいないのでしょう」

「ええ、そう、そういうことなのよ」エメリーンはほっとして大きな声を出した。

「でも……」レベッカは当惑して、目を上げた。「あなたはもうすぐ、ヴェール卿と結婚される予定ですよね」

「それは関係ないわ。わたしはジャスパーを兄のように愛しているけど、彼と結婚しても、わたしの生き方、生活の仕方はまったく変わらないでしょう。もしジャスパーがほかの人たちと同じようにわたしのもとを去ったり、死んだりすれば、わたしはまた同じ目に遭うのだもの」

レベッカは黙ってエメリーンをじっと見つめた。居間の外の廊下で、人がひそひそ話している声がする。

「あなたはサミュエルが死にはしないかと恐れてらっしゃるのよ」レベッカがつぶやいた。

「兄を愛しているのに、怖くて身を任せられないんだわ」

エメリーンは目をしばたたいた。死を恐れてサミュエルを拒むだなんて、とても子どもっぽくて、意気地のない理由に思える。そんなはずがない。だから説明をしようとした。

「いいえ、わたしは――」

居間の扉が開いた。話をさえぎられ、エメリーンは顔をしかめて振り返った。メイドがお茶の道具を載せたトレーを持って入ってくる。そのすぐ後ろに、ミスター・ソーントンの姿が。

まあ、大変。この男はここで何をしているの？

小男が部屋に入ってきた。顔には笑みをたたえている。以前も彼は会うたびに笑顔を見せたが、今はその表情がゆがんでいるように思える。どうもおかしい。朗らかな表情を装い、頭の中にある恐ろしい考えを隠そうとしている、といった感じだ。どうして前はまったく気づかなかったのだろう？　今日は彼の自制心が低下しているの？　それとも、サミュエルから得た新しい情報が、この男に対するわたしの認識に影響を与えているのかしら？

「いきなりですが、お邪魔をしても構いませんでしょうか？」ミスター・ソーントンが言った。「ミスター・ハートリーを訪ねてまいったのですが」

「あいにく、兄は留守にしております」レベッカが言った。「というか、あなたのお店を見に行ったのだと思います、ミスター・ソーントン。スターリング通りのお店に……。じゃないわ、ごめんなさい」少女はいらいらして首を横に振った。「それは昨日、訪ねたお店でした。今日はドーヴァー・ストリートに、あなたを探しに行ったんですよ」

エメリーンは素早くレベッカに目を走らせた。少女の表情はくつろいでいて、隠し事をしているようには見えない。邪魔者が入って、ほんの少しいら立っている様子がうかがえるだけだ。とても演技がうまいのか、サミュエルがミスター・ソーントンにまつわる疑惑を妹に打ち明けていないかのどちらかだろう。

しかし、ミスター・ソーントンは急に静かになった。

「スターリング通りですって？　これは興味深い。ミスター・ハートリーはなぜ昨日、そんなところへ行かれたのでしょう？　五年前に戦争から戻って以来、あそこには店を持っておりません」

「本当に？」レベッカが顔をしかめた。「兄は、あなたがお店を二軒お持ちだと思っていたのかもしれません」

「なるほど。いずれにしても、兄上にお会いできなくて残念ですな」ミスター・ソーントンは物欲しそうにメイドが用意した紅茶を見た。

「同感です」エメリーンはしっかりした口調で言った。「急げば、お店であの方を見つけられるかもしれませんよ」

「しかし、行き違いになる可能性もなきにしもあらず」ミスター・ソーントンは言葉巧みに言った。「それでは悔しいじゃありませんか」

「ここにいらっしゃればいいわ。一緒にお茶をして、兄の帰りをお待ちになれば？」レベッカが言った。

「ご親切に、ありがとう存じます」ミスター・ソーントンはお辞儀をし、腰を下ろした。

「寛大とは、まさにあなたのことですよ、ミス・ハートリー」

「あら、それはどうかしら」レベッカは紅茶を注ぎながら言った。「お茶だけですし」

「ええ、ですが、これほど寛大に接してくださる方は多くはいないでしょう……」彼はエメリーンにずるがしこそうな視線を放った。「労働者階級の男なんぞに。なにしろ、わたしは根っからの靴屋ですから」

「でも、自分のお店を持ってらっしゃるわ」レベッカが異議を唱えた。

「ああ、おっしゃるとおり、おっしゃるとおりですよ。わたしは大きな作業場を持っております。ただしすべて、わたしが額に汗して築き上げたものですからね。父の店はとても小さかったのです」

「本当に？」レベッカは愛想よく尋ねた。「それは知りませんでした」

ミスター・ソーントンは、父親の小さな店を思い出したかのように、悲しげに首を横に振った。

「わたしは植民地での戦争から戻ってすぐ、父の商売を継ぎました。五年前のことです。五年ものあいだ、わたしは必死で努力をし、気苦労を重ね、店を今の形にしたのです。わたしから店を奪おうとする者はだれであれ、殺してやりますよ。絶対にね」

レベッカも今は不思議そうにミスター・ソーントンを見ていた。お茶の席の会話にしては、やはり彼が口にしている言葉は調子が強すぎる。エメリーンは固唾をのんでこの男を観察した。じっと見ていると、彼はとても妙なことをした。エメリーンのほうに首を傾け、歯を見せてにやりと笑い、ウインクをしたのだ。

そのような身振りには完全に不釣り合いなほどの大きな恐怖がエメリーンの体を駆け抜けた。

サムは馬に乗り、怒りでいらいらしながらロンドンの街を家に向かって走っていた。ソーントンは自宅にも仕事場にもいなかった。今日突き止めた情報の中には、ソーントンが逃げようとしているのではないかと不安にさせるものがあった。この不安と、一種の動物的勘とが相まって、ただちにソーントンを見つけなければとの気持ちに駆られたのだ。長年狩りをしてきた経験が、獲物が手の届かないところへ逃げていこうとしていると告げている。明日の朝早く、ホッパー号で発つ予定だったが、今日ソーントンを見つけられなければ、レベッカと自分用に買った船室の切符は無駄にせざるを得ないだろう。

だがそうなれば、ロンドンに長居をして、エメリーンの近くであと数日過ごすことにもなる。彼女のそばにいて、完全に頭がおかしくなることもなく耐えられるのかどうか自信がない。

路上暮らしの少年がひとり、馬の鼻先を駆けていった。馬がそわそわして横に踏み出し、サムはしばらくのあいだ、手綱に神経を集中していなければならなかった。少年はもちろん、とっくにいなくなっていた。あの子はまだ小さいが、このようなあわや衝突という場面に何度となく遭遇してきたのだろう。なにしろ、ロンドンの通りは道路というより、どっと押し寄せる川と言ったほうがいいのだから。行商人たちは街角で、それどころか道の真ん中でも商品の名前を大声で叫んでいる。馬車は象のように通りをごろごろ進み、大きな車体が必然的に道をふさいでいた。椅子かご（一七〜一八世紀に用いられた要人などを運ぶかご）の担ぎ手たちは人込みを縫って素早く進んでいく。人びとは男も女も、子どもも、まだ歩けない赤ん坊から杖を突いた老人、身分の高い者から低い者、その中間の一般大衆にいたるまで、ありとあらゆる人たちが、それぞれの用事で、それぞれが急いで、通りに群がっている。こんな無数の人たちの肺に吸い込まれて、空気が使い果たされてしまわないのが不思議だ。

そう思った途端、サムは自分の肺が動かなくなった気がした。周囲の空気がすべて吸い取られる幻想が頭を侵していく。だが、そんなのはナンセンスだ。サムは馬とすぐ目の前に続く道に集中し、自分たちを取り巻くほかの人間をすべて意識から遮断した。呼吸はできる。下水や腐敗物や煙の強烈なにおいを放ってはいるものの、空気はたっぷりある。自分の肺はなんともない。

頭の中でそう繰り返しているうちに、ようやくタウンハウスが視界に入ってきた。レベッカはまだ荷造りをしているところだろうが、ちょっと手を休めて早めの昼食をとろうと誘ってもいいかもしれない。サムが馬からひらりと降りたそのとき、騒々しく行き交う馬車のうちの一台が、隣の家、すなわちエメリーンの家のほうに近づいてきた。ぴかぴかに磨かれた黒い扉にはヴェール家の紋章が描かれている。サムは歩を速めて家に入った。ヴェールと再び顔を合わせても仕方ない。あの家で、もう言いたいことは言ってしまったのだから。

自分の家に入ると、サムは帽子とマントを執事に預け、妹はどこにいるかと尋ねた。

「ミス・ハートリーはお出かけになりました」執事が答えた。

「そうなのか？」サムは顔をしかめた。最後の最後に買い物に出かけたのか？「いつ出かけたんだ？」

「三〇分ほど前に」

「独りで？　歩いていったのか？　それとも馬車で？」

「馬車でお出かけになりました。レディ・エメリーンとミスター・ソーントンとご一緒に」

執事はマントと帽子を掛けるために背を向けてしまい、自分の発言がもたらした効果にまるで気づいていなかった。妹と大事な人が、自ら強姦殺人犯と一緒に馬車に乗り込んだのかと思うと、サムは心が凍りつき、目をみはった。だが、もちろん自ら乗り込んだはずがない。ソーントンにまつわる疑惑は、レベッカには話していなかったが、エメリーンは疑惑について知っている。知っていながら、なぜ彼女はソーントンと一緒に――。

「彼女に何をした？」

その声に振り向いたと同時に、サムは壁に乱暴に押しつけられた。掛かっていた絵ががしゃんと床に落ち、ヴェールが傷だらけの顔を突きつけてきた。

「エミーが一時間以上前にここへ来ただろう。彼女はどこだ？」

サムは相手の顔をぶん殴りたい衝動を抑えた。それはもう果たしたし、果たしたところで状況はよくなるはずがなかった。それにヴェールもエメリーンを心配しているのだ。

「エメリーンとレベッカはソーントンと一緒に出かけた」

ヴェールがせせら笑った。「ばかばかしい。エミーが、あんなへらへらしたおしゃべりと出かけるわけないだろう。おまえがどこかに隠したんだ」サムから飛び退き、廊下で脚を大きく開いて叫んだ。「エミー！　おーい、エミー！　すぐに出ておいで！」

　素晴らしい。唯一の味方は頭がおかしくなっているというわけか。サムは背を向け、玄関を目指した。実際に何が起きているのか、ヴェールに納得させる時間はない。

　しかし、別の声がサムを引き留めた。

「本当です、閣下」

　振り返ると、ヴェールが従僕のオヘアをあ然とした顔で見つめていた。

「きみはだれだ？」

　オヘアは無礼と言ってもいいほど中途半端なお辞儀をした。

「ミス・ハートリーとレディ・エメリーンは、おふたりともミスター・ソーントンの馬車にお乗りになりました」彼の視線はヴェールを通り越して、サムの目をとらえた。「わたしは、ミス・ハートリーのそばにぴったりくっついて立っておられるミスター・ソーントンの態度が気に入りませんでした。どうも様子がおかしかったのです」

　サムは、なぜソーントンを止めなかったとわざわざ訊きはしなかった。この国で召使がそのような行動を取れば、紹介状も持たされずに、あるいはさらにひどい状態でお払い箱になる可能性があるのだ。「三人がどこへ向かったか、心当たりはあるのか？」

「はい、ワッピング（タワーブリッジの東に位置するテムズ川北岸の地区）のプリンセス波止場です。ミスター・ソーントンが御者に行き先を告げているのを耳にしました」

　ヴェールは当惑した顔をしている。

「ワッピング？　なぜソーントンはふたりを波止場へなんか連れていくんだ？」

「波止場ってことは、船だな」

ヴェールが眉を吊り上げる。「あいつがふたりを誘拐するつもりだと思っているのか？」

「わからん」サムが答えた。「だが、突っ立ってそんなことを議論している暇はない。さあ、きみの馬車で行こう」

「ちょっと待てよ」ヴェールがサムの腕をつかんだ。「なんでそんなに慌ててるんだ？　きみがエミーをここに隠していないとどうやって証明する？　あるいは――」

サムは下に向かって腕をひねり、ヴェールから逃れた。「なぜなら、例の裏切り者はソーントンで、やつが何らかの形で、わたしが正体を突き止めたことを知ったに違いないからだ」

ヴェールは毛深い眉をひそめた。「しかし――」

「言っただろう。時間がないんだ」サムはうなるように言った。「オヘア、きみも手伝わないか？」

青年はためらいもしなかった。「はい！」

「来い」サムは扉の外に出て、ヴェールの承諾を得るために立ち止まることもせず、階段を駆け下りた。たとえヴェールがあとに残ってあらゆる可能性を熟慮すると言い張っても、待機している馬車に乗っていくつもりだった。

ところが、馬車までたどり着くと、隣にヴェールがいた。

「ワッピング、プリンセス波止場だ」子爵が御者に告げた。「できる限り急いで行け」

三人の男は重なるようにして馬車に乗り込んだ。

「さて」ヴェールはサミュエルとオヘアの向かい側に腰を下ろすと同時に言った。「話してもらおうか」

サムは窓をじっと見据えた。ソーントンの馬車はずっと前に通りすぎていたが、それでも懸命に目をこらして馬車を見つけようとしている。

「スピナーズ・フォールズにいるあいだ、あるいはあれから間もなく、マクドナルドがソーントンと入れ替わったんだ」

「証拠はあるのか？」

「五年前、われわれが海の向こうで知っていた兵士が、死んだ別人の振りをしている証拠か？　いや、それはない。おそらく、やつは証拠という証拠を抹殺している」

オヘアがサムの横で体の位置をずらした。若者は馬車に乗ってからずっと黙っているが、心配そうな顔をしている。馬車は速度を落とし、ごろごろ進んでいた。前方から人びとの叫び声が聞こえてくる。

サムは馬車の天井を叩きたい衝動をかろうじて抑え、オヘアのほうを向いた。

「赤毛の兵士がふたりいたんだ。ひとりはソーントン。もうひとりはマクドナルド。彼らに注意を払う者はいなかったが、やがてマクドナルドのほうが捕まって鎖につながれ、軍法会議にかけるべく砦に連行されることになった」

「では、その男は何かしたのですね？」オヘアが尋ねる。

サムはヴェールを見た。

相手は唇をとがらせ、一度うなずいた。「ある女性を強姦し、殺したんだ」

オヘアの顔が青ざめた。

「スピナーズ・フォールズの襲撃のあとのどさくさに紛れて、マクドナルドがソーントンと入れ替わったことは理解できる。だが、イングランドに戻ってからはどうなんだ？　たしかソーントンには家族がいただろう？」

「妻がいた」サムは首を横に振った。「やつが帰還してすぐ、亡くなってる」

「なるほど」ヴェールは思案ありげにうなずいた。

「でも、今度はあのレディたちをどうしようというのですか？」オヘアが急に大きな声で言った。

「わからない」サムはつぶやいた。ソーントンは頭がおかしくなっているのか？　もし推測が当たっているとすれば、あの男は、皆が知っていた女性をふたり殺している。そのような人物は、自分が敵と見なす男の大事な女性をどう扱うだろう？

「ゆするつもりなんだろう」ヴェールが言った。「ハートリー、あいつはきみの口を封じておきたいのかもしれない。レベッカとエメリーンを人質にして」

サムはもしそうなったらと考えながら目を閉じ、考えていないで行動しろとせき立てる内なる声を抑えつけようとした。

「ソーントンはもっと抜け目のない男だ」

ヴェールが肩をすくめた。「だれよりも抜け目のない男だって、うろたえることはある」

ヴェールのような男がうろたえれば、人を殺す。

「ここから、どれくらいあるんだ？」サムが尋ねた。

ジャスパーも今は窓の外をじっと見ている。「ワッピングか？　ロンドン塔の先だ」

サムは息をのんだ。一行はまだロンドンの西側のおしゃれな地域にいる。ロンドン塔は一キロ半、いやそれ以上先だが、馬車は速やかに進んでいるわけではなかった。

「思い出したぞ」ヴェールがつぶやいた。

サムは振り返る。

ヴェールの顔から血の気が失せていた。

「きみの家の庭でソーントンに会ったときのことだ。お茶をしようと家の中に入ったあと、あいつが自慢したんだ。英国軍向けに、靴を大量に出荷する準備をしていると言ってた」

「出荷先は？」

ヴェールがごくりと喉を鳴らした。「インド」

サムは心臓が止まったような気がした。もしソーントンがインド行きの船にエメリーンとレベッカを乗せてしまったら……。

馬車はのろのろ進んでいたが、やがて完全に停止した。サムが窓の外を見ると、醸造業者の荷車が道の真ん中で止まっていた。大きな車輪のひとつが軸からはずれたのだ。当然、人びとが叫び出すはずだったが、サムはそれを待つことさえせず、馬車の扉を開けた。

「どこへ行くんだ？」ヴェールが叫んだ。

「走ったほうが速い」サムが答えた。「きみたちはそのまま馬車で行け。そっちのほうが先に着くかもしれないが」

そしてサムはひらりと飛び下り、走りだした。

19

ソーラス王女はアイアン・ハートの白熱する心臓を目にし、絶望の叫びを上げた。夫がもがき苦しむ様はあまりにもひどく、見るに堪えなかった。王女は駆け出し、彼の苦痛を和らげようと、自らの手でバケツの水をかけた。ところが炎は消えたものの、悲しいかな、金属が急に冷えるとどうなるかはだれもが知るところだった。

アイアン・ハートの心臓はぴしっと大きな音を立てて割れてしまった……。

『アイアン・ハート』より

銃はレベッカのあばらにしっかり突きつけられており、馬車が揺れたり、勢いよく角を曲がったりしても、ぴくりとも動かない。エメリーンは唇を嚙んだ。両側にはソーントンの手下である野獣のような男がひとりずつ座っていて、彼女はそのあいだに事実上、閉じこめられていた。あのときソーントンが汚らわしい銃をレベッカに突きつけ、ふたりとも外へ出て馬車に乗れと命じられ、乗り込んでみるとこの男たちが中にいたのだ。撃てるものなら撃ってみなさいなどとは言いたくても言えなかった。そんなことをしたら目の前でレベッカを死なせてしまう危険があると思えたのだ。

ソーントンや悪臭を放つ手下どもと一緒に馬車に乗ってみると、自分が正しい決断をしたのかどうか、もはや自信が持てなかった。波止場に着いてしまえば、彼はやっぱりわたしたちをふたりとも殺すかもしれない。この数分間、馬車から飛び下りてしまおうかとずっと考えていた。でも残念ながら、そのためにはまず、野獣のような男たちを振り切らねばならないだろうし、レベッカに相変わらず銃が突きつけられていることを考慮に入れていなかった。ソーントンなら、少なくとも腹いせだけで引き金を引くだろう。それについてはこれっぽっちも疑いの余地がない。この男は完全に頭がどうかしている。これまでどうやって病気を隠してきたのかは謎だった。というのも、今の彼はかなり神経質そうに顔をぴくぴく痙攣させているからだ。数分ごとににやりと歯を見せ、片目をぱちぱちさせており、そのたびに表情はウインクというより、しかめっ面に近くなっていく。

「もうすぐですよ」ソーントンが言った。また例のぞっとするやり方でウインクをしながら。「イーストエンドには行ったことがありますか？　ない？　まあ、たいがいの人はそうでしょうね。これは大冒険になりますぞ！」

エメリーンの右にいる男がぶつぶつ言って体の位置をずらし、その動きで緋色の上着がひどいにおいを放った。馬車はがたがた揺れながらロンドン東端の倉庫街へ入っていった。窓の外に見える空がだんだん暗くなっていく。

エメリーンは膝の上で両手を握りしめ、冷静な声を出そうと努めた。「ここで解放してくだされば結構よ、ミスター・ソーントン。これ以上先までわたしたちを連れていく必要は本当にないんですもの」

「ええ、ですが、わたしはおふたりとご一緒できてとても楽しんでおりますよ」卑劣な小男が甲高い声で笑った。

エメリーンはゆっくり息を吸い込み、穏やかに言った。

「わたしたちがいれば、ジャスパーとサミュエルにあなたを追い続ける理由を与えるだけよ。わたしたちを解放して、あなたは逃げればいいわ」

「わたしのためを思ってくださってありがとうございます、マイ・レディ」ソーントンが答えた。「しかし、あなたの婚約者とサミュエル・ハートリーは、あなた方を解放しようがしまいが、わたしを追ってくるでしょうね。とりわけミスター・ハートリーは、かなりご執心のようですから。わたしは彼を監視していたのですよ……」そう言って、エメリーンの隣にいる緋色の上着を着た悪党にうなずいた。「彼が連隊の生き残り全員に、あれこれ訊いて回っているという話を耳にした瞬間から。なので、どっちにしても追われるのであれば、あなた方とご一緒させていただこうと思います」

エメリーンはレベッカと目が合った。馬車に無理やり乗せられて以来、レベッカはひと言も口をきいていなかったが、エメリーンは少女の目に自分と同じ絶望の色を認め、感情が混乱しそうになった。ミスター・ソーントンにとって、ふたりを誘拐したところでまったく意味がなかったのだ。まさにその事実が胸を締めつけ、エメリーンは息苦しくなった。

外で雨が降りだした。まるで芝居が終わり、突然、幕が下りてきたかのように。解決策を考えなくてはいけないいけれど、残された時間は短いかもしれない。

ミスター・ソーントンはわたしたちを殺すつもりだ。エメリーンはとても不安になった。


視界に雲が広がり、土砂降りの雨が降りだした。最初の波が平手打ちのように顔に当たり、サムは一瞬ひるんだが、走り続けた。実のところ、雨のおかげで状況は少し楽になった。雨宿りできる場所を見つけた人たちが、一目散に通りから去っていったからだ。あいにく、それでもかなりの数の馬車や荷車が残っている。先ほどの醸造業者の荷車にしても、おそらくまだヴェールの馬車の行く手を阻んでいるだろう。サムは、雨で都会の小川と化した、割れた丸石の列を跳び越え、ひたすら走ることに集中した。自分の後ろにあるもの、前途に待ち受けているものについては何もできない。今、自分にできるのは走ることだけだ。

先ほどヴェールの馬車が立ち往生したのは、フリート街のどこかだったが、サムはすでににぎやかな大通りをはずれ、今はテムズ川と並行して走る道を進んでいた。川は見えないが、右側のどこかを流れている。

もっと速く走ろうとすると、脚の筋肉がぴんと伸びるのがわかった。こんなふうに走るのは久しぶりだった。絶望と希望を胸に全速力で走るのはスピナーズ・フォールズ以来だ。あのときは、どれだけ一生懸命走っても、たどり着いたときにはもう手遅れだった。レノーは死んでいた。

サムは赤ん坊を抱いた少女をよけようとして急に道をそれ、革のエプロンをした大柄な男にぶつかった。男は悪態をついて殴りかかろうとしたが、サムはすでに男の前を通り過ぎていた。足が痛い。向こうずねに先の尖った破片が刺さったような痛みが走る。足の裏の傷口がまた開いたのだろうか？

次の瞬間、あのにおいがサムを襲った。

革のエプロンをした男のにおいなのか、今すれ違っただれかのにおいなのか、いや、自分の妄想の産物にすぎないのかもしれない。でも汗のにおいがする。男の汗のにおいだ。ああ、今は勘弁してくれ。顔を覆い、地面にくずおれてしまいたいと思ったが、サムは目を閉じることなく、脚を動かし続けた。スピナーズ・フォールズの死者たちが追ってくるような気がする。目に見えない死体たちが汗と血のにおいを放ち、幽霊のような手がサムの袖につかみかかり、頼むから待ってくれと懇願している。スピナーズ・フォールズを離れたあと、サムはあの森林の中でこの亡霊たちの存在を感じていた。彼らはエドワード砦までずっとあとをついてきた。ときにはその姿を目にしたこともあった。ある少年兵の目は恐怖でうつろになり、老兵の頭の皮ははがれていた。自分が夢を見ていたのか——半分眠った状態で走っていただけなのか——スピナーズ・フォールズの死者が、生きている彼の肉体に染み込んできたのかどうか、まったくわからなかった。ひょっとすると、自分はどこへ行くにも彼らを連れていて、窮地に陥ったときだけ、存在を思い知らされるのかもしれない。前からずっと彼らと一緒だったのだろう。皮膚の下に散弾が埋まっている者たちのように。それは無言の痛みであり、目には見えないが、自分がなぜ生き延びたのかを思い出させる存在なのかもしれない。

サムは土砂降りの雨の中を駆け抜けた。太ももにはねが上がっているが、どうでもいい。着ているものはとっくの昔にずぶ濡れだ。だんだん波止場に近づいているのだろう。腐敗したような川のにおいがするし、走っている小道の両側には、高い倉庫がそびえている。サムは息が切れ、わき腹が焼けつくように痛んだ。時間の感覚を失っている。どれくらい走ってきたのか、どこまで走ってきたのかわからない。彼らがもう船に乗っていたらどうする？ソーントンがもう、ふたりを殺していたら？

突然、恐ろしい光景が脳裏をかすめた。裸で手足を投げ出し、血まみれで倒れているエメリーン。顔は真っ青で、ぴくりとも動かない。だめだ！　サムはその光景を振り払うようにぎゅっと目をつぶり、よろめいて石畳に手と膝を激しくぶつけた。

「危ねえぞ！」男がどら声で叫んだ。

目を開けると、顔の数センチ先に馬のひづめが見えた。膝をついたまま、慌ててわきによけた途端、荷車の御者にののしられた。膝が痛む。とくに右の膝が。転んだときに強打したに違いない。だが、サムは立ち上がった。

荷車の御者を無視し、肺の中でぜいぜい言っている呼吸も無視し、痛みも無視し、また走りだした。

エメリーン。

馬車が大きくカーブを描き、窓の外に波止場が見えた。雨はまだ激しく降り続き、テムズ川の中ほどに複数停泊している大型船を覆い隠している。大型船の周囲には、それより小さな船がひしめき合い、川岸と大型船のあいだを行ったり来たりしながら、物を、ときには人を運んでいる。いつもなら、波止場は労働者や娼婦、船の積み荷をくすめて生計を立てている窃盗団であふれかえっているのだろう。だが、今日は雨のせいで人はまばらだ。

馬車は揺れながら止まった。

ミスター・ソーントンがレベッカのわき腹を拳銃でつついた。

「降りる時間ですよ、ミス・ハートリー」

レベッカは動かず、どきっとするほど毅然とした顔を誘拐犯に向けた。

「わたしたちをどうするつもりなんですか?」

ミスター・ソーントンは首をかしげ、いつものぞっとする笑みを浮かべてウインクをした。

「何も恐ろしいことはしませんよ。ご安心ください。なあに、おふたりに世界をご覧いただきたいと思いましてね。どうぞこちらへ」

彼のごくありふれた儀礼的な言葉を耳にし、エメリーンは自分が最も恐れていた、ありとあらゆることに妙に確信が持てた。馬車の扉から外に目をやると、雨で灰色に煙るテムズ川が見えた。もしソーントンとともに船に乗ったら、生きては帰れそうにない。でも今は選択の余地がない。ソーントンがエメリーンの両脇にいる手下にうなずいた。

「さっさと行け」緋色の上着を着た手下がエメリーンの右側でぶつぶつ言い、彼女の二の腕にソーセージのような指を巻きつけた。きっとドレスに脂染みが残るだろう。彼はもうひとりの手下より若干背が低く、すりきれた三角帽子をこれみよがしにかぶっている。ソーントンはあまり報酬をはずんでいないに違いない。というのも、男のブーツはほとんど穴だらけで、片方は、革が破れてあかじみた大きなつま先がぬっと突き出ていたからだ。

　エメリーンはレベッカを少しでも勇気づけようと無理に笑ってみせてから、自分のスカートの裾を引き寄せた。それから悪党に腕をつかまれたまま、馬車を降りて雨の中へ踏み出した。もうひとりの悪党があとに続く。こちらは背の高い筋張った男で、腕が非常に長く、白髪頭が薄くなりかけている。ソーントンとレベッカが降りてくるあいだ、彼は背中を丸め、黙って立っていた。

「さてと」ソーントンがほほ笑みながら言った。彼は何を見ても笑っている。「急ぎましょう。〈海の虎《シー・タイガー》〉まで連れて行ってくれるボートが待っているはずです。おふたりとも雨宿りをなさりたいでしょう。もし――」

　しかし、ソーントンは最後まで言い終えることができなかった。レベッカが突然、つかまれていた手を引き抜いて横に身をかわし、白髪が薄くなりかけている手下の背後に回ったのだ。一瞬、ソーントンはどこを狙うべきかわからなくなり、銃が揺れた。それから、あのぞっとする笑みを浮かべて銃身をエメリーンの腹に向けた。

うちに、ようやく悟った。わたしは殺される……。

だが、それは違った。

どこからともなくサミュエルが駆けつけてきて、銃をつかんでいるソーントンの腕に体当たりし、向きをそらした。銃が炸裂し、弾が石畳に当たって破片が宙に飛び散った。背の高い、白髪が薄くなりかけた手下がサミュエルに飛びかかり、背後からつかみかかる。三人の男はそのまま塊になって倒れ込み、必死で手足をじたばたさせながら地面をのたうち回った。レベッカは悲鳴を上げ、白髪が薄くなりかけている手下の上着を引っ張った。エメリーンの腕をつかんでいた緋色の上着の悪党が手を放したが、男が動き出す間もなく、彼女はブーツから突き出ている男のつま先をヒールで踏んづけた。男がわめき、殴りかかってくる。その手が頭のわきに当たった瞬間、エメリーンの目の前に白い星が飛び散り、次の瞬間、彼女は地面の冷たい水たまりに横たわっていた。

「大丈夫ですか？」すぐそばでレベッカが息を切らしている。

「サミュエル……」エメリーンはささやくように言った。今や彼は、四人の男から攻撃を受けており、彼を蹴飛ばす脚、殴る手が邪魔をして、ほとんど姿が見えなくなっている。何とかしなければ、目の前で彼が殴り殺されてしまう。

木切れもなければ、手に取れそうな石もない。武器になるのは自分の体だけ。だからエメリーンはそれを利用した。よろよろと立ち上がると、恐ろしい小男と手下たちめがけて走りだし、だれかの髪の毛をつかんで、力いっぱい引っ張った。つかまれた手下の男はエメリーンを肩で押しのけた。彼女はよろめき、倒れそうになったが、再び立ち上がった。サミュエルを攻撃している残りの男たちに体当たりをし、金切り声を上げながら敵を蹴飛ばし、ひっかいている。横目でちらりと見ると、レベッカがだれかの背中を殴っていた。弱々しいこぶしで何度も何度も。顔の上で熱く塩辛い涙と雨が混じり合い、エメリーンはもはや前が見えていなかったが、あきらめるつもりはなかった。もしサミュエルが殺されれば、自分も殺される。

エメリーンはソーントンの尻を靴で蹴った。すると彼は体をひねり、滑稽なほどびっくりした表情で彼女を見た。相手が気をとられた隙に乗じて、サミュエルがその顔にパンチをくらわせる。ソーントンは頭をがくんとのけぞらせ、ひっくり返った。彼は衝撃を和らげようと地面に手を伸ばしたが、エメリーンがその手を踏んづけた。ヒールの下で何かがぽきんと折れたときは、とてもいい気分だった。

ソーントンが悲鳴を上げる。

エメリーンの背後で銃声が響いた。

「こりゃ驚いた。エミー、きみがそんなに残忍だったとは、ちっとも知らなかったよ」男性の声がした。

エメリーンが顔を上げると、後ろに従僕を従えて馬車から降りてくるジャスパーが目に入った。従僕は両手に銃を持っており、右手の銃から煙が上がっている。

エメリーンは不安と憤りで胸がいっぱいになり、礼儀作法など、いっさい忘れてしまった。「ジャスパー、ばかなこと言ってないで、早くサミュエルを助けて！」

当然のことながら、ジャスパーはびっくりした顔をしている。

「いいとも、エミー。おい、そこのふたり、ミスター・ハートリーから離れろ。ゆっくりと。今すぐだ」

悪党どもは、むっつりした顔で互いにちらっと視線を交わすと、立ち上がり、後ずさりしながらサミュエルから離れた。彼はぴくりとも動かず横たわっており、雨が青ざめた顔を打ちつけている。

エメリーンは恐ろしくてたまらなくなり、急いで駆け寄った。

「サミュエル」彼がソーントンを殴るのを見たけれど、今は動いていない。「サミュエル！」エメリーンは、汚い濡れた石畳の上にひざまずき、彼の頬に指先でそっと触れた。

サミュエルが目を開けた。「エメリーン」

「そうよ」ばかげたことではあるけれど、雨の中、エメリーンは彼にほほ笑まずにはいられなかった。熱い涙がぽろぽろ頬を伝っていく。「そうよ」彼女が何を言っているのか、だれにもわからなかったが、サミュエルは理解しているらしい。

彼が顔の向きを変え、傷ついた唇でエメリーンの手のひらにキスをすると、彼女の心は喜びでいっぱいになった。

そのあと、サミュエルの目は険しくなり、エメリーンの背後に向けられた。

「ソーントンを捕まえたのか？」

彼が起き上がり、エメリーンは肩を貸した。

「ええ、ジャスパーが何もかもうまくやってくれたわ」

ちょうど例の従僕が三人の手下の手をソーントンの馬車に縛りつけているところで、そのあいだレベッカが銃を構えていた。ソーントンはジャスパーが捕まえている。

「さて、こいつをどうするかな？」ジャスパーが尋ねた。まるで腐った肉でもつかんでいるかのような顔をして。

「川へ放り込んでください」従僕が肩越しに怒った声で言い、レベッカが彼を見てほほ笑んだ。

「それも悪くない」サミュエルが静かに言ったが、エメリーンは彼のこんな冷たい声を聞くのは初めてだった。

ソーントンが声を上げて笑った。「何のために？」

ジャスパーは犬がネズミをいたぶるように相手を揺すった。

「ミス・ハートリーとレディ・エメリーンを傷つけようとしたからだ。この恥知らず」

「しかし、傷つけてはいないでしょう？」ソーントンが言った。「ふたりとも無傷だ」

「おまえは、銃を突きつけて――」

「ふん！　ばかばかしい。そんなことを問題にする治安判事がいると思いますか？」ソーントンが満足げにほほ笑んだ。普通にほほ笑んだと言ってもいい。どうやら、自分が苦境に陥っていることがまるでわかっていないらしい。

サミュエルに抱き寄せられたまま、エメリーンは身震いした。ジャスパーを――子爵を――相手に勝利を収められると確信しきって浮かれているなんて、この男が正気を失っている決定的証拠だ。

「おまえはアメリカで女性を殺した」サミュエルが静かに言った。「その罪で絞首刑になるだろう」

ソーントンが首をかしげた。まったく落ち着いた様子で。

「だれの話をしているのかわかりませんな」

ジャスパーはいらいらしながら息を吐き出した。

「説明してやろう。おまえがマクドナルドだってことはわかってるんだ。おまえがその女性を殺し、スピナーズ・フォールズでわれわれを裏切り、フランス軍や同盟関係にあった先住民に売り渡したことはわかってる」

「それをどうやって証明するおつもりですか?」

「おそらく証明する必要もないだろう」サミュエルが低い声で言った。「おまえをテムズ川に沈めてしまえば、それでおしまいだ。おまえがいなくなったところで悲しむ者がいるとは思えない」

「サミュエル」レベッカが小声で言った。

サミュエルが妹を見た。表情は相変わらずだったが、声が少し穏やかになった。

「だが、実際に法廷でおまえを有罪にするのに苦労はしないだろう。マクドナルドとソーントンの両方を覚えている生存者が少しはいるし、ほかに証拠がなくとも、おまえの義理の父親に証言を頼むことはできる」

エメリーンははっと息をのんだ。

サミュエルがうなずく。

「ああ、それも今日、突き止めた事実のひとつだ。ソーントンには年老いた義理の父親がいる。その男性の娘と結婚して以来、やつは義父とは会っていない。義父はコーンウォールに住んでいるからな。病気の身だが、娘が階段から落ちて死んだということになり、それからずっと怪しいと思っていたらしい。いろいろな事務弁護士に、娘の死について調査をしてほしいと泣きついたそうだ。で、わたしは今日、最終的にこの父親の依頼を引き受けた弁護士を捜し出し、会ってきた。こちらが馬車を用意してやれば、彼はきっとロンドンに出てきて、娘が結婚した相手はこの男ではないと証言してくれるだろう」

ミスター・ソーントンが文字通り痙攣し始めた。歯を見せて笑いながら、片目をしきりにぱちぱちさせている。

「やれるもんならやってみろ！　義父は死にかかってる。ロンドンまで来るなんて、絶対に耐えられるもんか」

「それはこっちが心配することだ」ジャスパーが再びソーントンを揺すった。「おまえは、それよりも絞首刑のことを心配するべきだと思うがな」それから、サミュエルのほうを見て言った。「こいつらをニューゲートへ連れていくのに、きみの従僕を借りてもいいか?」

サミュエルがうなずいた。

「行ってくれ。わたしはきみの馬車でレディたちを家に送り届けよう」エメリーンと一緒に向きを変え、ジャスパーの馬車まで歩いていこうとしたが、ソーントンが叫ぶ声に足を止めた。

「ハートリー!」不快な小男が大きな声で呼びかけた。「アメリカのあの女の件なら、わたしを罰せられるだろうが、スピナーズ・フォールズの件では無理だ。わたしはスピナーズ・フォールズで連隊を裏切ってはいない。わたしは裏切り者ではない」

サミュエルがソーントンをちらっと見た。まったく関心がなさそうな顔をしている。

彼が反応を示さなかったので、ソーントンはかっとなったらしい。

「ハートリー、あんたは臆病者だ。あんたはスピナーズ・フォールズで逃げた。それはみんなが知ってる。あんたは臆病者だ」

ジャスパーの顔が真っ赤になり、エメリーンは、レベッカがショックを受けたように息をのんだのがわかった。

ところが驚いたことに、サミュエルは笑みを浮かべた。

「いや」彼は穏やかに言った。「わたしは臆病者ではない」

20

ソーラス王女が瀕死の夫をそっと腕に抱き、王女の涙が彼の顔を濡らした。そして、王女が夫を思って涙を流しているうちに夜が明け、黄金に輝く幾筋もの陽光が大地を照らした。アイアン・ハートは目を開け、妻の顔をじっと見つめた。そして、六年もの歳月を経て初めて言葉を口にした……。

『アイアン・ハート』より

「お医者様を呼ばなくちゃ」

レベッカは、馬車にサミュエルを押し込むエメリーンに手を貸しながら言った。

エメリーンは声には出さなかったものの、レベッカの意見に賛成だ、と思った。サミュエルは生まれつき肌が浅黒いが、顔が青ざめて見えるし、目の上の傷が出血していて、顔の片側に血がべっとりついている。

「医者は必要ない」サミュエルはぶつぶつ言ったが、あまり説得力がなかった。

エメリーンは彼の肩越しにレベッカと目を合わせ、お互い意見が一致していることをたしかめた。医者は絶対に必要だ。

馬車はのろのろ進んでいたため、ロンドンの街を抜けて家に戻るまでの道のりは悪夢のように思えた。ようやく到着したころにはもう、サミュエルが口をきかなくなって三〇分が経過しており、彼は目を閉じていた。

「気を失ったのかしら？」エメリーンは声を潜め、心配そうにレベッカに話しかけた。

「寝てしまっただけだと思いますけど」少女が答える。

がっしりした従僕がふたりがかりでサミュエルを抱えてタウンハウスの階段を上り、寝室のベッドに寝かせた。それがすむと、エメリーンは医者を呼びに行かせた。

一時間後、レベッカが書斎に入ってきて、医者の診断を伝えた。

「疲労困憊しているだけだそうです」暖炉のそばに座ってうつらうつらしているエメリーンを見て、レベッカが言った。

「ああ、よかった」エメリーンは椅子の背に頭をぐったりともたせかけた。

「あなたも疲れきってらっしゃるみたいですね」レベッカがとがめるように言った。

エメリーンは首を横に振ろうとした。サミュエルのもとを離れたくなかったのだ。しかしめまいがしてきたので、首を振るのをやめた。

レベッカは気づいたに違いない。

「お帰りになって休んでください。どっちにしろ兄は眠っていますから」

エメリーンは、ふんと鼻を鳴らした。

「あなたはかわいい子だけど、ちょっと威張ってるわね」

レベッカはにっこり笑った。「一流の方から学んだのです」それからエメリーンが立ち上がるのを助けるべく手を差し出したとき、廊下が騒がしくなってきた。

エメリーンが書斎の扉に目を向けたちょうどそのとき、ジャスパーがひょいと姿を現した。

「エミー！　大丈夫かい？」彼が尋ねた。「きみの家に行ったんだが、いなかったので」

エメリーンは眉をひそめた。ジャスパーがいかにわたしのことをわかっていないか、いつもあきれてしまう。

「しいっ！　わたしは大丈夫。でも、そんな大きな声を出したら、サミュエルが起きてしまうでしょう」

ジャスパーは天井に目を走らせた。まるで漆喰や木の裏まで見通せるかのように。

「彼にとっても、ちょっとした一日だったと思うが、どうなんだろうな？」

「ジャスパー――」エメリーンは、彼を黙らせようとして口を開いたが、レベッカが言葉を挟んだ。

「失礼させていただいてもよろしいでしょうか？　わたし、ちょっと……やることがあって……」レベッカは眉間にしわを寄せた。口実を考えようとしているのは一目瞭然だ。「オヘアが大丈夫かどうかたしかめてこないといけませんので」

エメリーンは目を丸くした。「オヘアって？」

「わたしの従僕です」レベッカはそう言って、部屋からさっそうと出ていった。

エメリーンは眉をひそめたままレベッカを目で追っていたが、考えごとはジャスパーにさえぎられた。

「エミー」

その声には深刻な響きが感じられ、エメリーンは振り返って真剣に彼を見た。ジャスパーのこんな表情を目にするのは初めてだ。もうくたびれたから受け入れるよ、とでも言いたげな顔。

「結婚はしないってことなんだろう?」

エメリーンはうなずいた。「ええ、そうね」

ジャスパーは椅子にどさっと座り込んだ。

「かえってよかったんじゃないかな。きみはわたしの欠点に我慢できなかっただろうし。おそらくこの世の女性はひとりだって我慢してくれないさ」

「それは違うわ」

ジャスパーはおどけて、とがめるように彼女を見た。

「簡単にはいかないだろうけど」エメリーンは言い直した。「あなたにふさわしいすてきなレディが、きっとどこかにいると思う」

彼は口の片側をひきつらせた。

「エミー、わたしは三三だ。わたしを愛してくれる女性、もっと大事なのは、わたしのことを辛抱してくれる女性がいるとしたら、もうとっくに出会っていると思わないか？」

「娼館や賭博場で女性を物色するのをやめて、もっとまともな場所で探すようにすれば、見つけやすくなるかもしれないでしょう」言葉は辛辣だったが、顔が裂けそうなほど大あくびをしてしまったおかげで、言い方はいくぶん柔らかくなった。

ジャスパーが勢いよく立ち上がった。

「うちまで送ろう。そうすれば、しっかり休めるし、明日も引き続き、わたしを厳しく叱責できるぞ」

残念ながら、エメリーンには異議を唱える気力も残っていなかった。ジャスパーに引っ張られるがまま椅子から立ち上がり、外に出て、家まで送ってもらった。彼は玄関の前で、エメリーンが四歳のときからしてきたのと同じように頰に軽くキスをしてから、背を向けた。

「ジャスパー」エメリーンはやさしく呼びかけた。

彼が立ち止まり、美しいターコイズブルーの瞳で彼女をちらっと振り返った。月明かりに照らされたひょろ長い体、悲劇的な表情に満ちた面長のおどけた顔。

エメリーンは深く心を揺り動かされた。彼はレノーの親友だった。わたしは子どものころからずっと彼を知っている。「あなたを愛しているのよ」

「わかってるよ、エミー。わかってる。そこが辛いところだ」ジャスパーは顔をしかめた。

彼の言葉に対し、どう答えればいいのかよくわからない。

ジャスパーは指を一本、振ってみせ、やがて夜の闇にのみ込まれていった。

彼に何をしてあげればいいのだろう。それがわかればどんなにいいかと思いながら、エメリーンは玄関の階段を上がった。そして中に入るか入らないかのうちに、タント・クリステルとメリサンドに遭遇した。

「ここでいったい何をしているの？」友人の姿を目にし、エメリーンは疲れきった顔に驚きの表情を見せて尋ねた。

「あなたにおとぎ話の本を返しに来たの」メリサンドは淡々と答えた。「でも、わたしが来たちょうどそのとき、ミスター・ハートリーの執事が、まずいことがあったみたいだと叔母様に伝えにきたのよ。だから知らせが来るまで、ここで叔母様のお相手をしていることにしたの。でも、いったい何があったのか、まったく教えてもらえなかったわ」

というわけで、エメリーンは紅茶を飲み、干しぶどうパンを食べながら、今日の冒険について詳しく説明するはめになった。そのあいだに何度もタント・クリステルに話をさえぎられ、しまいには、前よりもいっそう疲労困憊してしまった。

抜け目のないメリサンドはそれを見逃さなかったに違いない。

「そのお茶を飲み終わったら、すぐベッドに入るべきね」

エメリーンは冷めていくティーカップをのぞき込み、うなずいただけだった。

そして、自分の頭越しに、メリサンドとタント・クリステルが心配そうに視線を交わす様子を見たというより、感じ取った。

「すぐにそうするわ」エメリーンは、ひたすら平静を装おうとした。

メリサンドはため息をつき、エメリーンのかたわらにあるテーブルを身振りで示した。

「おとぎ話の本、そこに置いておいたわよ」

エメリーンがテーブルを見ると、古びた小さな本が目に入った。そこにはレノーとの懐かしい思い出が刻まれているけれど、もうそれほど大事なものとは思えない。

「どうして返しにきたの？」

「訳さなくてもよかったんでしょう？」友人が尋ねた。

エメリーンは紅茶をわきに置いた。「この本は、わたしとレノーをつなぐものだった気がするわ。兄を忘れないようにするためのもの。でも兄との思い出として、目に見えるものを持っていることが、もうそれほど重要ではなくなったのよ」そこで幼なじみと目を合わせた。

「これがなくたって、兄を忘れてしまうわけじゃないものね？」

メリサンドは、彼女を悲しげな目で見ながら黙っていた。

エメリーンは本に手を伸ばした。ぼろぼろになった表紙をなで、顔を上げる。

「わたしの代わりに持っていってくれる？」

「え？」

エメリーンはにっこり笑い、親友に本を差し出した。

「翻訳して。あなたなら、わたしには見つけられないことが発見できるかもしれない」

メリサンドは眉をひそめたが、本を両手で受け取り、膝の上に置いた。

「あなたが、それがいちばんいいと思うなら」

「いいと思う」エメリーンは大きく口を開け、まったく上品とは言えないあくびをした。「あらやだ。わたしはもう、ベッドへ行かなくちゃ」

メリサンドは玄関の広間までついてきてくれた。そしておやすみなさいとつぶやき、扉のほうを向いた。

エメリーンは階段を上りかけたが、ふとあることを思いついた。おそらく極度の疲労で頭が混乱していたせいだろう。「メリサンド」

扉のそばでショールを巻いていた友人が目を上げる。「ん？」

「ジャスパーの面倒を見てもらえるかしら？」

メリサンドが、あのしっかりした何事にも動じないレディが、本当にぽかんと口を開けて驚いている。「何ですって？」

「変なお願いだってことはわかってるわ。今は疲れきっていて、頭が半分働かなくなっているのよ。でも、ジャスパーが心配なの」エメリーンは親友を見て、にっこり笑った。「あの人の面倒を見てくれる？」

そのときにはもう、メリサンドは気を取り直していた。「ええ、もちろん」

「ああ、よかった」エメリーンはうなずき、ほっとして再び階段を上り始めた。

背後でメリサンドが別れの言葉を言うのが聞こえ、エメリーンは何か小声で答えたような気がする。しかし、今はひとつのことしか考えられなかった。

眠らなくちゃ。

「ソーントンは本当に裏切り者だったと思う？」その晩遅く、レベッカが尋ねた。

彼女は眠くて、暖炉の前でほとんどうとうとしていた。兄はベッドから起き上がり、彼女と一緒に遅めの簡単な夕食をとって、その後、居間へきたのだった。もう眠るべきなのだろう。今日はこれでもかというほどはらはらする経験をしたから、もうへとへとだ。でも、何か忘れているような気がする。

正面では、サミュエルがブランデーの入ったゴブレットを掲げ、ガラス越しに暖炉の火を見つめている。「そうだな」兄の顔には、やっと治りかけてきた古いあざの上に新しいあざができているけれど、それでもやっぱりレベッカにとっては愛しい顔だった。

彼女は目をしばたたいた。「でも、絶対に間違いないとは思っていないのね？」

サミュエルは力強くうなずき、ブランデーを飲み干した。

「ソーントンは生まれながらの嘘つきだ。あの虐殺と本当に無関係だったのかどうか、はっきりさせるのは不可能だし、本人にもわからないのかもしれない。嘘つきは自分の嘘を真実だと思い込む癖があるからな。絶対にあいつだと確信できる日が来るとは思えない」

「でも――」レベッカはあくびを嚙み殺した。「真実を突き止めるために、虐殺の件を解決するために、地球を半周してきたのよ。ソーントンは裏切り者じゃないかもしれないなんて、考えるのはいやでしょう？」

「いや。もうそうは思わない」

「わたしには理解できないわ」

兄の顔に笑みがよぎった。「スピナーズ・フォールズの記憶を頭から消し去るのは不可能だという結論に達したんだ。わたしにはできない」

「でも、それじゃあんまりよ！　あまりにも――」

兄は片手を上げ、心配そうに不満を口にする彼女を制した。「でも、あの記憶とともに生きていけると学んだんだ。あの記憶は自分の一部だということをね」

レベッカは心配そうに兄を見つめた。

「サミュエル、それは辛そうだわ。一生、あの記憶に耐えて生きていくなんて」

「それほど悪くないさ」サミュエルは穏やかに言った。「すでに五年間、闘ってきたんだ。これからはむしろ楽になるだろう。記憶はわたしという人間の一部だとわかったのだから」

レベッカはため息をついた。

「わたしには理解できないけど、お兄様の気持ちが安らかなら、うれしいわ」

「安らかだよ」

ふたりは打ち解けた様子で、しばらく黙って座っていた。レベッカはまどろみかけている。暖炉のまきがぱちんと音を立て、彼女は眠ってしまう前に、兄と話し合うべきことがほかにもあったことを思い出した。

「あの人はお兄様を愛しているわ。わかってるんでしょう」

サミュエルが何も言わないので、レベッカは彼が眠ってしまったのかどうかたしかめようと目を開けた。兄は火をじっと見つめ、膝の上で両手を軽く握っている。

「お兄様を愛しているの」

「聞こえてるよ」

「それで？」レベッカは少しむっとして、大きなため息をついた。「何とかするつもりはないの？　わたしたちの船は明日、出航なのよ」

「わかってる」サミュエルはようやく立ち上がり、伸びをした。だがわき腹が引きつるらしく、顔をしかめている。「そこに座ったまま、今にも寝てしまいそうじゃないか。そうなったら、きみを小さな女の子みたいにベッドまで運んでいかなきゃならない」そう言って、手を差し出した。

レベッカは兄の手に自分の手を重ねた。「わたしは小さな女の子じゃないわ」

「わかってるさ」サミュエルは静かに言い、レベッカを引っ張り上げて、自分の前に立たせた。「きみは美しく興味深いレディに成長した妹だ」

「ふん」レベッカは兄を見て、鼻にしわを寄せた。

サミュエルは一瞬ためらったが、レベッカのもう片方の手を取り、親指で彼女の手の甲をなでた。

「きみが望むなら、またすぐイングランドに連れてきてあげるよ。そうすれば、ミスター・グリーンでもだれでも、きみが関心を持っている紳士に会えるだろう。きみの希望をくじくつもりはまったくないからね」

「希望を持っているってわけじゃないけど」

サミュエルは顔をしかめた。「もし、きみが家柄を気にしているなら、わたしは——」

「ううん、そうじゃないの」レベッカは目を伏せ、自分の手を包んでいる兄の大きな手を見つめた。イングランドで何週間も過ごしたのに、兄の手はやっぱり日に焼けている。

「じゃあ、何だい？」

「ミスター・グリーンのことは好きよ」レベッカは用心深く言った。「もし、あの方とのおつきあいを続けてほしいと思っているなら……」

サミュエルに手をぐいと引っ張られ、レベッカは顔を上げた。

「ミスター・グリーンとつきあおうがどうしようが、構わないに決まってるだろう？」

「わたしは……」ああ、なんてきまりが悪いのだろう！「お兄様は、わたしにああいう男性をその気にさせてほしいのかなって思ってたのよ。あの人が英国社交界の紳士だってことに、気をよくしているんだろうなって思ったの。たとえ、ばかみたいな笑い方をする人だとしても。お兄様が何を望んでいるのか、わからないんですもの」

「わたしの望みは、きみが幸せになることだ」サミュエルは、それがこの世でいちばんはっきりしていることであるかのように言った。「きみがネズミ捕り屋や、八〇のおじいさんに好意を持っているというなら反対するかもしれないが、そうじゃなければ、きみがだれと結婚するかはそんなに気にしないさ」

レベッカは唇を嚙んだ。男の人って、本当に鈍感！

「わたしは、お兄様に賛成してもらいたいの」

サミュエルが彼女のほうに身を乗り出した。

「きみはすでにわたしの賛成票をもらってるんだ。だから今度は自分が何をよしとするのか考えてみる必要があるだろう」

「よけい難しくなっちゃった」レベッカはため息をついたが、言いながら笑みを浮かべていた。

サミュエルは腕を曲げ、その内側に彼女の手をはさみ込んだ。

「よかった。これできみが早まった結論を下すこともなくなるな」ふたりは薄暗い階段を上った。

「うーん」レベッカは口に手を当ててあくびをした。「お願いしたいことがあるの」

「何だい？」

「オヘアに仕事を提供してもらえる？」

サミュエルはいぶかしげに彼女を見下ろした。

「つまり、アメリカで」レベッカは息を止めた。

「それは構わないよ」サミュエルは考え込むように言った。「でも、彼が受け入れるとは限らないだろう」

「あら、大丈夫よ」レベッカは自信たっぷりにほほ笑んだ。「ありがとう、サミュエル」

「どういたしまして」兄が答えた。ふたりはレベッカの寝室の前まで来ていた。「おやすみ」

「おやすみなさい」レベッカは、自分の寝室へ向かう兄をじっと見守り、心配そうに呼びかけた。「レディ・エメリーンに話をするんでしょう?」

しかし、兄には聞こえていないようだった。

翌朝、エメリーンが目覚めると、窓から日が差し込んでいた。しばらくそれを夢見心地で見つめていたが、突然、その意味を完全に理解した。

「ああ、大変!」

エメリーンはベッドから飛び出て、メイドを呼ぶためのベルを必死で鳴らした。だが、これでは時間がかかりすぎると思い、廊下に出て、品のない魚売りの女のように大声でメイドを呼びつけた。それから部屋に戻り、柔らかいバッグを見つけて、その中にいろいろな物を手当たりしだいに放り込み始めた。

「エメリーン!」戸口にタント・クリステルが現れた。編んだ髪を垂らしたまま、あきれた顔をしている。「いったいどうしたの?」

「サミュエルです」エメリーンは開いたバッグをじっと見つめた。そして、そこからあふれ出ている衣服を目にし、荷造りしている暇はないと悟った。「彼の船が今朝、出航するんです。もう出てしまったかもしれない。彼を止めなきゃ」

「何のために?」

「愛していると伝えなきゃいけないんです」エメリーンは荷造りをあきらめ、洋服だんすに駆け寄って、いちばん地味なドレスを引っ張り出した。そのころにはハリスが部屋に到着していた。「早く！　着替えを手伝って」

タント・クリステルがどかっとベッドに腰を下ろした。

「なぜそんなに急ぐのか、わたしにはわからないわ。あなたが愛情を抱いていることにまだ気づいていないのだとしたら、あの人はとんでもない大ばか者ですよ」

エメリーンはもがきながら、ディミティのドレスを身にまとった。

「ええ、でも、わたしとは結婚できないと思ってるんです」

「それで？」

「わたし、彼と結婚したいんです！」

「おやまあ《ティアン》！　だったら、ヴェール卿と婚約したのはとても愚かなことだったわね」

「わかってます！」ああ、サミュエルの船が今、テムズ川を下っているかもしれないというのに、わたしはタント・クリステルと堂々巡りの議論をしている。「ねえ、靴はどこ？」

「こちらです、奥様」ハリスが落ち着いて言った。「ですが、ストッキングをお召しになってらっしゃいませんよ」

「構わないわ！」

タント・クリステルは、もうお手上げだと身振りで示し、どうか混乱しきった姪をお助けくださいと、フランス語で神に懇願している。エメリーンは素足を靴に押し込み、急いで部屋を出ようとした。が、そのとき、危うくダニエルを突き飛ばしそうになった。

「お母様、どこへ行くの?」ひとり息子が無邪気に尋ねた。そしてむき出しになっている母親の足首に目を落とした。「ねえ、ストッキングをはいてないよ。わかってる?」

「ええ、わかってるわ」エメリーンはうわのそらでダニエルの額にキスをした。「わたしたち、アメリカへ行くのよ。あっちではみんな、ストッキングなんかはいてないの」

エメリーンはそのまま部屋を出ていき、タント・クリステルとハリスは、「やったー!」とはしゃぎ回るダニエルを黙らせようとした。エメリーンは階段を駆け下り、走りながらクラブスを呼んだ。

あの冷静沈着な紳士が、仰天した顔で玄関の広間に駆け込んでくる。「奥様?」

「馬車を回してちょうだい。急いで!」

「しかし――」

「あと、マントを持ってきて。マントが要るわ」エメリーンは時計を探し、玄関を狂ったように見回した。「今、何時?」

「九時を回ったところでございます、奥様」

「ああ、どうしよう!」エメリーンは顔を手で覆った。もう船は行ってしまっただろう。サミュエルは海に出てしまっただろう。どうすればいいの? 彼をつかまえるすべがない。もう、どうしようも――。

「エメリーン」その声は太く、しっかりしている。それに、ああ、とても懐かしい声。

一瞬、エメリーンは希望を持つ勇気が出なかったが、次の瞬間、両手をすとんと下ろした。

彼が居間の入り口に立っていた。あのコーヒーブラウンの目が彼女のためだけに、ほほ笑んでいる。

「サミュエル」

エメリーンは彼に飛びつき、サミュエルは両腕で抱きとめてくれた。それでもエメリーンはたしかめるように、彼の上着をぎゅっと握りしめた。

「もう行ってしまったと思ったの。もう手遅れだと思ったのよ」

「しいっ」サミュエルはエメリーンにキスをした。彼女の唇、頬、まぶたにそっと唇を滑らせて。「静かに。わたしはここにいる」サミュエルは彼女を居間に引っ張り込んだ。

「あなたを失ったと思ったの」エメリーンはささやいた。

サミュエルは彼女にキスをした。自分が本当に存在することを証明してみせるぞと言わんばかりに。唇で彼女の口をそっと押し開き、頭を後ろに傾けさせた。エメリーンは彼の肩をつかみ、彼にキスができる自由を満喫している。

「あなたを愛してる」彼女はあえぎながら言った。

「わかってる」サミュエルの唇は彼女の眉の上をさまよっている。「きみがそれを白状するまで、この部屋に居座るつもりだった」

「そうなの？」エメリーンは心ここにあらずといった様子で尋ねた。

「ああ」

「なんて頭がいいのかしら」

「そうでもないよ」サミュエルが顔を引き、エメリーンは彼の目が険しく、真剣になっていたことに気づいた。「これは生きるか死ぬかの問題だったんだ。エメリーン、きみなしでは、わたしは凍えてしまう。きみは、わたしの心を温めてくれる光だ。もし、きみを置いていったら、わたしは凍えて、氷の塊と化してしまう」

エメリーンは自分のほうに彼の顔を引き戻した。

「じゃあ、わたしを置いていかないほうがいいわ」

しかしサミュエルは、迫ってくる彼女を食い止めた。

「わたしと結婚してくれるかい？」

エメリーンは息が詰まってごくりとつばをのみ込まねばならず、それからかすれた声で答えた。「ええ、もちろんよ」

彼の目はまだ真剣な表情をしている。

「一緒にアメリカまで来てくれるのかい？　わたしがイングランドで暮らすこともできるが、仕事のことを考えると、アメリカで暮らすほうが楽なんだ」

「ダニエルも？」

「ダニエルにも来てほしい」

十分すぎると言ってもいい。だからエメリーンはうなずき、目を閉じた。

「ごめんなさい。わたし、絶対に泣かないわよ」

「もちろん、泣いちゃだめだ」

エメリーンはその言葉にほほ笑んだ。「普通のことではないのよ。息子を母親の手元に置いておくなんて。でも、わたしはものすごく、あの子と一緒にいたいの」

サミュエルは親指で彼女の口元に触れた。「よかった。じゃあ、ダニエルも一緒だ。叔母上にもぜひ一緒に――」

「わたしはここに残ります」ふたりの背後でタント・クリステルの声がした。

エメリーンはくるりと振り向いた。

老女は戸口のすぐ内側に立っていた。

「地所やお金などの管理をする人間が必要でしょう？」

「まあ、それはそうですけど――」

「じゃあ、話は決まり。それと当然のことだけど、何年かにいっぺんは、海を渡って里帰りをしてもらいますよ。わたしが姪の息子に会えるようにね」タント・クリステルはすべてを仕切ると、満足してうなずき、部屋を出て静かに扉を閉めた。

エメリーンが向き直ると、サミュエルは彼女をじっと見つめていた。

「これでいいのかい？」彼が尋ねた。「あらゆるものを残していっても構わないのかい？新しい人たちと出会い、新しい土地で暮らすことになるんだぞ。ここほど洗練されたところじゃないけど、いいのかい？」

「あなたと一緒にいられさえすれば、そんなことさほど問題ではないわ」エメリーンはゆっくりとほほ笑んだ。「とはいえ、わたしは洗練や機知《ウィット》について、ボストンに新しい基準を設けるつもりよ。だって、あちらの方々はわたしの舞踏会に来たことがないんですもの」

するとサミュエルが彼女ににっこりほほ笑みかけた。傷だらけの顔で、幸せそうに満面の笑みを浮かべると、まるで海賊のようだ。

「みんな、いったい何が起きたのかと思うだろうね」

エメリーンは顔をしかめてみせたが、すぐにサミュエルの顔を自分のほうに引き戻した。彼にキスができるように。やさしく、幸せな気持ちで。そしてキスをしながら、彼の唇に向かって、もう一度ささやいた。

「あなたを愛してる」

エピローグ

「愛してる」

アイアン・ハートの唇からその言葉が漏れると、よこしまな魔法使いの悲鳴が響いた。「だめだ！　だめだ！　だめだ！　こんなことがあってたまるか！」恐ろしい小男の顔が赤くなり、ついに鼻から蒸気が噴き出した。「おまえの鉄の心臓を頂戴し、その強さをわがものにするため、六年ものあいだ待ったというのに！　おまえがこの六年間でひと言でも口をきいていたら、わたしが勝っていたのに。おまえも、おまえの妻も地獄に堕ちていたのに。ずるいじゃないか！」

それから、よこしまな魔法使いはくるくる回転した。激しい怒りで呪いの効き目が失われたのだ。回転の速度はどんどん増していき、ついに渦を巻く魔法使いの体から火花が散り、耳の穴からもくもく黒い煙が出てきた。そして、足下がぐらぐら揺れたかと思うと、バン！と音がして、魔法使いは突然、大地にのみ込まれてしまった！　しかし、魔法使いが消えると同時に金色の鎖が切れ、手首に乗っていた白い鳩が舞い上がった。鳩は地面に降り立つと、たちまち大声で泣き叫ぶ赤子に、そう、アイアン・ハートの息子に姿を変えた。

〈輝く都〉がどれほどの歓喜に沸いたことか！　われらの王子が生還したと、人びとは幸せに満たされ、通りで拍手喝采し、踊り回った。

　しかし、アイアン・ハートと、彼の割れた心臓はどうなったのか？　ソーラス王女は、自分の腕の中でじっと動かずにいる夫を見下ろした。もう死んでしまったのではないかと思ったが、夫は傷がすっかり癒え、妻にほほ笑みを返していた。だから王女は、こんなときに自分が唯一できることをした。つまり、彼にキスをしたのだ。

〈輝く都〉の多くの人たちは今日にいたるまで、あの魔法使いの呪いが解けたときに、アイアン・ハートの傷ついた心臓が癒えたのだと考えているが、はたしてそれはどうだろうか。彼を生き返らせたのは、ソーラス王女の愛だったに違いないと思えるのだが。

　というのも真実の愛をおいてほかに、傷ついた心臓《ハート》を癒やせるものがあるはずないのだから。

訳者あとがき

エリザベス・ホイトの新シリーズ第一弾、『ひめごとは貴婦人の香り』(原題 To Taste Temptation)をお届けします。

今回の舞台も一八世紀半ばのイングランドですが、ヒーローは当時の植民地ボストンからロンドンへやってきた貿易商サミュエル(サム)・ハートリーです。ロンドンへやってきた目的は商談。ウェッジウッドの新作を買いつけることでした。旅には妹レベッカも同行しており、この機会に彼女をロンドンの社交界へデビューさせるため、付き添い役としてレディ・エメリーンという貴族の未亡人に目をつけ、依頼をする前から隣の家を借りてしまいます。実はサムには別の目的がありました。五年前、植民地で所属していた第二八連隊が行軍中、フランスと同盟関係にあった先住民からスピナーズ・フォールズで奇襲を受け、兵士はほぼ皆殺し、殺害を免れた者も捕虜にされ、拷問を受けました。極秘だったはずの英国軍のルートをフランス側に〝売った〟裏切り者が連隊内にいたと知り、サムはその人物を突き止めにやってきたのです。最も怪しい人物は当時の将校ヴェール子爵。接触するには上流社会に入り込むしかありません。そのチャンスを得るためにエメリーンに近づいたのです。それにエメリーンは同じく当時の将校レノーの妹でもありました。レノーは捕虜になった後、亡くなったのですが、あの大虐殺の日、援軍を呼びに砦を目指して走ったサムは、仲間を救えなかったことを悔い、レノーの妹がどうしているか気になっていたのです。

実際に会ってみると、エメリーンは黒髪の美しい人でした。美しいばかりでなく才気にあふれた刺激的なレディです。自分には手の届かない別世界の人だと知りながら、サムはエメリーンに惹かれていきます。一方のエメリーンも、モカシンにレギングという妙な格好で堂々と社交界に乗り込んでくるフロンティア育ちのサムに眉をひそめつつ、彼の官能的な笑みに魅せられ、抱いてはならない感情を抱くようになります。ところがある日、サムにとって衝撃的な事実が発覚します。エメリーンには婚約者があり、相手はほかならぬヴェールでした。そしてサムがロンドンへやってきた理由が明らかになり、エメリーンやレベッカも動揺します。はたしてサムは真相を突き止めることができるのでしょうか？

本作は主役のロマンスと同時進行で〝裏切り者探し〟が展開するミステリー仕立てになっている点、ライバル関係にある男同士の友情など、前シリーズの『雨上がりの恋人』に共通している部分がありますが、イングランドから遠く離れた植民地で起きた歴史的事実を背景にしている点でスケール感がありますし、ヒーローが今までになくワイルドで、これまでとはまた違った切り口で楽しませてくれる作品となっています。

物語の背景となるフレンチ・インディアン戦争について少し解説しておきましょう。当時イギリスとフランスは領土拡大を目指して植民地で勢力争いをしており、イギリスはイロコイ族、フランスは昔からイロコイ族と敵対関係にあった他の部族連合（本作に登場するワイアンドット族も含まれます）とそれぞれ同盟を結んでいました。当初はフランスが優勢のうちに戦いを進めていましたが、やがて大敗を重ね、ケベックとモントリオールが陥落。一七六三年にパリ条約が締結され、北米植民地はほとんどがイギリスの領土となりました。物語の鍵となる「スピナーズ・フォールズの大虐殺」は架空の出来事ですが、ホイトによれば、当時実際に起きたふたつの奇襲攻撃がもとになっているそうです。そのうちのひとつは映画『ラスト・オブ・モヒカン』にも描かれており、ホイトは史実のみならず、映画で描かれる主役のロマンスにも大いにインスパイアされたのではないか、と思わせる内容なので、興味のある方はご覧になってみてはいかがでしょうか？

ところでサムが身につけているレギングは、本書では脚絆という漢字を当てましたが、これは脛《すね》だけでなく太もものほうまで覆う長いもので、股の部分がない、ばらばらの革のズボンといったところです。そんなものを身につけてロンドンに現れたとなれば、それだけでも十分、噂の種になりますよね。

最初にも記したとおり、本作は「四人の兵士の伝説」（The Legend of the Four Soldiers）という新シリーズ四部作の第一話になります。第二話のヒーローは、本作で陽気な道化役を演じていたヴェール子爵です。どうぞお楽しみに。

二〇一一年七月

ライムブックス

ひめごとは貴婦人《きふじん》の香《かお》り

著 者 エリザベス・ホイト
訳 者 岡本千晶《おかもとちあき》

2011年7月20日 初版第一刷発行

発行人 成瀬雅人
発行所 株式会社原書房
〒160-0022東京都新宿区新宿1-25-13
電話・代表03-3354-0685 http://www.harashobo.co.jp
振替・00150-6-151594
ブックデザイン 川島進(スタジオ・ギブ)
印刷所 中央精版印刷株式会社

落丁・乱丁本はお取り替えいたします。
定価は、カバーに表示してあります。
 ISBN978-4-562-04412-2 Printed in Japan